Un mariage en héritage

Ayelet Waldman

Un mariage en héritage

Traduit de l'anglais (États-Unis) par Odile Demange

ÉDITIONS
FRANCE
LOISIRS

Titre original *Red Hook Road*
publié par Doubleday

Édition du Club France Loisirs,
avec l'autorisation des Éditions Robert Laffont.

Éditions France Loisirs,
123 boulevard de Grenelle, Paris
www.franceloisirs.com

ISBN : 978-2-298-03400-4

Pour Michael, comme toujours

Prélude

La petite fille d'honneur avait égaré sa corbeille de pétales de roses et tenait absolument à l'avoir pour la photo. Dans l'ensemble, elle n'avait pas été très brillante dans son rôle. Elle avait oublié de répandre les pétales dans la nef de l'église et ne s'en était souvenue qu'arrivée au niveau de la première rangée. Peut-être s'était-elle laissé distraire par le décor inhabituel, par les bancs de chêne luisants de cire, les appliques de verre étincelantes, leurs longs cierges effilés allumés pour la première fois depuis des années, les volets grands ouverts des vitraux laissant pénétrer la lumière dorée de l'après-midi. Et, partout, des fleurs. Des hortensias mauves et bleus tressés en guirlandes, dessinant d'amples festons drapés entre les rangées de bancs et à l'arrière de l'autel. Des seaux en laiton rutilants débordant de lupins et de feuillages, de part et d'autre des deux escaliers incurvés conduisant à la chaire.

La petite fille d'honneur était encore un bébé quand elle était arrivée du Cambodge et, malgré les bonnes intentions de sa mère adoptive, c'était la première fois qu'elle participait à une fête de famille de ce genre. Quand elle s'était enfin rappelé sa mission, elle avait écarquillé ses sombres yeux en amande, ramassé une poignée de pétales blancs dans son panier et les avait lancés de toutes ses forces derrière elle, vers le haut de la nef. Ils n'avaient pas dépassé la deuxième rangée, où ils étaient retombés en pluie sur le chignon gris en bataille de la vice-présidente des bibliothécaires bénévoles de Red Hook. Il y avait eu un éclat de rire, et la mariée, qui descendait l'allée centrale à pas comptés, s'était arrêtée net. Les rires avaient reflué. La fiancée serait-elle contrariée qu'on ait troublé sa majestueuse procession, exécutée avec une telle perfection lors de la répétition, la veille au soir ? Ou ferait-elle preuve du sens de l'humour qui était, disait son mari, ce qui l'avait le plus séduit quand ils s'étaient connus, dix ans auparavant ?

La mariée, cheveux de miel, front haut et lisse, yeux d'agate largement écartés, n'avait hésité qu'un instant avant de sourire de toutes ses dents. Les souffles retenus avec angoisse s'étaient échappés des poitrines, et tout le monde avait repris ses activités. Les larmoyantes avaient farfouillé au fond de leurs sacs à main à la recherche de mouchoirs en papier chiffonnés. Les grippe-sous avaient recommencé à calculer ce qu'avaient bien pu coûter les fleurs et les limousines. Les pipelettes avaient tendu le cou pour vérifier qui était ou n'était pas là. Les jeunes femmes avaient soigneusement enregistré la moindre perle, la moindre paillette, la moindre bride, le moindre bouton, sans oublier le métrage de soie de la robe de la mariée, afin de pouvoir les décrire dans le détail à celles qui n'avaient pas eu la chance d'être invitées. Les jeunes gens avaient joué avec leurs clefs au fond de leur poche et avaient attendu avec impatience la fin de la cérémonie pour que la musique commence et que le bar ouvre. Les enfants avaient gigoté. Et les hommes d'un certain âge avaient regardé furtivement leur montre, se demandant si la célébration durerait plus longtemps que le troisième match de série des White Sox, qui se disputait au stade de Fenway.

La messe terminée, debout sur la dernière marche de la charmante église blanche en bardeaux, la petite fille d'honneur pleurait la perte de son panier orné de rubans et de roses, et la mariée lui promettait qu'on ne prendrait pas la photo tant qu'on ne l'aurait pas retrouvé. Deux garçons d'honneur furent envoyés inspecter l'intérieur de l'église. Les demoiselles d'honneur, toutes de mauve vêtues, partirent à la chasse au milieu des tonnelles de roses et dans les allées de gravier blanc du jardin de l'église, où les invités attendaient à l'ombre du haut clocher, admirant le spectacle des voiliers qui traçaient des sillons blancs à travers la petite baie et ignorant les supplications du pasteur qui les priait de ne pas écraser les massifs de fleurs qu'il entretenait avec tant de soin. Le père de la mariée insista pour chercher le panier dans la limousine qui attendait le jeune couple. « Mais la petite n'est jamais montée dedans », lui fit remarquer avec agacement la mère de la mariée. Le père de la mariée ne pouvait le nier, ce qui ne l'empêcha pas d'aller y jeter un coup d'œil. Leur couple fonctionnait ainsi : ils étaient parfaitement d'accord pour penser qu'elle avait toujours raison, mais il ne tenait généralement aucun compte de son avis.

Quant au père du marié, il s'était faufilé derrière l'église pour fumer une cigarette dont il avait grand besoin. Lorsque le photographe voulut rassembler tout le monde sur les marches de l'église, il fallut se rendre à l'évidence : le père du marié avait apparemment rejoint la corbeille de pétales dans les limbes nuptiaux. Son absence, quand on la remarqua, provoqua quelque émoi, surtout de la part de sa petite amie du moment qui s'était imposée, non sans toupet pensaient certains, sur la photographie. Son ex-épouse, la mère du marié, se tourna vers le plus jeune de ses fils, le témoin, et lui dit : « Va chercher ton père. Il est derrière, en train de fumer. » Elle se tourna vers le photographe : « S'il le faut, nous commencerons sans lui. Ça ne sera pas la première fois. »

Le photographe s'affaira autour du jeune couple, ajustant les bretelles du corsage pailleté de la mariée pour dissimuler les marques de bronzage de son maillot de bain, faisant tourbillonner sa longue traîne de soie autour de ses pieds, et arrangeant de façon seyante son voile de tulle brodé de perles sur son épaule droite. Il détacha une unique boucle blonde et l'enroula autour de son doigt afin qu'elle se mette en place souplement, encadrant et adoucissant le modelé de la joue. Il consacra quelques instants à son luxuriant bouquet, écartant les iris violets, les lobélies et les pervenches pour mettre en évidence les lupins, les tout derniers de la saison et, lui avait-on dit, la fleur préférée de la mariée. Quelques minutes auparavant, il avait pris un joli cliché du couple qui sortait de l'église sous une averse de confettis en film plastique argenté et doré. Le soleil de la fin d'après-midi se reflétait dans ces paillettes, et il avait pressé sur le déclencheur au moment où les jeunes mariés riaient aux éclats et se baissaient sous une voûte irisée. De minuscules pointes de feu se nichaient dans les volutes de la coiffure de la mariée et dans les mailles de tulle de son voile, tandis que des éclats de lumière constellaient les épaules du marié.

Parfait, pensa le photographe. L'adorable jeune femme et le séduisant marié, les deux familles sur leur trente et un devant les lignes accusées de l'église blanche en bardeaux, la mer de saphir à peine visible sur les marges du cadre. Si seulement ils pouvaient se tenir tranquilles.

« Vous voulez les retirer ? » demanda le photographe en désignant les lunettes à monture métallique du marié.

Le marié se tourna vers la mariée, qui hocha la tête. Il voulut glisser les lunettes dans la poche de sa veste, mais le vêtement était flambant neuf, et la poche encore cousue. « Donne-les-moi », lui dit sa mère. Il lui tendit les lunettes et ses yeux bleu pâle cillèrent. Sans elles, son visage semblait plus tendre, plus enfantin, ses traits pleins de douceur sous son hâle de marin, avec son nez qui pelait – il avait presque l'air vulnérable, comme si sa monture d'aviateur démodée avait été une sorte d'armure, une visière protectrice. Devant son air fragile, la mariée lui sourit tendrement, et il lui déposa une bise rapide sur la joue. « Attention au maquillage, lança le photographe.

— C'est bon », dit la mariée.

Le père de la mariée revint après avoir vainement fouillé la limousine, et le photographe lui trouva une place sur les marches, veillant à dissimuler ses pieds. Au début de l'après-midi, le père de la mariée s'était assis au bord du vieux lit de fer, dans la chambre à coucher de leur maison de vacances, pour enfiler ses chaussures noires habillées. Il les avait prises en main et avait dit : « Merde. »

Sa femme se trouvait devant son miroir en train de retirer le fond de teint qu'elle s'était maladroitement étalé sur le visage. Elle s'était retournée : « Qu'est-ce qui se passe ? »

Sans un mot, il avait brandi deux Oxford noires, presque mais pas tout à fait identiques, deux souliers de même pied.

« Bonté divine ! » s'était exclamée sa femme. Elle avait failli lui dire que décidément, il aurait toujours deux pieds gauches – la remarque s'imposait presque –, mais elle s'était retenue.

Ils n'avaient plus le temps de filer au magasin de chaussures le plus proche, qui était tout de même à cinquante kilomètres, et tous ceux qui auraient pu lui prêter une paire de souliers habillés assistaient au mariage ou n'avaient aucune raison d'en avoir emporté pour venir passer l'été dans le Maine. Sa femme ayant opposé un veto absolu à tout ce que contenait sa penderie de vacances (des Birkenstock et des sabots de jardin bouton-d'or), il arborait des chaussures de tennis avec son costume. Il porterait exactement la même tenue deux jours plus tard, mais, à ce moment-là, plus personne ne se soucierait de ses chaussures.

Le photographe plaça la mère de la mariée à côté de son mari. « Souriez, dit-il, d'un ton à mi-chemin entre affection et reproche. Vous êtes heureuse ! »

Heureuse, elle l'était, et fière aussi. Mais en même temps, elle se tracassait parce qu'elle tenait à arriver à Grange Hall où se tenait la réception avant la ruée des invités. Elle avait été bien obligée de laisser le traiteur se débrouiller pour allumer la vieille cuisinière récalcitrante de Grange Hall. Il l'avait chassée, lui promettant qu'il y arriverait. Dans le cas contraire, il irait chez elle, juste à côté, et s'installerait dans sa cuisine. Mais elle craignait tout de même que les hors-d'œuvre ne soient pas prêts à temps.

« Papa, viens, mets-toi à côté de moi », cria la mère de la mariée à son propre père, juché sur un muret de pierre qui séparait l'église à la façade si sobre de l'exubérance estivale du jardin.

Le grand-père de la mariée se leva péniblement, par étapes, et, s'appuyant lourdement sur sa canne, s'approcha de l'escalier. Le photographe l'aida à monter les marches, et la mère de la mariée glissa son bras sous le sien, calmant ses tremblements d'une douce pression de la main. Elle déplaça légèrement sa hanche, l'invitant ainsi à prendre appui sur elle, mais il se raidit, gêné comme toujours par tout ce qui lui rappelait son infirmité. Il avait quatre-vingt-huit ans. Jeune violoniste prodige du conservatoire de Prague, il avait fait ses débuts à douze ans salle Smetana, un concert salué par des critiques dithyrambiques, presque flagorneuses. Il s'était produit régulièrement pendant plus de soixante ans, jusqu'à l'apparition, quelques années auparavant seulement, des premiers symptômes de la maladie de Parkinson.

Grâce à sa carrière de concertiste, il disposait d'une impressionnante garde-robe de tenues de soirée, et possédait une seconde paire de chaussures vernies élégantes, blotties dans une housse de feutre suspendue au dos de la porte de son placard. Elles n'étaient malheureusement d'aucun secours pour son gendre, car les pieds délicats du vieil homme se contentaient d'un petit trente-neuf.

Les demoiselles d'honneur revinrent du jardin. « Rien trouvé », dit la petite sœur de la mariée. Elle cligna de l'œil gauche, non par amusement, mais parce qu'un grain de pollen ou de poussière s'était logé derrière sa lentille de contact. Ses boucles brunes indisciplinées avaient été arrangées en une version simplifiée de la coiffure sophistiquée de la mariée, mais des vrilles échappées flottaient autour de son visage et de son cou.

La mariée s'inclina et releva doucement le menton de la petite fille d'honneur. « Petite puce, on n'en a pas vraiment besoin, si ? Tu seras très jolie, tu sais, même sans tes fleurs. »

La petite fille de neuf ans, dont on aurait pu, peut-être, attendre davantage de compétence, était pâlotte, sa robe de tulle lavande prêtant une teinte cireuse à sa peau couleur de feuille d'or. Ses épais cheveux noirs, que sa mère adoptive tenait à lui faire couper au carré, à la chinoise, paraissaient eux-mêmes plats et secs, de fines mèches se dressant et formant des angles saugrenus autour de sa tête. Elle était humiliée d'avoir échoué aussi lamentablement dans une tâche qu'elle aurait tant voulu exécuter à la perfection. « Pardon, chuchota-t-elle.

— Bien, allons-y », dit le photographe. Il se tourna vers les demoiselles d'honneur. « Vous, mes trois belles, mettez-vous ici. »

Il les fit monter sur la deuxième marche. Il aurait fallu savoir qu'aucune des demoiselles d'honneur n'aimait sa robe pour remarquer l'infime réticence avec laquelle elles prirent place, d'abord la petite sœur de la mariée, puis son ancienne colocataire, et enfin sa meilleure amie. La mariée avait fait tout son possible pour choisir un style flatteur pour les trois jeunes filles, une tenue qu'elles pourraient, espérait-elle, porter en d'autres circonstances. Mais sa sœur détestait la taille Empire, qu'elle trouvait enfantine, de cette robe très simple ; le violet donnait au visage séduisant de l'amie de la mariée une teinte nettement verdâtre, et l'ancienne colocataire était à la septième semaine d'une grossesse inattendue et rentrait les épaules pour dissimuler le renflement provocant de sa poitrine.

Le frère du marié revint avec leur père, suivi d'effluves de tabac, au moment précis où les deux autres garçons d'honneur sortaient de l'église tout penauds. Ils étaient bredouilles et l'absence du panier commençait à prendre pour l'assemblée, aux yeux expérimentés du photographe, une portée symbolique regrettable. La mère du marié fut la seule à relever l'odeur musquée qui flottait derrière les jeunes gens, mais craignant de faire perdre encore du temps à tout le monde, elle s'abstint de leur reprocher d'avoir fumé un joint dans l'église.

La petite fille d'honneur finit par s'effondrer sous le poids de l'embarras et éclata en sanglots. La mère du marié, qui découvrirait la corbeille deux jours plus tard dans l'église en revenant effacer toute trace de la cérémonie, sortit un mouchoir de sa manche et le tendit silencieusement à la petite.

« Oh, la pauvre ! », dit la mariée. Une fois encore, elle s'accroupit devant la petite fille d'honneur et lui souleva le menton. « Ça n'a vraiment aucune importance, ma chérie, dit-elle gentiment. La photo sera très bien sans le panier. »

Depuis l'extrémité de la rangée, le grand-père de la mariée ajouta : « Certains pourraient même estimer qu'une corbeille de pétales est un peu superfétatoire. »

La mariée le regarda et éclata d'un rire complice.

« Tiens, dit la sœur de la mariée à la petite fille en lui tendant son bouquet de demoiselle d'honneur. Prends mes fleurs. »

Quand le photographe développerait la pellicule – une semaine plus tard que prévu, parce que, après tout, rien ne pressait –, il serait gêné par le manque d'équilibre de sa composition : la petite fille d'honneur au visage gonflé de larmes cramponnée à un bouquet trop grand pour elle, la demoiselle d'honneur les mains vides. Il n'avait pas remarqué sur le coup cette fâcheuse dissymétrie parce qu'il avait été impatient de prendre son cliché et avait été obligé de dépenser une énergie incroyable pour faire tenir le plus de monde possible entre la mère du marié, vêtue d'un imprimé cachemire, et sa sœur, dont la robe d'un vert métallique scintillant jurait horriblement. La mère du marié avait porté cette robe rouge onze ans plus tôt, pour le mariage de sa propre fille, et bien qu'elle ait su dès cet instant que ni la coupe ni la couleur ne l'avantageaient, elle n'aurait jamais eu l'idée de gaspiller de l'argent pour s'acheter une tenue neuve.

Le photographe entraîna donc la sœur du marié à l'extrémité de la rangée, où elle se tint, l'air maussade, ses doigts jaunis s'agitant à la recherche de leur cigarette habituelle. Elle était agacée d'être ainsi mise à l'écart et ne chercha pas à le dissimuler. Elle était déjà irritée par le fait que ses filles, les seules nièces du marié, n'aient pas été invitées au mariage, une exclusion qu'elle jugeait inadmissible. Ne faisant pas confiance à sa future belle-sœur pour choisir une robe qui dissimulerait son embonpoint, elle avait refusé d'être demoiselle d'honneur, mais était furieuse qu'on n'ait confié aucun rôle à ses filles. L'excuse de la mariée ne l'avait pas convaincue – elles étaient déjà trop grandes pour être petites filles d'honneur, mais encore trop jeunes pour être demoiselles d'honneur. La sœur du marié n'avait jamais tenu en très haute estime la mariée ni sa famille, et n'était que trop heureuse de voir son jugement justifié. Ils avaient beau prétendre le contraire, songeait-elle, la mariée et sa famille n'étaient que des « gens d'ailleurs » typiques, avec leur élégante résidence secondaire et leur bateau à voile qui coûtait sans doute plus qu'elle ne pouvait gagner en un an de travail honnête. En prononçant cette condamnation, elle ne s'arrêtait pas au fait qu'une année de travail honnête dépassait nettement tout ce qu'elle avait jamais pu entreprendre.

Entre cette femme mécontente et sa mère, le photographe intercala le père du marié et sa compagne. Cette dernière, que le père du marié quitterait moins d'un mois après le déclenchement de l'obturateur, passa un bras autour de la taille de son compagnon et glissa l'autre main entre les boutons de sa chemise blanche tachée, déformant l'étoffe. Il regardait droit devant lui, impassible, ignorant la main posée sur sa poitrine et le regard forcément écœuré, il aurait pu en jurer, de son ex-épouse. En fait, la mère du marié ne regardait même pas son ancien mari, car elle était distraite par les trois garçons d'honneur qui chahutaient une marche plus bas. Les jeunes avaient commencé à faire la fête la veille au soir au dîner de préparation ; ils avaient bien failli être trop saouls pour tirer les feux d'artifice que le marié était allé acheter jusque dans le New Hampshire avec son petit frère. En se rendant à l'église le matin même, ils avaient fauché trois bouteilles de champagne dans les caisses empilées dans Grange Hall, ils avaient entraîné le marié sur la plage et avaient trinqué avec lui jusqu'à ce qu'il les accuse de chercher à l'enivrer au point qu'il n'arriverait même plus à marcher jusqu'à l'autel. S'y ajoutait le joint qu'ils venaient de fumer dans l'église alors qu'ils étaient censés y chercher la corbeille égarée de la petite fille d'honneur.

« Tenez-vous correctement et bouclez-la un peu qu'on puisse prendre cette foutue photo, dit la mère du marié, en enfonçant son doigt dans le dos de son benjamin.

— Aïe, m'man. Ça va pas, non ? Tu m'as touché en plein dans le rein.

— Maintenant, s'il vous plaît, regardez-moi tous, dit le photographe derrière l'objectif de son Hasselblad. Souriez ! »

Sur le cliché que la mère de la mariée choisirait parmi les épreuves qui arriveraient chez elle cinq bonnes semaines après le mariage, la plupart des personnages souriaient, mais aucun avec l'exubérance radieuse du jeune couple. Avec leurs cheveux blonds, leur teint hâlé et leurs larges sourires quasi identiques, les mariés auraient presque pu être frère et sœur. Ils étaient tombés amoureux quand ils avaient seize ans et, malgré l'éloignement géographique et tout ce qui les séparait, leur volonté de célébrer ce jour n'avait jamais fléchi au cours des dix années qui avaient suivi. Sur cette photo, leurs visages rayonnaient de joie et longtemps la mère de la mariée serait incapable de passer devant ce tableau, accroché dans le petit salon de sa maison de vacances, sans avoir le cœur serré et les larmes aux yeux. Avec le temps, cette image s'éloignerait dans l'oubli général des meubles et des babioles. Mais bien des années plus tard, il arriverait encore à la mère de la mariée de songer à cet après-midi du début d'été, au bruissement des pins qui séparaient la petite église de campagne de la grand-route en lacet, aux lupins mauves du bouquet de la mariée, aux vagues qui léchaient les rochers de la grève déchiquetée et au baiser que le nouveau mari de sa fille avait posé sur la joue de sa nouvelle épouse à l'instant même où le photographe appuyait sur le déclencheur.

LE PREMIER ÉTÉ

I

La maison d'East Red Hook, un village situé à quelques kilomètres de la ville de Red Hook proprement dite, était une folie fin dix-neuvième, avec une tourelle en chapeau de sorcière, des ornementations à n'en plus finir, un parement de briques et de carreaux en céramique multicolores et une chambre secrète dissimulée derrière des rayonnages. Elle avait été construite en 1879 par un gentleman du nom d'Elias Hewins, selon les instructions précises de sa très jeune épouse. Ayant acheté ces hectares de prairie sur le front de mer moutonneux pour une bouchée de pain à un fermier qui avait fini par renoncer à essayer de gagner sa croûte en cultivant le sol rétif du Maine, Elias avait choisi l'emplacement de sa nouvelle demeure de manière à profiter au maximum de la vue au-delà de la petite crique d'East Red Hook, vers les minuscules îles dispersées le long d'Eggemoggin Reach comme des miettes sur une grande nappe bleue. Le fils d'Elias, Nathaniel, était né, avait vécu et était mort dans cette maison, qu'il avait transmise à ses six enfants adultes, lesquels avaient tous abandonné la côte du Maine depuis longtemps. L'unique fille de Nathaniel, la benjamine de la famille, était la seule à posséder les ressources et l'envie nécessaires pour revenir occasionnellement de New York où elle avait suivi son mari. Elle avait transformé son lieu de naissance en maison de vacances, à la suite de quoi, pendant plusieurs décennies, elle avait passé tous ses étés au village avec sa fille Alice, dont le père venait les voir aussi souvent que ses activités professionnelles le lui permettaient. Au cours de l'été de 1940, alors qu'Alice avait vingt-six ans et que ses parents la voyaient déjà vieille fille, elle avait fait la connaissance d'un jeune violoniste, un réfugié juif originaire de Prague, que les routes de l'exil et le hasard avaient conduit à Red Hook, où il se produisait dans le cadre du célèbre festival estival de musique de chambre de la ville, au Centre Usherman. Après de brèves fiançailles, Alice et Emil Kimmelbrod s'étaient mariés, et le couple avait acheté sa propre résidence de vacances, à deux pas de là, à Red Hook. Mais leur fille, Iris, une enfant impétueuse, passait le plus clair de ses étés chez sa grand-mère où elle pouvait courir et jouer librement sans avoir à respecter les consignes de silence imposées par son père quand il travaillait son violon.

Si tant est qu'ils y aient réfléchi un instant, Iris et ses parents étaient persuadés que la grand-mère d'Iris avait racheté les parts de ses frères, les cinq fils de Nathaniel Hewins, ou en avait hérité lorsqu'ils étaient morts l'un à la suite de l'autre. Mais, au décès de la vieille dame, on découvrit qu'il n'y avait jamais eu de mutation en bonne et due forme. La grand-mère d'Iris ne lui laissait pas l'intégralité de la vieille demeure délabrée, mais seulement le sixième qui lui revenait légalement. Il avait fallu à Iris près de sept ans pour retrouver ses vingt-neuf cohéritiers, dont certains étaient loin d'imaginer qu'ils étaient originaires d'un village portuaire de la côte sud-est du Maine, aux maisons de bardeaux blancs, aux tourbières à myrtilles et aux bateaux de pêche au homard. La plupart acceptèrent de renoncer à leurs droits sur la vieille demeure qui menaçait ruine en échange d'un modeste dédommagement financier calculé en fonction des tarifs du marché. Mais un mauvais coucheur, un vague cousin texan, refusa de signer tant qu'Iris ne lui eut pas promis une somme nettement supérieure aux quatre cent quarante-trois dollars auxquels il avait droit. Malgré les objections de son mari – tout en appréciant le Maine, Daniel n'éprouvait pas pour cette région un attachement sentimental justifiant pareille dépense –, Iris adressa à son cousin éloigné un chèque de trois mille dollars. Une fois l'acte notarié dûment signé, elle s'engagea dans les travaux de rénovation qui engloutiraient son temps et son énergie pendant de nombreux étés. Ses projets étaient si divers et ses plans tellement compliqués que, jusqu'au dernier moment, on avait pu se demander si les dernières améliorations – l'ajout d'une douche aux toilettes du rez-de-chaussée – seraient terminées à temps pour le mariage de sa fille Becca avec John Tetherly, le fils de la dame qui venait déjà faire le ménage avant la mort de la grand-mère d'Iris.

Elias Hewins avait nourri des prétentions de gentleman-farmer, et peu après avoir construit sa demeure, il avait fait don d'un petit lopin de terre à la section locale de la Grange, la Fédération nationale de défense de l'agriculture. Sur ce terrain, la Grange avait construit un bâtiment très simple, avec de longues fenêtres étroites dépourvues de volets, une grande salle sur l'avant suffisamment vaste pour accueillir toute la population de la commune, une modeste antenne de la grande bibliothèque de Red Hook sur l'arrière, et une cuisine. Pendant plusieurs générations, Grange Hall avait été un des centres de la vie villageoise. Mais au moment où Iris avait pris possession de sa maison, ce local n'était guère plus qu'une coquille vide, oubliée et négligée par le village qui en était propriétaire. Tout l'équipement intérieur, dont le vieux poêle en fonte, avait été pillé par des vandales et des amateurs d'antiquités sans scrupule ; quant à la bibliothèque, elle n'était ouverte que les trois mois d'été.

Aux yeux d'Iris, Grange Hall faisait partie du patrimoine familial au même titre que sa propre maison. Peut-être même plus, parce que si elle se sentait chez elle dans la demeure de son enfance, là où elle avait pu jouer bruyamment loin du silence qui régnait dans la villa de ses parents, Grange Hall incarnait son lien avec le village lui-même, un symbole du rôle concret de ses ancêtres dans la vie communale de ce fragment du ruban littoral du Maine. Bien que les dernières générations ne soient venues que pour les vacances d'été, l'existence même de Grange Hall prouvait qu'autrefois ils avaient été des *Mainers*, des habitants du Maine. Leurs dépouilles occupaient toute une section du cimetière de la ville. Il y avait une mare Hewins, une rue Hewins, et ce nom ne figurait pas seulement sur des pierres tombales, mais sous les portraits de diacres morts depuis longtemps accrochés dans les salles paroissiales, sur les registres de naissances et de mariages, au-dessus du porche d'un des plus anciens immeubles marchands de la ville et sur les socles des monuments aux morts de Bull Run, d'Ypres et d'Iwo Jima.

Iris savait que c'était un peu ridicule, mais ces traces de pierre et de papier témoignant de son appartenance à Red Hook étaient essentielles à l'image qu'elle se faisait d'elle-même et de sa place dans le monde. La moitié de son histoire personnelle s'enracinait dans une région d'Europe à jamais disparue, une terre désormais effacée de synagogues du treizième siècle, de cimetières aux tombes millénaires gravées de caractères hébraïques. Ce pan-là de son héritage était perdu pour elle aussi irrémédiablement que les parents et les frères et sœurs de son père, tués à Terezin. D'où l'importance accrue que prenaient le côté Maine, l'histoire de Red Hook. Ce n'était qu'une résidence secondaire, bien sûr – elle avait passé le reste de sa vie à New York, dans l'Upper West Side de Manhattan –, mais ses racines s'enfonçaient profondément dans ce rocher. C'était là qu'elle avait planté ses filles, comme des vivaces qui fleurissaient tous les étés. Son mari lui-même, une transplantation moins adaptée, peut-être, au climat et au terrain, y avait aussi, lui semblait-il, développé quelques racines, plus superficielles sans doute.

Après avoir légalement pris possession de sa demeure ancestrale, Iris, avec son énergie et sa passion coutumières, s'était mis dans l'idée de restaurer Grange Hall. Elle avait réclamé des subventions à l'État, organisé des vide-greniers et des ventes de gâteaux, proposé des soirées « potée de haricots » et prié ses voisins, estivants ou habitants du cru, à consentir des dons au profit de la rénovation du bâtiment. Pour finir, elle avait largement puisé dans leurs économies, à Daniel et à elle, une des raisons pour lesquelles ils se contentaient toujours d'une chaudière antédiluvienne et capricieuse bien après que Grange Hall fut redevenue la salle de réunion polyvalente du village.

Aujourd'hui, elle vivait l'apothéose de tous les espoirs qu'elle avait nourris pour Grange Hall, elle voyait se concrétiser sa volonté d'occuper une vraie place dans la vie du village. Dans ce beau bâtiment imaginé et financé initialement par son arrière-arrière-grand-père, sa propre fille s'apprêtait à célébrer son mariage avec un homme dont les racines s'enfonçaient dans cette localité encore plus profondément que les siennes.

La semaine précédente, John, Becca et leurs amis avaient repeint Grange Hall, et la laque blanche brillait, fraîche, symbole du renouveau que les étés dans le Maine avaient toujours représenté pour Iris et ses filles. La veille, les demoiselles d'honneur avaient cueilli des fleurs par centaines et tressé des guirlandes embaumées pour décorer les rampes de bois qui bordaient les marches de la véranda, et pour encadrer la porte d'entrée. La salle elle-même était une orgie de mauve, de violet, de lavande – différentes nuances de la couleur préférée de Becca. Iris était incapable d'imaginer comment les filles avaient réussi à trouver autant de lupins aussi tard dans la saison. De bonne heure, le matin même, elle avait rempli la salle de cierges votifs, qu'elle avait disposés en cercles sur toutes les tables et en longues rangées scintillantes sur les appuis de fenêtres.

En décorant aussi bien Grange Hall que l'église unitarienne, Becca et elle avaient cherché à créer une impression d'opulence rustique, à la fois simple et radieuse. Une profusion de bouquets de fleurs fraîches dans des vases de porcelaine désassortis, des chaises pliantes de bois blanc entourées de guirlandes, des petits cartons portant les noms des invités écrits de leur propre main, sans intervention d'un calligraphe professionnel. Elles avaient écumé les boutiques de fripes et les bric-à-brac pour dénicher les nappes de dentelle blanche qui couvraient les vingt tables rondes. Le traiteur, un estivant dont Iris avait fait la connaissance par le comité des bibliothécaires bénévoles, avait proposé un menu sans chichis, mais qui ne manquait pas de chic. Des légumes bio cultivés dans des fermes voisines, du bœuf et du porc provenant d'un éleveur local qui abattait lui-même ses bêtes, du pain et des petits pains cuits par le magasin bio local, des laitues du potager d'Iris et un gâteau de mariage confectionné par un ami du marié, qui venait de passer son diplôme de cuisinier à l'université locale.

Le traiteur avait de toute évidence réussi à faire fonctionner la cuisinière, et les serveurs défilaient avec des champignons farcis, des cakes miniatures au crabe, des mini-hamburgers et des feuilletés au homard. Le guitariste de l'orchestre qui devait jouer plus tard dans la soirée commença à chauffer la salle avec un prélude de Robert de Visée. Il n'y avait que Becca pour dénicher un blues band dirigé par un guitariste classique, songea Iris.

Elle leva les yeux vers le plafond et fronça les sourcils. Une des guirlandes d'ampoules blanches qui entouraient les chevrons s'était détachée ; si elle descendait un peu plus bas, elle risquait de se prendre dans les cheveux de quelqu'un. Elle parcourut la salle des yeux, cherchant son mari. Daniel était à l'autre bout, les mains enfoncées dans les poches, se balançant sur ses talons. Leurs regards se croisèrent et, d'un sourcil levé, elle lui fit signe de la rejoindre. Il se fraya un chemin à travers la foule, s'arrêtant pour serrer des mains tendues et s'inclinant pour recevoir sur la joue un baiser d'une de leurs vieilles voisines.

« C'est magnifique, dit-il en arrivant enfin près d'elle.

— Je suis assez d'accord avec toi. Mais regarde là-haut, dit-elle en désignant le fil électrique qui pendait du chevron. Les ampoules dégringolent. »

Daniel tapota ses poches à la recherche des lunettes qu'il avait oubliées sur sa table de chevet. Il plissa les yeux pour inspecter les coupables. « Ce n'est rien. » Il attrapa une chaise et monta dessus. Quand il avait fait la connaissance d'Iris, Daniel était boxeur – poids moyen détenteur des Gants d'or, avec un bon paquet de victoires à son actif – et trente ans plus tard, bien que sa taille se soit épaissie et que, sous la peau, ses muscles aient ressemblé davantage à de la simple chair qu'à des blocs de granit de Red Hook, ses larges épaules tendaient toujours l'étoffe de sa veste et il n'avait rien perdu de la grâce qui avait fait de lui un adversaire redoutable sur le ring. Il bondit de la chaise et agrippa le chevron, puis fit un rétablissement suffisant pour passer le bras gauche au-dessus du chevron tout en attrapant le cordon d'ampoules rebelles de la main droite. Puis il s'arrêta, perplexe.

« Dis donc, Iris, dit-il. Tu n'aurais pas une punaise sur toi par hasard ?

— Une punaise ? Non.

— Merde. »

Il resta suspendu en l'air un moment, absorbé par le problème de la guirlande, apparemment inconscient du spectacle qu'il offrait. Un homme d'âge mûr en tenue de soirée qui se balançait dans les airs comme un émule de Spiderman était forcément ridicule, mais Iris ne put s'empêcher d'admirer sa silhouette, la ligne des trapèzes qui se dessinait sous sa fine chemise de coton. Finalement, Daniel enroula le cordon plusieurs fois au-dessus du chevron puis noua l'extrémité sur elle-même aussi bien qu'il le pouvait d'une seule main.

« Tu veux bien retirer cette chaise, s'il te plaît ? » demanda-t-il.

Iris remit la chaise à sa place, devant une table, et Daniel fit encore quelques mouvements de balancier avant de se laisser tomber au sol avec une souplesse étonnante pour un homme aussi solidement bâti. Les invités qui se trouvaient assez près pour avoir suivi sa démonstration gymnique manifestèrent bruyamment leur admiration. Mary Lou Curran, une ancienne estivante qui avait choisi de prendre sa retraite dans le cottage qu'elle avait, comme Iris, hérité de ses grands-parents, applaudit à tout rompre. Daniel s'inclina légèrement.

« Finalement, je crois que j'ai mis les chaussures qu'il fallait », remarqua Daniel en levant un de ses pieds chaussés d'une tennis blanche éclatante. Il savait bien qu'elle ne lui pardonnerait jamais entièrement sa distraction.

« Sans doute, oui », répondit Iris, essayant de tout son cœur de lui pardonner, sans y parvenir.

Daniel ne se prenait jamais très au sérieux, ce qui, pendant l'essentiel de leur vie commune, avait heureusement compensé la tendance d'Iris – une tendance dont elle avait douloureusement conscience – à tout prendre trop au sérieux, elle-même comprise. Quand tout allait bien entre eux, il constituait un yin facile à vivre, parfois nonchalant, qui neutralisait le yang fougueux, parfois autoritaire, de son épouse. Elle avait une forte personnalité, mais il lui arrivait de s'éparpiller. Elle avait besoin du calme délibéré, flegmatique de Daniel. Le contact de sa main puissante sur son bras lui rappelait qu'il fallait faire une pause, prendre le temps de souffler. De ralentir. En même temps, elle sentait qu'il avait besoin d'elle, lui aussi, que c'était elle qui évitait que sa placidité, sa réserve ne se transforment en détachement ou en indifférence pure et simple. Quand il donnait l'impression de risquer de ne pas atteindre un objectif qu'il s'était fixé, faute de concentration ou d'enthousiasme, elle était là pour l'aider à garder le cap, à aller jusqu'au bout. Mais dès qu'un grain de sable se mettait dans les rouages, au moindre de ces désaccords qui avaient eu tendance à se multiplier récemment, cette disparité de tempérament accentuait encore les fissures et les fractures de leur relation : elle était un bulldozer, il était une chiffe molle, et tout ce qu'ils disaient et faisaient semblait calculé pour blesser l'autre, le provoquer ou le faire enrager.

Pendant les vingt premières années, ce jeu de contraste et de complément réciproques avait bien fonctionné. Ils s'en étaient accommodés, malgré une disparité qui aurait mis d'autres couples en péril. Daniel avait dû renoncer à prendre une part d'associé dans son cabinet juridique et s'était résigné à gagner chichement sa vie comme assistant dans une faculté de droit médiocre. Les revenus d'Iris avaient alors largement dépassé les siens, ce qui était parfaitement imprévisible puisqu'il était avocat et elle professeur de littérature comparée. Mais c'était une universitaire particulièrement brillante. Elle s'était spécialisée dans la Shoah, et son ouvrage sur le rôle de l'humour noir dans la mémoire des survivants avait connu un étonnant succès de librairie. Vingt ans après sa publication, c'était toujours un ouvrage de référence qui lui assurait un flot régulier de droits d'auteur. Le salaire de Daniel à la faculté de droit de Brooklyn dépassait à peine la moitié des revenus d'Iris. Mais cette inégalité ne les gênait ni l'un ni l'autre. Iris appréciait l'autorité inhérente au statut de soutien de famille, et Daniel avouait volontiers être soulagé qu'elle gagne suffisamment pour qu'il puisse exercer un métier dénué de stress excessif, et qui lui permettait d'être libre tout l'été.

Cependant, à sa grande honte, Iris s'était surprise à se demander de plus en plus fréquemment s'il n'aurait pas été agréable d'avoir pour époux un homme plus brillant professionnellement. Ce n'était pas une question d'argent. Suffisamment à l'aise, ils n'avaient jamais aspiré à la richesse. Mais elle se demandait comment elle aurait vécu au côté d'un homme passionné par son métier, et très fort dans son domaine, comme elle. Un homme doté d'une compétence professionnelle fondamentale. Un homme sur lequel on aurait pu compter non seulement pour faire ce qu'on lui disait, et pour le faire de bonne grâce, mais pour savoir ce qu'il fallait faire et en prendre l'initiative. Un homme dont on aurait su, sans pouvoir en douter un instant, qu'il mettrait dans sa valise une chaussure droite et une chaussure gauche.

Mary Lou tapota le bras d'Iris d'une main flétrie ornée d'une grosse bague de pierre de lune bleue, de la nuance exacte de ses veines noueuses. « Je tiens à vous féliciter tous les deux, dit-elle. Vous devez être très fiers.

— Bien sûr, approuva Daniel.

— J'ai toujours aimé ce petit John Tetherly, poursuivit Mary Lou. C'est un jeune homme charmant. »

En effet, songea Iris. Son nouveau gendre était un chic type, c'était indéniable, un homme chaleureux, tendre, avec un petit côté gentiment pince-sans-rire, un esprit légèrement caustique typique de la région. Iris s'était prise d'affection pour lui dès que Becca, encore adolescente, l'avait amené chez eux. Au cours de ce premier dîner, il les avait régalés d'anecdotes sur ses terribles épreuves de responsable du camp d'aviron du yacht-club – les gamins étaient systématiquement pris d'une envie pressante alors qu'il venait de boucler leurs gilets de sauvetage et de les mettre à l'eau, et balançaient leurs rames par-dessus bord dès qu'ils étaient contrariés ou en avaient assez. John était un narrateur de talent, capable de contorsionner son visage avenant dans des imitations irrésistibles. Il était aussi incroyablement doué de ses mains, excellent menuisier et constructeur de bateaux hors pair. Alors qu'il n'était encore qu'adolescent, Iris lui avait confié des tâches qui dépassaient les talents limités de bricoleur de Daniel. Avec le sourire, John avait démonté des canalisations, remplacé des tuyaux rouillés et réparé des châssis de fenêtres brisés. L'été dernier encore, il avait aidé Iris à remplacer le lambris à moitié pourri de la salle de bains du bas.

« Il travaille au chantier, c'est ça ? poursuivit Mary Lou.

— Il est architecte naval, il conçoit les bateaux, il ne les construit pas. »

Si Iris avait éprouvé quelque inquiétude à l'idée que sa fille épouse un garçon du coin qui n'avait pas fait d'études supérieures, elle avait été rassérénée quand, avec ses encouragements, sans parler de son aide financière, John s'était inscrit à un cours de design naval à la Landing School de Kennebunkport, un établissement mondialement réputé. John était un artiste et un artisan, ce qui faisait de lui, se disait Iris, un conjoint parfait pour sa fille, qui n'était pas une intellectuelle non plus. Comme celui de John, le talent de Becca résidait dans ses mains, et dans son âme de musicienne.

« Il lui arrive tout de même de participer à la construction, intervint Daniel. Au chantier naval, tout le monde travaille de ses mains. »

Iris fusilla son mari du regard.

« Quels sont les projets de ces jeunes gens ? s'empressa de demander Mary Lou. Ils comptent rester à Red Hook ?

— Oui, répondit Iris. John a une bonne situation au chantier naval et ils logent chez nous pendant l'hiver, ce qui réduit considérablement leurs charges.

— Mais ils envisagent de s'installer dans les Caraïbes, rectifia Daniel. Pour y monter une entreprise de croisières.

— On verra bien, dit Iris. De toute façon, son bateau est loin d'être terminé. »

Cela faisait plusieurs années que John consacrait toutes ses heures de liberté à la restauration d'un schooner Alden de 1938 qu'il avait déniché dans un chantier naval de Macchias, où le yacht pourrissait depuis la nuit des temps. Il était venu chercher une livraison de bois dur – le propriétaire du chantier de Macchias avait du padouk dont il voulait se débarrasser, un bois rare, résistant aux termites et qui embaumait la rose. Mais, à peine arrivé, John avait été distrait de sa mission par la vision du schooner abandonné en cale sèche, tout au fond du chantier.

Un vrai coup de foudre, à l'en croire. Il était tombé amoureux de ce bateau, disait-il, avant même de voir le nom écrit sur la poupe, en italiques blanches alambiquées et fanées. Et ensuite ? Eh bien, comment aurait-il pu *ne pas* acheter un bateau qui s'appelait le *Rebecca* ?

Mais l'Alden avait déjà été un objet de conflit entre Iris et Becca. Celle-ci, qui gagnait à présent sa vie, si l'on pouvait dire, en donnant des cours de voile et en enchaînant les petits boulots l'hiver, était violoniste. Sans posséder les dons prodigieux de son grand-père, elle avait certainement assez de talent pour se faire engager dans un orchestre. Elle avait commencé à jouer toute petite, sur un seizième de violon, et tout le monde, elle-même comprise, était convaincu qu'elle ferait carrière dans la musique. Et voilà qu'à vingt ans elle avait tout laissé en plan, quittant le Conservatoire de musique de Nouvelle-Angleterre pour s'installer avec John. Iris avait espéré qu'au bout d'un moment Becca reviendrait à la raison et se remettrait à la musique. Elle avait expliqué à sa fille que rien ne l'empêchait de poursuivre sa carrière tout en restant à Red Hook. Bangor, à une heure et demie de route, avait un orchestre symphonique de très bonne qualité, et l'été, le Centre Usherman attirait dans la région des dizaines de musiciens de tout premier plan, venus de tout le pays. Mais sa fille aînée était la seule personne de sa connaissance à se montrer inaccessible, et même insensible, à la force de ses arguments. Une fois qu'elle s'était mis une idée en tête, elle était inébranlable. Or elle avait décidé que, puisqu'elle ne serait jamais la musicienne qu'elle avait rêvé d'être, elle préférait ne plus jouer du tout. Le coup de grâce avait été porté l'année précédente, quand John s'était trouvé à court d'argent pour son bateau. Becca avait refusé le prêt que leur proposaient ses parents et avait vendu son violon, liquidant son passé, avait-elle expliqué, pour investir dans leur avenir, à John et à elle. Iris était folle de rage, et elles avaient eu plusieurs prises de bec avec pour résultat qu'elles ne s'étaient pas adressé la parole pendant presque un mois.

Elles avaient fini par se rabibocher ou, plus exactement, elles avaient renoncé à aborder le sujet qui les fâchait. Cet accord tacite avait tenu jusqu'à ce jour où Becca, en attendant la limousine qui devait la conduire à l'église, avait annoncé leur intention, à John et elle, d'utiliser l'argent qu'ils avaient reçu pour leur mariage pour achever la restauration du bateau. Iris avait fait tout son possible pour rester calme, mais n'avait pu dissimuler sa contrariété devant la sottise d'un tel investissement, alors que cet argent aurait pu servir d'acompte pour l'acquisition d'une maison. Leur discussion aurait certainement dégénéré sans l'intervention de Daniel, qui les avait priées avec insistance de ne pas laisser la moindre zizanie troubler la paix de ce beau jour.

« Les Caraïbes ? demanda Mary Lou. On peut vraiment gagner sa vie en faisant de la voile dans les Caraïbes ?

— Si quelqu'un en est capable, c'est John », répondit Daniel. Puis, comprenant enfin qu'il risquait fort de ranimer la querelle qu'il avait réussi à éviter un peu plus tôt, il enchaîna : « Voulez-vous que je vous cherche un verre, mesdames ? Mary Lou, un peu de champagne ?

— Je préférerais un gin tonic.

— Je m'en charge », lança Iris.

À son arrivée, elle découvrit que la jeune génération s'était précipitée de façon inconvenante sur les boissons alcoolisées et faisait barrage, empêchant tous les autres invités de s'approcher du bar. Iris posa une main réprobatrice sur le bras d'un des garçons d'honneur et chercha doucement à l'écarter. À cet instant, Jane Tetherly, la mère de John, descendit dans l'arène.

« Ça suffit, les jeunes, dit-elle en les écartant énergiquement. Vous n'avez qu'à attendre votre tour comme tout le monde, vous n'êtes pas les seuls à avoir soif. » D'un ton sec, elle ordonna au barman de dégager, remonta ses manches et entreprit de faire le service. « Prends ça, toi, dit-elle en tendant à une des filles un verre de vodka et de jus de canneberge. Et que je ne te revoie pas ici tant que tout le monde n'aura pas été servi. »

Iris regarda Jane fourrer brutalement des verres entre les mains des jeunes et les chasser du bar. Elle savait prendre les choses en main, il fallait le lui accorder. Jane décapsula une bouteille de bière et en but une longue gorgée avant d'essuyer le goulot avec sa manche et de tendre la bouteille à un des garçons. Iris soupira.

En l'espace de quelques minutes, avec l'aide un peu languissante du barman, Jane avait réussi à remplir les mains tendues des jeunes et à les envoyer s'amuser plus loin. Elle leva la tête et croisa le regard d'Iris.

« Qu'est-ce que je vous sers ? demanda-t-elle.

— Reposez-vous un peu, Jane, dit Iris. Vous allez nous mettre le syndicat des barmen à dos. »

À son corps défendant, Iris ne pouvait s'empêcher d'adopter avec Jane une attitude faussement joviale. Elle enchaînait les plaisanteries médiocres, que Jane accueillait sans un rire, sans même un sourire. Ce qui n'empêchait pas Iris de recommencer la fois suivante.

Jane fit la moue et haussa les épaules. « Comme vous voudrez », dit-elle. Elle prit une serviette et s'essuya rapidement les mains. Elle avait renversé du tonic sur sa robe et quand elle s'écarta du bar, Iris remarqua le tissu mouillé plaqué contre ses lourdes hanches.

Comme pour tant d'autres situations embarrassantes, pénibles ou désespérées, le yiddish avait un mot pour désigner les relations qui, depuis cet après-midi, régnaient entre Iris et sa femme de ménage. Son père le lui avait rappelé avant qu'ils partent pour l'église, alors qu'elle courait dans tous les sens pour essayer de mettre un peu d'ordre dans la maison.

« Il va falloir que tu donnes son congé à Jane, avait-il remarqué. Il serait franchement inconvenant qu'elle continue à faire le ménage chez toi maintenant que vous êtes... »

Quel mot avait-il employé ? Elle avait agité son balai pour le chasser de la pièce, refusant d'admettre la nécessité de se séparer de Jane. Celle-ci dirigeait une agence d'entretien, avait protesté Iris, et cela faisait des années qu'elle ne faisait plus le ménage elle-même chez ses clients. En fait, Iris savait pertinemment que Jane l'avait fait chez eux, l'été précédent, alors qu'une de ses « filles » (dont l'âge s'échelonnait de seize à soixante-six ans) était en congé de maternité.

Si les rapports entre Iris et Jane n'étaient pas très intimes, ni même franchement cordiaux, du moins, songeait Iris, auraient-elles pu introduire une certaine rondeur dans leurs transactions hebdomadaires. Quand leurs enfants avaient commencé à se fréquenter, Iris s'était dit que, peu à peu, elle pourrait nouer avec Jane des liens plus familiaux, voire simplement amicaux. Après tout, sans l'heureux hasard qui avait conduit sa grand-mère à épouser un banquier new-yorkais au lieu d'un pêcheur local, et sa mère à prendre pour mari un violoniste concertiste et non un ouvrier du chantier naval, elles auraient pu mener des vies très comparables. Mais Jane n'avait manifestement pas la moindre intention d'entretenir avec Iris d'autres relations que purement formelles, et son attitude mettait Iris tellement mal à l'aise qu'elle ne pouvait s'empêcher de se conduire exactement comme, supposait-elle, Jane devait s'y attendre de la part de ces m'as-tu-vu de New York, de ces gens d'ailleurs : de façon frivole, stupide et, surtout, condescendante. Quand Iris s'adressait à Jane, sa voix grimpait dans les aigus et prenait un ton strident, et elle se mettait à débiter les pires sottises, s'apitoyant par exemple sur le prix du fioul domestique, comme si les préoccupations financières des Copaken avaient quoi que ce soit à voir avec celles des Tetherly. Iris était exaspérée de se voir ainsi obligée de jouer les châtelaines. À New York, elle connaissait et fréquentait des gens qui avaient des ennuis d'argent bien plus graves que ceux de Jane, mais qui n'adoptaient jamais cette attitude de déférence rancunière à son égard.

Sans aller jusqu'à espérer qu'elles pourraient un jour se comporter comme des proches, Iris était bien décidée à ne pas laisser cette distance dégénérer en aversion. Elle se rappela l'admiration que lui inspirait Jane – c'était une femme sans instruction qui avait épousé un lamentable parasite, une femme qui avait monté avec succès sa propre entreprise. Un modèle parfait pour les féministes.

Iris soupira. Ce n'était pas pour rien, se dit-elle, que la langue anglaise n'avait pas de mot pour désigner le lien social que créait entre deux familles le mariage de leurs enfants.

Machetunim, c'était cela. Jane et elle étaient désormais des *machetunim*. Au même titre, se dit Iris avec un frisson mal réprimé, qu'elle-même et Frank, un ivrogne d'une avarice légendaire qui conduisait des chasse-neige l'hiver et travaillait sur les routes en été, et qui ne semblait pas plus capable d'avoir engendré le doux John, un garçon doué et franc, que Jane de l'avoir enfanté.

Quand Iris rejoignit Mary Lou, elle découvrit que quelqu'un avait déjà apporté à la vieille dame la boisson désirée.

« Posez-le sur la table, lui dit Mary Lou. Je lui ferai un sort dans un instant. »

Mary Lou était entourée d'un groupe de dames du comité de la bibliothèque de Red Hook, ou peut-être étaient-ce des membres du club de jardinage, du club féminin de Red Hook, ou encore des dames auxiliaires des Anciens Combattants. L'attention générale se porta immédiatement sur Iris, toutes ces voix féminines se fondant en un murmure de vœux de bonheur bouillonnants.

Ce dais, c'était tellement intéressant, quel nom lui donnez-vous ? Et le verre. Elles en avaient déjà entendu parler, bien entendu, mais ne l'avaient jamais vu pour de vrai. Une ampoule électrique ? Ah, ce n'était pas un verre ? Très ingénieux, vraiment, parce qu'un verre pourrait ne pas se briser, et de quoi aurait-on l'air ? Le pasteur n'avait pas l'air gêné par la présence du rabbin. Somme toute, c'était assez normal pour des unitariens. Ça ne se passerait pas comme ça à Saint-Paul. Vous imaginez le pasteur Osgood avec tous ces machins en hébreu ? Et la robe de Becca ! Adorable, absolument adorable, avec tout ce tulle et ces broderies de perles. Il paraît qu'elle l'a achetée à New York. La petite Annie Field, vous savez, celle qui habite là-bas, près de la route de Dorchester, elle a fait faire sa robe à Boston, mais New York, mon Dieu. C'est tellement loin. Après tout, c'est là que vous habitez, n'est-ce pas ? Pourtant votre grand-mère et la mienne étaient à l'école primaire ensemble. Et puis votre mère a rencontré votre père en ville, c'est bien ça ? Il était d'ailleurs, bien sûr. Il était venu pour l'été, à Usherman Hall. Il n'était pas européen ? Ah, mon Dieu, oui, c'est vrai, de Prague. Eh bien, on peut dire qu'il a eu de la chance. Il est parti à temps.

La présence de ces dames au mariage était, songea Iris, la reconnaissance de son rang de *presque d'ici* sinon de *tout à fait d'ici*. Quelques années avant le mariage, une nouvelle bibliothécaire pleine de zèle avait inspiré à ces dames et à leurs maris retraités une véritable passion pour la généalogie. Quand ils arrivaient à la bibliothèque après l'école pour faire semblant de faire leurs devoirs, les enfants trouvaient tous les ordinateurs et toutes les chaises disposées devant les longues tables de bois occupés par des grands-parents qui, à travers leur cataracte, consultaient des volumes poussiéreux à reliure cuir remplis d'archives de recensement et de certificats de baptême. Les plus chanceux de ces généalogistes amateurs avaient réussi à établir des arbres généalogiques sur six ou sept générations, couverts de pattes de mouche et complétés par des frottis de pierres tombales réalisés sur de grandes feuilles fragiles de papier calque. Ceux dont les arrière-arrière-arrière-grands-parents faisaient partie des soixante familles protestantes d'origine qui avaient fondé la commune pour obtenir des terres – condition imposée par la Cour générale du Massachusetts – se mirent à traiter les rejetons de ceux qui étaient arrivés plus tard avec une condescendance affable. Les habitants dont les arbres généalogiques arboraient des noms comme Chenard, Benoit et Giroux affichèrent soudain ce que les Roundy, les Wood et les Hinckley considéraient comme un orgueil déplacé en raison de leurs racines acadiennes. Néanmoins, tout le monde était d'accord pour penser que, si vous étiez incapable d'afficher ne fût-ce que quelques aïeux établis sur place avant l'invasion des estivants en location au dix-neuvième siècle, vous deviez, en toute honnêteté, vous considérer comme « d'ailleurs ». Le nom de famille d'Iris, Hewins, apparaissait sur les registres communaux bien avant cela. En réalité, la plus grande entreprise d'huile de poisson de la péninsule de Red Hook avait appartenu à un certain Benjamin Hewins, dont le père, Nehemiah Hewins, cousin de l'arrière-arrière-grand-père d'Iris, Elias, s'était pris une balle de mousquet dans la partie charnue du pouce alors qu'il servait dans le 3e régiment du New Hampshire, à la bataille de Bunker Hill. Ces références irréprochables avaient un peu racheté le fait qu'une autre branche de la famille d'Iris était arrivée à Red Hook à la fin des années 1880, pour la simple raison que les résidences secondaires y étaient moins chères qu'à Bar Harbor.

Du fond de la salle, Ruthie Copaken observait sa mère faire des ronds de jambe, attentive et courtoise, aux dames de Red Hook. Elle ne cessait de s'étonner de la patience apparemment infinie d'Iris, dont chacun savait qu'elle supportait mal les imbéciles, à l'égard de ces femmes. Elle assistait à tous les dîners « potée de haricots », à tous les petits déjeuners « myrtilles » de la saison, et n'aurait manqué sous aucun prétexte une réunion du comité de la bibliothèque, même si le seul sujet à l'ordre du jour était de se prononcer, pour la trente-sixième fois, sur l'opportunité d'installer un aquarium à bernard-l'hermite dans la section enfants. (*C'est une bibliothèque après tout,* argumentaient certaines, *pas un zoo.*) Iris, dont l'esprit était si carré et si redoutable que les camarades de classe de Ruthie à New York, elles-mêmes filles de banquiers, de médecins et de professeurs, paniquaient à l'idée de devoir s'entretenir avec elle, passait ses étés à essayer de faire amie-amie avec les épouses de pêcheurs de homards qui n'avaient certainement pas fait d'études supérieures et avec lesquelles elle n'aurait jamais pris la peine d'échanger plus que quelques civilités si elles avaient habité New York. C'est ce qui faisait la particularité du Maine, et surtout de Red Hook, se dit Ruthie. Les amies qui l'invitaient dans leurs maisons de vacances des Hamptons ou du Nord de l'État de New York ne cherchaient pas à fréquenter la population locale, bien au contraire. Elles faisaient tout leur possible pour éviter les bandes de jeunes du coin qui traînaient sur la plage ou sur le parking du *Dairy Queen*. Dans le Maine, la division entre population locale et estivants était tout aussi réelle, mais beaucoup plus complexe. C'étaient les gens du coin qui considéraient ceux d'ailleurs avec un certain mépris, et ceux d'ailleurs qui, en un sens, faisaient des pieds et des mains pour se faire accepter. Ruthie était toujours un peu gênée de voir sa mère se donner autant de mal pour se rendre sympathique.

Sa sœur Becca, en revanche, n'avait pas d'effort à faire. Contrairement à sa mère, elle ne recherchait pas activement l'amitié des gens du coin. Elle vivait parmi eux tout naturellement. En toute sincérité, Becca ne faisait jamais attention à l'origine des gens. Ça lui était bien égal. S'ils étaient gais et amusants, si leurs sarcasmes comiques étaient tempérés d'une vraie gentillesse, si on pouvait compter sur eux pour amener une voile de misaine et hisser un foc, s'ils savaient faire une bonne tarte – Becca était une pâtissière émérite dont le crumble pêches-myrtilles avait remporté un ruban bleu à la foire du comté deux années d'affilée –, elle ne demandait qu'à être leur amie. Peut-être était-ce à force de fréquenter John que Becca ignorait ainsi tout snobisme. De toute évidence, songea Ruthie, elle ne considérait pas les gens du coin comme ses inférieurs, contrairement à leur mère, en dépit de tous les efforts de celle-ci pour le dissimuler.

Quand elle ne supporta plus de voir sa mère affecter l'enthousiasme (ou, ce qui était peut-être pire, s'enthousiasmer sincèrement) pour le projet de vente de charité au profit de la réfection du toit de l'église méthodiste, Ruthie traversa la salle et se faufila au milieu de l'essaim de dames pour la rejoindre.

« Salut, m'man.

— Bonjour, ma chérie. » Iris glissa son bras autour de la taille de Ruthie. « Tu t'amuses bien ?

— Oui. »

Ce n'était pas tout à fait vrai. Elle ne s'amusait pas, mais elle avait toujours été mal à l'aise dans les fêtes. Elle avait l'impression que rien de ce qu'elle pouvait dire n'était jamais sur la bonne longueur d'onde. Ou bien elle errait comme une âme en peine au milieu des invités, ou bien elle se cramponnait à quelqu'un alors que son interlocuteur, elle en était certaine, avait depuis longtemps perdu tout intérêt pour ce qu'elle disait. À la fac, elle n'allait jamais aux grandes soirées et n'assistait même pas à celles qui étaient organisées régulièrement dans sa propre cité universitaire. Mais tout de même, c'était le mariage de sa sœur. Elle aurait dû s'amuser un peu plus.

Après un ultime « Merci infiniment », Iris s'éloigna avec Ruthie.

Lorsqu'elles eurent trouvé un endroit d'où l'on voyait toute la salle, Iris dit : « Tu es superbe, ma chérie. »

Ruthie soupira. « Oh, je t'en prie.

— Ruthie ! C'est vrai, tu es superbe.

— J'ai l'air d'avoir douze ans dans cette robe.

— Elle ne te plaît pas ?

— Non.

— Mais pourquoi est-ce que tu n'as rien dit ? Pourquoi est-ce que tu n'as pas dit à Becca qu'elle ne te plaisait pas ?

— Parce qu'elle tenait tellement au violet. » Ruthie secoua sa jupe. « Qu'est-ce que tu voulais que je lui dise ? Que j'ai l'air d'une grappe de raisin dans sa couleur préférée ?

— Le violet te va très bien. C'est flatteur au teint, tu es ravissante.

— Le pire, ce n'est pas la couleur, c'est la coupe. Elle est tellement nunuche.

— Je ne te comprends pas, Ruthie. Tu as eu amplement l'occasion d'exprimer ton désaccord. Tu aurais pu mettre ce que tu voulais, Becca n'aurait pas demandé mieux.

— Tu as raison. J'aurais sans doute dû lui parler. »

Jamais Iris ne pourrait comprendre que Ruthie n'était pas de taille à remporter ce genre de bataille. Quand Becca avait une idée en tête, il ne fallait pas espérer la faire changer d'avis.

« À propos, quelle heure est-il? demanda Ruthie.

— Je ne sais pas. Pas loin de sept heures sans doute.

— Tu crois que Becca et John en ont encore pour longtemps ? Ils mettent tellement de temps à immortaliser leur mariage qu'ils vont finir par en rater la moitié.

— Ils ne devraient pas tarder, dit Iris. Le photographe voulait encore prendre quelques clichés au bord de l'eau, c'est tout. »

La plage située en contrebas de l'église était d'un pittoresque qui frisait le ridicule, avec les bateaux à homards, blancs pour certains, ou peints de couleurs vives – rouge, vert menthe, bleu ciel – assorties à leurs balises flottantes, qui dansaient sur l'eau. La plage était connue pour ses débris de verre polis par la mer et pour son sable brun-gris où scintillaient des galets ambre et vert et même parfois bleu clair, jaune et rose, avec, de temps en temps, un éclat magique de rouge. La pente herbeuse qui descendait vers la plage était émaillée de fleurs des champs, encore épanouies. En levant les yeux depuis la rive, on pouvait voir la ville disposée comme un village miniature que traverserait un train électrique, toute en bardeaux blancs et en volets noirs brillants. Rien d'étonnant à ce que tous les couples qui se mariaient dans la ville soient en possession d'un portrait où leurs silhouettes se découpaient sur le fond charmant de la mer, de la colline et de la ville. Iris et Daniel avaient, eux aussi, leur propre version de cette photo de mariage traditionnelle, Iris en mini-robe turquoise ornée de minuscules miroirs, Daniel sur son trente et un, en costume style « mod » à veste croisée, bleu paon, debout au bord de l'embarcadère, devant la mer étincelante. Pour le prochain anniversaire de mariage de ses parents, se dit Ruthie, elle pourrait faire faire un nouveau tirage de leur photo de mariage et la faire encadrer dans un double cadre, avec celle de Becca et John.

« Je parie que cette limousine à la noix est en panne », dit Ruthie. Aucun d'eux n'avait approuvé la location d'une limousine, cadeau de mariage des stupides copines de Becca au yacht-club. Ruthie avait été surprise que Becca accepte, d'autant plus qu'elle ne traînait plus beaucoup avec ces filles-là. À part Jasmine, sa plus vieille amie de vacances, elle passait l'essentiel de son temps avec les amies et les femmes des collègues de travail de John, dont certaines étaient des filles du coin tandis que d'autres venaient d'autres villes du littoral où leurs maris avaient appris le métier de charpentier naval. Ruthie supposait que si Becca n'avait pas refusé la limousine, c'était pour ne blesser personne.

« Ils ne vont pas tarder, j'en suis sûre, dit Iris.

— Hé, m'man, tu crois que Becca s'attend à ce qu'on décore leur auto ? Tu sais, avec de la mousse à raser, des boîtes de conserve, ce genre de trucs ?

— Oh, mon Dieu, j'espère bien que non.

— Si c'est le cas, il faudra que le témoin s'en charge, parce que ce n'était pas sur *ma* liste. »

Iris avait préparé un organigramme de toutes les tâches à accomplir en prévision du mariage et remis à chaque membre de la famille une liste personnalisée de missions, réactualisée chaque semaine puis, le grand jour approchant, quotidiennement. Transformer en poubelle la voiture dans laquelle les mariés s'esquiveraient ne figurait sur aucune liste.

« Ne t'en fais pas, ma chérie, dit Iris. Je prendrai ça sur moi, s'il le faut. »

Ruthie regarda sa mère parcourir la salle du regard. Ses yeux se posèrent finalement sur M. Kimmelbrod assis tout au fond, avec pour unique compagnie Samantha, la petite fille d'honneur, perchée sur une chaise à l'autre bout de sa table.

« Ma chérie, tu veux bien aller voir si ton grand-père n'a besoin de rien ? Il est tout seul là-bas, avec Samantha.

— Elle est trop chou », dit Ruthie. Samantha était grande pour son âge, avec une petite bouche parfaite et des yeux sombres et brillants. Qui aurait pu résister à une jolie petite fille vêtue de taffetas lavande, même si elle avait lancé ses pétales en dépit du bon sens ?

Cela ne faisait qu'une semaine que Becca avait proposé à Samantha d'être sa petite fille d'honneur et la couturière avait exigé le double du prix normal pour lui faire une robe, parce que c'était une urgence. Ruthie avait été surprise que cette dépense supplémentaire ne fasse pas bondir Iris, mais peut-être était-elle touchée par l'histoire de Samantha. Celle-ci avait été adoptée six ans plus tôt par la nièce de Jane, Connie, dont le mari n'avait pas tardé à prendre la poudre d'escampette avec le sous-officier de son régiment de réserve. On n'avait plus jamais entendu parler de lui. Au cours de toutes ces années, Connie avait fait des séjours plus ou moins réguliers à l'hôpital psychiatrique près d'Augusta, confiant Samantha aux soins fort peu tendres de sa tante Jane, la seule personne de la famille qui avait accepté de la prendre en charge.

Iris et Ruthie regardèrent Samantha se balancer au rythme de la musique. « On dirait que l'orchestre lui plaît, observa Ruthie.

— Elle est adorable. Mais ils n'ont sûrement pas grand-chose à se dire, ton grand-père et elle. Tu ne veux pas aller t'asseoir avec lui un moment, Ruthie ? »

Comme d'habitude, Iris se sentit vaguement coupable d'éloigner sa fille. Mais Ruthie réclamait parfois tant d'attention, elle tenait tellement à savoir en toutes circonstances ce que pensait sa mère, elle craignait tant d'être exclue de quelque chose. Quand elle était petite et que quelqu'un racontait une histoire de famille ou évoquait un simple souvenir, Ruthie demandait immanquablement, sur un ton de désespoir sans fond : « Est-ce que j'étais déjà *née* ? » Elle se cramponnait à sa grande sœur autant qu'à Iris. Surtout quand elle avait une amie à la maison, Becca n'en pouvait plus d'avoir tout le temps Ruthie pendue à ses basques, à réclamer de prendre part à tous les jeux. Elles avaient cinq ans d'écart et ne faisaient pas des compagnes très bien assorties. La patience de Becca, bien que considérable pour une enfant – elle adorait sa sœur –, n'était pas infinie. Il lui arrivait de se jeter sur Ruthie, de la chasser de sa chambre ou de lui hurler de s'en aller.

Iris reprochait à Becca ses accès de colère, elle la punissait même, mais en réalité, elle la comprenait. Ruthie avait un tel besoin affectif que c'en était épuisant. Tout bébé déjà, elle ne demandait qu'une chose : être assise sur les genoux de sa mère, sa menotte grassouillette glissée dans l'encolure du chemisier d'Iris. Celle-ci se tortillait sur sa chaise, pensant à toutes les tâches qui l'attendaient, aux articles à écrire, au ménage à faire, aux factures à régler. Il y avait le dîner à préparer et des copies à corriger, mais Ruthie nichait obstinément sa tête sous le menton d'Iris, blottie contre sa mère, béate, respirant son odeur. Quand Iris finissait par céder à l'appel du devoir et par faire descendre Ruthie de ses genoux, la petite pleurait à chaudes larmes, aussi désespérée que si, au lieu de l'asseoir sur le carrelage de la cuisine le temps de vider le lave-vaisselle, sa mère l'avait abandonnée sur le seuil d'un orphelinat, un billet anonyme épinglé à sa petite barboteuse en tissu éponge.

Iris savait que beaucoup d'autres mères se seraient damnées pour avoir un bébé aussi paisible que Ruthie, mais l'énergie de son aînée lui convenait mieux. Becca avait été une enfant active et animée. Elle ne dormait pas beaucoup et ne restait tranquillement dans les bras d'Iris que pendant les tétées.

Elle avait marché à neuf mois, si précocement qu'on aurait dit un bébé robotisé filant d'un bout à l'autre de la maison sur des jambes trop courtes. Toute petite, Becca s'ennuyait vite, ce qui avait obligé Iris à multiplier les cours de musique, de gymnastique et d'expression artistique, les sorties au parc, les visites au musée en hiver et la plage en été. Leurs journées commençaient à l'aube et se poursuivaient à fond de train jusqu'au soir, moment auquel Iris sombrait dans un sommeil profond et sans rêve jusqu'à ce que Becca la réveille par un cri d'excitation, avec un sourire plein d'entrain, prête pour le prochain épisode. Elle remuait, gigotait et s'agitait tant qu'Iris avait fini par prendre rendez-vous chez un neuropédiatre. La petite fille était parfaitement normale, bien entendu.

Becca n'interrompait son remue-ménage que lorsqu'elle entendait de la musique. Alors, elle arrêtait tout, fronçait les sourcils et se concentrait férocement, mains tendues et doigts écartés comme des antennes conduisant le son à l'intérieur de son corps.

Iris avait repris le travail quand Becca avait eu six mois, et la petite s'était adaptée sans problème à la crèche. Elle appréciait l'animation, les allées et venues constantes. Mais quand Iris avait voulu en faire autant avec Ruthie, la pauvre gosse avait tellement pleuré qu'elle se faisait vomir, jour après jour, jusqu'à ce que les responsables de la garderie finissent par demander à Iris de trouver une autre solution. Iris et Daniel avaient engagé une nounou, un luxe au-dessus de leurs moyens, mais Iris attendait sa titularisation d'un jour à l'autre et ne pouvait envisager de prendre un nouveau semestre de congé.

Pour Iris, il allait de soi que certains parents étaient mieux adaptés à certains types d'enfants, et inversement. Il y a des personnalités d'enfants qui sont en prise directe sur celles de leurs mères, d'autres non. Aimer Becca était simple comme bonjour, presque un réflexe – le genou qui part quand le marteau du médecin le frappe. En revanche, il fallait de la concentration pour aimer Ruthie. Non qu'Iris aimât moins sa cadette. C'était plutôt comme s'il y avait un accroc imperceptible, une milliseconde d'intervalle, avant que l'ardeur de son attachement maternel ne se rappelle à elle. C'était paradoxal, car Iris avait beaucoup plus de points communs avec Ruthie qu'avec son aînée. Ruthie était une intellectuelle, pour qui le travail scolaire était un plaisir plus qu'une corvée. Quand elle était petite, Daniel disait en plaisantant que les mots « devoir facultatif » provoquaient chez elle le même frisson d'excitation que « école fermée pour cause de neige » chez d'autres enfants. Comme Iris, elle avait presque toujours le nez fourré dans un livre ; elle avait lu l'intégralité de la bibliothèque d'East Red Hook avant d'entrer au lycée et avait assumé le rôle de bibliothécaire officieuse de la section enfantine, se flattant d'être capable de trouver de quoi satisfaire les goûts du client le plus difficile – ou le moins studieux. Pourtant, malgré tout ce qui les rapprochait, et bien que Becca n'ait jamais lu un livre qui ne lui ait pas été imposé par un professeur, c'était Becca qu'Iris avait le plus de facilité à aimer.

« Salut, Papi, dit Ruthie en le rejoignant. Où est passée Samantha ?

— La petite fille d'honneur ? Elle m'a informé qu'il fallait qu'elle aille aux toilettes. J'imagine donc que tu la trouveras là-bas. »

M. Kimmelbrod avait soigneusement posé sur son assiette le carton qui portait son nom et accroché sa canne au dossier de sa chaise. Ses mains tremblantes étaient croisées sur ses genoux.

« En fait, ce n'est pas elle que je cherchais, c'est toi. Ça va ?

— Parfaitement bien, je te remercie », répondit-il du ton cérémonieux qui lui était coutumier. Bien que théoriquement tchèques, les parents d'Emil Kimmelbrod s'étaient toujours considérés comme des juifs allemands, d'un rationalisme, d'une maîtrise de soi et d'une discipline à toute épreuve – très proches de tempérament, en réalité, du peuple qui entreprendrait bientôt de les exterminer avec une telle efficacité. Les soixante années qu'il avait passées aux États-Unis n'avaient pas suffi à entamer la bienséance proprement teutonne de M. Kimmelbrod. Il portait une cravate en toutes circonstances, avait toujours un mouchoir dans sa poche et abhorrait toute manifestation de familiarité. Cette raideur était le fruit de sa réserve, et cette réserve reflétait sa maîtrise de soi. M. Kimmelbrod était attaché à la structure – musicale, personnelle, éthique – comme d'autres à l'idée du divin. Ce n'était pas un homme qui *contrôlait* – dominer qui que ce fût d'autre que lui-même ne l'intéressait pas –, mais sa vénération pour la discipline et pour la perfection technique était légendaire.

Dès l'instant où elle avait pu trottiner jusqu'à lui et grimper sur ses genoux, Ruthie avait résisté à cette froideur redoutable – en fait, elle l'avait dédaignée, de toute la force de son amour. Sans disposer des mots nécessaires pour exprimer ses sentiments, elle avait perçu et fait sienne l'effervescence émotionnelle qui se dissimulait derrière la rigoureuse retenue de son grand-père, la passion que les autres ne décelaient qu'à travers ses interprétations musicales. Elle déposait des petits baisers furtifs sur ses joues austères et s'accrochait à ses doigts embarrassés. Elle insistait pour l'appeler Papi, une privauté qu'il n'aurait tolérée de nul autre. Becca elle-même, avec qui il avait passé tant de temps – bien qu'il n'ait jamais été son professeur, il avait dirigé son éducation musicale depuis sa plus tendre enfance –, ne le comprenait pas ou ne le perçait pas à jour aussi naturellement. Becca ne se serait certainement pas permis de s'adresser à lui avec cette désinvolture. En présence d'autres musiciens, elle l'appelait M. Kimmelbrod ; à la maison, elle l'appelait Grand-père.

« Tu commences à être fatigué ? » demanda Ruthie en s'asseyant à côté de lui. De sa main aux veines bleues et aux articulations gonflées, il tapota celle de sa petite-fille. Une mèche isolée, blanche et raide, avait échappé à la pommade parfumée à la violette qu'il appliquait sur ses cheveux tous les matins. Elle pendait près du long lobe charnu de son oreille. Ruthie la remit doucement en place. Elle savait combien il avait horreur d'être tant soit peu négligé.

« Non, je ne suis pas fatigué », protesta M. Kimmelbrod. Ils n'ignoraient pas aussi bien l'un que l'autre que c'était un pieux mensonge. Ruthie remarquait toujours quand son énergie faiblissait, et surtout elle voyait bien quand, au contraire, il était en forme – à la différence d'Iris, qui ne pouvait s'empêcher de considérer son père comme un perpétuel infirme. Le premier signe de sa maladie de Parkinson était celui qui l'avait conduit à cesser de donner des concerts : le pouce et l'index de sa main droite avaient été pris d'un mouvement rythmique qui donnait l'impression qu'ils cherchaient à rouler une pilule à une vitesse effrénée. Une avalanche de symptômes plus exaspérants les uns que les autres avait suivi : rigidité périodique et impossibilité de fléchir les muscles, pertes d'équilibre qui le faisaient se figer parfois, craignant qu'un pas de plus ne le projette par terre, et transformation de son écriture en un cryptogramme de pattes de mouche hésitantes.

M. Kimmelbrod avait brutalement mis fin à sa carrière, refusant le gala d'adieu que certains de ses admirateurs avaient voulu organiser à Town Hall, scène de ses débuts américains, où son interprétation déchirante de la *Partita en ré mineur* de Bach et de la *Sonate n° 1* d'Ernst Bloch de 1920 avait déchaîné l'enthousiasme d'un public blasé. Avec une sombre détermination, il avait vendu tous ses instruments, à l'exception du Dembovski, son bien-aimé Guarneri del Gesù de 1742, que lui avait acheté un groupe de riches mécènes quelques années après son arrivée aux États-Unis. Il s'était ensuite consacré avec une attention redoublée à l'enseignement, une activité qui n'avait jusqu'alors occupé dans son esprit qu'une place secondaire par rapport à sa carrière de concertiste. Il avait commencé à prendre conscience que son héritage résiderait dans les musiciens qu'il aurait formés, et non dans le musicien qu'il avait lui-même été ; les espoirs qu'il plaçait dans ses élèves s'étaient accrus au fur et à mesure que ses propres facultés diminuaient. Pendant ce temps, le Dembovski était resté dans son étui, au fond d'un tiroir, livré à ses rêves simples de violon. Il aurait bien voulu chanter, mais aucune main n'était là pour lui prêter vie.

« À quoi penses-tu, Papi ? »

C'était une des questions préférées de sa petite-fille et, malgré son indiscrétion, il s'efforçait généralement de lui répondre. « Je pensais à mon violon, je me demande si je ne lui dois pas d'être joué.

— Tu peux toujours en jouer, observa Ruthie.

— Pas assez bien.

— Tu ne peux pas demander à quelqu'un d'en jouer pour toi ?

— Je pourrais l'offrir à quelqu'un qui pourrait en jouer. »

Ruthie leva les sourcils, atterrée.

« Tu ne peux pas donner le Dembovski, Papi. Il fait partie de toi, voyons. »

Pourrait-il vraiment donner ce violon ? se demanda M. Kimmelbrod. Si le Dembovski était effectivement comme un de ses membres, il avait toujours été en même temps, à maints égards, son adversaire, à l'image de son corps ces dernières années. C'était le propre des violons de Giuseppe Guarneri del Gesù. Contrairement à leurs cousins encore plus célèbres, les Stradivarius, ils ne rendaient pas la vie facile aux instrumentistes. Ils étaient comme des maîtresses exigeantes, qui n'acceptaient de livrer leur beauté que si on leur faisait la cour avec tout le sérieux et le respect qui leur étaient dus. Voilà pourquoi il aimait son Dembovski, pourquoi il avait refusé tout autre instrument. C'était la difficulté qui en faisait le prix. Mais à présent, évidemment, il n'y avait plus de bataille, plus de lutte. La guerre qui avait produit un butin si remarquable avait pris fin.

« Quand on n'en joue pas, dit M. Kimmelbrod, un violon n'est qu'un joli morceau de bois.

— Ne le donne pas, Papi.

— Mais non, je ne le donnerai pas. Ce n'était qu'une idée en l'air. »

Ruthie rapprocha sa chaise de celle de son grand-père et posa la tête sur son épaule.

« Préviens-moi si tu veux rentrer. Maman a désigné un certain nombre de chauffeurs réservés. »

Il leva un sourcil aristocratique.

« Elle est tellement consciencieuse qu'elle les a *désignés* et *réservés*, tout cela à la fois. »

Ruthie sourit.

« Veux-tu autre chose à boire ? »

Il baissa les yeux vers son verre de vin à moitié plein et secoua la tête. Elle continua à siroter.

« Les mariés ne sont même pas là, dit-elle. Tu parles d'une noce.

— Parce que tu as l'intention de faire la noce, toi ? demanda-t-il, gentiment moqueur.

— Oui, ou bien de me bourrer la gueule. Je n'ai pas encore tout à fait décidé. Tu me connais, je suis une sacrée fêtarde. »

Il lui serra la main. Il savait qu'Iris s'inquiétait pour Ruthie et la trouvait peu sociable, mais il ne l'en admirait que davantage. Exubérante et vivante, Becca adorait les fêtes, les rassemblements, les manifestations en tout genre. Elle avait eu beau s'investir dans sa musique, elle avait toujours manqué de *sérieux*. Elle se distinguait en cela de la plupart des violonistes qu'il avait connus, aussi bien de sa génération que de celle de ses élèves, qui se tenaient généralement à l'écart, même des autres musiciens. Son tempérament à lui était plus typique de celui du violoniste virtuose : assuré, mais introverti. Indépendant, et un peu obsessionnel. Il se demandait parfois si le caractère liant de Becca, sa sociabilité, n'avait pas été la cause, ou du moins le signe avant-coureur, de son impuissance à réaliser les promesses de son enfance.

Et puis il y avait Ruthie qui, dans les soirées, restait debout dans un coin de la salle, souriant si quelqu'un regardait dans sa direction, regardant, observant, veillant en quelque sorte à ce que personne ne s'approche suffisamment pour apprécier la finesse d'esprit que dissimulait la timidité de ses abords.

« Je me demande ce que fabriquent Becca et John, reprit Ruthie. C'est quand même bizarre…

— Ils prennent des photos à l'église, non ?

— En principe, oui. Mais ils mettent si *longtemps*. Combien de photos est-ce qu'il leur faut ?

— Plusieurs milliers, sans doute. »

Ruthie soupira, puis s'inclina et posa la joue contre celle de son grand-père, frottant sa peau douce contre son menton piquant. Elle inhala profondément. Elle adorait son odeur, un mélange de bois ciré, de colophane, de violette et d'eau de Cologne 4711. « Veux-tu que j'aille te chercher quelques hors-d'œuvre ? demanda-t-elle. Maman et Becca ont passé des mois à préparer le menu. Ils doivent être délicieux. »

Il s'apprêtait à refuser quand il se rendit compte qu'il avait effectivement faim. C'était typique de Ruthie de le remarquer avant lui. « Oui, je veux bien. Ce serait vraiment gentil de ta part. »

En se frayant un passage à travers la foule, Ruthie leva les yeux vers les guirlandes électriques suspendues aux chevrons. Elles étaient si jolies, pensa-t-elle. Grange Hall était complètement transformé, c'était incroyable. Parcourant du regard les tables couvertes de dentelle blanche, les opulents arrangements floraux, les flammes dansantes des bougies, on avait du mal à imaginer que cette même salle servait de cadre au cours d'aérobic du mercredi matin. La plupart des habituées du mercredi étaient présentes aujourd'hui, et Ruthie ne les avait jamais vues aussi élégamment vêtues. Les talons étaient hauts, certaines robes pailletées, et elle releva même un ou deux chapeaux à large bord, ornés de plumes.

Près de la cuisine, Ruthie croisa les deux autres demoiselles d'honneur, Jasmine et Lauren, postées près de la porte battante où cette dernière pouvait intercepter les serveurs quand ils sortaient de la cuisine avec leurs plateaux chargés.

« J'ai tellement faim que je vais tourner de l'œil », gémit Lauren en chapardant deux hamburgers miniatures au passage. Ruthie en prit quelques-uns qu'elle enveloppa dans une serviette. Jasmine secoua la tête devant le plateau que lui tendait le serveur ; Ruthie ne se rappelait pas avoir jamais vu Jasmine manger. La veille au soir, au dîner de répétition du mariage, Ruthie avait observé, fascinée, Jasmine préparer un homard et en extraire jusqu'à la dernière parcelle de chair, avant de tourner son assiette pour que son petit copain puisse profiter des fruits de son labeur. Lauren, en revanche, donnait l'impression de manger pour deux.

« Je me demande vraiment ce que fabriquent Becca et John », dit Ruthie en acceptant quelques champignons farcis au crabe que lui proposait un serveur. Sa voix se perdit alors que, du coin de l'œil, elle vit la porte d'entrée de Grange Hall s'ouvrir toute grande, poussée avec une telle brutalité qu'elle heurta le mur, le panneau de chêne massif claquant contre le plâtre comme un coup de feu. Il rebondit et se rabattit sur le frère de John, Matt, qui entrait dans la salle en titubant. Il était livide, le nœud papillon de travers, ses cheveux bruns dressés sur la tête. Le regard rivé sur lui, Ruthie eut l'impression que son estomac se décrochait puis s'arrêtait brusquement, comme un ascenseur bloqué en pleine chute libre. Les yeux du jeune homme s'accrochèrent aux siens, lui transmettant sa panique comme une pulsation électrique le long d'un câble.

Ruthie se figea, clouée au sol. Matt restait sur le seuil, sans la quitter du regard, les épaules secouées de tremblements dans sa veste de costume mal coupée.

Soudain, dans un nouveau claquement, la porte laissa passer deux grands types en uniforme – pantalons noirs impeccables, insignes de police, lanière de cuir en travers du torse. Des adjoints du shérif. L'un d'eux heurta Matt et, pendant un instant, ils s'agrippèrent l'un à l'autre, déséquilibrés, comme des danseurs maladroits ou des lutteurs au corps à corps. Le policier reprit son aplomb et doucement, presque tendrement, écarta Matt de la porte. Il retira son chapeau à large bord. Son collègue et lui arboraient la même expression, la commissure des lèvres inclinée vers le bas, les yeux mi-clos. Ils balayèrent la salle du regard jusqu'à ce qu'ils aient repéré le père de Ruthie, qui se tenait tout au fond.

Ruthie sentit un étau se resserrer autour de sa poitrine, expulsant l'air de ses poumons. Elle ouvrit la bouche et suffoqua, étonnée par le bruit à la fois creux et rauque de sa respiration. Les deux policiers traversèrent la salle, laissant une trouée au milieu de la foule. Des verres restèrent suspendus à mi-chemin de la bouche des invités, dont les menus propos se coincèrent dans leur gorge. Ruthie lâcha la serviette qu'elle tenait et un champignon roula sur les larges planches de chêne en pente douce, ne s'arrêtant qu'en atteignant l'obstacle d'un talon beige. Le pied qui se trouvait dans la chaussure envoya le champignon plus loin.

« Ruthie ? dit Jasmine. Ruthie, qu'est-ce qui se passe ? »

Enfin libérée de l'emprise électrique du regard de Matt, Ruthie s'éloigna d'une démarche vacillante, jouant des coudes pour rejoindre son père le plus rapidement possible. Elle avait les yeux fixés sur la tête penchée du plus âgé des adjoints, sur ses lèvres qui murmuraient, trop loin pour qu'elle puisse entendre ce qu'il disait. Son père s'agrippa au dossier d'une des jolies chaises à lattes blanches, écrasant entre ses doigts épais son corsage ornemental de fleurs violettes. Il chancela. Un des adjoints le retint par la taille et l'aida à s'asseoir.

« Papa ! » cria Ruthie. Elle s'arrêta devant la chaise, dérapa et trébucha sur son talon gauche, se tordant douloureusement la cheville. « Qu'est-ce qui s'est passé ? »

Son père frissonna et renversa un verre d'eau qu'il cherchait à prendre, arrosant la nappe blanche et le papier mauve des petites faveurs de fête qu'Iris avait disposées devant chaque place.

« Qu'est-ce qui s'est passé ? » répéta Ruthie, et puis, voyant son père s'effondrer : « Papa ? »

Ruthie n'avait jamais vu son père pleurer. À l'enterrement de ses parents, il avait eu le coin des yeux humide, mais ces sanglots irrépressibles, éraillés, étaient inconcevables, un miracle ténébreux, aussi extraordinaire et aussi terrifiant que si son père avait soudain pris feu.

« Arrête, chuchota Ruthie. Arrête. » Elle s'accrocha à sa manche, secouant son bras inerte. « Arrête, s'il te plaît. »

Daniel déglutit et attira Ruthie sur ses genoux. Il enfonça la tête dans la douce nuque de sa fille et la serra contre lui.

À l'autre bout de la salle, Iris se leva, le sang affluant à ses oreilles dans un bourdonnement caverneux. Elle avait vu Daniel et Ruthie pleurer, elle savait qu'ils se cramponnaient l'un à l'autre comme s'ils avaient été surpris par la marée. Mais son horreur était tout entière concentrée sur une cible étroite, l'adjoint du shérif, éclairé comme s'il était pris dans le faisceau étincelant d'un projecteur. Il tenait son chapeau contre son cœur, la jugulaire retenue par le métal scintillant de son insigne. Les bruits de la foule s'estompèrent et, curieusement, Iris entendit les paroles que le policier prononçait à l'autre extrémité de la salle, aussi distinctement que s'il les chuchotait à son oreille.

II

Quelqu'un avait allumé les deux rangées de néons suspendues aux chevrons de Grange Hall. Les tables gaiement décorées et les arrangements floraux avaient pris un air clinquant sous cette lumière crue, comme des emballages de Noël chiffonnés et déchirés après que tous les cadeaux ont été ouverts. Les guirlandes électriques enroulées autour des câbles luisaient à peine, tels des phares en plein jour. Les bougies avaient crachoté avant de s'éteindre, les couverts avaient été empilés et mis de côté, et toute une rangée de verres sales était rassemblée, dessinant une ligne d'horizon, à l'extrémité de la table de buffet débarrassée. Toute joie, toute impatience avait déserté la salle et, en leur absence, ce qui avait paru le comble de la fantaisie et de l'élégance n'était plus que tapageur et prétentieux. Les invités restèrent un moment, par petits groupes. New-Yorkais venus pour le week-end ou estivants qui connaissaient Becca depuis l'âge des couches-culottes et des pâtés de sable sur la plage de Red Hook, les amis des Copaken s'étaient rassemblés, échangeant des présentations d'une voix sourde, se serrant les mains et les épaules dans une soudaine camaraderie du désastre.

Les gens du coin étaient à l'autre bout de la salle, les proches de Jane et de Frank et les rares invités de Jane à ne pas faire partie de sa famille. Contrairement aux gens d'ailleurs, ils étaient plutôt silencieux et se tenaient légèrement à l'écart les uns des autres, comme enfermés dans une invisible bulle de choc.

Tout le monde buvait. Pêcheurs de homards ou hommes d'affaires, ils commandaient des verres qu'ils vidaient d'un trait, ou presque. Le barman était très affairé, mais son travail s'était considérablement simplifié. Personne ne lui demandait plus de gin tonic ou de sea breeze. Uniquement du scotch ou du bourbon, secs.

Et puis, comme sur un signal inaudible, les gens du coin commencèrent à rassembler leurs affaires et à se diriger vers la sortie. Les estivants et les invités venus d'ailleurs n'hésitèrent qu'un instant avant de leur emboîter le pas, quelques-uns faisant halte pour poser une main inutile sur l'épaule de Daniel ou offrir à Iris une étreinte qui lui était insupportable.

Les Copaken et les Tetherly étaient assis à des tables distinctes, chaque famille refermée autour de sa propre stupeur. Quelqu'un, le traiteur peut-être, avait débarrassé les couverts et les fleurs et disposé quelques cruches d'eau et des verres. Il aurait mieux fait d'apporter une bouteille de whisky, songea Jane. Frank n'était pas là. Il avait annoncé qu'il sortait fumer et, au grand soulagement de Jane, il n'était toujours pas revenu un quart d'heure plus tard. Sa petite amie – quel mauvais genre, celle-là – l'avait suivi. Au moins, Jane n'avait plus à se soucier de ce que son salopard d'ex-mari pourrait faire ou dire. Ça la rendait folle : dix ans encore après leur divorce, il réussissait à l'embarrasser, comme si son comportement scandaleux lui portait encore atteinte. Elle était jeune et sotte quand elle l'avait l'épousé, et elle continuait à payer son erreur. Et voilà que la meilleure des trois bonnes choses qui avaient résulté de sa sottise avait disparu.

John était mort. Alors même que ces mots s'imprimaient dans son esprit, Jane s'en sentait étrangement éloignée, comme de tout ce qui l'entourait. Elle était fière de ne pas s'être effondrée, de ne pas s'être donnée en spectacle. Elle était forte, comme sa mère qui n'avait jamais pleuré, pas même la nuit où on lui avait annoncé que son mari était perdu en mer. Jane ne cédait pas à ses émotions. En fait, elle se maîtrisait si bien qu'elle pouvait observer avec le plus parfait sang-froid les vieilles sœurs Wylie, des clientes de longue date, qui s'avançaient furtivement vers la longue table sur laquelle étaient entassées des dizaines de cadeaux dans des emballages multicolores, certains de dimensions impressionnantes, ornés de rubans voyants, d'autres minuscules, pas plus grands qu'une unique cuiller en argent. Euphenia et Eudoxia Wylie discutaient comme deux avocats devant la table des cadeaux, chuchotant derrière leurs mains. Le chagrin de Jane ne l'empêcha pas de voir Eudoxia tendre une main furtive vers un paquet informe dans un papier argenté à motif de flocons de neige déjà très chiffonné, qu'elle extirpa de la pile.

Jane sourit amèrement. Son univers avait beau être fracassé, le principe fondamental de sa philosophie – quoi qu'ils prétendent, les gens ne pensent qu'à eux – n'en était pas chamboulé pour autant.

Ces filles Wylie (on les appelait ainsi, bien qu'elles aient largement dépassé la prime jeunesse et même l'âge mûr), des piliers de la société, toujours fourrées dans la sacristie de l'église épiscopalienne Saint-Paul, responsables du stand des confitures et des gelées à la fête des Myrtilles. Fières descendantes de l'une des familles fondatrices de Red Hook. Et pourtant, elles n'étaient pas prêtes à payer Jane un centime de plus que ce qu'elles versaient à sa mère vingt ans plus tôt pour le ménage de la vieille grange pleine de courants d'air qui leur servait de maison. Dix dollars et deux dollars et demi de supplément si elle faisait les carreaux. Mais le plus choquant, c'est que Jane, une femme qui n'hésitait pas à dire le fond de sa pensée et qui n'était pas du genre à se faire rouler, laissait faire ces vieilles pies. Jane avait cessé de laisser les autres abuser d'elle douze ans plus tôt, le jour où, pour la première fois, John s'était calmement interposé entre elle et la main droite de Frank Tetherly. John possédait une force sans violence, une virilité sans colère. Il lui avait montré que rien ne l'obligeait à considérer comme immuable l'histoire des hommes et des femmes de sa famille. Jane aussi pouvait être différente. Elle emprunta de l'argent à sa mère, engagea un avocat et mit Frank dehors. Et depuis cet instant, chaque fois qu'on avait essayé de profiter d'elle ou qu'on lui avait manqué de respect, elle était partie en claquant la porte. Mais elle n'avait jamais claqué celle d'Euphenia et Eudoxia Wylie. Pourtant, après avoir payé ses filles sept dollars de l'heure chacune, Jane perdait en réalité de l'argent à aller faire le ménage chez elles. Mais les deux sœurs avaient été les premières à embaucher la mère de Jane à la mort de son mari, et plus d'une fois, leurs malheureux dix dollars hebdomadaires avaient évité à la famille de Jane d'avoir le ventre vide. Même lorsque sa situation s'était améliorée, sa mère avait, toute sa vie, eu un faible pour les sœurs Wylie. Quand elle était petite, Jane avait passé bien des après-midi à jouer aux dames avec Miss Doxie, la plus sympathique des deux, pendant que sa mère récurait leur réfrigérateur et passait le sol de leur cuisine à l'eau de Javel.

Jane regarda les deux vieilles, leur butin récupéré, franchir d'un pas traînant la porte calée en position ouverte, l'étoffe fleurie de leurs robes du dimanche dessinant des plis moirés sur leurs croupes plates.

Maureen, la fille de Jane, suivit son regard. Le visage de Maureen était encore plus bouffi que d'ordinaire, ses paupières et le bout de son nez roses comme ceux d'un lapin.

« Les vieilles peaux », lâcha-t-elle.

Jane haussa les épaules.

Matt posa la tête sur la table.

« Tu as encore envie de vomir ? » lui demanda Jane. Comme son père, il avait l'estomac fragile. Matt secoua la tête, la joue toujours appuyée sur la table. « Bon », dit-elle.

Matt suivait la limousine dans la voiture de John – il avait été chargé de la conduire jusqu'à Grange Hall – et avait lui-même évité la collision de justesse. Quand le premier véhicule de police était arrivé sur les lieux, les agents avaient trouvé le jeune homme debout sur la carrosserie de la limousine accidentée, cherchant à briser le toit ouvrant vitré à coups de poing pour essayer d'extraire son frère et Becca.

Iris était assise à la table voisine, le visage blême et fripé comme un mouchoir usagé. Elle avait la bouche ouverte, les commissures pendantes, un filet de salive tremblotant entre sa lèvre inférieure et le corsage de sa robe de soie. Jane éprouva un cruel sentiment de soulagement en la voyant ainsi enlaidie par le chagrin. Cette femme était toujours impeccable, même en tenue de jardinage, avec un chapeau de paille tout cabossé, un short kaki et une vieille chemise blanche de son mari, dont les pans lui recouvraient les cuisses. Jane arrivait, en nage, crasseuse d'avoir passé la journée à conduire les filles d'une maison à l'autre, à courir chercher un flacon de nettoyant à vitres si elles en manquaient, à apporter un aspirateur de rechange quand il y en avait un en panne, à se mettre à quatre pattes pour nettoyer elle-même un sol si elles avaient du retard, et elle trouvait Iris, fraîche et pimpante, en train de siroter un café sur sa véranda, une pile de papiers sur les genoux, un crayon retenant une masse enchevêtrée de cheveux noirs bouclés en chignon sur le haut du crâne. Elle proposait toujours une tasse de café à Jane, et Jane la refusait toujours. À quoi bon perdre dix minutes à bavarder en compagnie de quelqu'un qui n'avait rien de commun avec elle ?

Mais à présent, le visage maculé de traînées de maquillage, les traits brouillés, Iris avait l'air bien plus décatie que Jane. Comment pouvait-elle se laisser aller comme ça, devant tout le monde ? Jane n'avait jamais compris que ces gens d'ailleurs n'hésitent pas à gratter leurs croûtes et à fourrer leurs plaies suppurantes sous le nez de tout le monde.

Ils étaient comme des gosses. Ils ne savaient pas ce qu'était la honte, et n'avaient aucun quant-à-soi.

Et cette fille, Ruth, allongée sur les genoux de sa mère, tremblant de tout son corps. Jamais Maureen ne se permettrait de faire un cinéma pareil ; elle avait deux filles et il n'était pas question de craquer. À vrai dire, Maureen et John ne s'étaient jamais très bien entendus. Maureen avait toujours passé son temps à asticoter et à harceler son frère, et pourtant, jamais John n'avait levé la main sur elle. Il rendait coup pour coup, mais sans la moindre violence physique, préférant la taquiner à propos de tout, de son poids aussi bien que de sa cuisine. Même adultes, alors qu'ils auraient dû faire une croix sur toutes ces bêtises, ils n'avaient jamais réussi à surmonter leur mésentente ; Maureen n'arrêtait pas de reprocher à John d'être devenu prétentieux depuis qu'il était revenu de l'école de design naval et qu'il avait été embauché comme architecte assistant au chantier, au lieu de payer de sa personne en bas de l'échelle, comme les autres.

Jane avait évité que Matt soit pris en tenaille dans les querelles entre son frère et sa sœur en l'emmenant au travail, exactement comme sa propre mère l'avait fait avec elle. Quand il était petit, après l'école et pendant l'été, elle remplissait un panier d'Action Man et de camions miniatures et l'installait à la table de la cuisine dans les maisons où elle faisait le ménage. Quand il avait été trop grand pour avoir envie de continuer à la suivre partout, Maureen avait déjà quitté la maison et Jane pouvait le laisser seul avec John sans problème. Ça l'avait ennuyée, aussi bien pour John, condamné à passer l'essentiel de son temps libre à surveiller son petit frère, que pour Matt, projeté si jeune hors de l'orbite de sa mère. Mais ça ne servait à rien de culpabiliser. Elle faisait ce qu'il fallait pour s'en sortir. Ses enfants le savaient, ils comprenaient. Et quand son entreprise avait commencé à engranger des bénéfices raisonnables, bien qu'irréguliers, ils avaient bien dû reconnaître que ces sacrifices n'étaient pas inutiles. Jane renflouait souvent Maureen, incapable de conserver un emploi plus de quelques mois et qui n'allait pas bien loin avec ses allocations chômage. Jane avait contribué à financer le cours d'architecture navale de John et avait bouché le trou entre le montant de la bourse de Matt et les frais de scolarité de son université ainsi que ses dépenses courantes. Ses enfants lui en avaient témoigné une juste reconnaissance. Ils étaient bien élevés. Ils savaient se tenir.

Jane jeta un coup d'œil aux Copaken, qui pleuraient toujours, tous autant qu'ils étaient. Seul le vieux monsieur se contenait. Un vrai gentleman, lui, comme toujours.

Jane déglutit péniblement, la gorge sèche. Elle se versa un verre d'eau, contrariée de voir la cruche trembler dans sa main. Elle le vida d'un trait et essuya la sueur qui emperlait son front. Quand elle tourna la tête, elle eut l'impression que son cerveau poursuivait le mouvement, heurtant la paroi de son crâne avec un bruit sourd. Elle sentait soudain la tiédeur des corps de Maureen et de Matt qui réchauffait l'air. Elle avait du mal à respirer. Elle posa la main sur sa joue. Elle était moite et brûlante à la fois.

« Il faut que je sorte, dit Jane, se levant péniblement.

— Tu t'en vas ? demanda Maureen. Tu veux rentrer à la maison ?

— Non », dit Jane en retombant lourdement sur sa chaise. Et soudain, elle sut où elle devait être. « Il faut que je le voie.

— Tu ne vas pas faire ça », dit Matt en levant les yeux vers elle.

Maureen intervint : « Les policiers nous préviendront dès que nous pourrons le voir. Ils nous ont dit d'attendre.

— Il faut que je le voie maintenant, insista Jane en se forçant à se remettre sur ses pieds. Je descends à Jacob's Cove.

— Ils ne te laisseront pas passer. Ils ont fermé la route des deux côtés de la crique », dit Matt. Il reposa la tête sur la table.

« Tu parles que je ne passerai pas. »

Elle essaya de se rappeler où elle avait mis ses clés de voiture. Sur le démarreur, se dit-elle. À moins qu'elle ne les ait fourrées dans son sac pour éviter qu'un des gosses n'ait l'idée d'aller faire un tour après avoir bu quelques verres de trop. Ou que Frank n'en fasse autant. Ça n'aurait pas été la première fois que ce crétin picolait au point d'oublier que la camionnette n'était plus à lui.

Elle avait laissé son sac sous une chaise, près de la grande table. Elle se leva et s'en approcha, les jambes flageolantes.

« Madame Tetherly ? » dit le plus jeune des adjoints. Il avait été chargé de veiller sur eux pendant que le plus âgé retournait sur les lieux de l'accident.

« Madame Tetherly ? Vous avez besoin de quelque chose ?

— Non, dit-elle.

— Madame Tetherly ? Vous voulez que je vous emmène quelque part ?

— Je peux très bien conduire. Je vais voir mon fils. »

L'adjoint fit la grimace. « Oh, non, madame. Ce n'est pas une bonne idée. Quand ils auront tout... vous savez... quand ils les auront emmenés à l'hôpital, le shérif me passera un coup de fil et je vous conduirai là-bas. Pour identifier le... votre fils. »

Jane lui jeta un regard furieux. « Vous ne croyez quand même pas que je vais aller jusqu'à Newmarket pour voir mon fils ! » Elle avait passé la lanière de son sac autour de son bras.

« Jane ? » dit Iris, cherchant laborieusement à se dégager du corps de sa fille, affalée sur ses genoux comme un bébé géant, les bras autour de son cou, la tête affaissée contre son épaule. Ruthie se cramponna à sa mère, ignorant ses efforts. D'une violente poussée, Iris se libéra et fit glisser le corps de sa fille vers Daniel. « Jane ? Vous partez ? Vous allez là-bas ? »

Jane soupira et détourna le regard.

« Jane ?

— Ouais, dit enfin Jane. J'y vais. »

Iris se frotta les joues, essuyant ses larmes d'une main brutale. Ruthie essaya de la rattraper, mais elle la repoussa. « Je vous accompagne.

— Iris, dit Daniel. Assieds-toi. »

Elle fit comme si elle ne l'entendait pas et se dirigea vers la porte d'entrée.

« Maman ! » cria Ruthie.

La mâchoire de Jane se crispa. La compagnie d'Iris était la dernière chose au monde qu'elle souhaitait.

« Allons-y », dit Iris.

Jane plissa les yeux, jaugeant l'autre femme.

« Allons-y », répéta Iris.

Jane redressa les épaules. « Très bien », dit-elle, franchissant le seuil, sachant, sans avoir à le vérifier, qu'Iris était sur ses talons.

III

Jacob's Cove se trouvait sur la route de Red Hook, à peu près à équidistance entre la ville et le petit village d'East Red Hook. Il y avait à peu près six kilomètres et demi de l'église unitarienne de Red Hook à Jacob's Cove, et le village d'East Red Hook était encore cinq kilomètres et demi plus loin. Contrairement à la ville de Red Hook qui, fondée en 1778, n'avait cessé de croître en dimension et en prospérité pendant l'essentiel du dix-neuvième siècle, dont les années 1850 avaient marqué l'apogée de l'industrie de la construction navale en bois, et jusque dans les années 1880, où elle avait pris son visage actuel de villégiature estivale pour gens d'ailleurs, le village d'East Red Hook n'était pas plus important au début du vingt et unième siècle qu'à la fin du dix-septième. Il se limitait en tout et pour tout à une douzaine de maisons, dont celle des Copaken, une poste ouverte ou fermée au gré de la receveuse, Grange Hall et la vitrine vide du bâtiment qui avait abrité l'épicerie Witham jusqu'à ce que la dernière fille Witham ferme boutique pour aller s'installer en Floride.

À marée haute, la crique de Jacob's Cove était assez profonde pour qu'on puisse y nager, alors qu'à marée basse ce n'était guère qu'une laisse de vase, large et luisante. En été, à marée haute, l'étroite plage rocheuse en arc de cercle se couvrait de fauteuils de plage et de draps de bain. Les jeunes mères aimaient cette anse parce qu'il n'y avait pas beaucoup de fond et que l'eau était plus chaude que sur les autres plages. Les adolescents l'appréciaient parce que personne ne les réprimandait s'ils fumaient ou jetaient leurs bouteilles de bière en amont du ruisseau caillouteux qui alimentait la crique, où elles se fracassaient parmi celles que leurs parents et grands-parents y avaient jetées avant eux.

Il n'y avait pas beaucoup de circulation sur la route de Red Hook, et les automobilistes avaient tendance à prendre les virages à plus vive allure qu'ils ne l'auraient dû. Le bitume était barbouillé d'un alphabet délirant et sinueux de traces de pneus écrites par de jeunes frimeurs, des garçons qui cherchaient à donner des émotions fortes à leurs petites amies. La section qui longeait Jacob's Cove n'était pas la plus dangereuse, mais il y avait un virage serré juste avant la crique. En fin d'après-midi, le soleil bas éblouissait les automobilistes qui arrivaient en sens inverse.

Comme Jane et Iris venaient d'East Red Hook, le soleil couchant était dans leur dos et projetait de longues ombres dans le bleu de plus en plus profond du soir. C'était la première fois qu'Iris montait dans la camionnette de Jane. Elle était plus propre qu'elle ne l'aurait pensé, plus propre que sa voiture à elle, jonchée d'emballages de chewing-gum chiffonnés, de bouteilles d'eau à moitié vides et de mouchoirs en papier usagés. Iris se disait souvent que sa voiture était une sorte de portrait automoteur de Dorian

Gray, dont le désordre et la saleté trahissaient un aspect de sa personnalité qui était, dans toutes les autres sphères de sa vie, efficacement et impitoyablement réprimé jusqu'à l'inexistence.

Iris avait l'impression que le trajet, bref pourtant, n'en finissait plus. Jane roulait lentement, concentrée sur le pare-brise, les yeux rivés sur la route, les pleins phares allumés, comme si un excès de prudence pouvait effacer les précédentes défaillances d'autres conducteurs. Iris serrait les dents pour ne pas lui crier d'accélérer bien qu'elle sût qu'il ne servait à rien de se dépêcher.

Une cinquantaine de mètres avant la crique, une voiture de patrouille était arrêtée en travers de la voie, empêchant toute circulation. Un policier qui se tenait près du véhicule agita les bras pour qu'elles s'arrêtent. Jane freina et baissa sa vitre. L'odeur âcre du caoutchouc brûlé envahit immédiatement l'habitacle. Iris toussa, les yeux larmoyants, mais Jane ne fronça même pas le nez.

« Laissez-moi passer », dit-elle.

L'adjoint du shérif la reconnut. Il n'hésita qu'un instant, puis haussa les épaules et entreprit de déplacer la voiture de patrouille.

Laissant la vitre baissée, Jane avança lentement. Tout sentiment d'urgence avait déserté Iris ; désormais, elle aurait préféré que le trajet soit le plus long possible. Qu'il dure éternellement. Tout d'abord, avant d'arriver au dernier virage avant la crique, elles ne virent rien de l'accident. Regardant par la fenêtre, Iris s'étonna que tout ait l'air aussi normal, que tout soit aussi beau. À une extrémité de l'anse, un patchwork de terres cultivées descendait jusqu'à la côte rocheuse, d'une couleur brune là où les champs étaient en jachère, vert pâle là où on n'avait pas encore fait les foins, vert mousse là où les tourbières attendaient que les myrtilles mûrissent. Dans un petit pâturage au-dessus de l'eau, un poney gris pommelé se tenait une patte arrière repliée sous le ventre, la queue battant l'air sur son dos. Si parfait, si parfaitement normal, et pourtant l'air était dense de la puanteur sulfureuse du métal et du caoutchouc en combustion, âcre et râpeux dans les poumons d'Iris, et là où, en temps normal, on n'entendait que le chuchotement du vent dans les pins ou le cri rauque d'un plongeon, elle percevait un grincement étrange et inquiétant. Un léger ronflement.

Quand les deux femmes abordèrent l'autre côté du virage, un nuage de cendre pénétra par la vitre ouverte de Jane, couvrant son bras gauche de poussière, déposant des flocons gris sur sa robe en cachemire rouge. Un 4 × 4 était sur le toit au milieu de la route, des flammes s'élevant par intermittence du capot broyé et calciné, vomissant un tourbillon de fumée. Une équipe de pompiers bénévoles cherchait à éteindre le brasier.

Jane freina brusquement, et Iris fut projetée en avant. Sa ceinture de sécurité la retint par l'épaule. Elles avaient les yeux rivés sur le lieu du sinistre. Deux voitures de patrouille et le camion à grande échelle de la brigade de pompiers volontaires de Red Hook étaient arrêtés de part et d'autre de la route, au-delà du véhicule accidenté. Les rampes lumineuses des véhicules de police émettaient des éclairs bleu et blanc. Barrant l'accès à la zone immédiate de l'accident, un ruban de police jaune dessinait des festons contrefaisant les guirlandes de fleurs qui ornaient encore l'église, à quelques kilomètres de là. L'arrière de la limousine était enfoncé jusqu'aux portières dans l'eau saumâtre de la crique. L'avant s'accrochait à l'asphalte, le capot cabossé, béant sur un côté. La portière du conducteur avait été arrachée et ne tenait plus que par une charnière. La marée était haute et les pompiers – dont Iris reconnaissait la plupart – portaient des cuissardes jaune vif. Ils travaillaient, de l'eau jusqu'aux genoux, essayant de découper avec des cisailles de désincarcération le métal de la portière arrière droite enfoncée.

Iris regardait à travers le pare-brise de la camionnette, incapable de faire un geste, mais le claquement de la portière de Jane la tira de sa paralysie. Elle suivit Jane sur la route. Au moment où elles atteignaient le ruban de police, deux rangées de projecteurs montées sur de hauts trépieds s'allumèrent soudain, baignant la scène d'une lumière blanche, dure et crue. Jane et Iris purent ainsi voir distinctement ce que la pénombre leur avait masqué : les brutales traces noires et sinueuses des pneus sur la route, les bâches bleues étalées, recouvertes de fragments de métal calcinés, soigneusement disposés en rangées, l'habitacle brûlé du 4 × 4, les trois sacs noirs oblongs et bosselés déposés sur l'accotement de gravier, près de la route.

Quelqu'un d'autre n'aurait peut-être pas remarqué les fines mèches de cheveux blonds emprisonnées dans les dents de la fermeture à glissière de la housse mortuaire du milieu. Quelqu'un qui n'avait pas passé les vingt-six dernières années à voir pousser ces cheveux, à voir un duvet tout doux caressant des oreilles de bébé se transformer en une abondante cascade de boucles. Quelqu'un qui ne les avait pas lavés, qui ne les avait pas démêlés, tressés, ornés de rubans pour la photo de classe, qui n'avait pas feint l'indifférence quand, un jour de Thanksgiving, les cheveux blonds étaient devenus violets, rasés jusqu'à la peau sur un côté de la tête. Quelqu'un qui ne connaissait pas ces cheveux mieux que les siens n'aurait pas remarqué ces mèches que soulevait la brise légère qui soufflait sur Jacob's Cove. Jusqu'à son dernier jour, Iris serait quelquefois hantée en rêve par les longs cheveux blonds de Becca pris au piège de la fermeture Éclair de la housse noire.

Elle étouffa le cri qui montait en elle, déglutit difficilement. Se détournant du sac mortuaire, elle observa un des policiers qui grimpait sur la limousine, tendant la main pour reprendre son équilibre sur le toit comme un surfer sur sa planche. De trois coups de hache précis, il brisa le toit ouvrant qui céda, la feuille de verre s'affaissant sur elle-même.

William Paige, le shérif, qui surveillait depuis la plage l'inexorable travail de son équipe, jeta un coup d'œil par-dessus son épaule et vit deux femmes approcher du lieu de l'accident, séparées par un mètre cinquante de soleil couchant. Elles étaient en tenue de fête, et même si son adjoint ne l'avait pas prévenu par radio, il les aurait immédiatement reconnues : deux mères, venues chercher leurs enfants.

Il se dirigea vers la barrière au pas de course, son étui de revolver rebondissant contre sa hanche.

D'une main gantée de cuir, il baissa le ruban de police pour qu'elles puissent l'enjamber plus aisément. La femme mince, au teint blafard, saisit la main qu'il lui tendait pour l'aider, mais l'autre, qui n'avait pas l'air commode, un pur produit du Maine, refusa d'un geste de la tête tout secours qu'il avait la sottise de penser pouvoir apporter. De longues années de fonction avaient appris au shérif qu'en de telles circonstances mieux valait être bref, presque prosaïque.

« Je vous présente toutes mes condoléances », commença-t-il. Il expliqua ensuite aux deux femmes ce qui avait dû se passer.

Le chauffeur de la limousine, originaire de Newmarket, n'avait sans doute jamais eu l'occasion d'emprunter ce tronçon de la route de Red Hook. Il ne le connaissait certainement pas et ne se doutait pas qu'il risquait d'être ébloui par le soleil. S'il avait pris son virage trop large, et à trop vive allure, et s'il avait été aveuglé en arrivant dans la courbe, il n'avait pu éviter d'entrer en collision avec la voiture qui arrivait dans l'autre sens.

Les femmes ne le quittaient pas des yeux pendant qu'il parlait, observant attentivement le schéma qu'il dessinait en l'air du bout de l'index.

Son explication achevée, il s'interrompit. Puis il ajouta : « Ils n'ont pas dû se rendre compte de ce qui se passait. Ils n'ont pas souffert. »

Il fut un peu embarrassé par cette tentative maladroite de réconfort, qui relevait, il ne l'ignorait pas, du pieux mensonge. Il ne savait absolument pas s'ils avaient souffert ou non. Comment aurait-il pu le savoir ?

En temps normal, le shérif ne se serait pas dérangé depuis Newmarket pour un accident de la route. Il y en avait tout le temps sur ces routes de campagne sinueuses, des gens se tuaient, surtout en hiver avec le verglas et des essuie-glaces en mauvais état, pendant ces longues nuits où il n'y avait pas grand-chose à faire sinon se réchauffer avec une bouteille. Mais cet accident-là n'était pas comme les autres ; deux jeunes mariés morts sur le coup. On aurait dit une vieille chanson populaire, se dit-il, ou un poème tragique. Il n'avait pas pu rester immobile à son bureau quand l'appel était arrivé à Newmarket. Il avait immédiatement pris la route, gyrophare allumé et sirène hurlante, pour voir ça de ses propres yeux. C'était aussi épouvantable qu'il aurait pu le prévoir, aussi épouvantable que tous les accidents qu'il avait déjà vus. Le 4 × 4 s'était embrasé immédiatement, transformant le corps du conducteur en une enveloppe calcinée qui ressemblait à peine à un être humain. Mais ce n'était rien à côté des deux corps qu'ils avaient déjà extraits de la limousine. Les crânes enfoncés, la peau déchirée par des éclats d'os fracassés, du sang partout. Dieu merci, ils avaient eu le temps de nettoyer un peu avant que ces deux-là n'arrivent.

« C'est John ? demanda Jane d'un ton brusque.

— Madame ? demanda le shérif.

— C'est John ou Becca qu'ils sont en train de sortir de la voiture ?

— John, Madame. On est en train de le désincarcérer. Vous pouvez voir que ce côté-ci de la voiture est très enfoncé. Mais ils vont le sortir de là.

— S'ils ne l'ont pas encore désincarcéré, dit Jane, comment savez-vous qu'il est mort ? »

Le shérif Paige fronça les sourcils et détourna le regard, ce qui n'était pas dans ses habitudes. Un moment, il garda les yeux baissés vers ses bottes noires luisantes. Puis il se força à prendre une expression aussi neutre que possible et à soutenir le regard de la femme.

« Il est peut-être vivant, là-dedans, reprit Jane d'une voix rauque et forte.

— Non, madame.

— Comment le savez-vous ? Vous ne l'avez pas encore sorti. Vous ne pouvez pas le savoir.

— Je suis navré, madame. Il est décédé.

— Vous ne le savez pas, insista Jane en haussant encore le ton. Ils ne l'ont pas encore sorti.

— Mes hommes l'ont constaté quand ils ont dégagé la… Becca ? »

Le visage de Jane était devenu rouge brique, et des gouttes de sueur perlaient à la naissance de ses cheveux. Elle s'essuya brutalement le front d'un revers de main. « Il est peut-être vivant là-dedans. Il respire peut-être.

— Je suis navré, madame. C'est impossible. Nous en sommes certains.

— Vous n'en savez rien. Il s'en est peut-être tiré. Il est peut-être vivant. » Elle fit un pas en direction de l'épave.

« Je vous en prie, madame Tetherly, calmez-vous. Il faut laisser les pompiers faire leur travail tranquillement. Ils n'en ont plus que pour une minute ou deux.

— Me calmer ? cria Jane. Me calmer. Vous ne manquez pas d'air, espèce de salaud. »

Il posa une main apaisante sur son épaule. « Nous allons reculer un peu, derrière le ruban de police. Il faut que les gars aient la place de travailler.

— Ne me touchez pas. » Jane releva violemment l'épaule pour se débarrasser de sa main. Et soudain, elle se rua en avant, agrippant la chemise du shérif de ses deux mains. C'était une grande femme, musclée par toutes ces années à monter et descendre des escaliers, à traîner de lourds aspirateurs et des paniers de linge, et elle se cramponnait fermement à sa chemise. Elle le secoua en hurlant : « Vous allez le sortir de là, oui ? » Un des boutons du shérif sauta et heurta Jane à la poitrine. La marque ronde qu'il laissa sur sa peau fine constellée de taches de rousseur s'estomperait progressivement au cours de la semaine suivante pour ne laisser qu'un hématome jaunâtre avant de disparaître définitivement, mais jusqu'à la fin de sa vie, chaque fois qu'elle penserait à son fils disparu, elle caresserait cet endroit, certaine de sentir encore en creux un petit bouton de chagrin.

Le shérif Paige retira doucement mais fermement les doigts de Jane de sa chemise et lui tint les poignets pendant un long moment. Quand il la lâcha, elle s'effondra. Il la retint et l'aida à s'asseoir par terre.

Iris s'accroupit à côté de Jane. Le shérif recula, faisant signe à ses adjoints et au responsable des pompiers de laisser un peu d'espace aux deux femmes, un peu d'air, comme si quelques centimètres et un peu d'oxygène pouvaient les aider à assimiler l'horreur de la mort de leurs enfants.

Jane était assise dans la poussière, ses lourdes jambes écartées, la tête pendante, les coudes sur les cuisses, les mains flasques entre ses genoux. À côté d'elle, Iris regardait les larmes couler de ses yeux clos, ruisseler le long de son nez, où elles restaient suspendues un instant avant de tomber sur le sol caillouteux. Elle leva la main vers son propre visage. Ses yeux étaient secs, ils la piquaient comme si elle les avait ouverts dans une tempête de sable.

La marée baissait et les pompiers retroussèrent le haut de leurs grandes cuissardes. Dans un crissement de métal, ils réussirent enfin à arracher la portière de la voiture de ses charnières. Quelqu'un éteignit le moteur de la cisaille de désincarcération et son grincement strident laissa place à un silence soudain. Iris entendit alors le gémissement des arbres, le sifflement du vent dans les feuilles, l'appel mélancolique d'un unique plongeon sur l'eau. Le frottement de pneus dans l'herbe sableuse du bas-côté. Des portières qui s'ouvraient et claquaient, l'une après l'autre. Elle ne se retourna pas pour voir qui c'était.

Deux pompiers volontaires prirent position devant la voiture, formant, songea Iris, un écran pour les empêcher, Jane et elle, de les voir sortir le corps de John. Ils ne s'écartèrent que lorsqu'il eut disparu dans la housse mortuaire noire. Iris les suivit des yeux tandis qu'ils portaient le sac, deux hommes de chaque côté, vers l'ambulance inutile. Ils revinrent tous les quatre, soulevèrent la deuxième housse et, méthodiquement, la chargèrent elle aussi dans l'ambulance. Puis la troisième. Puis la quatrième. Et enfin, doucement, sans le claquer, un des pompiers referma le hayon de l'ambulance. Le moteur démarra et le véhicule s'éloigna lentement, contournant les voitures de patrouille qui obstruaient partiellement la route.

Iris se leva. Elle hésita un instant, puis tendit la main à Jane. Celle-ci secoua la tête et se remit debout. Elles se tenaient côte à côte, les yeux fixés sur l'épave tordue, puis, sans un mot, elles firent demi-tour et se dirigèrent vers leurs familles qui les attendaient derrière le ruban de la police. Maureen et Daniel étaient ensemble, il plissait les yeux pour éviter la fumée de la cigarette de la jeune femme. Matt se tenait en arrière, près de la voiture de Daniel, qu'il avait rangée à côté de celle de Jane.

Daniel écarta les bras. Iris s'avança et se blottit tout contre lui. Elle ferma les yeux. Elle sentait les battements de son cœur sous les muscles robustes de son large torse et, curieusement, cette pulsation régulière permit à ses larmes de recommencer à couler.

« Rentrons, dit Daniel. Matt et Maureen, vous repartez avec votre mère ?

— Je reste ici », dit Jane catégoriquement. « Je reste jusqu'à ce qu'ils l'aient remorquée. »

Le shérif qui se tenait à quelques pas intervint : « Nous faisons venir une dépanneuse de Newmarket. Elle prendra les véhicules en charge jusqu'au dépôt du service des transports.

— Pourquoi est-ce que tu veux rester, Maman ? demanda Maureen. Ce n'est qu'une bagnole.

— Quand même. »

Maureen soupira, laissa tomber sa cigarette dans la poussière et l'écrasa sous la pointe de sa chaussure. « Il faut que je récupère les filles, dit-elle. Je vais rentrer avec eux. » Elle tendit le pouce en direction d'Iris et de Daniel. « Si ça va pour toi.

— Pas de problème, dit Jane.

— Tu veux que je ramène Samantha chez moi, ou tu préfères la prendre en passant ?

— Emmène-la. Matt, va-t'en, toi aussi.

— Mais non, Maman. Je reste avec toi. »

Tout en lui – du ton de sa voix à l'expression de son visage en passant par la voussure de ses épaules et de son dos – trahissait qu'il n'avait aucune envie de rester sur les lieux de l'accident.

« Je ne veux pas de toi ici. Va-t'en.

— Maman.

— Va-t'en ! » hurla-t-elle.

Matt regarda Daniel, sourcils levés, il haussa les épaules comme pour demander « Qu'est-ce que je suis censé faire, maintenant ? » N'obtenant pas de réponse, il s'inclina : « D'accord, Maman. Je t'attendrai à la maison. Ne traîne pas trop. » Puis il héla le shérif : « Vous ne la laisserez pas rester trop longtemps, vous voulez bien ?

— Ne t'en fais pas, fiston. La dépanneuse va bientôt arriver. »

Matt fourra les mains dans ses poches et suivit Maureen, qui se dirigeait lentement vers la voiture. Daniel, le bras autour des épaules d'Iris, essaya de l'entraîner.

« Attends », dit Iris. Sa voix était calme malgré les larmes. « Shérif ?

— Oui, madame ?

— Qui conduisait l'autre voiture ?

— Pardon ?

— L'autre voiture. Le 4 × 4. » Elle désigna l'épave. C'était à peine si l'on pouvait distinguer, sous la couche calcinée, que le véhicule avait été blanc. « Qui conduisait ?

— Un type des environs de Bucksport. J'ai envoyé deux adjoints prévenir sa famille.

— Il avait bu ?

— Nous ne le saurons qu'après l'autopsie. Mais à première vue, je dirais que non.

— Et le chauffeur de la limousine ? Il avait bu, *lui* ? »

Daniel intervint : « Tu sais bien que non.

— Alors, que s'est-il passé ? Pourquoi ont-ils eu un accident ?

— Comme je vous l'ai dit, répondit le shérif Paige, le chauffeur de la limousine avait le soleil dans les yeux. Il a sans doute pris le virage trop large. Selon moi, l'Explorer a fait un écart pour l'éviter, ses roues ont dérapé sur ces rochers et il a fait un tonneau. C'est terriblement instable, ces véhicules tout-terrain. Ils se renversent facilement. »

Il se tourna vers Matt : « C'est bien ce que tu as vu, fiston ?

— Ouais. Il a fait un tonneau et est passé au-dessus de la limousine. »

Daniel attira Iris contre lui. « Allons-y », dit-il.

Quand ils arrivèrent à leur voiture, Iris s'arrêta et se retourna. L'incendie du 4 × 4 était enfin maîtrisé et seul un léger panache de fumée s'élevait encore de la carcasse fracassée. Il n'y avait pas de lune, la crique et les arbres avaient été engloutis par les ténèbres.

Chacune des deux rampes de projecteurs dessinait une courbe de lumière blanche aux contours accusés. Une bande lumineuse éclairait le 4 × 4, l'autre la limousine, qui n'était plus immergée mais enfoncée dans la boue, l'eau ayant reculé avec la marée. Les deux zones de lumière se recoupaient au milieu de la route. Dans ce petit espace brillamment éclairé, Jane se tenait devant les épaves, son large dos tourné vers Iris. Ses bras et ses mains pendaient mollement. Une bourrasque fit tourbillonner le bas de sa robe autour de ses jambes.

Jane était debout dans cet îlot de lumière comme une sentinelle sur une côte inhabitée, inhospitalière. Iris se cramponna à la poignée de la portière, sans quitter Jane du regard. Elle n'avait jamais vu personne qui ait l'air aussi seul. Comment pouvaient-ils tous monter en voiture, s'en aller et la laisser là, enfermée dans son chagrin ? Iris s'apprêtait à appeler Jane quand celle-ci se baissa et ramassa un objet par terre. D'un brusque mouvement de son bras puissant, elle jeta un caillou qui s'éleva en arc de cercle en direction de la limousine. Il atterrit sur son toit en miettes dans un craquement. Le bruit fit sursauter Iris.

« Iris, dit Daniel, en pressant doucement sur ses épaules pour l'inciter à s'asseoir dans la voiture. Rentrons. »

Jane se baissa pour ramasser une autre pierre, et Iris se réfugia précipitamment à l'intérieur pour ne pas la voir ni l'entendre tomber.

IV

Quand le shérif Paige appela le lendemain matin pour les informer que le corps de Becca les attendait au centre funéraire de Newmarket, Daniel supposa qu'Iris et lui feraient ce triste voyage ensemble. Mais Iris refusa. Elle était assise sur la véranda, pelotonnée dans son fauteuil d'osier au coussin de chintz fleuri dont les coutures étaient blanchies par l'usure. Elle s'y était blottie avant l'aube, quand ils avaient renoncé tous les deux à faire semblant de dormir. « J'ai déjà vu tout ce que j'avais à voir, dit-elle.

— Et les dispositions à prendre ? Tu ne veux pas t'en occuper ? » demanda Daniel. Il n'était pas dans les habitudes d'Iris de lui déléguer une tâche aussi importante, de penser que les décisions qu'il prendrait pourraient refléter, voire simplement approcher, ses propres vœux.

« Non », répondit-elle simplement, et elle posa la joue sur ses genoux repliés, une masse de boucles dissimulant son visage.

Le centre funéraire Dunn & Burpee, sur la route entre Newmarket et Bangor, était un grand bâtiment de briques qui devait dater à peu près de la même époque que leur maison d'East Red Hook. Son plan était plus simple, on avait évité les ornements tarabiscotés et les volutes, et si l'on n'avait pas renoncé à la tourelle, il n'y avait pas de belvédère. Pourtant, sa simplicité même le rendait plus imposant. Dernier édifice d'un ensemble de demeures ancestrales construites au dix-neuvième siècle par les propriétaires des mines de cuivre et de granit qui avaient fait la richesse de cette petite ville désormais un peu miteuse, le centre funéraire était flanqué d'un côté par un magasin de pièces détachées d'automobiles et de l'autre par un club de boxe appelé *The Maine Event*. Ce gymnase avait toujours attiré l'attention de Daniel quand il venait à Newmarket, mais ayant raccroché ses gants trente ans plus tôt, il n'avait jamais eu l'occasion d'en franchir la porte.

Ce jour-là, avant de gravir les larges marches qui conduisaient à la porte d'entrée du funérarium, il s'arrêta un instant sur le trottoir et regarda la porte métallique nue du gymnase. Celle-ci s'ouvrit toute grande et un jeune type baraqué en sortit. Il avait la tête trop petite pour son corps surdéveloppé. Il portait dans une main une caisse en plastique remplie d'haltères métalliques. Il la posa par terre pour bloquer la porte en position ouverte.

« Hé, lança le jeune homme. Vous cherchez quelqu'un ?

— Non, non », répondit Daniel.

Au centre funéraire, il fut accueilli par le directeur, un homme qui devait avoir à peu près son âge, en costume noir, chemise blanche impeccable et cravate noire brillante. Daniel baissa les yeux, gêné, vers son jean délavé et son polo usé. L'entrepreneur des pompes funèbres, qui n'avait pas l'air de se formaliser de la tenue de Daniel, l'accompagna dans une petite salle lambrissée et lui fit prendre place sur un canapé de brocart bordeaux.

« Je peux vous servir quelque chose ? Un café, de l'eau ?

— Un verre d'eau, volontiers », répondit Daniel d'un ton qui lui parut étonnamment normal. Comme s'il venait acheter un jean, au lieu d'un cercueil.

L'homme revint avec un verre plein et lui tendit un classeur présentant différents modèles de cercueils. Daniel feuilleta le classeur. Ses doigts moites laissaient des empreintes en volutes sur les feuillets plastifiés. Chaque fois qu'il tournait une page, il ne pouvait s'empêcher de penser que chacun de ces cercueils – Batesville acajou impérial, Acier doré rustique, Inox rose modèle Tapisserie – contiendrait un jour le corps de l'enfant de quelqu'un.

L'entrepreneur des pompes funèbres, passé maître dans l'art de guider des parents inconsolables à travers un maquis de tâches impossibles, revint avec douceur à une page du début. « Le modèle Peuplier de Fairfield est un choix classique pour une jeune femme. »

Daniel éprouva une soudaine impatience. Tout cela l'assommait. Pas tellement de devoir choisir le cercueil, ou du moins *pas seulement*. En fait, il avait l'impression d'attendre que tout – l'accident et la mort de sa fille – se termine. Comme un film qui durerait trop longtemps. Tôt ou tard, le générique finirait bien par défiler à l'écran. Il suffisait qu'il tienne le coup pour que la dernière bobine s'achève et que Becca ne soit plus morte.

Le directeur du centre funéraire toussota et Daniel réussit, au prix d'un immense effort, à reporter son attention sur l'objectif de sa mission. « Non, ce n'est pas le genre de chose que nous souhaitons. Ils sont… ils sont trop… Nous sommes juifs.

— Ah, fit l'autre, dissimulant mal sa déception. Dans ce cas, nous avons un autre modèle à vous proposer. » Il ouvrit un tiroir de son bureau et en sortit un feuillet.

Daniel regarda le coffre de pin tout simple, avec de chaque côté trois boucles de velours en guise de poignées. Était-ce le cercueil que sa fille aurait choisi ? Aurait-elle préféré des ornementations et des volants en satin bleu ciel, au mépris des préceptes d'une religion qu'elle ne pratiquait guère ? Il secoua la tête pour chasser l'image troublante de Becca feuilletant ce catalogue de cercueils comme s'il s'agissait de la collection printemps-été d'un magasin de vente par correspondance. Il s'obligea à se rappeler quelque chose, n'importe quoi, quelque chose qui comptait : la main de Becca qui tremblait au creux de son coude quand il l'avait conduite à l'autel.

« Ou si vous préférez un modèle de qualité plus durable… », reprit l'entrepreneur des pompes funèbres en tendant à Daniel une photographie sur papier glacé d'un cercueil de pin verni avec de longues poignées de bois sur les côtés et une étoile de David, en bois elle aussi, sur le couvercle légèrement bombé.

Que choisirait Iris ? C'était comme une épreuve qu'elle lui avait imposée, un examen pour lequel il n'avait pas révisé, mais dont, par quelque obscure logique, son avenir dépendait. Iris aurait-elle écarté cette page et demandé quel était l'intérêt d'une « qualité durable » pour un article dont l'objectif même était la décomposition ? Était-il en train de manquer à un principe sacré ou esthétique ? Craignant de tacher le papier avec ses mains moites, Daniel reposa le feuillet sur la table basse brillante.

« L'intérieur du modèle Eliazar est en crêpe, poursuivit le directeur du centre, mais il existe une option velours. »

Le regard de Daniel passa d'une page à l'autre. Rien ne justifiait de choisir un autre modèle que le plus simple, se dit-il. Le cercueil n'avait aucune signification. Il ne symbolisait rien. Ce n'était qu'un moyen commode pour transporter le corps de sa fille jusqu'au trou dans la terre où la putréfaction et les processus biologiques suivraient leur cours. Mais quel trou, et où ?

Iris voudrait sans doute l'enterrer au cimetière de Red Hook, où sa propre grand-mère était inhumée. Le problème était qu'il n'y avait pas de section juive, au grand regret de M. Kimmelbrod qui, du coup, avait préféré enterrer sa femme loin de sa famille, dans un quelconque cimetière du Queens. Mais Daniel était certain que, quel que fût le lieu où reposait sa mère, Iris n'envisagerait pas un instant d'enterrer Becca ailleurs que dans le Maine.

Largement coupé de ses propres racines, Daniel avait du mal à comprendre l'orgueil farouche qu'inspirait à sa femme et à ses filles la branche Maine de leur arbre généalogique. Il était toujours un peu mal à l'aise quand l'une ou l'autre déclarait à un invité que la génération de Ruthie et de Becca était la sixième à occuper cette maison, quand elles traitaient d'autres estivants de « gens d'ailleurs » ou collaient méticuleusement la vignette annuelle de la déchetterie dans l'angle du pare-brise de la Volvo de manière à laisser apparaître toutes celles des années précédentes.

La famille de Daniel était arrivée en Amérique à l'aube du vingtième siècle et avait habité toute une série de maisons et d'appartements, à New York d'abord, puis à Pittsburgh, des lieux oubliés depuis longtemps. Cette absence d'ancrage ne lui manquait pas beaucoup, et si Daniel avait toujours aimé passer ses étés dans le Maine – il appréciait le paysage, l'air frais, le ralentissement de leur rythme de vie, l'oubli, l'espace de quelques mois, de tous leurs soucis new-yorkais et professionnels –, ce lieu ne lui inspirait pas la même passion qu'à sa femme. Daniel aurait aussi bien pu passer l'été dans la vallée de l'Hudson, à Block Island, dans l'Oregon – n'importe où, à condition d'être loin de la ville. Il lui arrivait même de se dire qu'il aurait préféré aller quelque part où l'eau ne soit pas aussi atrocement froide et où il ne passerait pas une bonne partie du mois de juillet pelotonné sous plusieurs couches de laine polaire.

« L'Eliazar, dit-il. Le crêpe ira très bien. »

Pendant qu'il signait la liasse de formulaires que l'entrepreneur des pompes funèbres lui présentait, Daniel entendit un timbre assourdi, le bruit ténu d'une sonnette.

« Excusez-moi », fit l'entrepreneur des pompes funèbres, et il sortit.

Lorsqu'il eut fini de remplir les papiers, Daniel regagna le vaste hall d'accueil du centre funéraire. Il y aperçut, debout sous le lustre de cristal, Jane en train de discuter avec le directeur. Elle avait eu l'intelligence de s'habiller pour la circonstance, se dit-il. Elle portait une jupe bleue unie et un chemisier blanc qui bâillait un peu entre les boutons, laissant apparaître le ruban qui ornait son soutien-gorge de dentelle en polyester.

« Bonjour, Jane, dit Daniel, en tendant à l'entrepreneur la pile de formulaires complétés.

— Bonjour. »

Ils étaient mal à l'aise. Daniel hésitait à s'approcher d'elle et à l'embrasser. Il l'aurait probablement fait avec n'importe qui d'autre. Ou quelqu'un qui ne soit pas protégé par une carapace de réserve typiquement Nouvelle-Angleterre.

Après quelques instants de silence gêné, Daniel se décida à demander : « Comment allez-vous ?

— Ça va, merci, et vous ?

— Ça va. Enfin, pas vraiment. Enfin, vous savez. Bien. »

Jane pinça les lèvres d'un air désapprobateur. Daniel n'avait qu'une envie : quitter cet endroit, les planter là, elle et l'entrepreneur des pompes funèbres.

Alors qu'il se préparait à prendre congé, Jane reprit : « Je viens de confirmer à M. Burpee que le corps de John sera exposé à partir de mercredi. Les obsèques auront lieu vendredi. À moins que vous n'ayez prévu autre chose.

— Non. En fait, je ne sais pas vraiment ce que nous comptons faire.

— Prévenez-moi, dit Jane. Nous viendrons, bien sûr.

— Bien sûr.

— Prévenez-moi », répéta Jane. Elle lui donna toutes les précisions concernant les obsèques de

John, avant de se tourner vers l'entrepreneur des pompes funèbres, avec un bref signe de tête d'adieu à l'adresse de Daniel.

Celui-ci s'immobilisa devant le centre funéraire, clignant les yeux dans le soleil. Pendant un instant, il eut du mal à se rappeler de quel côté de la rue il avait rangé sa voiture. Il la parcourut du regard de haut en bas et aperçut la vieille Volvo bleue devant le magasin de pièces détachées. Il se dirigea dans l'autre sens, monta les marches de la salle de boxe et ouvrit la porte.

Le *Maine Event* était exactement comme tous les gymnases que Daniel avait fréquentés, exactement comme il pouvait s'y attendre. Une dalle de béton fendillée sur laquelle étaient étalés des tapis multicolores. Une rangée de sacs de frappe, une autre de crochets pour les speedbags, un mur de miroirs, un angle encombré par des poids au rebut et un banc de musculation antédiluvien avec, au centre de la salle, un ring entouré de cordes rouges, le rembourrage éraflé et arraché par endroits. Il reconnut l'odeur familière de transpiration et de chaussettes sales, à laquelle s'ajoutait l'âpreté métallique du désinfectant.

« Je peux vous aider ? » Le jeune microcéphale que Daniel avait aperçu devant le gymnase était assis sur une chaise de bureau brinquebalante devant un bureau délabré, près de la porte.

Daniel enfonça profondément ses mains dans ses poches et fit tinter ses clés de voiture. Il regarda les types qui s'entraînaient, un qui sautait à la corde de l'autre côté du ring, un autre qui donnait des droites apathiques dans un des sacs de frappe.

Daniel éprouvait une envie irrépressible d'enfiler une paire de gants et de se mettre à matraquer le sac en pleurant.

La boxe avait été le sport de prédilection de Daniel depuis l'été 1954, année où son père l'avait emmené à New York. C'était la première fois qu'ils étaient seuls ensemble pour plus longtemps que la durée d'une partie de ballon.

En début de soirée, quand le train de Pittsburgh était arrivé à Penn Station, il faisait gris et froid, signe avant-coureur de l'arrivée de Carol, l'ouragan qui ne tarderait pas à remonter la côte Est, faisant soixante-six morts, dont le père de Jane Tetherly. Malgré la pluie qui menaçait, ils s'étaient dirigés vers les quartiers chics, le père de Daniel portant la petite valise en carton dans laquelle il avait rangé une unique tenue de rechange pour chacun d'eux.

Archie Moore se battait contre Harold Johnson, et les deux hommes de la famille Copaken assisteraient à ce combat, à Madison Square Garden, poussant des acclamations à chaque droite, chaque crochet, chaque direct du bras arrière, chaque uppercut. Archie Moore était un des boxeurs préférés de Saul Copaken ; il éprouvait pour lui la même dévotion que celle que lui avaient jadis inspirée Benny Leonard, surnommé « le magicien du ghetto », et Little Joe Choynski, le plus grand poids lourd juif de l'histoire. Du plus loin que remontaient ses souvenirs, Daniel avait toujours écouté les retransmissions de matchs de boxe à la radio avec son père, mais il n'avait jamais assisté à un vrai match. Dans l'intervalle trop bref entre l'apparition de Moore dans son kimono de soie noire et la retraite finale et titubante de Johnson dans son coin, Daniel avait éprouvé un vide mental délicieux et inhabituel, qui ne laissait plus aucune place à ses pensées, à ses angoisses, à l'expression du visage de sa mère quand elle rentrait de ses visites au D. T. Watson Home pour enfants handicapés où était hospitalisée la sœur aînée de Daniel, déformée par la polio, les jambes atrophiées et tordues, les orteils repliés comme les lotus d'or mutilés d'une épouse de mandarin. Quand il était sur le ring, tout s'effaçait. Le monde entier se résumait à un carré de lumière de six mètres de côté et au claquement du cuir rembourré contre l'os et la peau.

Pendant ses études à Harvard, Daniel avait disputé et gagné des combats amateurs d'un bout à l'autre de la Nouvelle-Angleterre. Saul assistait à tous ses matchs, que ce fût à Boston ou à Bangor. Il s'asseyait aussi près du ring qu'il le pouvait, immuablement vêtu de son gilet bicolore à fermeture Éclair, son chapeau mou écossais gris sur les genoux. Quand Daniel réussissait une combinaison particulièrement habile ou assénait à son adversaire un coup au foie qui le laissait pantelant, Saul se contentait de hocher la tête, sans plus.

Après avoir obtenu son diplôme à Harvard, Daniel s'était consacré à plein temps à l'entraînement et aux combats. Mais au bout d'un an ou deux, il avait été forcé de reconnaître que s'il l'avait emporté sans difficulté sur la plupart de ses adversaires à l'université, le milieu professionnel ne faisait pas de cadeau. Il était obligé de faire des pieds et des mains et de se déplacer de plus en plus loin pour obtenir des engagements. Il se battait avec trop d'acharnement et encaissait trop bien pour que les imprésarios ne voient en lui qu'un pauvre type qui pouvait servir de faire-valoir à leurs poulains prometteurs, mais il ne gagnait pas assez souvent pour être considéré lui-même comme un boxeur d'avenir. De plus en plus fréquemment, il se voyait relégué en match de sortie, appelé à disputer le dernier combat du programme, celui auquel n'assistaient que les irréductibles. Quand Daniel avait rencontré Iris, cela faisait déjà un certain temps qu'il savait que la boxe était finie pour lui, ce qui lui permit d'y renoncer sans objection, mais non sans regret.

Pourtant, les combats lui avaient toujours manqué et à présent, plus que jamais, il éprouvait une envie lancinante de remonter sur le ring.

« Hé, là, vous ! cria le débile derrière son bureau. *J'ai dit*, je peux vous aider ?

— Vous avez un gymnase drôlement sympa.

— Ouais, et alors ? »

Daniel parcourut encore une fois la salle du regard. Il aurait tant voulu qu'une fois de plus sa vie se réduise aux dimensions de cette salle, à ses odeurs, il aurait tant voulu pouvoir grimper sur le ring et tenir le monde à distance.

« Alors rien. » Et il franchit la porte.

V

Ils étaient rassemblés sur la véranda grillagée, Daniel, les épaules basses, adossé au chambranle de la porte, Ruthie allongée sur le canapé, la tête sur les genoux de M. Kimmelbrod, et Iris dans le fauteuil de chintz qu'elle n'avait pas quitté depuis que Daniel était parti pour le centre funéraire. M. Kimmelbrod avait passé la nuit chez lui, en ville, et était revenu en fin de matinée. Mary Lou Curran et une autre vieille dame, Vienna Gray, avaient rejoint la famille et étaient perchées sur des chaises à lattes à une extrémité de la longue table.

Cette vaste véranda était un lieu naturel de réunion familiale ; c'était là que les Copaken passaient le plus clair de leur temps en été. Sa construction à l'arrière de la maison, face à la mer, était l'une des premières améliorations qu'ils avaient apportées à cette demeure lorsqu'ils en avaient pris possession. Dans un premier temps, Iris avait hésité à modifier aussi radicalement son image. Cela faisait des générations que, dans sa famille, on s'installait dans le jardin en se passant de moustiquaire pour écouter le cri des plongeons et regarder le ciel changer de couleur, mais elle avait eu beau faire, elle avait été incapable de faire comprendre à Daniel et à ses filles la supériorité morale intrinsèque qu'il y avait à supporter stoïquement les essaims tourbillonnants de moustiques géants qui vrombissaient à leurs oreilles et constellaient leur peau de pustules.

Iris avait dessiné elle-même la véranda. Des portes-fenêtres permettaient d'y accéder depuis la cuisine et le salon. Pour le sol, elle avait trouvé de larges planches d'érable à sucre, récupérées dans un grand magasin désaffecté de Bangor, assorties aux planchers du reste de la maison. Elle avait demandé au menuisier de tailler l'encadrement des immenses fenêtres grillagées pour faire écho aux moulures en oves de la demeure. Le plafond était peint en bleu ciel, conformément à la tradition, comme celui du portique ouvert qui entourait la façade et le côté sud de la maison. Une fois la véranda achevée, Iris s'était attaquée au reste, repeignant les murs du salon en vert mousse, une version plus claire du vert sapin des rayonnages intégrés, des longs et profonds bancs de fenêtres et des moulures du plafond à caissons. Elle avait hésité entre plusieurs teintes pour la cuisine, avant de se décider pour du jaune beurre et du blanc. Elle n'avait pas entrepris beaucoup d'autres travaux dans la cuisine, qui ressemblait encore beaucoup à celle de sa grand-mère, en un peu plus pimpant, avec l'évier d'ardoise d'origine, la grosse cuisinière émaillée O'Keefe & Merritt, et l'assortiment de vaisseliers et de buffets qui avaient toujours remplacé les placards intégrés. Des abécédaires brodés remontant à plusieurs générations ornaient encore les murs, et elle avait déniché le tapis en lirette, posé devant l'évier, au milieu de plusieurs autres, dans une malle au grenier. L'essentiel de la vaisselle, l'argenterie, la panoplie de poêles et de casseroles avaient déjà servi à des générations d'Hewins. La seule innovation qu'Iris avait apportée à la cuisine était un plan de travail en îlot, recouvert d'une épaisse plaque de granit gris venant de l'île Okamok voisine, sur lequel elle préparait sa pâte à tarte.

Chaque fois qu'elle entreprenait une modification, elle avait à cœur de préserver l'intégrité de la maison construite par son aïeul. La moindre rénovation, qu'il s'agît d'abattre une cloison entre deux petites chambres à coucher pour en faire une vaste chambre pour Daniel et elle ou d'ajouter des salles de bains, devait respecter l'histoire de la maison. Elle avait déniché pour les nouvelles salles d'eau des baignoires anciennes à pieds en griffes de lion et des lavabos sur pied. Lorsque les matériaux anciens étaient introuvables, elle fuyait les reproductions, préférant choisir des produits modernes assez discrets pour ne pas jurer avec le caractère du lieu.

C'était une maison aimée de ses occupants, une maison où il faisait bon vivre. Les canapés étaient moelleux et profonds, les tapis à la fois colorés et patinés par le temps. Les traces de l'existence des Copaken et des générations d'Hewins qui les avaient précédés se retrouvaient un peu partout – les manteaux de cheminée et le haut des vitrines étaient encombrés de photographies, bien sûr, mais il y avait aussi une paire de patins à glace ayant appartenu à la grand-mère d'Iris dans le bas du placard de l'entrée, des piles de partitions datant de l'enfance de Becca à l'intérieur du tabouret de piano, des dessins d'enfants accrochés à tous les murs, des taies d'oreiller en lin froissées et jaunies provenant du trousseau d'une ancêtre disparue depuis longtemps au fond de l'armoire à linge, des cartes marines vieilles d'un siècle amoureusement restaurées et encadrées, une malle de déguisements contenant d'anciennes robes de bal, de vieux corsets, des robes et des vestes, des bretelles et des chapeaux hauts de forme – des vêtements dans lesquels Iris elle-même s'était costumée quand elle était petite. Le passé de sa famille était encodé et enregistré dans tous les recoins de la vieille maison, mais il était encore plus présent au dos de la porte du salon, que l'on n'avait pas repeinte depuis des lustres de crainte d'effacer la preuve que toutes les générations avaient, l'une après l'autre, soigneusement consigné la croissance de leurs rejetons, les marques s'échelonnant de la plus petite – « Eliza, neuf mois » – à un trait rouge tracé à un mètre quatre-vingt-dix, au-dessus duquel Iris avait noté le nom de Daniel. Trente-huit noms différents figuraient sur la porte, dont la plupart apparaissaient une bonne dizaine de fois. Iris avait mesuré ses filles juste à côté de ses repères à elle, ce qui permettait de constater que si à deux ans, Becca était plus petite que sa mère à deux ans et demi, à treize ans, elle avait dépassé Iris de plusieurs centimètres.

Les Copaken étaient réunis à présent sur la véranda, leurs visages ravagés et leurs yeux rougis contrastant avec la gaieté du décor. Il y avait eu des allées et venues toute la journée, des amis étaient passés leur apporter à manger, s'asseoir à côté d'eux, leur tapoter les mains. Et pleurer.

Iris n'en pouvait plus de toutes ces larmes. Celle d'une adhérente du yacht-club qui connaissait Becca depuis qu'elle était petite, d'une fille qui travaillait au magasin bio, d'un ancien professeur de Becca à Usherman Hall, d'une de leurs amies de New York venue pour le mariage. Tous ces gens prétendaient venir les consoler, mais c'était toujours eux qui craquaient, souvent dès qu'ils franchissaient le seuil. Iris et Ruthie pleuraient avec eux, chaque nouveau visiteur provoquant une nouvelle crise de larmes. Malgré l'épuisement, malgré l'envie d'Iris de rester seule dans une pièce obscure, les yeux secs, se laissant engloutir par l'ombre profonde, la famille était censée tenir son chagrin à la disposition de tous ceux qui venaient leur offrir du réconfort. Iris sentait sa rancœur s'accumuler, ignorant que quelques mois plus tard seulement, elle serait éperdue de reconnaissance au moindre signe révélant que l'on n'avait pas oublié son malheur.

Sans le vouloir, les visiteuses présentes furent à l'origine d'une scène un peu vive entre les Copaken. Mary Lou et Vienna étaient venues leur annoncer qu'ils n'auraient pas à se soucier du repas qui suivrait les obsèques. Un groupe de bénévoles s'était constitué pour s'en occuper.

« Il faut simplement que vous nous disiez où vous souhaitez faire ça », dit Vienna, une vieille dame coquette aux cheveux gris acier coupés au carré.

« Faire quoi ? demanda Daniel.

— Après le cimetière. Voulez-vous revenir ici ? Aller chez Jane ? Ou ailleurs ?

— Certaines d'entre nous avaient pensé à Grange Hall, ajouta Mary Lou, mais évidemment, le lieu n'est peut-être pas très approprié. À cause du mariage. »

Mary Lou et Vienna avaient été des amies de la mère d'Iris. Comme Iris et sa mère, elles avaient, depuis toujours, passé tous leurs étés à Red Hook. Cela faisait quelques années que Mary Lou s'y était installée définitivement, et on la présentait désormais, gentiment, ou moins gentiment, comme le maire officieux de la ville.

« Non, non, pas à Grange Hall, protesta Iris. Nous ferons ça ici. À moins que Jane ne souhaite organiser ça chez elle.

— Je crois qu'elle a d'autres projets, intervint Daniel.

— Comment ça ? demanda Iris.

— Quand je l'ai croisée au centre funéraire, elle m'a dit qu'ils avaient l'intention d'organiser une exposition du corps à partir d'après-demain, et qu'ils l'enterreraient à la fin de la semaine.

— À la fin de la *semaine* ? s'écria Iris. Est-ce que tu lui as expliqué que c'est impossible pour nous ? Que nous devons l'enterrer tout de suite ? Demain, par exemple ?

— Non, répondit Daniel.

— Mais bon sang, Daniel, pourquoi ?

— Je ne sais pas. »

Iris lui jeta un regard furieux. « Est-ce qu'au moins vous avez parlé des tombes ? De l'endroit où nous les mettrons ?

— John sera enterré dans le caveau de famille de Frank, au cimetière de Red Hook.

— Dans *son* caveau ? C'est ridicule. Il faut les enterrer dans *notre* caveau. Il faut les enterrer *ensemble*.

— Je crois qu'elle ne voit pas les choses comme ça.

— Comment ? demanda Iris. Mais c'est absurde ! »

Vienna et Mary Lou échangèrent un regard et se levèrent comme un seul homme. « Nous allons vous laisser discuter de tout cela tranquillement », dit Vienna. D'un geste de la main, elle retint Daniel qui, toujours affalé contre le mur, faisait mine de se redresser. « Nous trouverons le chemin, ne vous en faites pas. »

Après leur départ, Daniel se tourna vers sa femme. « Que veux-tu faire, Iris ? As-tu l'intention d'enterrer Becca dans le caveau de ta famille, au cimetière de Red Hook ? Ce ne serait pas conforme à la loi juive. Il n'y a pas de section juive. J'imagine qu'il n'y a pas un seul juif dans ce cimetière.

— Il y en a forcément, objecta Ruthie en se relevant. Il y a beaucoup de juifs à Red Hook. N'est-ce pas, Papi ?

— Des estivants, lui fit gentiment remarquer M. Kimmelbrod. Ils ne sont pas enterrés ici. Un juif doit être inhumé en terre consacrée. C'est pour cela que ta grand-mère est enterrée à New York.

— Que veux-tu faire, Iris ? insista Daniel. Il y a une synagogue à Bangor, alors il doit bien y avoir un cimetière juif. Nous pourrions l'enterrer là-bas. Ou la ramener chez nous.

— Pour commencer, depuis quand est-ce que tu te soucies de la loi juive ? Deuxièmement, *chez nous*, comme tu dis, c'est ici », rétorqua Iris. Peu importait que sa propre mère soit née dans le même hôpital à l'angle de la 100e Rue et de la Cinquième Avenue que celui où Iris était venue au monde vingt-neuf ans plus tard. Peu importait qu'exception faite de ses quatre années d'études à Swarthmore et des deux ans qu'elle avait passés à Oxford pour son doctorat, Iris ait vécu toute sa vie dans le même coin de Manhattan, d'abord dans un modeste trois-pièces avec vue superbe sur Central Park, puis avec Daniel dans la 78e Rue Ouest, et enfin, depuis une vingtaine d'années, dans un vaste appartement de Riverside Drive, dans le quartier chic de l'université Columbia. Elle se sentait chez elle dans le Maine, alors même que pour la plupart des gens, elle incarnait, elle ne l'ignorait pas, la New-Yorkaise typique : juive, professeur de littérature comparée, l'esprit caustique et soupe-au-lait. À cent lieues de la biographie habituelle d'une autochtone de Red Hook. Mais elle était chez elle dans le Maine et ses filles aussi, bien qu'elles aient grandi à la ville, qu'elles aient eu Riverside Park pour aire de jeux et pour jardin, bien qu'avant même d'entrer au cours élémentaire, elles aient su par cœur le numéro de téléphone de l'*Empire Szechuan*, le livreur de plats chinois à domicile.

« Le cimetière de Red Hook contient autant d'Hewins que de Tetherly ou de Stoddard. La place de Becca est ici, s'entêta Iris. Papa, tu es d'accord avec moi, n'est-ce pas ? Il faut enterrer Becca ici.

— Je ne sais pas, dit M. Kimmelbrod. C'est à vous de décider. »

Iris se surprit à penser que son père n'avait pas toujours fait preuve de la même réserve s'agissant de prendre des décisions à propos de Becca. C'était lui, après tout, qui l'avait autorisée à renoncer à sa carrière de musicienne, qui avait approuvé le jugement qu'elle portait sur ses propres compétences.

« Nous enterrerons Becca ici, dit Iris fermement. Avec ma famille, et avec John. Ces histoires de "terre consacrée" n'ont aucun sens pour moi. Je suis sûre que le rabbin qui a célébré le mariage ne s'opposera pas à ce que nous l'enterrions ici, aux côtés de sa famille.

— Comme tu veux, dit Daniel.

— C'est ce que je veux. Je parlerai à Jane.

— Veux-tu que je t'accompagne ? » demanda Daniel.

Ce serait, songea Iris, la première fois qu'elles ne se parleraient pas d'employeuse à employée, ni comme mères d'un futur jeune couple, ni dans le brouillard affolé de la première heure qui avait suivi l'accident. Une nouvelle relation allait se nouer. Existait-il un mot yiddish pour la désigner ? se demanda-t-elle amèrement. Le terme de *machenutim* s'appliquait-il encore quand les points de jonction avaient disparu ?

« Ce n'est pas la peine, dit-elle. Je m'en occupe. »

VI

À six heures du matin, le surlendemain de l'accident, Jane tourna la clé de la porte de l'église unitarienne et hésita sur la marche supérieure, s'armant de courage pour affronter ce qui l'attendait à l'intérieur. La large porte de chêne lui parut plus lourde que d'ordinaire quand elle la poussa de l'épaule, et pendant un moment elle éprouva une lassitude inhabituelle et insupportable. Puis elle se secoua, serra les dents et ouvrit la porte toute grande. Personne n'avait fait le ménage, elle s'en serait doutée. Autrefois, les dames de la paroisse s'en seraient chargées, sur l'ordre du bedeau, mais à présent, celles qui auraient été disposées à le faire étaient trop vieilles, et les plus jeunes, toujours prêtes à décorer la chaire de bouquets le dimanche, n'étaient pas du genre à se mettre à quatre pattes pour cirer les bancs. La petite paroisse ne pouvait plus payer de bedeau et avait donc signé un contrat avec l'entreprise de nettoyage de Jane qui s'était engagée à entretenir l'église contre une somme symbolique. C'était son travail, et elle ne vit rien d'indécent ni de surprenant à ce que personne n'ait songé à l'en soulager, aujourd'hui tout particulièrement.

Elle n'y avait pensé, d'ailleurs, que quelques heures plus tôt, quand elle s'était levée brusquement, faisant grincer son vieux bois de lit en chêne, après avoir passé une seconde nuit identique à la première : sans dormir, à regarder les ombres projetées par les franges emmêlées de sa lampe de chevet jouer sur les murs, à enregistrer les progrès d'une tache d'humidité brunâtre qui s'étalait au plafond. Quelques semaines auparavant, elle avait demandé à John de retirer un morceau de placoplâtre pour essayer de localiser la fuite ; il avait promis de s'en occuper dès qu'ils rentreraient de voyage de noces, Becca et lui. Si elle devait le faire toute seule, à présent, il lui faudrait une échelle. Et c'était en pensant à l'échelle d'aluminium pliante dont ils s'étaient servi pour allumer les cierges dans les appliques de l'église qu'elle s'était souvenue du désordre, et de la corvée qui l'attendait.

La nef avait l'air abandonnée, les cierges presque entièrement consumés, les fleurs fanées, brunies sur les bords. L'allée centrale était jonchée de pétales de roses flétris et quelqu'un avait détaché une des guirlandes d'hortensias enroulées autour des bancs. Sous la chaire, un seau en zinc rempli de fleurs s'était renversé, laissant une tache d'eau bordée d'une auréole blanche sur le tapis bleu pâle. Le reste du tapis était souillé de traces de pas et grêlé de minuscules points laissés par des talons aiguilles. Jane secoua la tête. Toutes ces New-Yorkaises vacillant dans leurs chaussures ridicules.

Armée d'un seau de produits de nettoyage, Jane parcourut la nef, arrachant les guirlandes et les fourrant en vrac dans un sac-poubelle noir attaché à sa ceinture. L'effort physique nécessaire pour enfoncer dans le sac les guirlandes et les arrangements floraux flasques et flétris, pour ramasser des saletés par terre, se pencher sur les rangées de bancs et ranger les recueils de cantiques dans leurs casiers, la revigora. Depuis qu'elle s'était mise en colère contre le shérif à Jacob's Cove, elle s'était sentie alourdie, engourdie et léthargique, comme si le sang avait cessé de couler dans ses veines. Mais le mouvement répétitif, la tension musculaire familière et réconfortante du ménage semblaient offrir un exutoire idéal à tous ses sentiments réprimés : c'est dans un état de parfaite fureur que Jane nettoya l'église. Elle était furieuse contre les amies de Becca, ces petites filles gâtées qui avaient tenu à louer une limousine à Newmarket alors que n'importe quelle voiture aurait fait l'affaire ; furieuse contre le photographe qui avait été si lent, si pinailleur ; furieuse contre les Copaken qui avaient organisé un mariage tellement sophistiqué ; furieuse contre John qui s'était mis en tête de fréquenter cette famille sans intérêt, atrocement prétentieuse. Et surtout elle en voulait à son fils, ce garçon si bon, si fort, si beau, d'être mort.

Elle bourra sac sur sac de fleurs mortes ou agonisantes et les traîna dans la nef derrière elle. À coups de canif, elle détacha les restes de cierges collés dans les bougeoirs et gratta les derniers vestiges de cire. Elle balançait l'aspirateur comme un enfant stupide et récalcitrant, cognant bruyamment le balai contre les flancs des bancs. Elle ne fit preuve d'un peu de délicatesse que pour vider les vases de verre de leur trésor gâté et pourrissant ; elle pourrait les réutiliser à la veillée funèbre.

Elle était venue à l'église dans la seule intention de débarrasser les détritus et d'aspirer les pétales de roses. Mais au moment où Iris arriva, Jane avait astiqué les bougeoirs de cuivre, graissé les coussins de cuir des sièges derrière l'autel et grimpé sur l'échelle à l'origine de son accès de fureur ménagère pour passer un coton-tige dans les fissures du bois des chambranles de fenêtres, retirant des années, des générations de poussière incrustée. Quand Iris entra, elle était sur l'échelle, les mains noires de crasse, des mèches de cheveux bruns collées de sueur sur le visage, empestant le labeur et le nettoyant en bombe.

Iris hésita sur le seuil, regardant autour d'elle avec une expression d'étonnement abattu, surprise, supposa Jane, par la méticulosité avec laquelle elle avait effacé la moindre trace du mariage. Elle semblait chercher un indice – un arrangement floral, un cierge, un programme sur bristol – mais tout avait disparu, tout avait été mis en sac, entassé, prêt à partir pour la déchetterie.

« Matt m'a dit que je vous trouverais ici », expliqua Iris.

De son perchoir, Jane distinguait clairement la raie blanche dans les cheveux noirs d'Iris. Elle se demanda pour la première fois si celle-ci n'était pas plus âgée qu'elle. À cause de sa façon de s'habiller – comme une ado, un jean coupé aux genoux sous une chemise d'homme fripée –, Jane avait toujours pensé qu'Iris était sa cadette. Le chagrin ou l'insomnie l'avaient vieillie d'une bonne dizaine d'années.

« Qu'est-ce que vous voulez ? » demanda Jane, puis, pour atténuer la dureté de ses propos : « Est-ce que je peux faire quelque chose pour vous ? »

Iris cilla, les yeux immenses et noyés dans les verres épais de ses lunettes. Jane ne l'avait jamais vue qu'avec des lunettes de lecture, perchées au bout du nez.

« C'est à propos de l'enterrement. Daniel et moi… Jane, j'espère sincèrement que vous reviendrez sur votre décision et que vous accepterez que les enfants soient enterrés ensemble. »

C'était donc ça. Iris était venue lui imposer sa volonté, comme elle l'avait fait pour le mariage, comme elle l'avait déjà fait pour la formation de John. Comment, se demanda Jane, avait-elle pu imaginer qu'Iris ne voudrait pas avoir son mot à dire sur la manière d'enterrer son fils ?

Jane descendit lentement les échelons et suivit Iris jusqu'à la première rangée de bancs, où elle prit place aussi loin de la mère de Becca que la courtoisie l'autorisait. Dès qu'elle s'assit, l'épuisement l'accabla. Elle avait l'impression qu'elle ne pourrait plus jamais se relever. La perspective de partager la tombe de son fils avec ces gens lui faisait horreur. John et Becca étaient amoureux depuis longtemps, bien sûr, mais après tout, ils avaient été mariés moins d'une heure. Moins d'une heure ! Pourquoi devraient-ils passer l'éternité côte à côte ? Hier, elle avait fait clairement savoir à Daniel qu'elle n'avait pas l'intention d'organiser des obsèques communes.

Il est vrai que la veille elle imaginait encore que John pourrait être enterré dans le petit caveau des Tetherly, une concession que le grand-père de son ex-mari avait achetée pour ses descendants. Mais à son retour du centre funéraire, quand elle avait appelé Frank pour lui demander de s'arranger avec les pompes funèbres, il l'avait informée, sans la moindre trace d'embarras, que cela faisait des années qu'il avait renoncé à cette concession. « Ben quoi, j'pouvais pas savoir que j'en aurais besoin », avait-il marmotté, visiblement à moitié bourré. C'était miracle qu'il se rappelle encore qu'il avait jamais eu quelque chose à perdre.

Les Stoddard n'avaient pas de caveau à eux ; la famille de Jane était dispersée çà et là à travers le cimetière. Elle allait devoir téléphoner à la mairie et demander s'il y avait une concession disponible. Il était à parier qu'on lui attribuerait une des nouvelles, de l'autre côté de la route, loin de la mer. Et ça allait lui coûter un paquet. Son entreprise marchait bien en été, mais elle n'avait pas de réserves et l'achat du cercueil avait déjà lourdement ponctionné ses maigres économies. Il était beaucoup trop cher – elle n'aurait pas dû choisir un modèle aussi luxueux. Pour payer le cercueil et l'embaumement, elle avait dû puiser dans l'argent qu'elle mettait de côté tous les ans pour les impôts fonciers. Elle n'avait pas la moindre idée du prix d'une concession, mais de toute façon, il serait certainement supérieur à ses moyens. Elle se retrouverait à sec pour l'hiver.

« Toute ma famille est au cimetière de Red Hook, dit-elle.

— Parfait. La mienne aussi », répondit Iris.

Jane plissa légèrement les yeux. Iris faisait partie de ces gens d'ailleurs qui brandissaient à tout bout de champ leurs racines du Maine, comme s'il suffisait de passer tous ses étés quelque part pour en être originaire. Comme si ce n'était pas l'identité de votre famille, votre lignée qui comptait, mais le simple fait de votre présence. Comme si une juive de New York qui n'avait jamais passé un mois de mars sombre et glacial à Red Hook pouvait savoir ce que c'était que d'être du Maine, comme si elle possédait une once de la ténacité et de la résistance nécessaires pour y vivre.

Iris poursuivit: «Mes arrière-arrière-grands-parents sont enterrés au cimetière de Red Hook. Vous voyez le grand obélisque blanc, près de l'eau, à gauche du caveau de la famille Wescott? C'est mon arrière-arrière-grand-père Elias Hewins. Il a acheté tout ce coin, sur la pente qui descend vers la baie, pour sa famille. Pour nous. Ma grand-mère aussi y est enterrée. Nous pourrions mettre Becca et John tout au bout, le plus près possible de l'eau.»

Elle aurait dû s'en douter. Iris possédait la plus jolie partie du cimetière, celle qui avait la plus belle vue. L'endroit où John aurait certainement voulu reposer, s'il avait eu l'occasion de se poser la question.

Et voilà. Elle pouvait évidemment insister pour enterrer son fils à part, loin de son épouse d'un jour et de sa famille d'été, et s'endetter jusqu'au cou pour acheter un lopin d'herbe mitée au bout de la route, coincé entre la poste et l'entrepôt de matériaux de construction de Granville. Ou bien elle pouvait accepter et enterrer John à un endroit qui donnait sur la mer qu'il avait tant aimée, l'étendue d'eau sur laquelle il avait navigué et où il avait pêché depuis qu'il était petit.

« D'accord », dit Jane.

Iris eut l'air désarçonnée, étonnée d'avoir obtenu gain de cause aussi facilement. « C'est vrai ? »

Jane haussa les épaules, ayant elle-même du mal à y croire.

« Vous voulez bien que nous les enterrions ensemble ? Dans notre concession ?

— Pourquoi pas ?

— Merci », dit Iris. Elle tendit la main, prête à toucher Jane, mais celle-ci recula, avant d'éprouver le besoin soudain et irrépressible d'astiquer une tache sur le dossier d'un banc avec le chiffon qu'elle tenait toujours.

Iris reposa sa main sur ses genoux et ajouta : « Daniel me disait que vous aviez l'intention d'exposer le corps demain.

— Oui.

— Si vous pouviez prévoir ça le matin, cela nous permettrait d'organiser l'enterrement plus tard, dans l'après-midi.

— Ce n'est pas comme ça qu'on fait, objecta Jane en secouant la tête. Il faut que les gens aient un peu de temps, qu'ils puissent passer après le travail, certains viendront de loin. On ne peut pas tout faire le même jour.

— Le problème, c'est que chez nous, les juifs, il n'y a pas d'embaumement, vous savez, dit Iris du ton patient qu'elle devait adopter, se dit Jane, avec ses étudiants un peu lents. Quatre jours, c'est long. Trop long. Vous avez l'habitude de faire les choses comme ça, je le comprends parfaitement, mais si vous vouliez bien accepter un compromis, nous vous en serions extrêmement reconnaissants. »

Autant que Jane pût en juger, cette femme ne voyait aucune différence entre suggérer un compromis et exiger que les choses se fassent comme elle l'entendait.

« Nous pourrions le faire le lendemain matin, dit Jane.

— Sincèrement, nous ne pouvons pas attendre.

— Même pas un jour ? »

Iris se mordit la lèvre. Puis elle dit : « Entendu. Ça devrait être possible.

— Bien, dit Jane. C'est que nous aussi, nous avons notre façon de faire.

— Oui. Oui, bien sûr. Merci, Jane. Sincèrement. » Mais cette fois, Iris avait l'air un peu moins reconnaissante et, manifestement, n'avait plus grand-chose à dire à cette femme dont le fils reposerait aux côtés de sa fille jusqu'à la fin des temps.

« Bon, eh bien, je vais me remettre au travail », dit Jane.

Iris se leva. « Je ne vous retiendrai pas plus longtemps. » Elle parcourut du regard l'église astiquée et dépouillée de ses ornements. « Est-ce que vous… Je suis désolée que vous ayez dû faire le ménage toute seule.

— Aucune importance. Comme ça, c'est fait. »

Jane resta assise sur le banc jusqu'à ce qu'elle ait entendu la porte de l'église se refermer, l'abandonnant à sa solitude. Elle se renversa contre le dossier et ferma les yeux. Un jour, se dit-elle. Un seul jour. Quelques heures d'épreuve effroyable, avec ou sans Iris et le reste de la famille Copaken. Ensuite, elle n'aurait plus rien à voir avec eux. Ensuite, il n'y aurait que deux pierres tombales au bord de la mer.

Était-ce une si mauvaise solution, après tout ? Au fil de toutes ces années, Jane s'était prise d'affection pour Becca. C'était une bonne fille. Elle ne se mêlait pas des affaires des autres – qu'il s'agisse de donner son avis ou un coup de main, elle attendait toujours qu'on le lui demande, et elle s'en acquittait sans s'en offusquer, sans faire de chichis, généralement avec un sourire, une réflexion enjouée. Et puis, elle était tellement amoureuse de John. Ça crevait les yeux. Si elle n'avait pas été d'une famille d'estivants et, qui plus est, de cette famille-là, Jane n'aurait rien eu à redire à ce mariage.

Elle rassembla son matériel, vida le seau dans l'évier du placard à balais à côté de la sacristie, rinça les éponges et rangea l'aspirateur. En allant chercher l'échelle, elle jeta par hasard un coup d'œil derrière la chaire. La corbeille de pétales de Samantha s'y trouvait, renversée sur le côté, son nœud lavande défait. Jane se détourna. Elle remit l'échelle en place et essuya ses mains poussiéreuses sur son jean.

Elle ne ramassa le panier que lorsque ses mains furent presque propres. Pendant un instant, elle le tint contre elle, caressant des doigts les brins d'osier entremêlés. Elle ferma les yeux, se rappelant la fièvre avec laquelle on l'avait cherché, l'insistance agaçante de Samantha qui tenait tant à l'avoir pour la photo, l'indulgence patiente de Becca et John à l'égard de la petite. John avait été un homme tellement affectueux, tellement facile à vivre. Gentil et fort. Généreux, trop peut-être. Un homme que n'importe quelle femme aurait été fière d'avoir pour fils.

Avec un grognement de colère, Jane jeta le panier par terre et le piétina. Le craquement de l'osier qui se brisait, la sensation des branches qui s'écrasaient sous sa lourde chaussure l'emplirent d'une profonde satisfaction. Elle frappa du pied, encore et encore, jusqu'à ce qu'il ne reste qu'un amas de brindilles cassées, un tortillon crasseux de ruban violet et une traînée de pétales broyés. Elle enfonça ces détritus dans le dernier sac poubelle ouvert et le traîna avec les autres jusqu'à sa camionnette. En rentrant chez elle, elle fit un détour par la déchetterie et, d'un grand geste du bras, balança les sacs sur un tas de déchets malodorants, à leur place.

VII

Les proches et les amis de John Tetherly étaient vêtus de sombre – costumes et tailleurs noirs bon marché, chemises bleu marine, corsages noirs, cravates de couleurs sourdes. Ceux qui étaient là pour Becca Copaken composaient un assortiment plus étrange. La plupart étaient venus de New York pour assister à un mariage, mais avaient dû rester pour un enterrement, et n'avaient évidemment pas de tenue appropriée. Les estivants eux-mêmes étaient dans l'embarras. Personne, évidemment, n'emportait de vêtements de deuil pour aller passer ses vacances dans le Maine. Cela aurait été plus facile s'il avait fait froid – la plupart des gens avaient fourré un ou deux pulls dans leurs bagages. Mais c'était une journée d'été radieuse : le soleil étincelait sur l'eau, la mer limpide ne reflétait pas le moindre petit mouton blanc. Les estivants et les New-Yorkais s'étaient trouvés devant un dilemme : porter ce qu'ils trouvaient dans leur garde-robe décontractée des étés dans le Maine, des vêtements de golf aux couleurs printanières, leurs tenues de tennis blanches, ou ce qu'ils avaient mis pour le mariage, trois jours auparavant. Ils se décidèrent tous pour la dernière solution. Et c'est ainsi que la petite église de bardeaux accueillit pour la seconde fois leurs costumes chics en seersucker, leurs robes fourreaux en lin pastel, leurs imprimés estivaux en soie, leurs cravates de teintes vives, leurs nu-pieds et leurs chaussures de ville blanches.

La cérémonie fut moins embarrassante qu'Iris ne l'avait craint. Ou plus exactement, elle fut si atroce, si douloureuse et si désespérante que tous les problèmes logistiques en furent balayés. L'église, débarrassée par Jane de ses parures nuptiales, avait l'air nue. Son dépouillement unitarien spartiate était bien plus supportable pour un juif, se dit Iris, que ne l'auraient été des fanfreluches catholiques. Elle arrivait presque à oublier que les funérailles de sa fille avaient lieu dans une église.

Les volets étaient grands ouverts, laissant pénétrer hardiment les rayons du soleil qui s'effilaient pour venir caresser les cercueils. Iris était assise sur le même banc, à la même place qu'au mariage, elle regardait la lumière tomber en dessinant un fin treillage sur le bois qui recouvrait le corps de sa fille. Il n'y avait pas suffisamment de place devant la chaire pour que l'on dispose les cercueils côte à côte, alors on les avait mis bout à bout, celui tout simple de Becca en pin, avec une étoile de David pour unique ornement, comme un wagon bringuebalant derrière la locomotive rutilante qui contenait le corps de John. Ce cercueil-là était en peuplier vernis, avec aux angles quatre colonnes néoclassiques trapues, dont la partie supérieure sculptée représentait un sloop aux voiles gonflées par le vent. À une extrémité du cercueil, un tiroir entrouvert laissait apercevoir une doublure de satin à ruchés bleu pastel, sur laquelle était brodé le dessin du même sloop, accompagné de ces mots « Je rentre à la maison ». Le tiroir contenait des souvenirs et des messages de la famille et des amis de John. Ce cercueil était ridicule, parodie involontaire d'un cercueil de marin, et bien qu'Iris ne fût pour rien dans ce choix, elle en était gênée. En même temps, elle aurait voulu expliquer à ceux qui étaient venus pour John que si le cercueil de Becca était aussi simple, ce n'était pas parce que Daniel et elle étaient mesquins, mais parce que la loi juive exigeait un contenant modeste. Elle se demandait pourtant si, en réalité, loin de prôner la modestie et l'humilité devant Dieu, la loi ne se bornait pas à codifier et à valider l'avarice inhérente de son peuple. Quelques jours plus tard, Iris aurait oublié qui avait pris la parole et ce qui avait été dit. Mais l'image des deux cercueils si différents, la disparité entre les caisses que Jane et Daniel avaient choisies pour contenir les dépouilles de leurs enfants continueraient à la hanter.

Après l'office, les porteurs s'alignèrent de part et d'autre des cercueils. Des grands gaillards, des parents et des amis de John, assistés de quelques fils d'amis des Copaken. Et puis Matt, ce pauvre Matt, le plus petit et le plus frêle de tous. Une fois que tous eurent saisi une poignée, il en resta une, et l'espace d'un instant il y eut une certaine confusion. Puis un homme de haute taille s'avança et prit la dernière poignée. Iris mit un moment à reconnaître William Paige, qui n'était pas en uniforme de shérif mais en costume bleu uni.

Ils chargèrent les cercueils dans les deux corbillards, qui commencèrent à descendre Main Street. La plupart des invités préférèrent marcher derrière les fourgons mortuaires et parcourir à pied les cinq cents mètres qui séparaient l'église du cimetière. Les véhicules noirs roulaient lentement en tête puis, étirés derrière eux comme la queue multicolore d'un cerf-volant, venaient les membres du cortège, une moitié vêtue de sombre, l'autre dans des tenues de fête pimpantes. Un couple de touristes âgés, qui portaient les mêmes T-shirts décorés d'un homard et étaient affublés de casquettes identiques ornées de bois d'élans, sortit de la boutique de souvenirs et s'arrêta au milieu du trottoir pour les regarder passer. Le mari approcha son appareil photo de son œil, mais la femme, plus sensible que sa tenue ne pouvait le donner à penser, retint sa main. Un monospace vert immatriculé dans le New Jersey freina brutalement derrière les derniers membres du cortège et klaxonna.

M. Kimmelbrod ayant demandé à Daniel de le conduire en voiture jusqu'au cimetière, Iris et Ruthie marchaient seules en tête de cortège, juste derrière le deuxième corbillard qui se traînait. Iris lisait et relisait sans pouvoir s'en empêcher les lettres et les chiffres de sa plaque minéralogique, la formule « Maine Vacationland », « Maine terre de vacances », aussi familière à ses yeux après toutes ces années que les noms de ses filles.

En contournant un panneau de bois disposé au bord du trottoir pour l'inviter à la potée de haricots de l'Association des anciens combattants, elle détourna les yeux du corbillard et regarda la mer. Observant les bateaux amarrés dans le port, elle les nomma tout bas. Le *Wind Dancer*, le sloop des Fields. Le *Cool Change*, le cotre à voile aurique des

Barrett. L'*Afikomen*, la goélette carrée des Ziff. Iris se rappela que Becca disait toujours de l'*Afikomen* que c'était le bateau juif symbolique de Red Hook. Jusqu'à l'été précédent, où le nouveau propriétaire de l'Auberge de Red Hook avait lancé un baleinier de Boston auquel il avait donné le nom de sa mère : le *Mitzie's Mazel Tov.*

Ce jour-là, quelqu'un avait ancré un grand brigantin au large, au-delà de la petite baie et, un moment, Iris contempla les voiles carrées du premier mât que le vent gonflait doucement. Sur la rive, il s'atténuait en un souffle léger qui lui effleurait les joues et rafraîchissait l'air de ce milieu d'après-midi. Iris s'arrêta et tourna son visage vers la brise. Elle ferma les yeux et resta immobile. Seules quelques vrilles dénouées de ses cheveux frémissaient sous l'haleine caressante du vent.

« Maman ? » demanda Ruthie, posant doucement la main sous le coude de sa mère.

Iris tressaillit. Le corbillard avait pris de l'avance et, derrière elle, le cortège, arrêté net, s'était entassé et déployé en largeur, personne n'osant dépasser la mère en deuil dont le visage était tourné vers le ciel et vers l'océan. Après un dernier regard au bateau lointain, elle se remit en marche, accélérant l'allure pour rattraper les fourgons qui venaient de bifurquer vers le cimetière. Le convoi suivit les corbillards qui franchirent les deux piliers de pierre et descendirent le chemin de terre serpentant entre les tombes. Au bord de l'eau, les véhicules s'arrêtèrent devant un grand trou creusé dans le gazon près duquel quelqu'un avait disposé deux rangées de fauteuils en plastique blanc. M. Kimmelbrod et

Daniel étaient déjà arrivés et se tenaient un peu à l'écart de la fosse.

Les porteurs firent glisser les cercueils des corbillards sur un plan incliné et les placèrent sur les appareils motorisés qui permettaient de les descendre dans la fosse. M. Burpee, l'entrepreneur des pompes funèbres, ne possédait qu'une machine de ce genre ; il avait récemment acquis le modèle de luxe, avec support en acier inoxydable télescopique, et avait revendu l'ancien. En trente-quatre ans d'activité au service de l'inhumation des défunts, il n'avait jamais eu besoin de deux appareils en même temps et, pour pouvoir répondre aux nécessités du jour, il avait dû en emprunter un deuxième à un collègue de Bangor, un vieux modèle Impérial, qui n'était ni aussi élégant ni aussi récent que le sien. Il avait envisagé brièvement de mettre un des cercueils en terre à l'aide d'un brancard et de courroies, mais l'idée qu'un cercueil puisse glisser sans heurt dans la fosse sur ses cames tandis que l'autre cahotait et tressautait entre les mains des fossoyeurs le gênait. D'autant qu'il aurait été plus raisonnable d'utiliser la machine pour le cercueil de peuplier, le plus lourd, et de laisser ses hommes descendre la caisse de pin, plus légère. Comme la défunte était une juive d'ailleurs et le jeune homme un gars d'ici, il craignait que l'on ne voie dans cette différence de traitement le reflet de ses préjugés. Ce qui n'était certainement pas le cas. M. Burpee n'avait rien contre les juifs, si ce n'est que leurs enterrements coûtaient trois fois rien.

Iris et Ruthie s'approchèrent de Daniel et de M. Kimmelbrod, et Iris prit le bras de son père pour franchir avec lui l'étendue de gazon qui les séparait des sièges en plastique disposés devant la double tombe. Elle l'aida à s'asseoir et prit place à côté de lui. Jane, qui était restée loin derrière, tout au bout du cortège, s'assit à l'autre extrémité de la rangée. Il y avait trois chaises vides entre eux.

« Ruthie, viens là », dit Iris.

Ruthie s'assit près de sa mère, puis Maureen, après avoir installé ses deux filles et la petite Samantha au second rang, prit place à côté de Jane. Maureen se tourna vers son frère. « Matt », dit-elle en tapotant la chaise restée vide entre Ruthie et elle.

« Ça va », marmonna Matt. Deux taches rouge sombre marquaient ses joues pâles. « Prenez-la, dit-il à Daniel.

— C'est bon, fiston, dit Daniel. Vas-y. »

La chaise resta vide, tandis que le pasteur à chevelure argentée s'avançait et entonnait le psaume 23. Ils se trouvaient effectivement sur de frais herbages, près des eaux du repos, songea Iris. Mais elle ne sentait aucune présence prête à la guider par les bons sentiers, ni ailleurs du reste. Chacun d'eux était seul, complètement seul, dans le ravin d'ombre et de mort. Chaque peine distincte et unique. Iris ne pouvait imaginer que le bonheur et la fidélité marchent sur ses pas en ce moment précis, même par une journée d'été radieuse comme celle-ci. Alors que sa fille gisait dans le noir, dans une caisse de pin ordinaire.

Après que le pasteur eut dit ce qu'il avait à dire, le rabbin commença à prier en hébreu. C'était un petit homme roux, peu avenant. Sa kippa de velours, qui couvrait imparfaitement sa calvitie, arrivait à peine au niveau du menton osseux du pasteur. Une vilaine plaque rouge faisait tout son possible pour ramper au-delà de sa barbe. Mais la voix qui les invitait à réciter le kaddish était grave et sonore ; une potée revigorante servie dans une tasse de fer-blanc cabossée. Dans l'assistance, même parmi ceux qui n'avaient encore jamais entendu la prière juive pour les morts, peu purent retenir leurs larmes. L'un des seuls à garder les yeux obstinément secs était M. Kimmelbrod, pour qui cette prière n'avait pas grand sens : tant de membres de sa famille avaient été envoyés à la mort sans que leur soit octroyé l'infime réconfort de cette incantation.

Au moment où l'on descendit les bières en terre, le bourdonnement du moteur résonna dans la tête d'Iris. Elle regretta soudain d'avoir refusé de regarder à l'intérieur du cercueil quand l'employé des pompes funèbres lui avait proposé de l'ouvrir pour elle. Elle avait répondu non instinctivement, mais, à présent, elle éprouvait l'envie désespérée d'arracher le couvercle avant qu'il soit trop tard. Trop tard pour quoi ? Pour s'assurer que Becca s'y trouvait vraiment ? Pour sortir son corps mort de la caisse et le tenir dans ses bras une dernière fois ? Iris serra les dents et ferma les yeux.

Elle essaya de chasser de son esprit la dispute qui l'avait opposée à Becca à propos de l'argent du mariage et du bateau de John, et qui avait gâché l'après-midi de la cérémonie. Pourquoi Iris ne s'était-elle pas excusée ? Comment avait-elle pu laisser une querelle, un stupide désaccord à propos d'argent être la dernière vraie conversation entre sa fille et elle ?

Elle ferma les yeux, volontairement sourde à la voix intérieure qui l'admonestait, se concentrant sur les bruits de ceux qui entouraient la tombe. Le craquement d'une chaise, le frémissement d'une jupe dans la brise, quelqu'un qui se mouchait. Elle sentait la présence de tous ces gens massés derrière elle comme un organisme unique, qui respirait, insistait, l'exhortait à persévérer sur une voie qu'elle n'avait aucune envie de suivre. Elle essaya de se dire qu'elle avait de la chance d'avoir tant de monde autour d'elle, tant d'amis et de proches. Beaucoup de gens étaient venus à l'enterrement : tous les invités de la noce, et un certain nombre d'habitants qui, faute d'avoir pu assister au mariage, profitaient de cette mort pour jouir de quelques instants de convivialité. Peu importait qu'ils soient venus pour Becca ou pour John. Ce qui comptait, c'était qu'ils soient là.

Quand Ruthie se leva, Iris ouvrit les yeux. L'employé des pompes funèbres remit à la jeune fille une pelle grande comme un jouet. Elle prit un peu de terre sur le monticule situé à côté des tombes et entreprit de traverser la planche de bois qui couvrait la terre nue. Elle tremblait, et un peu de terre tomba de la pelle, comme de la farine qu'on tamise pour un gâteau. L'employé des pompes funèbres lui tendit une rose blanche à longue tige qu'il avait prise dans une corbeille accrochée à son bras, mais elle l'ignora. Elle retourna jusqu'au tas, reposa la pelle et ramassa de la terre à pleines mains. Elle retraversa rapidement la planche menant à la tombe ouverte et y jeta sa poignée de terre, la répartissant soigneusement entre les deux cercueils.

Daniel la suivit. Il passa lui aussi devant le porteur de roses, ramassa la pelle et commença à répandre de la terre dans la tombe. La pelle était brillante et son fer très petit. Les muscles du dos de Daniel tendaient l'étoffe de sa veste chaque fois qu'il enfonçait l'outil miniature dans le tas de terre. Les pieds plantés dans ses chaussures de jogging blanches immaculées, il enchaînait les pelletées, comme s'il avait été chargé de remplir la fosse. La terre tombait sur le couvercle des cercueils dans un crépitement sourd. L'entrepreneur des pompes funèbres, un homme qui avait appris à ne s'étonner d'aucune manifestation de chagrin, s'avança vers Daniel d'un pas glissant et le prit doucement par le coude.

« Voulez-vous que je vous débarrasse de cela, monsieur ? demanda-t-il en désignant la pelle. Vous avez fait du bon travail. »

Daniel se redressa et cligna des yeux pour chasser les gouttes de sueur qui l'aveuglaient. Il regarda le visage déconcerté et compatissant de l'entrepreneur des pompes funèbres et retourna la pelle, renversant son contenu sur le monticule très diminué.

L'entrepreneur leva un sourcil en direction de son jeune employé, qui souleva le coin du tapis de gazon dissimulant un tas de terre plus important à côté de la double tombe et compléta le monticule. Il reposa ensuite la pelle dessus et recula, la tête basse.

C'était à elle, mais Iris fut incapable de se lever. Elle fit appel à toute sa volonté, mais elle était trop lourde, trop fatiguée, trop triste. Elle tourna un visage angoissé vers son père, qui lui fit un signe de tête et chuchota du bout des lèvres « Reste assise ». Elle se détendit contre le dossier de sa chaise, comme si elle n'avait attendu que son autorisation, et regarda Maureen prendre une rose et, tenant sa masse corpulente en équilibre précaire au bord des tombes, la jeter dans la fosse. Ses deux filles suivirent son exemple, mais quand vint le tour de Samantha, la petite hésita, son regard passant de Jane à Iris. Elle prit deux roses, mais ramassa aussi un peu de terre dans la pelle qui était juste à sa taille. Elle versa la terre dans la tombe puis y laissa délicatement tomber les fleurs, l'une sur le cercueil de Becca, l'autre sur celui de John, comme si elle cherchait, par sa méticulosité, à réparer le fiasco des pétales nuptiaux.

Lentement, tous les membres de l'assistance s'avancèrent pour faire le choix entre les fleurs et la terre que leur cœur ou leurs traditions leur dictaient. Certains imitèrent Samantha et prirent les deux. Iris détestait ces roses blanches, cireuses et vulgaires. Mais c'eût été bien pire si elles avaient été jolies. Écraser le charme des fleurs sous des pelletées de terre aurait été un crime, une forme de vandalisme. Elle ferma les yeux et écouta les poignées de terre qui tombaient en pluie, chuchotant sur les cercueils.

Ce ne fut qu'après que tous les autres eurent défilé devant la tombe béante qu'Iris se rendit compte que Jane était restée assise, elle aussi. Pendant un moment, les mères des morts demeurèrent immobiles. Puis, comme si elle se décidait à faire son devoir, Jane se leva. Ses yeux se posèrent tour à tour sur la tombe, sur le monticule de terre, sur la pelle et sur le panier de fleurs presque vide. D'un geste brusque, elle tendit la main vers sa chaise pliante et la referma bruyamment. Elle la tendit à l'employé décontenancé et s'éloigna, sans un regard à sa famille, qui lui emboîta le pas.

M. Kimmelbrod planta sa canne par terre et se redressa, vacillant légèrement. « Iris ? » demanda-t-il.

Elle referma les yeux. Cela faisait quatre jours que la perspective de l'enterrement planait au-dessus d'elle, comme une fin en soi. Comme si c'était *la* chose qu'elle devait accomplir, *la* tâche atroce à effectuer. Tout ce qu'elle avait entrepris – aller voir Jane à l'église, approuver le menu concocté par Mary Lou et Vienna, repasser sa jupe – l'avait été en fonction de cet instant. Maintenant, l'enterrement était terminé. Maintenant, il ne restait rien que l'étendue vide d'une existence sans sa fille.

« Iris, répéta M. Kimmelbrod. Il faut y aller. » Il retira une main de sa canne et la lui tendit. « J'ai besoin de toi pour traverser la pelouse. »

Le regard d'Iris passa de son mari à l'enfant qui lui restait. Ils attendaient de l'autre côté de la tombe. Puis elle se tourna vers son père, debout à côté d'elle. Enfin, elle se leva. M. Kimmelbrod posa la main au creux de son coude et ils se détournèrent des tombes.

« Un instant, Papa », dit Iris. S'avançant prudemment sur la planche, elle s'agenouilla et défripa le mouchoir en papier humide, roulé en boule, qu'elle avait dans la main. Elle ramassa une poignée de terre. Elle était sèche, caillouteuse, et quelques grains lui filèrent entre les doigts. Elle versa la terre dans le mouchoir qu'elle replia en un petit balluchon. Elle hésita un moment, se demandant où le mettre. Elle n'avait ni sac, ni poches.

« Passe-le-moi », dit Daniel.

Elle lui tendit le mouchoir détrempé et frotta sa paume souillée de terre contre sa hanche, laissant une traînée brune sur l'étoffe kaki de sa jupe. Elle prit sa fille par la main, donna l'autre bras à son père, et ils traversèrent la pelouse jusqu'à l'endroit où les voitures les attendaient, Daniel fermant la marche quelques pas derrière eux.

VII

Les bras chargés d'une dizaine de livres, Ruthie appuya la hanche contre le bouton accessible aux handicapés et recula d'un pas lorsque les portes de la bibliothèque s'écartèrent lentement. Elle franchit le seuil, les yeux baissés pour éviter d'éventuels regards de commisération et arriva au comptoir des retours à l'instant même où elle allait lâcher sa pile.

La bénévole du jour était Mary Lou Curran. Pendant le mois d'août, alors que l'afflux d'estivants tardifs multipliait par deux la circulation d'ouvrages, les membres du comité de la bibliothèque organisaient un roulement. Normalement, Iris aurait dû prendre le relais une ou deux fois, mais après l'accident, le comité réuni en séance extraordinaire avait décidé de la dégager de ses responsabilités pour tout l'été. Mary Lou avait été la seule à voter contre cette motion car, à leur insu, Ruthie Copaken et elle défendaient des idées assez comparables sur les limites, voire sur le poids, de la compassion. Mary Lou était convaincue qu'il aurait été plus bénéfique pour Iris de s'en tenir à ses habitudes que de se terrer chez elle.

« Saperlipopette », dit Mary Lou, en redressant soigneusement la pile de livres. Elle en ouvrit un et regarda la date limite de prêt. « Tu es en retard, observa-t-elle. Ça ne te ressemble pas. Et depuis quand est-ce que tu te passionnes pour John Grisham ? »

Quelques jours plus tôt, Ruthie avait reçu un courriel de la bibliothécaire chef l'informant aimablement qu'un certain nombre de livres empruntés par Rebecca F. Copaken auraient dû être retournés depuis longtemps. « Je ne veux pas importuner votre mère en ce moment, écrivait la bibliothécaire. Mais nous avons déjà une liste d'attente de vingt personnes pour *Harry Potter et l'ordre du Phénix* et de presque autant pour *Le Dernier Juré.* »

Ruthie n'avait pas eu envie d'ennuyer Iris, elle non plus – à propos de ces livres ou de quoi que ce soit d'autre. Depuis l'enterrement, six semaines auparavant, sa mère n'était pas sortie de sa coquille. Elle passait des heures sur la véranda, dans son fauteuil défoncé. Certains jours, elle ne prenait même pas la peine de se changer et de retirer le vieux bas de pyjama écossais et le T-shirt blanc de Daniel qu'elle mettait pour dormir l'été. Des heures durant, elle restait plongée dans des numéros de la *Revue d'études sur l'holocauste et le génocide* de l'Université d'Oxford. Après tout, se disait Ruthie, Iris avait toujours passé tous ses étés plus ou moins comme ça, à cette différence près qu'elle ne ponctuait plus ses journées de recherches austères par des virées en baleinier, des sorties de voile avec des amis ou des pique-niques sur Red Hook Hill. Ruthie n'était pas étonnée que la peine ait rendu sa mère plus lointaine et plus inaccessible, et elle ne lui en voulait pas ; seulement, comprendre et admettre ses réactions n'adoucissait guère sa propre solitude.

Depuis l'accident, Ruthie avait, elle aussi, trouvé refuge dans les livres. Comme sa mère, elle s'était repliée sur ses activités familières, relisant l'intégralité de George Eliot, d'*Adam Bede* à *Daniel Deronda*. Sa pile de livres à retourner comprenait un exemplaire de *Middlemarch*, un de ses romans préférés. Mais cette fois, la mélancolie l'avait empêchée d'apprécier pleinement l'esprit d'Eliot.

Ruthie avait décidé de chercher et de rassembler tous les livres empruntés par Becca. En fait, c'était le genre de choses qu'elle avait toujours faites pour sa sœur. Toutes petites déjà, Ruthie était soigneuse et ordonnée, Becca négligente. Quand Iris demandait à Becca de ranger sa chambre, c'était bien souvent Ruthie qui le faisait pour elle. Elle mettait de l'ordre dans le placard de Becca, ajoutait son nom sur les étiquettes de cadeaux pour rattraper ses oublis et rapportait ses livres à la bibliothèque.

Les polars juridiques et les thrillers sanglants qui constituaient, selon toute évidence, l'intégralité des lectures de Becca étaient dispersés et dissimulés dans toute la maison. Certains étaient même allés se nicher sur des étagères où ils côtoyaient plusieurs générations de lectures estivales, les livres de poche bombés de son arrière-grand-mère, les ouvrages de littérature de sa mère, les biographies et les essais historiques de son père. Munie de la liste reçue par courriel, Ruthie retrouva des livres que Becca avait empruntés plusieurs mois auparavant, un exemplaire tout gondolé d'un roman de Stephen King dont Ruthie savait que Daniel possédait une édition reliée dans son bureau et que Becca aurait dû rendre en juin. En juin 1999. Ce matin-là, Ruthie arriva à la bibliothèque avec huit des onze titres réclamés. Elle avait une idée assez précise de l'endroit où se cachaient les trois autres, mais n'avait pas eu le courage d'entrer dans la chambre de Becca pour les chercher.

Mary Lou prit le crayon optique et commença à scanner les codes-barres. « Ah », dit-elle. Elle adressa à Ruthie un petit sourire plein de compréhension.

« Oui », dit Ruthie. Elle fouilla dans son sac à la recherche de son porte-monnaie. « Ils auraient dû être rendus depuis longtemps. Certains sont…

— Oh ! ne te préoccupe pas des amendes », dit Mary Lou. Elle appuya sur quelques touches de l'ordinateur. « C'est bon.

— Il n'y a pas de raison. J'ai apporté de l'argent.

— Mais non, voyons, dit Mary Lou en écartant la liasse de billets que Ruthie lui tendait.

— S'il vous plaît. J'insiste. »

Mary Lou réfléchit. « Si ton argent te brûle vraiment les doigts, tu pourrais peut-être rendre service à cette petite demoiselle. C'est une délinquante notoire. »

Ruthie se retourna et aperçut derrière elle la petite Samantha Phelps, qui tenait entre ses bras fluets une imposante pile de livres. Ses cheveux étaient rassemblés en deux couettes douloureusement serrées et elle portait un short et un T-shirt d'au moins deux tailles trop grand.

« Je ne suis pas en retard, protesta-t-elle. J'en suis sûre. » Elle se laissa tomber par terre et commença à feuilleter les livres. Elle semblait à la fois outrée et terrifiée à l'idée d'avoir à payer une amende. « Vous voyez ! dit-elle. Le 5 août. C'est demain. Je ne suis pas en retard. »

Mary Lou sourit. « Mais bien sûr que non, ma puce. Je te taquinais, c'est tout. »

Samantha mit un petit moment à surmonter son indignation, mais elle réussit à rendre, timidement, son sourire à Mary Lou.

Ruthie aida la fillette à se relever et à ramasser ses affaires sur la moquette où, dans sa hâte à se défendre, elle les avait laissées tomber.

« On dirait que tu aimes les livres-cassettes, dit Ruthie en tendant à Samantha un coffret en plastique contenant les *Histoires comme ça* de Kipling.

— C'est la musique que j'aime.

— *La Littérature classique accompagnée de musique classique*, lut Ruthie. Ça a l'air sympa. Et Kipling, ça t'a plu ?

— Oui, ça va. » Samantha frotta ses pieds par terre, visiblement impatiente de s'esquiver. « J'aime bien Bach. » Elle prononçait ce nom comme s'il rimait avec match.

Ruthie fronça les sourcils, ne comprenant pas de quoi elle parlait. « Quand j'étais petite, j'adorais *Rikki-Tikki-Tavi*. Tu connais cette histoire ? »

Faire découvrir à quelqu'un un livre susceptible de lui plaire avait toujours été un des plus grands plaisirs de Ruthie.

« Elle est sur la cassette.

— Super. Et ça t'a plu ?

— Oui, dit Samantha. Surtout la musique. » Elle regarda ses pieds, sa longue frange tombant sur ses yeux. Ruthie éprouva l'envie soudaine de l'écarter pour dégager son visage. Mais elle s'accroupit près de la petite et lui demanda : « Comment va ta tante ?

— Bien.

— Et Matt ?

— Bien.

— Tout le monde va bien alors, hein ? » demanda Ruthie, taquine.

Samantha rougit et baissa la tête. Elle portait des sandales trop grandes pour elle et la bande de velcro cachait ses orteils. Cédant à son impulsion, Ruthie tendit le bras et caressa les cheveux de Samantha. La petite se figea sous sa main et Ruthie n'aurait su dire si elle trouvait ce contact agréable ou dérangeant.

« Tu te souviens de moi ? demanda Ruthie.

— Tu es Ruthie, la sœur de Becca.

— C'est ça. » Ruthie aurait voulu ajouter quelque chose, poursuivre la conversation, maintenir le lien, mais rien ne lui venait à l'esprit. « Tu diras bonjour de ma part à tout le monde, tu veux bien ?

— D'accord. »

Échappant au fardeau intolérable de la paume de Ruthie, Samantha courut jusqu'au fond du couloir, où se trouvait la section pour enfants.

« C'est un drôle de petit bout, dit Mary Lou. Elle n'a pas eu de chance quand même. Sa pauvre mère. C'était vraiment gentil de la part de Becca de la faire participer au mariage. Je suis sûre que ça a été un grand moment pour elle. »

La mention fortuite du nom de Becca fit tressaillir Ruthie. Elle avait toujours du mal à l'entendre prononcer tout haut.

Remarquant son embarras, Mary Lou lui tapota la main et dit : « Ça va aller, Ruthie. Tu le sais, bien sûr. Ce n'est qu'une question de temps. »

Ruthie sentit les larmes monter jusqu'au bord de ses cils. Elle cligna des yeux pour les chasser.

« Comment est-ce que ta mère tient le coup ? » Sans laisser à Ruthie le temps de commencer seulement à imaginer une réponse plausible, Mary Lou ajouta : « Évidemment. Je comprends. Transmets-lui simplement mes amitiés, tu veux ? »

Ruthie hocha la tête. Elle avait prévu d'emprunter quelques livres, mais soudain la tâche lui parut insurmontable. Comment avait-elle pu croire qu'une lecture quelconque pourrait la distraire, et plus encore l'apaiser ?

Elle se tournait pour s'éloigner quand elle se trouva nez à nez avec Matt Tetherly.

« Oh ! dit-elle.

— Salut, Ruthie. »

Il avait une mine effroyable, des cernes noirs non seulement sous les yeux, mais tout autour. Ses lèvres étaient tellement gercées qu'elles pelaient. Il les lécha, nerveusement.

« Salut, dit Ruthie.

— Je cherche Samantha. » Son regard passa au-dessus de Ruthie pour se poser sur Mary Lou. « Elle est venue rapporter ses livres ?

— Oui, elle en a déposé quelques-uns, dit Mary Lou. Elle est allée en choisir d'autres. Telle que je la connais, elle en a pour un moment. Tu ferais mieux d'aller t'asseoir quelque part. Ou bien, tiens, va donc faire un tour à la table des nouveautés. Le nouveau

Tracy Kidder vient de rentrer. Je me rappelle que tu avais bien aimé *The Soul of a New Machine*.

— Je l'ai lu ! intervint Ruthie. Pour un cours de psycho sur l'obsession et la compulsion.

— Ah oui ? fit Matt. En fait, ça se comprend. Les types qu'il décrit sont des vrais obsédés de boulot.

— Tu as lu *House* ? De tous les bouquins qu'il a écrits, c'est celui que je préfère.

— Non, je ne l'ai pas lu. En fait, l'architecture et le bâtiment ne m'intéressent pas tellement.

— Moi non plus, mais j'ai trouvé ça vraiment passionnant. »

Tapotant sur son ordinateur, Mary Lou annonça. « *House* est disponible. On l'a classé bêtement dans la rubrique Décoration d'intérieur. Ce qui explique sans doute que personne ne l'ait sorti depuis quatre ans. Ruthie, et si tu conduisais Matt à l'étage pour le chercher ? »

Ruthie et Matt rougirent simultanément.

« Allez, filez », insista Mary Lou, n'admettant aucune objection.

Pendant qu'ils montaient l'escalier, Ruthie dit : « Tu n'es pas obligé de l'emprunter si tu n'en as pas envie. »

Matt secoua la tête : « Tu parles ! En plus, j'ai intérêt à le lire. Elle va me poser des colles dessus la prochaine fois que je viendrai. »

Ruthie pouffa, et s'arrêta net, atterrée. Elle avait peine à croire qu'elle avait ri. Ri pour de vrai. Comme s'il pouvait y avoir quoi que ce soit de drôle désormais.

Matt se retourna et la vit immobile, deux marches plus bas. Il revint sur ses pas et s'approcha d'elle, sans la toucher. « Tout va bien », dit-il.

Sa voix était d'une douceur et d'une gentillesse incroyables, mais alors que venant de n'importe qui d'autre, une telle compassion l'aurait immédiatement fait s'effondrer, cette fois, elle sentit quelque chose se détendre en elle. « Allons chercher ce livre », dit-elle.

Elle le lui trouva rapidement. Ils redescendirent ensemble au rez-de-chaussée et il s'arrêta au guichet pour faire enregistrer son livre. Elle resta un moment à côté de lui puis murmura : « Il faut que j'y aille. » Avant qu'il n'ait pu répondre, elle avait tourné les talons et, avec un au revoir hâtif à Mary Lou, elle sortit de la bibliothèque.

Après avoir fait un saut au marché pour acheter du lait, des œufs et un bac de glace Moose Tracks dont Daniel raffolait, Ruthie prit le chemin du retour. Rejoindre East Red Hook depuis le centre-ville sans emprunter Red Hook Road et sans passer, donc, par Jacob's Cove constituait un exercice de navigation complexe, qui rallongeait considérablement le trajet et obligeait à emprunter de nombreux chemins de terre plus ou moins mal entretenus. Néanmoins, bien que cet itinéraire transformât un parcours de vingt minutes en une expédition qui pouvait, pour peu qu'on ait la malchance d'être coincé derrière un tracteur, durer une bonne heure, Ruthie n'en prenait pas d'autre depuis l'accident.

Mais ce jour-là, pendant qu'elle était à la bibliothèque, un pick-up qui traînait un van de six chevaux s'était mis en travers de la route, l'avant suspendu au-dessus du fossé d'un côté de la chaussée, l'arrière de la remorque reposant fermement contre une grosse souche de l'autre. Adossé au flanc du fourgon, le chauffeur, un grand échalas au long visage cadavérique et aux yeux enfoncés et cernés dignes d'un personnage d'Edward Gorey, fumait tranquillement.

Ruthie baissa sa vitre. « Excusez-moi, dit-elle. Vous êtes coincé ? »

Le chauffeur leva un sourcil et tira longuement sur sa cigarette, le cylindre de cendre se prolongeant presque jusqu'à ses doigts.

« Vous attendez une dépanneuse ? insista-t-elle.

— Ouais, répondit-il, en traînant sur le mot avec un accent du Maine si prononcé qu'on aurait cru une parodie.

— Vous savez quand elle arrivera ? »

L'homme haussa les épaules. « Elle arrivera quand elle arrivera, pas vrai ? »

Ruthie remonta sa vitre et posa le front sur le volant. Elle voyait déjà la crème glacée se transformer en soupe dans son cabas de toile. Au bout de quelques instants, elle fit demi-tour et retraversa la ville, obliquant brusquement dans Red Hook Road.

Elle conduisit d'abord à vive allure, prenant les virages trop vite, frôlant dangereusement le terre-plein central. Mais à l'approche de Jacob's Cove, elle ralentit jusqu'à la limite autorisée, regarda soigneusement dans ses rétroviseurs et se mit à faire très attention aux véhicules qui venaient en face. Au moment de négocier la dernière courbe, elle décéléra encore, les yeux rivés sur l'asphalte juste devant son capot, s'interdisant de regarder à droite. Elle avait presque dépassé la plage quand, incapable de résister plus longtemps, elle jeta un coup d'œil dans le rétroviseur.

Le ruban de plage était noir de monde. Des baigneurs étaient allongés sur des serviettes rayées aux couleurs éclatantes ou assis sur des fauteuils de toile, tandis que d'autres traversaient à petits pas l'étendue de galets pour rejoindre l'eau. Un bateau pneumatique dansait sur les flots, près de la rive, et elle vit deux petits garçons équipés de gilets de sauvetage orange vif se prendre par la main et se laisser tomber ensemble par-dessus bord. Ils remontèrent immédiatement à la surface. Les yeux de Ruthie s'embuèrent, mais le bruit strident d'un klaxon la fit sursauter. Sa voiture avait dévié vers le milieu de la route, se rapprochant d'une voiture qui arrivait en sens inverse. Elle contrebraqua brutalement, rectifiant exagérément sa trajectoire, et l'espace d'un instant, ses pneus mordirent sur le bas-côté. Quelques secondes plus tard, la voiture s'était redressée. Au moment où elle arriva au village et s'arrêta dans l'allée de la maison, elle avait cessé de pleurer.

VIII

Dans le pré qui s'étendait derrière la maison de Jane se dressait une grange branlante, peinte en rouge dans un passé lointain, mais dont la couleur s'était fanée en un brun terne qui s'écaillait. John se l'était appropriée dès qu'ils s'étaient installés là, et elle avait toujours été son domaine réservé. Sans en être exclu, Matt n'y était jamais entré sans demander l'autorisation au préalable, un rituel qu'il respectait encore, tout bas, chaque fois qu'il franchissait le seuil, bien que John ne fût plus là pour l'accorder ou la refuser. Cela faisait trois ans maintenant que Matt et John avaient évacué de la grange onze bennes de détritus : mobilier cassé, cageots vides, voiles pourries, batteries de voitures couvertes de toiles d'araignée et de poussière acide, balises puantes, entassés par plusieurs générations d'habitants. Il leur avait fallu plus d'une semaine pour dégager une surface suffisante pour pouvoir abriter le *Rebecca*, le schooner déglingué de John. Ils avaient aménagé la grange en cale sèche de fortune et, au cours des années suivantes, John s'était attelé à la réparation du bateau, Matt jouant le rôle d'assistant empressé et d'homme à tout faire.

Lorsqu'il était rentré de Jacob's Cove la nuit de l'accident, Matt avait grimpé dans le vieil Alden à demi radoubé et s'était allongé à l'intérieur de la coque, appuyant sa joue contre le bois lisse. Il était resté couché là toute la nuit et n'avait pas bougé de la matinée, jusqu'à ce que Maureen fasse irruption dans la grange et lui hurle dans les oreilles d'arrêter de pleurer comme un mioche, de magnier son cul et d'aller immédiatement rejoindre le reste de la famille.

Pendant des semaines, Matt avait traîné à la maison, à jouer à des jeux vidéo, à regarder la télévision et à lire. Il n'était plus retourné travailler au yacht-club après l'enterrement de John et, au bout de quinze jours, sa mère avait renoncé à le harceler à ce sujet. Il ne sortait que pour aller à la bibliothèque, où il passait une heure ou deux à surfer sur Internet avant d'emprunter une pile de livres qu'il rapportait chez lui.

Ce jour-là, après avoir croisé Ruthie, il trouva ses distractions habituelles peu satisfaisantes. Il essaya de lire le livre, qu'il trouva, il dut l'admettre, assez passionnant malgré son sujet, mais il avait du mal à se concentrer. Il n'y avait rien de bien à la télé et les jeux vidéo avaient fini par lui faire regretter trop douloureusement la présence de John. Celui-ci lui avait offert une Playstation 2 pour Noël l'année précédente, un cadeau qui était autant destiné à lui-même qu'à Matt. Jouer à « Dragon Ball Z » ou à « Final Fantasy X » tout seul manquait singulièrement de charme.

Finalement, il se dirigea vers la grange et se planta à l'ombre de la carcasse abandonnée de l'Alden, levant les yeux vers elle. Il avait pris un immense plaisir à y travailler avec son frère, à écouter de la musique, à bavarder de tout et de rien. Exactement comme quand ils étaient petits et que leur tante les envoyait sur le bateau de leur oncle relever les casiers à homards quand il était trop saoul pour le faire lui-même. Leur père, tout aussi ivrogne que leur oncle, n'était pas souvent là ; de toute façon, il n'était pas du genre à apprendre patiemment à Matt à se servir d'une défonceuse ou d'un pistolet de calfatage, ni même à planter un clou.

John avait prévu de terminer les travaux l'année suivante, puis de descendre son bateau dans les Caraïbes, où Becca et lui se lanceraient dans l'organisation de croisières de luxe. Malgré ses quarante-huit pieds de long seulement, l'Alden était plus spacieux qu'il n'en avait l'air. Il avait été conçu avec des extrémités larges et profondes, un franc-bord élevé et un travers généreux qui permettaient l'aménagement de deux cabines de luxe – l'une vaste et élégante, l'autre petite mais coquettement équipée –, d'une cuisine de bonnes dimensions et d'une douche confortable dans l'avant recouvert. Le salon central était bien proportionné, avec une imposte, deux banquettes et une grande table à abattants. Ils avaient prévu que Becca proposerait des menus gastronomiques aux riches, à qui John offrirait les plus jolies baies où jeter l'ancre et faire des sorties avec masque et tuba. John incluait toujours Matt dans ses projets, persuadé que son frère rejoindrait leur équipage dès qu'il aurait terminé ses études à Amherst. Et Matt répondait toujours qu'il avait d'autres ambitions : un troisième cycle en océanographie, si possible à Scripps, de l'autre côté des États-Unis, à San Diego, où il pourrait étudier les effets du changement climatique sur les océans, un sujet qui l'obsédait depuis qu'il avait lu un article sur les conséquences que pourrait avoir l'élévation du niveau de la mer dans des régions côtières comme le Maine. John rappelait alors à son petit frère qu'il aurait tout de même des vacances, et Matt se disait prêt à l'aider à retaper son bateau jusqu'à ce qu'il soit fini, puis à les rejoindre, Becca et lui, dans les Caraïbes pour passer avec eux une semaine par an, à Pâques, car leur mère tiendrait à ce qu'il soit dans le Maine pour Noël.

Matt contempla les outils que John avait laissés, bien rangés à leur place, les tas de planches de bois dur, les bidons de vernis. Sur une table à dessin improvisée – une simple porte en bois posée sur deux tréteaux – un exemplaire très usé de *Elements of Yacht Design* de Skene servait de presse-papier à une petite pile de dessins et de plans. La collection presque complète de la revue *Wooden Boat* occupait une petite étagère mal dégrossie. Tout était recouvert d'une couche de poussière, et quand Matt déplaça le livre de Skene pour regarder les dessins qui étaient dessous, l'ouvrage laissa une trace rectangulaire parfaitement propre. Le premier document de la pile était la photocopie d'un plan détaillé de l'Alden que John avait trouvé dans un ouvrage du constructeur. Dessous, il y avait des dessins qu'il avait réalisés lui-même, et sur lesquels il avait porté des légendes de l'écriture d'architecte précise et sûre que Matt lui avait toujours enviée et qui avait toujours fait son admiration. Lui-même avait souvent du mal à déchiffrer ses propres pattes de mouche.

Le regard de Matt passa des dessins au bateau, avant de se reposer sur les plans. Il se demanda quelle masse de travail il restait concrètement à faire. Il feuilleta le Skene, rempli de perspectives et de schémas plus compliqués les uns que les autres. C'était presque du chinois pour lui, mais il apprenait vite, et avait travaillé si longtemps avec son frère. Il devait exister des livres plus simples, qui expliquaient comment restaurer un bateau d'une manière plus intelligible pour lui. Et il y avait les types du chantier naval. Les amis de John. Ils l'aideraient.

Motivé, il décida de faire un saut au *Neptune* pour voir s'il pourrait trouver quelqu'un qui accepterait d'en discuter avec lui. Mais sans vraiment savoir pourquoi, en arrivant en ville, il s'engagea à droite sur Red Hook Road et prit la direction de Jacob's Cove. Il ralentit en arrivant dans la baie et s'arrêta au bord de la route, sur l'accotement. La marée était basse, ce qui lui permit de ranger sa voiture sur la bande de plage rocheuse, face à l'eau. Il arrêta le moteur, regarda la mer, et laissa les souvenirs déferler. « Little Wing » de Jimi Hendrix passait à la radio et il se balançait au rythme de la musique, quand, encadré dans le pare-brise de sa voiture, un Ford Explorer décolla de la route et s'envola dans un épouvantable ralenti en direction de la limousine qui roulait devant lui. Pendant que la voix lasse, planante, sentimentale d'Hendrix résonnait dans sa tête, Matt vit l'Explorer retomber sur le toit de la limousine et l'écraser comme du papier aluminium. L'écho du bruit de l'accident retentissait encore à ses oreilles : un choc d'une violence inimaginable, suivi du grincement strident du métal frottant contre le métal. La limousine avait fait un tête-à-queue et traversé la plage en dérapant, l'arrière s'enfonçant dans la baie et projetant des gerbes d'eau qui scintillaient dans la lumière rouge orangé.

Entendant toujours la chanson en esprit, il vit les choses se dérouler autrement. «*Riding with the wind*»: l'Explorer grimpe sur l'accotement. «*When I'm sad, she comes to me*»: la limousine fait une embardée et évite le véhicule. «*With a thousand smiles, she gives to me free*»: l'Explorer s'enfonce dans le tronc d'un pin blanc, le bois éclate, mais la voiture s'arrête dans un crissement de pneus. «*It's all right she says it's all right*»: le conducteur de la limousine freine violemment et s'arrête juste avant de toucher l'eau. «*Take anything you want from me, anything*»: la portière arrière s'ouvre et John sort. «*Anything*»: il lève la main et fait signe à Matt, tournant le dos au soleil, son corps éclairé à contre-jour, le visage dans l'ombre, mais son large sourire parfaitement distinct. «*Anything. Anything.*» Sain et sauf.

Matt quitta la crique et au lieu de faire demi-tour pour regagner la ville, il se rendit jusqu'à East Red Hook. Il s'arrêta encore au bord de la route, au niveau du panorama, près du petit pont qui franchissait les chutes réversibles, juste avant la ville. À marée basse, le lit du cours d'eau était presque à sec, un marais de boue saumâtre émaillé de flaques grouillant de vairons et de rochers qui blanchissaient sous le soleil. Mais à marée haute, le courant s'inversait, la mer se précipitait à l'intérieur du lit, et l'eau était rapidement assez profonde pour qu'on puisse y plonger. Dès que le pont avait été construit par la Works Progress Administration, en 1935, les enfants du village s'étaient amusés à grimper sur le garde-fou, attendant qu'une voiture approche pour agiter les bras en feignant la panique avant de se jeter dans l'eau qui coulait en contrebas. Plusieurs fois par été, une voiture pleine de touristes affolés s'arrêtait dans un crissement de freins.

Chaque fois qu'il passait par là, Matt essayait d'attendre le moment précis de l'inversion de la marée. L'eau se précipiterait-elle en écumant et en tourbillonnant comme dans un immense jacuzzi ? Ralentirait-elle jusqu'à l'arrêt avant de ramper progressivement vers la mer, comme une locomotive qui passe en marche arrière en grinçant ? Dessinerait-elle une grande courbe, comme un voilier qui vire pour prendre le vent ? De toute sa vie, il n'était jamais arrivé au bon moment, jamais il n'avait pu assister au moment précis où tout basculait.

De l'endroit où il se trouvait, Matt distinguait l'arrière de la maison des Copaken et de Grange Hall. La maison étincelait, ses volets d'un noir liquide tranchant sur les bardeaux blancs rutilants. La plupart des gens que Matt connaissait ne prenaient pas la peine de peindre l'arrière de leur maison. Ces façades-là étaient souvent du même rouge terne écaillé que les granges, ou même en planches nues, grises et livrées aux intempéries. Tous les étés, on aurait dit que la maison des Copaken venait de recevoir une nouvelle couche de laque.

Une pelouse luxuriante, verdoyante, s'étendait de la maison jusqu'à la mer et jusqu'au long embarcadère blanc où deux dinghies étaient amarrés. Le Montauk 150 tout abîmé des Copaken était à quelques dizaines de mètres au large, à côté du petit voilier qui avait appartenu, John le lui avait dit un jour, à la grand-mère de Becca. Soudain, Matt vit un éclair blanc s'élever en spirale depuis l'extrémité du ponton et il sortit de voiture pour mieux voir. L'éclair tournoya, montant de plus en plus haut dans le ciel jusqu'à ce que, dans un crépitement, il se transforme en gerbe de lumière et retombe à pic dans l'eau en continuant à grésiller.

La fille debout à l'extrémité de l'embarcadère dans le jour déclinant ne le remarqua pas tout de suite. Quand elle le vit, elle leva le bras et lui fit signe. Matt n'hésita qu'un instant avant de traverser le pont au pas de course et de descendre la pente rocheuse jusqu'à la plage. Il remonta ensuite vers elle, trébuchant sur un morceau de bois flotté gris foncé.

« C'est toi ! » dit Ruthie quand, hors d'haleine, il grimpa bruyamment sur l'embarcadère. Les longues cuisses nues de la jeune fille disparaissaient sous le bord de son sweat-shirt marin à capuche, et il n'aurait su dire si dessous elle portait un short ou un maillot de bain. Ou moins encore. Le col du sweat-shirt était déchiré et, au-dessus de l'encolure béante, il apercevait sa clavicule osseuse sous sa peau pâle. Elle était pieds nus, des pieds minces, fins, aux longs orteils maigres. À côté d'elle, il y avait un petit carton de bière rempli de feux d'artifice.

Une ou deux fois, quand ils étaient plus jeunes, John et Becca lui avaient proposé en plaisantant de lui arranger un rendez-vous avec Ruthie, mais ce n'était qu'une taquinerie, et Matt savait bien que pour elle, de deux ans son aînée, il n'était qu'un gamin. Jusqu'à ce jour, il ne l'avait jamais considérée comme quelqu'un de son âge, comme une femme, comme autre chose que la sœur de Becca.

« Salut ! dit-il.

— C'est sympa, hein ? » Ruthie poussa de l'orteil la boîte de feux d'artifice. Ses ongles de pied n'étaient pas vernis, et ses pieds avaient l'air doux, délicats.

« Ouais.

— Mais je crois qu'il ne fait pas encore assez noir.

— Pas tout à fait, c'est vrai.

— Je les ai trouvés dans la grange. Ils restaient encore de... » Sa voix se perdit. Il remarqua alors qu'elle avait le nez et le bord des paupières roses et légèrement gonflés.

Le 4 juillet – la veille du mariage –, ils avaient organisé le dîner de répétition dans le jardin des Copaken, une version plus festive du pique-nique annuel de la fête nationale dont ils avaient fait une tradition. John avait toujours assisté à ce pique-nique, mais c'était la première fois que Matt et le reste de la famille y étaient conviés. Les Tetherly étaient venus – tous, sauf Frank, au soulagement général. Les témoins, les demoiselles et les garçons d'honneur étaient là, ainsi qu'un certain nombre de proches des Copaken auxquels s'ajoutaient une bonne dizaine d'invités venus d'ailleurs et un grand nombre d'amis d'Iris et de Daniel. Iris avait servi du homard cuit au court-bouillon, de grandes jattes de salades de chou et de pommes de terre, et une potée de haricots – une recette qui était censée venir de sa grand-mère. Iris et Becca avaient confectionné une dizaine de tartes et la mère de Matt avait apporté le dessert préféré de John, un flan à la banane et à la vanille. À la fin de la soirée, John avait tiré des feux d'artifice.

Ce dîner était le dernier repas que Matt avait partagé avec son frère. Le lendemain, le jour du mariage, John avait la gueule de bois et il était trop nerveux pour avaler quoi que ce soit. Alors que, dans l'esprit de Matt, les souvenirs du mariage lui-même étaient désormais complètement éclipsés par la tragédie, il se rappelait avec une parfaite précision le vrai bonheur qu'ils avaient tous éprouvé pendant ce dîner de répétition, à porter des toasts, à verser du vin, à soupirer qu'ils avaient trop mangé avant de se servir une nouvelle louche de haricots.

« C'était une soirée super sympa, dit Matt. John et Becca avaient l'air tellement heureux et tout ça. »

En entendant leurs noms, Ruthie avait tressailli. Pendant les deux premières semaines, Matt avait réagi comme elle. La moindre mention des noms des morts semblait allumer en lui un petit feu dévorant. Et puis un jour, quelques semaines auparavant, il s'était rendu compte à son réveil que c'était l'inverse : ce qui le blessait le plus, c'étaient les minutes, les heures, les jours qui s'écoulaient sans que quelqu'un prononce le nom de John. Il avait essayé de parler de John à sa mère, mais cela n'avait mené à rien. Alors il avait commencé à traîner avec les copains de John. Tous les soirs, il allait faire un tour au *Neptune* et se réservait un tabouret au milieu du bar. Quand les gens entraient, ils s'arrêtaient et passaient quelques minutes avec lui. Certains se contentaient de lui présenter leurs condoléances, d'autres lui offraient une bière. C'était bien. Mais ce que Matt voulait, c'était qu'ils lui racontent des histoires. Celle du canoë en écorce de bouleau aux fargues recourbées et à la proue carrée que John et un ami avaient construit pour un devoir de collège sur les Indiens Passamaquoddy. Celle de la saison de chasse où un de ses copains était immobilisé par une jambe cassée et où John avait rempli son congélateur de gibier, parce qu'il savait que ce type comptait sur son cerf annuel pour nourrir sa famille. Ils répétaient des blagues que racontait John – Matt avait dû entendre celle du cambrioleur de la banque de sperme une bonne dizaine de fois en l'espace d'une semaine. Ils se rappelaient les farces que John leur avait faites. Malgré leur tristesse, bien que leur ami leur manquât, ils finissaient toujours par rigoler, surtout quand ils avaient bu un coup. Et s'il était rare que Matt rie avec eux, tant qu'il était sur son tabouret de bar, il se sentait bien. Il avait l'impression d'être proche de son frère. Il redoutait la fin de l'été, la perspective de retourner à la fac au milieu d'étudiants qui n'avaient jamais connu John, n'avaient jamais ri à ses blagues, n'avaient jamais profité de sa générosité spontanée, qui ne savaient même pas qu'il était mort et ne s'en souciaient pas.

« Je crois qu'on a acheté trop de feux d'artifice », dit alors Matt.

Le week-end qui avait précédé le mariage, Matt et John étaient partis pour le New Hampshire. Pris d'une étrange lubie, John avait décidé de n'emprunter que des petites routes qui faisaient des boucles de plusieurs kilomètres, si bien que, la moitié du temps, ils s'étaient dirigés vers l'est pour aller à l'ouest et vers le nord pour aller au sud.

« Je lui avais dit d'y aller mollo, mais John était incapable de résister aux soleils et aux batteries de mortier.

— Vous en avez eu pour combien ? Au moins deux cents dollars, non ?

— Largement. Le mec du magasin, un vrai malade, nous a vendu tout un tas de trucs qu'il n'avait pas le droit de nous vendre. Des feux d'artifice qu'on ne peut pas acheter sans autorisation. Des fusées. Des batteries de mortier. Et cette bombe géniale bourrée de chandelles romaines et d'étoiles. Celle qui s'est déployée en éventail quand elle est partie.

— Ah oui, ça, c'était super ! »

John et Matt avaient tiré les feux d'artifice de l'extrémité de l'embarcadère des Copaken, en direction de la mer. Il y avait eu un moment un peu angoissant, quand un Dragon doré avait dévié et était revenu vers le port en tournoyant, mais il avait explosé assez haut dans le ciel pour éviter de provoquer un incendie en retombant.

À présent, debout sur l'embarcadère avec Ruthie, Matt avait du mal à oublier cette nuit : John qui embrassait Becca dans le cou puis la poussait derrière lui, en lui disant de faire attention si elle ne voulait pas se faire arracher les doigts par l'explosion. Becca debout derrière John, ses longs cheveux dorés par le soleil retenus dans une queue de cheval qui se balançait souplement. Matt se rappelait qu'au moment où ils avaient tiré l'énorme bombe, John avait attrapé Becca, l'avait fait virevolter et avait enroulé ses bras autour d'elle par-derrière. Matt se rappelait que Becca, appuyée contre le torse de son frère, souriait en voyant les lumières exploser dans le ciel nocturne.

« Je vais attendre qu'il fasse noir pour tirer les autres, dit alors Ruthie.

— Je vais le faire pour toi. Tu risquerais de te faire arracher les doigts. » Pour dissimuler le malaise soudain que lui inspirait cet écho inconscient des paroles de son frère, il demanda : « Comment vont tes parents ?

— Ça va. Et les tiens ?

— Pareil. » Après un instant de silence, il reprit : « J'ai aperçu ton grand-père à la poste de Red Hook l'autre jour.

— Ah oui ?

— Il devait être avec des élèves d'Usherman Hall. Ils avaient tous des étuis à violon.

— Ouais, c'était forcément des élèves.

— Je n'ai jamais entendu Becca jouer, dit Matt, anticipant le léger frémissement de Ruthie à la mention du nom de Becca.

— Elle a vendu son violon il y a deux ans.

— Oui, pour aider à payer l'Alden, le bateau de John.

— Exactement. Oh purée, si tu avais vu maman ! Elle était furax ! »

John lui avait raconté ça. Iris est une noix coriace, disait-il, mais une fois qu'on a fendu la coquille, on découvre qu'à l'intérieur elle est toute douce.

« J'aurais bien aimé entendre jouer Becca », insista Matt.

Ruthie le regarda, sa bouche esquissant un très vague soupçon d'amorce de sourire. Lorsqu'il lui rendit ce sourire, elle mordit sa lèvre inférieure de ses petites dents blanches et se détourna. Il ne put s'empêcher de profiter de ce qu'elle regardait ailleurs pour laisser ses propres yeux parcourir tout son corps, s'arrêtant à l'endroit où ses jambes disparaissaient sous son sweat-shirt. Il rougit.

« Tu crois qu'il fait assez noir maintenant ? demanda-t-elle.

— Pas tout à fait. »

Après un long moment de silence pendant lequel Matt s'efforça de garder le regard rivé sur le visage de Ruthie, celle-ci lui désigna un sloop qui tirait des bordées maladroites dans la crique. « C'est Jeremy Weiss. »

Matt la quitta des yeux à contrecœur et se tourna vers l'eau. « Ce mec est un navigateur de merde, dit-il avec un reniflement méprisant.

— Il doit être presque aussi mauvais que moi.

— C'est le Sparkman & Stephens ? Celui que John a restauré ?

— Sans doute. Je ne sais pas.

— Les types du chantier étaient sûrs qu'il allait le bousiller. Tu ne vas pas me croire, mais ça ne faisait même pas trois semaines que le bateau avait été livré qu'il était déjà de retour au chantier. Ce connard avait foutu l'hélice en l'air avec un filet. John l'aurait tué.

— Ça peut arriver à tout le monde, non ?

— C'est un vrai connard, je te dis. » Matt ne savait pas pourquoi il en faisait tout un plat. Il se fichait pas mal de Jeremy Weiss et de son bateau.

« Oh, tout de même », protesta Ruthie.

En fait, Matt connaissait si peu Jeremy Weiss qu'ils ne se disaient même pas bonjour. Ce n'était manifestement pas le cas de Ruthie. Il se demanda si elle sortait avec lui. Dans ce cas, pourquoi n'était-il pas avec elle ? Pourquoi la laissait-il pleurer toute seule en tirant les feux d'artifice de John et Becca ?

« Je ne le connais pas très bien, tu sais, dit Ruthie. Et d'après ce que j'en sais, c'est *effectivement* un con. »

Une légère brise apporta l'odeur saumâtre de la mer. Matt inhala profondément. Il écouta le bruit des vagues qui clapotaient doucement sur la plage. La marée montait.

« Il fait assez noir, maintenant ? demanda-t-elle.

— Presque.

— Quand est-ce que tu retournes à la fac ?

— La semaine prochaine, dit-il. Et toi ?

— Demain. Il faut que je bosse mon mémoire avant le début des cours. Après, ça sera la course.

— Tu es en mastère ?

— Oui. Et toi en deuxième année, c'est ça ?

— Ouais.

— Ça te plaît, Amherst ?

— Ça va.

— Tu es le premier de ta famille à faire des études supérieures, non ?

— John en a fait, dit Matt. Il a suivi les cours d'architecture navale de la Landing School. Ce n'est pas facile d'y entrer.

— Oui, je sais. Mais je voulais parler de la vraie fac, l'université. Quelqu'un m'a dit que tu étais le premier. »

Ça ne pouvait être que John. Quand Matt avait obtenu sa bourse, John l'avait clamé sur tous les toits. Mais de toute évidence, Ruthie ne pouvait pas se résoudre à prononcer le nom de John.

Matt haussa les épaules. « Ça n'a rien d'un exploit, tu sais.

— Bien sûr que si. Amherst est une très bonne université. »

Quand les gens apprenaient que Matt était à Amherst, ils réagissaient tous de la même façon. Ils étaient surpris, puis exagérément impressionnés, comme s'ils avaient peine à imaginer qu'un garçon comme lui fréquente une université pareille. Comme si être de Red Hook vous empêchait forcément de réussir vos études dans une fac de ce niveau, d'être un intellectuel. Pourtant, ce n'était pas une question d'intelligence, mais de moyens financiers, rien de plus. La moitié de ses amis au moins allaient à la fac, mais la plupart s'étaient inscrits à l'Université du Maine. S'il allait à Amherst, c'était uniquement parce qu'on lui avait proposé une bourse. Ruthie avait dit cela sans mauvaises intentions, il le savait. Elle était sympa. Ce n'était pas une snob comme la plupart des estivants ; après tout, c'était la sœur de Becca.

« Ouais, c'est bien, Amherst, dit-il. Et Harvard, c'est comment ?

— Ça va. »

Matt enfonça les mains dans ses poches et se balança sur ses talons. Il chercha quelque chose à dire pour meubler le silence qui menaçait de devenir pesant, mais elle le devança : « Et maintenant, tu crois qu'il fait assez noir ? »

Soulagé, il acquiesça. « Je crois, oui. On n'a qu'à en allumer un pour voir. »

Elle lui tendit un briquet en plastique jaune. Il restait deux feux d'artifice : une chandelle romaine et une petite bombe, quatre fois plus petite que celle que John avait tirée pour le bouquet final. Matt choisit la chandelle romaine, il la mit en place et, après avoir vérifié que Ruthie était assez loin, il alluma le détonateur à la base du tube de papier et recula d'un pas. La mèche brûla jusqu'au bout et les étoiles jaillirent de la chandelle, une par une.

« C'est si beau, souffla Ruthie quand la dernière étoile s'évanouit dans le ciel bleu marine. Je peux allumer le dernier ?

— Si tu veux, mais fais attention. »

Précautionneusement, elle s'accroupit à côté de la bombe. Aux premières tentatives, le briquet crachota quelques étincelles, mais la flamme ne s'alluma pas. Il était sur le point de le lui reprendre quand elle y arriva enfin. Elle approcha la petite flamme du détonateur. Au lieu de se redresser et de reculer immédiatement, elle resta sur place, penchée sur la bombe, jusqu'à ce que Matt l'attrape par le bras. Elle se laissa tirer en arrière, tendant le cou pour suivre des yeux les étoiles et les spirales qui s'envolaient de l'embarcadère et montaient dans le ciel. Alors qu'elle renversait la tête pour observer les gerbes lumineuses, Ruthie, déstabilisée, trébucha en arrière. Matt la rattrapa, l'aida à reprendre l'équilibre mais ne la lâcha pas. Elle avait les épaules appuyées contre son torse, la tête nichée sous son menton. Il sentait ses côtes sous ses longs doigts, les pouces de part et d'autre de sa colonne vertébrale. Il glissa les bras autour de sa taille et la tint serrée contre lui, sentant la douceur de ses cheveux contre sa peau, la lourdeur de son corps sur son corps.

Il inspira profondément, humant l'odeur musquée de sa chevelure, le léger parfum fruité de sa peau. Resserrant son étreinte, il régla son souffle sur le sien tandis qu'ils regardaient le dernier feu d'artifice clignoter et s'évanouir.

LE DEUXIÈME ÉTÉ

I

Une journée de juin typique du Maine : de la pluie toute la matinée, puis un semblant d'éclaircie dans une atmosphère humide et fraîche avec juste assez de bleu dans le ciel pour parodier un après-midi d'été ou en donner un avant-goût cruellement alléchant. De temps en temps, une bourrasque agitait les branches des arbres et l'eau ruisselait sur le petit groupe rassemblé au cimetière, humectant leurs cheveux et dégoulinant entre leurs nuques et leurs cols.

Iris, Daniel, Ruthie, M. Kimmelbrod et le rabbin de Bangor s'avançaient lentement sur le chemin de terre qui menait aux tombes de Becca et de John. Ils avaient laissé la voiture près du porche de pierre de crainte de s'embourber. Au cours de l'hiver, M. Kimmelbrod avait dû se résoudre à recourir à un déambulateur. Iris retenait son souffle en le voyant chercher péniblement des points d'appui dans l'herbe mouillée, comme s'il se débattait avec le doigté d'un enchaînement périlleux de notes. Ils étaient à peu près à mi-chemin quand M. Kimmelbrod trébucha et faillit perdre l'équilibre. Iris retint son souffle et se précipita vers lui, mais Daniel la devança, stabilisa le déambulateur et s'assura que M. Kimmelbrod tenait solidement sur ses jambes. En regagnant le chemin, Daniel se prit le pied dans une racine et ce fut lui qui tomba à quatre pattes dans le gazon boueux.

« Daniel ! » s'écria Iris d'un ton de reproche, bien plus que de commisération. Elle s'en rendit compte et cherchant à se rattraper, elle tendit la main à son mari pour l'aider à se relever.

Il la refusa d'un haussement d'épaules, se remit debout et examina les dégâts. Ses genoux étaient couverts de boue et une jambe de son pantalon déchirée.

« Merde ! » lança-t-il, et puis : « Excusez-moi, rabbin.

— Il n'y a pas de mal », fit le rabbin.

Daniel frotta les taches sans grand résultat.

« Tiens, dit Iris.

— Ça va aller », marmonna-t-il. Il ignora le mouchoir qu'elle lui tendait et essuya ses mains sales sur le devant de son pantalon.

Tout au bout du cimetière, la pierre tombale de Becca était dissimulée sous un drap blanc, attendant d'être dévoilée comme le voulait la tradition le jour de l'anniversaire lunaire de sa mort. Iris s'était surprise à attendre cette date avec une impatience déconcertante, moins parce que cette cérémonie marquait la fin de la période de deuil que parce qu'elle avait désespérément besoin d'un point d'ancrage dans le calendrier du chagrin, d'un repère sur lequel concentrer leur malheur diffus et incommensurable. Leur peine était si profonde, et en même temps si solitaire ; chaque membre de la famille allait à la dérive dans sa bulle de deuil, isolé non seulement du reste du monde, mais les uns des autres. Iris avait l'impression, ou le vague espoir, peut-être, qu'ils avaient besoin d'une forme de sanction officielle de leur deuil – que cette cérémonie qui les rassemblait pourrait les aider à admettre leur chagrin, à le nommer, à le sacraliser.

« Je rêve », dit Iris en voyant la plaque commémorative que Jane et les Tetherly avaient érigée sur la tombe de John.

La pierre, en granit gris foncé, portait son nom et les dates de sa naissance et de sa mort en grandes majuscules romaines. La partie inférieure de la plaque, sous l'inscription, était ornée d'une sculpture de goélette dont la voile était gonflée par le vent, un soliflore était fixé sur le côté, tandis que l'angle supérieur droit était occupé par une photographie en couleurs de John, format 10 × 15, protégée par une vitre Securit. Le cliché avait été pris sur la véranda de la maison de sa mère. Il était assis sur la dernière marche, ses longues jambes allongées, croisées aux chevilles, couvrant une bonne moitié de l'escalier. Quelque chose dans l'angle de vue ou dans la perspective faisait paraître ses pieds nus encore plus grands qu'ils n'étaient en réalité. Son visage était en partie masqué par l'ombre de sa vieille casquette des Red Sox tout usée, mais on distinguait tout de même son grand sourire craquant.

Ruthie demanda : « Tu n'as pas mis de photo sur celle de Becca, si ?

— Seigneur, non, dit Iris. Excusez-moi, rabbin.

— Il n'y a pas de mal. »

Le rabbin sortit de sa poche un petit livre de prières à la reliure de cuir usagée et une poignée de brochures encore plus minces, qu'il leur distribua.

Il s'éclaircit la gorge et commença à lire des extraits de la Bible en hébreu. Sa voix était mélodieuse et elle se rappela la beauté du kaddish qu'il avait chanté l'année précédente.

« Aux yeux de notre Père éternel et miséricordieux, poursuivit le rabbin en anglais, mille ans ne sont qu'un jour ; les années de notre vie ne sont qu'une heure qui passe. Il nous accorde la vie et il nous reprend la vie ; loué soit Son Nom. »

Il s'arrêta et les regarda.

M. Kimmelbrod déclama : « Amen. »

Daniel et Ruthie l'imitèrent promptement, mais le mot resta coincé dans la gorge d'Iris. Si les années d'une vie ordinaire n'étaient qu'une heure qui passe, celles de la vie de Becca n'avaient duré que quinze ou vingt minutes. Un quart d'heure. Pas assez.

Le rabbin poursuivit : « Rebecca nous a été retirée. Nous souffrons de cette béance qui demeure dans notre vie. Pourtant, l'amour est aussi fort que la mort ; les liens que tisse l'amour sont éternels. Et il nous reste le souvenir bienfaisant, grâce auquel l'existence de nos défunts nous accompagne à jamais. »

Il s'interrompit de nouveau. Ruthie ouvrit la bouche pour répéter « Amen », mais le rabbin secoua la tête.

L'amour était-il aussi fort que la mort, se demanda Iris. Lequel durait le plus longtemps ? Lequel exigeait le plus lourd tribut ?

Le rabbin s'inclina et retira le drap qui recouvrait la pierre tombale.

Iris avait choisi une dalle taillée dans la même pierre que celle de John – le granit brillant ne lui plaisait pas beaucoup, mais elle tenait à ce qu'elles soient assorties. Au lieu d'appeler Jane pour lui demander ce qu'elle avait choisi, elle s'était adressée directement au tailleur de pierre – le seul marbrier de Newmarket – et lui avait demandé de retrouver dans ses archives le modèle de la pierre tombale de John et de le reprendre pour celle de Becca. La forme de la dalle et les caractères de l'inscription étaient les mêmes que ceux de la tombe de John, mais Iris avait renoncé à l'option photographie et soliflore intégrés. Et, bien sûr, il n'y avait pas de sculpture de voilier. Elle s'était demandé quelle image aurait pu symboliser Becca – un étui à violon, abandonné dans un coin ? La pierre portait les dates de naissance et de mort de Becca, ainsi que son nom, gravés en anglais et en hébreu.

REBECCA FELICE COPAKEN

Iris avait commandé cette dalle, elle l'avait même conçue – son aspect n'aurait donc pas dû la surprendre. Mais d'une certaine manière, elle avait réussi, pendant tout ce temps, à ne jamais se la représenter concrètement et, à présent, sa masse, la réalité même du granit brillant, lui faisaient tourner la tête.

« Ils se sont trompés de nom ! » s'écria soudain Ruthie d'un ton surpris et consterné. Elle s'accroupit dans l'herbe trempée et tendit le doigt vers la plaque, sans la toucher. « Ils ont marqué Copaken au lieu de Tetherly. »

Le rabbin se tourna vers Iris et Daniel. Il leva les sourcils.

« Il y a une erreur ?

— Non, non, dit Iris. Tout va bien. » Elle avait très envie de s'asseoir, mais à part la pierre tombale elle-même, il n'y avait autour d'elle que boue et herbe mouillée.

Peu avant le mariage, Becca avait annoncé son intention de prendre le nom de John. Iris se rappelait le moindre mot de leur dispute, comme elle se souvenait, elle en avait pris conscience récemment, de toutes les querelles qui avaient pu l'opposer à sa fille aînée. C'était comme si sa mémoire contenait une série de photographies presque intégralement floues, les seules nettes étant celles qui la représentaient en train de se chamailler avec Becca. Cette amnésie sélective ne la surprenait pas vraiment ; il était dans sa nature d'affronter sans fard les vérités les plus déplaisantes, sinon de s'en délecter. Dans le fond pourtant, les souvenirs de ses conflits avec Becca n'étaient pas plus véridiques ni plus honnêtes que ses souvenirs imprécis du reste de leurs relations, de tout ce qu'il y avait eu de positif entre elles. Pourquoi, se demandait-elle, son esprit s'obstinait-il à ne passer et repasser que les scènes les plus contrariantes ?

En cet après-midi de l'avant-veille de son mariage, Becca avait dressé la liste des invités en reportant les noms qu'Iris lui dictait à partir de la pile des cartons de réponse.

« C'est tout ? avait demandé Becca, après qu'elles eurent vérifié l'orthographe des Zaidenshnur.

— Oui, à part les parents de John. Et nous, bien sûr. »

Becca avait alors ajouté le nom de la mère de John, celui de son père et celui de la compagne de son père. Puis le nom de ses parents, de sa sœur et de son grand-père. Enfin, avec un grand sourire, elle avait écrit le sien.

Iris avait jeté un coup d'œil à la page. Becca avait noté d'une écriture soignée : « John et Rebecca Tetherly ».

« N'importe quoi », avait lancé Iris.

Becca avait souri – un sourire aimable, mais ferme. De toute évidence, elle était bien décidée à éviter une scène. « Comment ça ? C'est joli, tu ne trouves pas ? Rebecca Tetherly. C'est tout à fait harmonieux.

— Ça n'a absolument rien d'harmonieux, avait rétorqué Iris brutalement. Becca. Tu ne vas pas changer de nom. »

Becca avait remis en place le capuchon de son stylo dans un claquement sonore. « Si, Maman. Et c'est harmonieux. Ça sonne bien. Beaucoup mieux que Rebecca Copaken. » Elle prononça son nom d'un ton monocorde, en faisant traîner le « A ». « Ça, c'est n'importe quoi.

— Copaken est un bon nom, un nom solide. Je le trouve beaucoup plus harmonieux que Tetherly. De toute façon, la question n'est pas là.

— Tu as parfaitement raison, avait approuvé Becca d'un ton jovial. La question, c'est que mon mari s'appelle Tetherly et que je vais m'appeler comme lui. »

Iris avait essayé de prendre une voix aussi calme que possible, de l'empêcher d'être trop cassante, trop à la Clint Eastwood, comme c'était généralement le cas quand elle cherchait à se contenir.

« De nos jours, tu sais, la plupart des femmes ne changent plus de nom.

— Tu vis dans un monde tellement sophistiqué, Maman, avait dit Becca en riant. Peut-être que la plupart des intellectuelles féministes gardent leur nom, mais à Red Hook, toutes les femmes que je connais ont pris celui de leur mari quand elles se sont mariées. »

Iris regrettait tant d'avoir changé de nom quand elle avait épousé Daniel qu'elle s'était convaincue que ses filles continueraient à s'appeler Copaken. Elle s'était mariée avant qu'il ne soit courant de garder son nom de jeune fille, et dès que cet usage s'était répandu, Iris avait eu envie de reprendre le sien. Il lui paraissait tellement absurde d'avoir pris le nom de Daniel alors que ses origines familiales comptaient beaucoup plus pour elle que pour lui. Le nom de Kimmelbrod remontait au moins au dix-septième siècle et son père et elle étaient les derniers de cette branche. D'un autre côté, la famille à laquelle Iris était le plus attachée était celle de sa mère. En toute logique, elle aurait donc dû prendre le nom de jeune fille de sa mère, ou mieux encore, celui de sa grand-mère. Mais si elle devait se choisir un patronyme en se fondant sur ses seules affinités, si elle devait décider de s'appeler Godwin, le nom de jeune fille de sa mère ou, Hewins, on aurait pu imaginer qu'elle rejetait la moitié juive de son héritage, qu'elle rejetait son père, qu'elle rejetait la famille que les nazis lui avaient volée. De surcroît, sa spécialité universitaire était la Shoah : il aurait été encore plus difficile pour une chercheuse du nom d'Iris Hewins d'être prise au sérieux dans ce champ d'études. Finalement, elle avait décidé que sa réputation était déjà trop solidement établie pour qu'elle puisse se permettre de changer de nom. C'était sous celui d'Iris Copaken qu'elle avait passé ses diplômes, qu'elle avait publié ses premiers articles et ses premiers livres. Mais elle espérait bien que ses filles ne commettraient jamais la même erreur. Elle aurait dû savoir que, comme tant de ses hypothèses sur la vie que mènerait sa fille aînée dans le sillage du féminisme et de ses luttes, celle-ci avait toutes les chances d'être réfutée. Les femmes de la génération de Becca considéraient la liberté comme une évidence, et s'empressaient de se créer de nouvelles contraintes.

« Ce que les femmes de Red Hook font, avait dit Iris à Becca ce jour-là, ne peut pas passer pour un reflet du monde.

— Red Hook fait tout autant partie du monde que New York. De toute façon, je parie que si tu prenais la peine de t'informer, tu constaterais qu'à New York aussi la plupart des femmes portent le nom de leur mari.

— Il me semble que tu devrais prendre le temps d'y réfléchir. Ne décide rien que tu risquerais de regretter plus tard.

— J'y *ai* réfléchi. » Levant le bras par-dessus son épaule, Becca avait attrapé sa queue de cheval et l'avait enroulée en un nœud serré au sommet de sa nuque. Son ton était resté aimable, mais sa volonté était inflexible. « J'y ai beaucoup réfléchi. Je tiens absolument à porter le même nom que mon mari et mes enfants. Je connais tes arguments : mon nom est à moi, c'est à moi que j'appartiens, pas à mon mari. Je *sais* tout ça, Maman. Je sais aussi que tu es déçue, mais ma décision est prise.

— Pendant vingt-six ans, tu t'es appelée Rebecca Copaken. Dans ta vie privée et dans ta vie professionnelle. Aucun chef d'orchestre, aucun musicien ne saura qui est Rebecca Tetherly. »

Becca avait éclaté de rire. « Rassure-toi, aucun musicien ne sait qui est Rebecca *Copaken*.

— Et si tu divorces ? Que se passera-t-il ? Tu seras condamnée à porter un nom dont tu ne veux plus, ou alors il faudra que tu fasses tout un cirque pour pouvoir reprendre le tien.

— Sympa, Maman, avait dit Becca, non sans tendresse. Je me marie dans deux jours et toi tu me vois déjà divorcer. »

Iris ne s'était jamais résignée à la décision de Becca. Jusqu'au jour du mariage – le jour de la mort de Becca –, elle avait continué à espérer que lorsque Becca affronterait la réalité des mots « Rebecca Tetherly » écrits sur un chèque ou un certificat de mariage, elle changerait d'avis, ferait marche arrière, se rendrait enfin à l'évidence. Et puis, un moment, la mort avait semblé mettre fin à toutes ces interrogations. Mais quand il avait fallu choisir le libellé de la plaque commémorative, Iris avait été déchirée.

D'un côté, il y avait sa dispute avec Becca – il y avait toujours, semblait-il, une dispute avec Becca. De l'autre, même en tenant compte de l'intransigeance de sa fille (qui n'était pas forcément, se disait Iris, une donnée immuable), elle n'avait été une Tetherly qu'une petite heure. Légalement, elle ne s'était appelée que Rebecca Copaken : c'était le nom qui figurait sur son permis de conduire, sur son passeport périmé, sur son compte en banque et sur sa carte de Sécurité sociale. C'était le nom porté sur son certificat de décès. Par ailleurs, ajoutait Iris pour elle-même, cherchant à se convaincre ou à convaincre les mânes de Becca, les cimetières et les monuments sont là pour le réconfort des vivants, pour consacrer un lieu moins aux défunts qu'à l'acte de deuil lui-même. Les morts ne voyaient jamais les monuments qu'on leur érigeait. Iris et sa famille seraient les seuls à venir se recueillir sur la tombe de Becca. C'était pour *eux* que cette plaque existait. Si l'on y inscrivait le nom de John, elle aurait toujours l'air étrange à leurs yeux. Ce serait comme si quelqu'un d'autre était couché sous cette dalle.

En plaidant auprès de sa fille morte pour la décision qu'elle avait déjà prise, Iris était allée jusqu'à imaginer – n'hésitant pas à contredire ainsi son dernier argument – que personne ne le remarquerait ou que, le cas échéant, tout le monde reconnaîtrait qu'elle avait bien fait.

« Il faut qu'on la fasse changer », s'obstina Ruthie. Elle avait le nez rose, de froid ou de larmes, et son menton tremblait.

« Ça n'a aucune importance, dit Iris.

— Bien sûr que si ! lança Ruthie. Ce n'est pas le *bon* nom. »

Daniel attira Ruthie contre lui et lui caressa les cheveux. « C'est fait, Ruthie », murmura-t-il.

Le rabbin s'éclaircit la voix : « Rien ne vous interdit de la changer. Mais vous n'êtes pas obligés de vous décider maintenant. Ni même dans un an. C'est à vous que cette plaque est destinée. À votre famille. Vous êtes libres de faire ce que vous voulez. » Il se tourna vers la pierre tombale de John.

« J'aurais cependant tendance à vous déconseiller les goélettes. »

Agacée d'abord par l'attention qu'il prêtait à l'objection de Ruthie, Iris lui adressa alors un sourire reconnaissant.

« Pouvons-nous poursuivre avec l'Eil Malei Rachamim ? » demanda-t-il.

C'était un chant funèbre, lent et mélancolique, et Iris sentait la musique résonner dans sa poitrine.

Le rabbin referma son livre, le glissa dans sa vaste poche : « Pour conclure, je vous propose quelques instants de silence.

— Attendez ! cria Ruthie, se dégageant de l'étreinte de son père. C'est tout ?

— Oui, dit le rabbin.

— Et le kaddish ? »

Le rabbin secoua la tête. « Nous ne pouvons pas dire le kaddish.

— Et pourquoi ? demanda Ruthie d'une voix stridente. C'est la prière des défunts ! C'est ce qu'il y a de plus important !

— Nous n'avons pas le minyan, expliqua le rabbin. Nous ne sommes que cinq. On ne peut pas réciter le kaddish à moins de dix. »

Ruthie se tourna vers sa mère, furieuse : « Pourquoi est-ce que tu ne t'es pas débrouillée pour avoir assez de monde ?

— Je ne savais pas, dit Iris.

— Rien n'oblige à dire le kaddish au moment où l'on dévoile la plaque commémorative, reprit le rabbin. En fait, cette cérémonie elle-même n'est qu'une tradition, ce n'est pas une prescription biblique. Vous pouvez réciter le kaddish dans n'importe quelle synagogue.

— On a tout fait de travers, sanglota Ruthie. On n'a rien fait comme il fallait.

— Tout va bien, ma chérie, dit Iris, cherchant à prendre Ruthie par le bras. Tant pis pour le kaddish. En plus, ce n'est même pas un cimetière juif. »

Ruthie repoussa la main de sa mère. « Ça aussi, c'est toi qui l'as décidé ! »

Le regard d'Iris croisa celui de Daniel. Elle leva les sourcils, mais Daniel haussa les épaules et se détourna.

Ruthie courba les épaules pour se protéger du crachin qui commençait à tomber. Les gouttes de pluie se mêlaient à ses larmes. « On aurait dû organiser une vraie cérémonie, avec suffisamment de monde pour faire les choses comme il faut.

— Je suis navrée, Ruthie. J'ai essayé de faire les choses au mieux. C'est aussi important pour moi que pour toi, et j'ai pensé qu'une cérémonie intime était plus adaptée.

— C'est ce que tu as pensé, *toi*.

— Excusez-moi, intervint M. Kimmelbrod, d'un ton si courtois et si posé qu'il semblait critiquer implicitement l'attitude des deux femmes. J'ai bien peur de ne pas pouvoir rester debout beaucoup plus longtemps. S'il te plaît, Ruthie. Aide-moi à regagner la voiture. »

Avec un dernier regard lourd de reproches en direction de sa mère, Ruthie se précipita vers M. Kimmelbrod, et Iris les suivit des yeux tandis qu'ils remontaient lentement le sentier jusqu'à la grille du cimetière.

Daniel se massa le front des deux mains comme pour chasser une migraine.

« Tu crois qu'on aurait dû organiser une cérémonie plus importante ? demanda Iris. Inviter plus de monde ?

— Plus de juifs, tu veux dire ? Je n'en sais rien.

— Il m'a semblé que c'était mieux comme ça. Que c'était mieux d'être entre nous. »

Daniel posa les yeux sur la pierre tombale, lisant et relisant l'inscription comme si quelque chose lui avait échappé.

« Tu crois que j'aurais dû faire autrement, pour le nom ? »

Il ne répondit pas.

« Daniel ? Tu crois que je n'aurais pas dû faire ça ?

— Je n'en sais rien, dit-il. Je rentre. » Il fit demi-tour et s'engagea sur le sentier.

Iris relut le nom qui figurait sur la pierre tombale. Puis elle regarda celle de John. Elles étaient tellement différentes. Manifestement destinées à des personnes si dissemblables. Si elles ne s'étaient pas trouvées côte à côte, aucun visiteur n'aurait pu deviner que ces deux êtres-là s'étaient aimés, qu'une heure durant ils avaient été mari et femme. Un instant, Iris éprouva un regret lancinant, si douloureux qu'elle tressaillit. Elle avait commis une erreur. Mais comment aurait-elle pu savoir ? Comment aurait-elle pu savoir comment honorer la mémoire de sa fille ? Elle n'avait pas de carte, pas de plan, pas d'instructions précises. Comment aurait-elle pu savoir ce qu'il fallait faire ?

II

Par quel mystère, se demandait M. Kimmelbrod, assis à la table de la cuisine de sa fille quelques heures après la cérémonie, un homme qui avait vu la mort à l'œuvre aussi souvent, qui en approchait lui-même aussi rapidement, était-il aussi impuissant à réconforter les affligés ? Tous ses deuils n'auraient-ils pas dû lui inspirer une connaissance intime, une familiarité immédiate, des choses, des mots et des gestes susceptibles d'adoucir la peine d'autrui ? Et pourtant, comme toujours, il n'avait rien su dire à Iris, à Daniel et à Ruthie ; ni devant la tombe, ni dans la voiture, ni sur la véranda où ils avaient passé une heure, inconsolés, à regarder tomber la pluie maussade. Le voile lugubre qui avait pesé sur leur famille tout au long de l'année écoulée restait fermement en place, et l'inauguration de la pierre tombale n'avait pas réussi à le soulever.

Daniel était parti faire un jogging, Ruthie et Iris se reposaient. Il était assis seul devant la table, les doigts joints devant lui, la pression des dernières phalanges les unes contre les autres les empêchant de trembler, tandis qu'il méditait sur son insuffisance, son ignorance face au chagrin.

Que lui avait appris la mort de tant d'êtres aimés ? Une seule chose : qu'il n'y a apparemment aucune limite à la masse de chagrin auquel un homme peut survivre pour peu qu'il laisse l'inertie et le temps qui passe le conduire, jour après jour, jusqu'à son terme. Quelle sagesse pouvait-il offrir à ses enfants ? Seulement qu'après un certain temps on arrive à ignorer la souffrance, comme on s'habitue aux émanations les plus nauséabondes de son propre corps jusqu'à ce qu'une saute de vent, un changement de position ramène l'odeur à vos narines et vous soulève le cœur.

Seul dans la cuisine avec pour toute compagnie le bourdonnement du réfrigérateur et le tic-tac de l'horloge, sans rien à offrir à personne, il avait pour toute certitude consciente l'envie de regagner Peter's Point Road, le logis où sa femme et lui avaient passé tous les étés de leur vie commune, à l'exception du premier, la maison qui avait été leur première acquisition majeure de couple marié, à Alice et lui. Il avait été ravi de passer ses étés à Red Hook et de donner des cours à Usherman Hall, mais la perspective de vivre sous le même toit que sa belle-mère l'enchantait moins. Alice et lui avaient acheté cette petite ferme, sur dix arpents de front de mer, pour onze mille dollars. Et puis, parce que Alice et lui n'avaient visiblement aucune envie de quitter un jour leur maison de Peter's Point Road, sa belle-mère avait décidé de léguer à Iris sa demeure Queen Anne pleine de coins et de recoins.

Récemment, pourtant, Iris avait commencé à chercher à convaincre M. Kimmelbrod qu'il était trop diminué pour continuer à passer l'été seul à la ferme. À New York, lui faisait-elle remarquer, il était entouré de voisins et n'avait qu'à appuyer sur un bouton pour avertir le gardien de l'immeuble. À Red Hook, en revanche, la maison la plus proche était à près de quatre cents mètres, et s'il appelait une ambulance, il pouvait lui falloir une bonne demi-heure pour arriver. Il reconnaissait que ses arguments étaient fondés. Au demeurant, il en comprenait la vérité mieux qu'Iris elle-même, car il lui avait soigneusement dissimulé, avec la discipline impitoyable qu'il mettait dans tout ce qu'il faisait, l'ampleur exacte de son infirmité. Mais il n'avait pas l'intention de renoncer à son indépendance. Pour la tranquilliser, il avait accepté de faire quelques concessions à son âge et s'était ainsi engagé solennellement à ne prendre le volant qu'en cas d'extrême nécessité et à se faire véhiculer le plus souvent par sa famille ou ses collègues. Mais il n'avait pas prévu le sentiment de dépendance, d'émasculation même, que cette promesse lui imposerait. Devoir compter sur autrui pour faire ses courses à l'épicerie, pour aller prendre un café, pour se rendre à son travail. Attendre qu'on vienne le chercher juste assez longtemps pour avoir perdu tout intérêt pour l'activité qui l'avait poussé à demander de l'aide. Privé de son autonomie, il en arrivait à la conclusion que le temps qui lui restait à vivre se résumait à une brève glissade vers l'invalidité et l'oubli.

L'idée que Becca ne soit plus, alors que lui-même s'accrochait opiniâtrement à la vie, branlant et tremblotant, figé par moments dans une immobilité atroce et angoissante, tout près de perdre le contrôle de ses fonctions, et jusqu'à celle d'uriner, cette idée-là lui inspirait une colère si vive qu'il lui était arrivé, au cours de la dernière année, d'avoir bien du mal à conserver sa retenue coutumière. Pourtant, c'était ce culte du contrôle, personnel aussi bien que musical, qui le définissait, qui faisait de lui l'homme et le musicien qu'il était. La musique de Jean-Sébastien Bach prouvait, selon lui, la justesse de sa conviction absolue que la beauté était indissociable du respect de modèles établis. Les textures contrapuntiques touffues de Bach représentaient son idéal : l'exubérance solidement tenue en bride par la discipline, la symétrie et l'ordre. Bartók et la logique dodécaphonique de Schoenberg lui inspiraient une satisfaction très comparable.

La carrière de M. Kimmelbrod avait eu ceci de paradoxal que, malgré sa propension à la réserve et son goût pour la structure, c'était dans l'interprétation des compositeurs romantiques, dont il jugeait pourtant l'expression émotionnelle trop évidente et trop chargée, que son art dépassait la simple perfection technique. Sa *Chaconne* de Bach était charmante et précise, son exécution du *Concerto pour violon* de Berg irréprochable, mais c'était dans le *Concerto en ré majeur* de Tchaïkovski, une œuvre qu'il tenait pour outrancière et banale, qu'il tirait des larmes même aux mélomanes les plus blasés. Ce n'était que dans l'expression d'une sentimentalité conventionnelle, qu'il détestait autant par principe que par tempérament, que son exécution accédait réellement à la grandeur.

Quand il jouait les œuvres romantiques qui avaient fait sa réputation, les notes qui sortaient de son instrument offraient le plus vif contraste avec son allure froide et distante. Sur scène ou dans la vie quotidienne, avec un violon ou sans,

M. Kimmelbrod était l'incarnation même du calme et de la sérénité. Avant même que la maladie de Parkinson n'ait figé son visage en un masque inexpressif, il avait toujours eu un faciès impassible, qui ne révélait presque rien. Il avait réprimé ses émotions, les avait enfouies si profondément que cela frôlait la question existentielle. Peut-on refouler un sentiment au point de le rendre quasiment inexistant ?

Il entendit grincer l'escalier et Ruthie entra dans la cuisine. Son oreiller avait laissé des marbrures roses sur sa joue et des mèches de cheveux, détachées de sa queue de cheval par le sommeil, auréolaient sa tête.

« Salut, Papi, dit-elle en posant les mains sur ses épaules et en appuyant la joue sur le sommet de sa tête. Je suis désolée d'avoir fait tout ce cirque et de m'être conduite comme un bébé tout à l'heure. »

Ruthie était le bébé de la famille, et tout le monde l'avait toujours traitée comme tel. Il sentit sur son occiput la poitrine de sa petite-fille se gonfler d'un soupir.

« Les larmes ne sont pas inappropriées en pareilles circonstances, dit-il.

— Sans doute. Mais quand même, maman doit drôlement m'en vouloir.

— Je pense qu'elle est plus triste que fâchée. »

Ruthie se redressa et, après avoir serré l'épaule de son grand-père, elle fit le tour de la table et s'assit en face de lui, sur la chaise à dossier à traverses. « Si seulement nous avions été assez nombreux pour dire le kaddish.

— Le kaddish. Dis-moi, mon petit, pourquoi est-ce que tu tiens tellement à dire le kaddish ? Tu es soudain devenue pratiquante ?

— Non, c'est juste que… voilà, on est censé le dire.

— En réalité, il me semble qu'en l'occurrence seuls tes parents sont tenus de dire le kaddish. Notre obligation en la matière a pris fin au terme des trente premières journées de deuil. »

Ruthie eut l'air atterrée. « Tu es sûr ?

— Je ne suis pas spécialiste du Talmud, mais il me semble que oui. Seuls les parents et le conjoint doivent prendre le deuil pendant toute une année. Et chaque année qui suit, le jour du *yarzheit*, l'anniversaire de la mort. »

Elle secoua la tête énergiquement. « Mais c'est ridicule. Ça n'a aucun sens. Le chagrin ne *s'arrête* pas simplement parce qu'un groupe de vieux rabbins l'a dit. » Elle fronça les sourcils. « Tu as dit le kaddish pour Mamie ? »

La musique n'avait jamais été un refuge pour M. Kimmelbrod. C'était en réalité son unique moyen d'expression. Jusqu'à ce qu'il ait dû renoncer à jouer, il s'était servi de la musique tout à la fois pour contenir ses émotions et pour les exprimer. Son violon lui arrachait ses sentiments, il traduisait l'indicible et se lamentait à la face du monde. Le Dembovski riait à sa place. Il badinait, pouffait, ricanait et hurlait de joie. Mais le plus souvent, il pleurait. Le Dembovski sanglotait *pour* lui, parce que lui-même refusait de verser des larmes. Parce qu'il ne supportait pas d'évoquer la mémoire des morts.

Le Dembovski se souvenait de tous – de ses parents, de ses frères, de sa sœur. De la multitude d'oncles, de tantes et de cousins dont les corps et les visages, les idées et les amours, les souvenirs et les os n'étaient rien, pas même de la fumée ou de la cendre. Parce que lui-même ne pouvait pas prendre leur deuil, le Guarneri del Gesù, taillé dans une pièce d'érable par un luthier de Crémone, chantait une lamentation, sa lamentation, pour tous les disparus. Le Dembovski disait le kaddish à sa place.

Son violon avait aussi pleuré sa femme, son Alice bien-aimée au sourire espiègle et à l'esprit narquois. Aux genoux bossués et aux chaussures confortables. Lui-même n'avait pas versé une larme en veillant à son chevet, tandis que les pauses entre les râles ne cessaient de s'allonger, avant qu'ils ne s'arrêtent. Pas une larme, même la nuit où il était sorti sur la petite terrasse de pierre, devant leur salon, fermant les yeux pour les protéger de l'air froid, cette nuit où il avait pris le Dembovski et l'avait laissé sangloter pour la femme qu'il avait aimée bien plus qu'il n'avait jamais pu le lui montrer.

Lorsque Becca était morte, il était déjà si malade qu'il ne pouvait plus jouer. Il n'avait aucun moyen de se lamenter sur sa disparition. Et y avait-il du chagrin sans lamentation ? Si l'on n'exprimait pas de sentiment et si l'on ne s'autorisait pas à en éprouver, pouvait-on prétendre ressentir quelque chose ?

Il avait aimé Becca. Elle lui manquait. Mais il avait l'impression de se trouver à une extrémité d'un long couloir étroit et d'apercevoir à l'autre bout une lanterne dans laquelle vacillait une petite flamme. S'il plissait les yeux et regardait très attentivement, il arrivait tout juste à distinguer quelques ombres par-delà la lumière, mais la distance était trop grande pour qu'il identifie ce qui les projetait. S'il avait pu prendre son instrument, le Dembovski l'aurait transporté d'un bout à l'autre de cet interminable couloir et l'aurait conduit jusqu'à la lueur de la lanterne. Sans son violon, il était pris au piège, immobile, beaucoup trop loin pour voir ou sentir. Il était tenaillé par la colère et le désespoir que lui inspirait son infirmité et, en même temps, il avait conscience d'être capable d'éprouver pleinement *ce* chagrin-là, le chagrin de son talent disparu, alors que c'était cette infirmité même qui l'empêchait d'accéder à toutes ses autres émotions.

« Oui. J'ai dit le kaddish pour ta grand-mère. Quelques fois, au début.

— Et pour ta famille ? Pour tes parents, tes frères et ta sœur ? As-tu dit le kaddish pour eux ?

— Oui. Pour eux aussi. Il y a longtemps.

— Est-ce que tu as allumé une de ces petites bougies pour tes parents ? Comme maman le fait pour Mamie.

— Non.

— Pourquoi ? »

M. Kimmelbrod haussa les épaules. « Je ne sais pas quel jour ils sont morts. »

Le visage de Ruthie se crispa et il regretta immédiatement ses propos. C'était vrai, bien sûr, mais l'explication était incomplète. Il aurait pu allumer une bougie de *yahrzeit* pour ses parents le jour anniversaire de leur déportation, ou le jour de leur naissance, ou le 1er janvier ou à la Chandeleur, quelle importance ? Mais il n'avait jamais pu se résoudre à se donner ce mal. À quoi bon ? Quel réconfort une flamme vacillante dans un pot de confiture pouvait-elle apporter ?

« Je suis désolée, Papi.

— Oui, dit-il, je sais.

— Mais je pense quand même qu'on devrait faire quelque chose pour Becca et John.

— *Faire* quelque chose ?

— Je ne sais pas moi, quelque chose, une cérémonie commémorative, un truc comme ça. Ou peut-être juste une… je ne sais pas comment dire, pas une *fête*, évidemment, mais… Une réunion. Une célébration.

— Une *célébration* ?

— Oui ! Une célébration pour Becca et John. On se réunirait tous. Notre famille, celle de John, nos amis. Nous nous retrouverions tous pour penser à eux, à ce qu'ils ont vécu. »

Comment expliquer à cette enfant adorable et naïve qu'elle ne pouvait rien faire, que rien de ce qu'ils pourraient faire, les uns ou les autres, ne saurait apaiser sa peine ? De même que l'inauguration de la pierre tombale n'avait pas suffi, sa « célébration » serait impuissante à combler le vide. Seul le temps avait ce pouvoir, et le temps lui-même n'y suffirait pas tout à fait.

Ruthie se pencha vers lui, impatiente. « On pourrait faire ça pour l'anniversaire de mariage. Ou bien tu crois que ce serait horrible ? Que ce serait comme si on fêtait le jour de leur mort ? » Elle fronça les sourcils, et il retrouva sur son visage l'expression qu'il lui connaissait depuis qu'elle était bébé et qu'elle cherchait à résoudre un problème.

« Je croyais que tu n'aimais pas les fêtes, Ruthie », fit-il remarquer. Mais elle ne parut pas l'entendre.

« On pourrait faire ça le 4. Papa et maman ne voudront certainement pas organiser leur traditionnel pique-nique du 4 juillet, et c'est la date anniversaire du dîner de répétition. C'était une soirée super. On était tous si heureux. C'est une date qui a du sens, mais elle n'est pas chargée du poids de la tragédie comme le serait le 5. Tu comprends ? »

Il était affreusement las, épuisé par cette journée, par le chagrin de sa fille, par la peine muette de son mari, par le besoin affectif de sa petite-fille. Et pourtant, ne pouvant plus faire chanter son Dembovski, il sentait qu'il avait, comme elle, envie de faire quelque chose, de dire quelque chose, de ne pas laisser ce moment s'écouler dans le silence. « Je ne sais pas, mon petit. Je ne suis pas sûr que quelqu'un soit prêt pour une fête. »

Ruthie plissa les yeux. « Ça va, Papi ? Tu es fatigué ? Tu veux te reposer un instant dans la chambre d'amis ? »

Comment, se demanda M. Kimmelbrod, une enfant aussi naïvement ignorante à tant d'égards réussissait-elle toujours à savoir ce qu'il éprouvait, décelait immanquablement les traces d'épuisement qu'il réussissait à dissimuler à tous les autres ? Il n'avait qu'une envie : retrouver le réconfort de sa propre maison, de son propre lit. « Tu sais, je ferais peut-être mieux de rentrer chez moi.

— Je te ramène tout de suite », dit Ruthie. Elle l'aida à se lever sans attendre qu'il lui demande son bras et le conduisit jusqu'à la voiture. Lorsqu'elle démarra, il fut presque terrassé par le désir de s'allonger dans son lit frais et de fermer les yeux, mais sa petite-fille avait l'air si triste, si désespérée, si découragée par le peu d'enthousiasme qu'il avait manifesté à l'idée d'organiser une fête pour les défunts que, dans Main Street, il se surprit à dire : « Et si nous nous arrêtions au *Sac à appâts* ? Je te paye une glace, tu veux ? »

Le *Sac à appâts* – que la plupart des gens appelaient simplement le *Sac* – était un bâtiment hybride entre caravane et cabane, avec quelques immenses marmites de homards qui bouillonnaient sur des brûleurs de propane tout au fond et une friteuse de la taille d'un évier de cuisine. Il se trouvait en plein centre, juste en face de la bibliothèque publique de Red Hook et en diagonale par rapport à la station-service. Derrière le *Sac à appâts* s'étendait un petit carré de gazon avec quelques tables de pique-nique, où personne ne s'installait jamais. Cette désaffection ne tenait pas à la vue sur l'arrière de la station-service, effectivement affreuse. Ni au cadre lui-même qui offrait, en plus des tables de pique-nique désertes, deux vieilles carcasses de voitures rouillées posées sur des parpaings et, curieusement, un réfrigérateur antédiluvien rose pâle sans porte. Ces accessoires ne nuisaient pas forcément à l'ambiance. Les clients du *Sac* étaient habitués à des arrière-cours jonchées de détritus et de déchets, quand ils n'en étaient pas eux-mêmes les orgueilleux propriétaires. C'étaient les insectes qui rebutaient les clients. Pour des raisons mystérieuses, la petite pelouse du *Sac* hébergeait la horde de moustiques la plus cruelle, la plus agressive de tout Red Hook – pourtant, la concurrence était rude. De temps en temps, un couple de touristes venaient s'asseoir avec leurs plateaux de plastique rouge et leurs sandwiches au homard. Il ne fallait pas longtemps avant qu'on les voie revenir à toutes jambes, jurant, pestant, et se donnant de grandes claques, les visages, les bras et jusqu'aux lobes des oreilles et à la partie découverte de leurs pieds chaussés de sandales couverts de pustules rouges.

La clientèle du *Sac* préférait manger dans sa voiture, ou s'asseoir dans l'herbe au bord de la rue. Il y avait une seule vieille table de pique-nique branlante à la lisière du parking, et Ruthie et M. Kimmelbrod s'empressèrent de l'accaparer. Ils rangèrent la voiture sur la place de stationnement voisine et allumèrent la radio pour pouvoir écouter de la musique en mangeant. La chaîne classique diffusait le quintette de *La Truite*, et Ruthie cherchait à se consoler en trempant des rondelles d'oignons frits dans son milk-shake à la vanille et au chocolat.

Avec un sourire plein de tendresse, son grand-père secoua la tête quand, tête renversée, elle tint la tranche d'oignon huileuse, dégoulinante de milk-shake crémeux, au-dessus de sa bouche grande ouverte.

« Je m'étonne déjà que tu puisses manger une horreur pareille, dit-il. Mais est-ce qu'il faut vraiment que tu les *trempes* ?

— Avant de condamner, tu devrais essayer, dit-elle la bouche pleine. C'est une parfaite association entre salé et sucré.

— Dieu m'en préserve.

— Ne me dis pas que tu n'as jamais mangé d'oignons frits. Je ne te croirai pas. Mamie adorait ça.

— Tu as raison, et je suis certain d'en avoir mangé une ou deux fois avec elle. Peut-être même à cette table-ci. Mais je t'assure que, bien qu'elle ait passé tous les étés de son existence dans ce trou hyperboréen, ta grand-mère avait des manières et des goûts beaucoup trop raffinés pour se livrer à une telle abomination. »

Ruthie sourit, mais son regard se voila. « Mamie me manque. »

Alice Marie Kimmelbrod, née Godwin, arrière-petite-fille d'Elias et Alice Hewins de Red Hook, Maine, était morte d'un cancer du sein au cours de sa quarante-cinquième année de mariage avec Emil Kimmelbrod, alors que la plus jeune de ses petites-filles avait onze ans.

Pendant les douze années qui s'étaient écoulées depuis, les souvenirs que M. Kimmelbrod conservait de sa femme s'étaient calcifiés en une série d'images et de vignettes. Alice à sa coiffeuse, une rangée d'épingles à cheveux entre les lèvres, en train d'enrouler ses cheveux – d'un blond de miel quand ils s'étaient rencontrés, fanés ensuite en un blanc tendre et duveteux – en chignon. Alice penchée sur le vieil évier d'ardoise de la cuisine de leur maison de Peter's Point, le léger renflement de sa taille tirant l'étoffe de sa robe. Alice allongée sur l'embarcadère, une Pall Mall sans filtre aux lèvres, une canne à pêche appuyée à côté d'elle, faisant craquer ses longs orteils. Alice les yeux clos, l'écoutant jouer.

Il se rappelait la cour qui entourait Alice lorsqu'elle s'asseyait dans un petit fauteuil garni de glands, coincé sous une fenêtre donnant vers l'est, dans l'angle de la salle de récital d'Usherman Hall par de chauds mercredis après-midi d'août, quand les élèves jouaient. Elle emmenait souvent Becca et Ruthie. Quand Becca écoutait de la musique, elle restait parfaitement immobile, les paupières presque fermées, aux anges. M. Kimmelbrod avait du mal à réprimer un sourire devant l'expression d'horreur étonnée qui se dessinait sur le visage de la fillette à la moindre fausse note. Ruthie restait assise tranquillement, elle aussi, c'était une petite fille sage, mais, appuyée au genou d'Alice, elle semblait généralement moins captivée par la musique que par la main de sa grand-mère qui lui caressait les cheveux.

Un autre souvenir. Alice alitée, la peau blême comme un ventre de poisson, tirée sur ses pommettes saillantes, les dents serrées sur des gémissements de douleur.

Ruthie trempa une autre rondelle d'oignon dans son milk-shake et la mâcha voluptueusement. M. Kimmelbrod lécha sa glace, la laissant fondre sur sa langue. Elle étira ses jambes le long du banc chauffé par le soleil et soupira.

Ils avaient presque fini quand une camionnette bordeaux s'arrêta brutalement sur la place de stationnement voisine de la leur, égratignant le bas de son pare-chocs avant contre la petite barrière de ciment. Par la fenêtre ouverte, ils entendirent une voix de femme demander d'un ton bourru : « Alors, tu veux une glace, oui ou non ? »

La portière du passager coulissa et une petite silhouette à cheveux sombres sortit.

« Hé ! cria Ruthie. Salut, Samantha ! »

La petite fronça les sourcils comme si elle avait du mal à remettre Ruthie. Elle esquissa un geste hésitant de la main. Puis elle inclina la tête et écouta. Une rafale de notes de piano sortait des vitres ouvertes de la voiture des Copaken.

Samantha ne bougeait plus, elle avait les yeux fermés et balançait la tête d'un côté à l'autre.

La portière du conducteur s'ouvrit et se referma violemment. Jane contourna la camionnette pour se diriger vers la table de pique-nique, tout en disant : « On te parle, mademoiselle. » Puis, s'adressant à Ruthie : « Excusez-la.

— Ça ne fait rien, dit Ruthie. Comment allez-vous, Jane ?

— Ça va. Ça va. Et vous ?

— Tout le monde va bien. »

M. Kimmelbrod observait la petite fille aux yeux foncés. Elle avait de longs bras et tenait ses mains légèrement devant son corps, le bout des doigts frémissant imperceptiblement. Elle écoutait la musique et pointait son petit menton rond en mesure.

« Ça te plaît ? » demanda-t-il.

Elle ouvrit les yeux et sourit timidement, le visage soudain encombré de grandes dents blanches.

« Tu connais ce morceau ? »

Elle secoua la tête.

« C'est du Schubert. Le quintette de *La Truite*. Tu l'as déjà entendu ? »

Une fois encore, elle secoua la tête en silence.

« Viens », dit M. Kimmelbrod, ignorant les regards interrogateurs de Jane et Ruthie. Il tapota le banc à côté de lui. « Assieds-toi, tu veux ? » La petite hésita et il lui fit un peu de place, débarrassant les assiettes en papier, les serviettes, les emballages de pailles. « Là. »

Elle s'assit à côté de lui sur le banc et ils écoutèrent la musique ensemble. Elle remuait le menton parfaitement en mesure. M. Kimmelbrod admira son sens du rythme et une intuition lui traversa l'esprit.

« Tu entends ce rythme », lui expliqua-t-il. Il le joua en tapant du bout des doigts sur la table.

Elle hocha la tête.

« Est-ce que tu peux faire comme moi ? »

Elle hocha de nouveau la tête. Délicatement, ses longs doigts minces presque silencieux sur le bois grossier de la table, elle commença à tambouriner à l'unisson avec lui.

« Tu entends le violon ? »

Elle hocha la tête et tapota l'accompagnement en triolets rapides de la main droite, sa main gauche poursuivant la ligne mélodique. M. Kimmelbrod leva un sourcil. Il n'était pas homme à se laisser facilement impressionner, mais la capacité innée de la petite à reproduire simultanément deux rythmes fondamentalement opposés était pour le moins remarquable.

« Tu joues d'un instrument ? »

À regret, la fillette répondit : « Non.

— Qu'est-ce que tu racontes ? intervint Jane. Elle fait du piano.

— Mais ce n'est pas un vrai piano. C'est juste un clavier électronique », protesta Samantha.

Jane haussa les épaules : « Vrai ou non, c'est ton piano et tu n'en as pas d'autre. » Elle se retourna vers M. Kimmelbrod. « Elle a un don. Elle est capable de jouer n'importe quel air, même si elle ne l'a entendu qu'une fois. » M. Kimmelbrod leva de nouveau un sourcil. Il demanda à Samantha : « Tu prends des cours de musique ? »

Ce fut Jane qui répondit : « On n'a pas d'argent pour ce genre de choses. »

Le morceau s'acheva, mais Samantha continua à tambouriner sur la table. Il regarda la fillette un moment, se rappelant un jeu auquel il jouait avec Becca quand elle était toute petite. Adaptant sa voix au rythme que Samantha jouait toujours, il chanta : « *Entends-tu les truites qui nagent ?* »

Elle sursauta, le dévisagea un instant, puis sourit. Reprenant le rythme, elle répondit : « *Oui, elles nagent toute la journée.* »

Il modula en mineur. « *Toutes les truites nagent-elles encore ?* »

Samantha fronça les sourcils, mais reprit immédiatement la modulation, fredonnant cette fois sa réponse.

M. Kimmelbrod se tourna vers Jane. « Elle a une excellente oreille. C'est rare, surtout chez une enfant qui n'a reçu aucune éducation musicale.

— Elle est futée, c'est sûr, dit Jane d'une voix qui laissait entendre que ce n'était pas forcément un compliment.

— Je me demande si ça ne va pas plus loin, dit-il.

— Vous êtes musicien ? » demanda Samantha timidement.

Elle était gracile, les jambes longues et osseuses, de grandes mains, se dit-il, pour son âge. Des mains de musicienne. « Oui. Je joue du violon. Tu aimes le violon ? »

La petite décocha à M. Kimmelbrod une réédition de son sourire de piano à queue. « C'est mon instrument préféré. »

Jane dit : « C'est bon, Samantha. Si tu veux ta glace, va vite la chercher. » Elle sortit un dollar de sa poche et le tendit à la petite.

À contrecœur, Samantha prit le billet froissé. S'apprêtant à abandonner M. Kimmelbrod et Schubert pour le plaisir moins exceptionnel d'un cône chocolat-vanille, elle ajouta : « J'*adore* le violon.

— Moi aussi », dit M. Kimmelbrod. Il la regarda prendre le billet d'un dollar et se ranger dans la queue. « C'est votre nièce ?

— La fille de ma nièce. Elle n'est avec moi que pour quelques semaines. Sa mère avait besoin de repos.

— Ah oui ! » Il se rappelait qu'Iris lui avait parlé des fréquentes hospitalisations de la mère de la petite. Maniaco-dépressive, voilà ce qu'elle avait dit. « Et sa mère aime la musique ?

— Pas spécialement. Elle ne joue pas de piano, ni rien de tout ça.

— Samantha a été adoptée, c'est bien ça ?

— Elle vient du Cambodge.

— Elle a peut-être hérité ce don de ses parents biologiques.

— Possible, dit Jane. On ne sait rien d'eux.

— Il faudrait qu'elle prenne des cours », dit M. Kimmelbrod.

Jane esquissa un sourire pincé. « Je le dirai à ma nièce. »

Pendant une fraction de seconde, il eut envie d'insister. Mais à quoi bon ? Si cette femme, ou un autre membre de la famille de cette enfant, y attachait la moindre importance, ce don ne serait pas passé inaperçu et on se serait attaché à le cultiver. L'expérience avait appris à M. Kimmelbrod que les enfants qui arrivaient à faire fructifier leur sensibilité musicale étaient ceux qui avaient des parents agressifs, leur mère le plus souvent. C'était leur ambition qui poussait l'enfant et lui faisait supporter l'épuisement et l'ennui inhérents à l'acquisition de la technique musicale. Un enfant vraiment musicien possédait des dons innés, mais le contact précoce et régulier avec la musique ainsi que la valeur que ses parents attachaient à la réussite musicale étaient tout aussi importants. La petite avait des dons, sûrement, mais dix ans de négligence, aussi bienveillante fût-elle, les avaient probablement atrophiés, de façon irrémédiable peut-être.

« Elle a beaucoup de talent, dit tout de même M. Kimmelbrod.

— Elle est futée », répéta Jane en se détournant.

M. Kimmelbrod entreprit de débarrasser la table, rassemblant leurs serviettes en papier chiffonnées et leurs gobelets vides. Ruthie lui prit les déchets des mains. La poubelle était juste en face de la voiture de Jane et, en s'approchant, elle aperçut Matt, assis à l'avant, à la place du passager. Avait-il espéré qu'elle ne le verrait pas ?

« Salut, Ruthie », dit-il.

Tenant toujours les détritus en main, elle répondit : « Salut. » Elle ne pouvait pas le regarder sans penser à ses bras autour de sa taille, aux feux d'artifice qui explosaient dans le ciel.

« Tu viens d'arriver de New York ?

— On est là depuis deux jours. »

Il hocha la tête. « Il m'avait bien semblé apercevoir la voiture de ta mère hier, devant Hannaford's.

— C'est bien possible, oui. Elle est allée faire des courses. Les premières grandes provisions de l'été, tu vois. »

Ruthie baissa les yeux vers le gobelet de milk-shake qui dégoulinait entre ses mains et le laissa tomber dans la poubelle. Tout en essuyant ses mains poisseuses sur son jean, elle demanda : « Tout s'est bien passé ? » au moment même où Matt disait : « Tu as passé une bonne année ? »

Après un silence embarrassé, Ruthie répondit : « Oui, ça va. Dans la mesure où… Et toi ?

— Pareil. »

Un nouveau silence pesant s'installa. Ruthie dit enfin : « On est allés au cimetière aujourd'hui. »

Matt eut l'air interloqué. « Ah oui ?

— Oui. J'ai bien aimé la photo sur la tombe de John. Il a l'air tellement heureux.

— Oui. C'est une chouette photo.

— Tu y vas de temps en temps ?

— Ouais. J'y suis allé une paire de fois. Avec ma mère. Je peux te poser une question ?

— Oui, bien sûr.

— Comment ça se fait que tes parents n'aient pas mis de dalle sur la tombe de Becca ?

— Si, si, on l'a fait. On l'a fait aujourd'hui, justement. Enfin, ils l'ont sans doute mise en place hier ou je ne sais pas quand. Mais on l'a dévoilée aujourd'hui.

— *Dévoilée ?*

— On doit attendre un an avant de poser la pierre. C'est une loi juive. Ou une tradition, je ne sais pas. On organise un office et ensuite on la dévoile.

— Une sorte de commémoration.

— Tu parles. » Sa voix s'étrangla. « Ça n'avait rien d'une commémoration, tu peux me croire.

— Oh ! » fit Matt. Il ajouta, au bout d'un moment, « Je suis désolé. » Ils ne savaient pas trop, ni l'un ni l'autre, de quoi il s'excusait – de la médiocrité de la cérémonie, impuissante à commémorer correctement la mort de Becca, d'avoir posé la question de la pierre tombale, d'avoir fait pleurer Ruthie.

Elle secoua la tête, chassant ses larmes et, avec un coup d'œil en direction de son grand-père, elle reprit : « Tu sais, on a pensé, enfin j'ai pensé, j'avais envie d'organiser quelque chose, une *vraie* cérémonie commémorative pour Becca et John. » M. Kimmelbrod secoua la tête, mais elle enchaîna immédiatement : « Pas un office, mais, tu vois, une célébration, un truc comme ça. Tu te rappelles les fêtes que mes parents donnent chaque année, pour le 4 juillet ? Eh bien, l'année dernière, c'était le dîner de répétition. On n'a plus jamais été heureux comme ça, tous ensemble. Bien sûr, on était heureux au mariage, mais ce n'était pas pareil. Le 4 juillet, c'est une *bonne* date d'anniversaire. L'anniversaire d'un jour heureux. Tu crois que vous pourriez venir ? Toute ta famille, je veux dire ? »

Matt se tourna vers sa mère. Jane croisa les bras sur sa poitrine.

« Évidemment, dit-il à Ruthie. On viendra, évidemment.

— C'est vrai ? Ça serait super ! On pourrait tirer des feux d'artifice, comme l'an dernier. »

M. Kimmelbrod remarqua que sa petite-fille rougissait curieusement à l'évocation des feux d'artifice.

« Vous en avez ? demanda Matt.

— Non. Mais ça doit pouvoir se trouver.

— Je peux faire un tour dans le New Hampshire. J'y vais très souvent. »

En fait, il n'y était pas retourné depuis son voyage avec John l'été précédent, mais elle ne pouvait pas le savoir.

« C'est vrai ? dit Ruthie. Ça serait génial.

— Nous sommes pris le 4 », lança Jane.

Le visage de Ruthie s'allongea. « Oh !

— Ah bon ? demanda Matt. Qu'est-ce qu'on fait ?

— On a des projets, répondit Jane d'un ton sec.

— Quels projets ?

— Des projets pour le 4 juillet. » Elle rappela Samantha. « Dépêche-toi. Il faut qu'on y aille. »

Samantha s'éloigna de la caisse, marchant prudemment pour ne pas faire tomber la chantilly.

« Si jamais vous changez d'avis, ou si vos plans sont annulés…, commença Ruthie.

— Fais attention, tu vas tout renverser », dit Jane à Samantha. Et elle claqua la portière.

« J'avais pensé que ça pourrait être bien, c'est tout, dit Ruthie à Matt. D'organiser une petite fête pour penser à Becca et à John. »

Jane sortit la tête par la vitre de la voiture : « Ce n'est pas comme ça qu'on fait les choses chez nous. Des fêtes pour les morts, je vous demande un peu.

— Oh, fit de nouveau Ruthie en regagnant sa place à la table de pique-nique.

— Bon sang, Maman, murmura Matt. Qu'est-ce qui te prend ? »

M. Kimmelbrod glissa le bras autour de la taille de Ruthie. Il fut surpris de la sentir trembler.

« Ne t'en fais pas, dit Matt. J'irai chercher des feux d'artifice.

— C'est vrai ? Ruthie sourit. Ça serait super.

— *Matt*, dit Jane en faisant démarrer le moteur.

— D'accord, dit Ruthie, levant la main par réflexe en guise d'au revoir. Je suis vraiment navrée, Jane. Pour le deuil qui vous a frappée. Pour tous les deuils qui nous ont frappés. »

Jane pinça les lèvres. « Le Seigneur ne nous donne pas plus d'ennui et de chagrin que nous n'en pouvons supporter. » Puis elle enclencha la marche arrière et recula de sa place de stationnement. M. Kimmelbrod n'entendit pas ce que Matt lui disait, mais il se rendit compte que le jeune homme était furieux.

Ruthie se tourna vers son grand-père. « Pourquoi est-ce que les gens disent ça ? Tu crois vraiment, toi, que Dieu nous donne seulement la masse d'ennuis et de chagrin que nous pouvons supporter ?

— Je ne crois pas en Dieu, dit M. Kimmelbrod.

— Bon, si ce n'est pas Dieu, alors la vie. Le destin, ce que tu voudras. Est-ce que tu crois qu'on ne nous donne que ce que nous pouvons supporter ? »

Il fit claquer sa langue contre son palais. C'était tellement américain, songea-t-il, cette idée qu'il puisse exister une force surnaturelle qui s'amuse à calculer soigneusement la capacité de souffrance de chaque individu.

« Tu ne crois pas que c'est vrai ? insista Ruthie.

— Parce que tu supportes ce qui s'est passé, toi ? »

Ruthie se mordilla la lèvre : « Sans doute, oui. Je suis toujours en vie. Évidemment, je suis malheureuse, et il y a des matins où j'ai l'impression que je n'arriverai pas à me lever et à affronter l'idée que Becca est morte. Mais je me lève quand même. J'ai rédigé mon mémoire, j'ai passé mon mastère. Je me suis même débrouillée pour postuler à une bourse Fulbright. »

Pendant un moment, M. Kimmelbrod avait craint que Ruthie ne se présente même pas à ses examens. Elle avait été tellement déprimée. Pendant le premier semestre, elle avait passé plus de temps chez lui, à New York, qu'à l'université, blottie le plus souvent sur le canapé du salon sous une des couvertures d'Alice, tenant un livre qu'elle ne lisait pas, cherchant à ravaler ses larmes. Et puis Iris était intervenue et avait ramené Ruthie à la fac *manu militari*. Après cela, chaque fois que sa petite-fille venait le voir, elle lui disait qu'elle passait tout son temps à la bibliothèque à lire et relire les textes au programme, à réviser inlassablement toutes les dissertations qu'elle avait à remettre pour ses travaux dirigés, à s'imposer des plans de révision pour des examens qu'elle aurait pu réussir haut la main sans même se donner la peine de relire ses cours. Elle expliquait à M. Kimmelbrod que ces heures d'études étaient les seules durant lesquelles elle réussissait à ne pas penser à Becca. Ruthie avait obtenu son diplôme avec les félicitations du jury. Son mémoire sur la construction de l'identité féminine chez les jeunes filles dans les œuvres de Christina Rossetti et Elizabeth Barrett Browning avait remporté le prix de littérature américaine Helen Choate Bell de l'Institut d'anglais. À la fin de l'année, elle avait obtenu une bourse Fulbright pour aller étudier la littérature anglaise à Oxford, comme sa mère, trente ans plus tôt. Mais il avait l'impression déchirante que ces réussites n'avaient pas grand sens pour elle. Il la trouvait tellement désemparée.

« Et ta mère ? demanda M. Kimmelbrod. Est-ce qu'elle "supporte" la mort de sa fille ?

— Un peu comme moi, sans doute. Elle a continué à travailler. À donner ses cours. Elle a changé, c'est sûr. Elle est plus repliée sur elle-même. Déprimée. Mais elle est en vie, non ? Elle travaille. Je pense qu'on peut dire qu'elle la supporte, oui.

— Donc, à en croire la logique de ce boute-en-train de Jane, si Dieu – ou la vie – ne te donne que ce que tu es capable de supporter, il aurait suffi que vous soyez plus faibles, tes parents ou toi, pour que Becca soit encore en vie ? Si nous n'étions pas tous aussi solides, le conducteur de la limousine aurait roulé moins vite ?

— Je ne sais pas », dit Ruthie. Son nez commençait à rougir et ses yeux étaient humides.

Comme si la capacité de chacun à endurer la souffrance avait quelque chose à voir avec la répartition des tourments de la vie, songea M. Kimmelbrod. Quelle stupidité ! Quelles niaiseries moralisatrices ! Que savait Jane Tetherly de ce que Dieu donne ou refuse, alors qu'elle n'était même pas capable de reconnaître le don stupéfiant que le destin, Dieu ou le hasard génétique avait accordé à une enfant qui vivait sous son toit ?

Dieu ne vous donne qu'autant de souffrance que vous en pouvez supporter ? Il songea à sa petite sœur chérie, Felice. Felice n'était pas morte à Terezin, comme ses parents et ses deux frères, comme son mari et sa fille, qui n'était encore qu'un bébé. De tous les membres de sa famille, Felice était la seule dont il connaissait l'histoire. Il avait retracé son parcours avec l'aide de la Croix-Rouge. En 1944, elle avait été transférée d'abord à Auschwitz puis était revenue à Terezin, par un hasard de la bureaucratie génocidaire. Elle était encore en vie quand les Russes avaient libéré le camp. Elle avait été évacuée à Zeilsheim, un camp pour personnes déplacées près de Francfort. Mais elle n'avait pas écrit de Zeilsheim à son frère qui se trouvait aux États-Unis. Pourtant, n'importe quel musicien, n'importe quel orchestre aurait su comment le joindre. Elle aurait même pu lui adresser une lettre à Carnegie Hall tout simplement, elle aurait fini par lui parvenir. Elle n'avait jamais écrit. Libérée des camps, de l'obligation de se battre constamment, pour chaque bouchée de nourriture, pour chaque pas, pour chaque souffle, Felice avait eu le temps de réfléchir à ce qu'elle avait perdu et, tout bien pesé, c'était plus qu'elle n'en pouvait supporter. Le 15 mai 1946, elle s'était ouvert les veines des poignets avec un éclat de verre et était morte d'hémorragie dans un box des toilettes pour femmes.

S'il racontait cette histoire à sa petite-fille, elle comprendrait immédiatement l'absurdité des paroles de Jane. Mais il ne l'avait confiée à personne, pas même à sa femme, pas même à sa propre fille qui avait pourtant consacré sa carrière à l'étude et à l'analyse de ce genre de cas. Il avait supporté seul l'horreur de la mort de Felice, il l'emporterait seul dans sa tombe.

M. Kimmelbrod tendit le bras par-dessus la table et prit les doigts minces de Ruthie dans ses mains noueuses. Sous sa peau douce, il sentait l'arête dure des os.

« Ruthie, le malheur ne répond à aucune logique. Il n'y a pas de main toute-puissante qui distribue la tragédie aux uns ou aux autres en doses supportables. Il arrive des choses heureuses et des choses affreuses et nous sommes obligés de continuer, un point c'est tout. »

Becca était morte, se dit-il. Felice était morte, sa famille était morte. Puis il songea à Samantha, au don qui cherchait peut-être à s'épanouir, minuscule pousse verte au milieu d'un paysage aride. Il suffisait de l'arroser. Qu'était Samantha, sinon la preuve du hasard aveugle, merveilleux et terrible de la vie ?

Avec un sanglot, Ruthie approcha la main de M. Kimmelbrod de son visage et s'en couvrit les yeux. « Quand est-ce que je vais enfin aller mieux ? demanda-t-elle. Il *faut* que je fasse quelque chose.

— Dans ce cas, organise ton 4 juillet. Ta fête. Pourquoi pas ? »

Effectivement, pourquoi pas ? Quel tort cela pourrait-il faire ?

Elle releva son visage maculé de larmes. « Tu crois que ça pourrait m'aider ?

— Je crois que ça ne peut pas te faire de mal. »

Elle serra sa main. « Tu m'aideras à convaincre Maman ?

— Bien sûr, mon petit. Je t'aiderai, bien sûr. »

III

Iris rangeait la brique de jus d'orange au réfrigérateur quand elle entendit la canne de son père dans le couloir. Il avait passé la nuit dans la chambre d'amis. La veille au soir, il avait eu affreusement mal aux genoux au moment de quitter la table après le dîner, et n'avait pas eu le courage de rentrer chez lui.

« Bonjour, Papa, dit-elle en le voyant s'avancer péniblement dans la cuisine. Bien dormi ?

— Bien dormi ? Je ne sais plus ce que ça veut dire depuis 1957 », répondit M. Kimmelbrod. Quand il avait commencé à souffrir d'insomnies, il se levait, sortait dans le jardin du Maine ou sur leur petite terrasse de New York, et jouait, sans égards pour les voisins. Il se replongeait dans le répertoire réconfortant de sa jeunesse. Seitz, Veracini, des morceaux qu'il avait appris dans son enfance, lorsqu'il prenait une leçon de violon hebdomadaire auprès de M. Haim Teplitz, un juif d'Europe de l'Est excentrique et talentueux, qui prétendait avoir été encore meilleur que Paganini.

Debout dans le noir, M. Kimmelbrod jouait du violon les yeux fermés, jusqu'à ce que la lueur grise de l'aube traverse ses paupières closes. Maintenant, il restait allongé dans son lit à imaginer les concertos et les sonates. Il les jouait dans sa tête, avec toutes les doubles cordes, chaque coup d'archet, déroulant les arpèges, enchaînant les cadences les yeux fermés, les doigts tremblants sur la courtepointe. Il ne s'accordait jamais le plaisir de mieux jouer en esprit qu'il ne l'avait fait dans la réalité.

« Le lit est confortable ? demanda encore Iris.

— Presque aussi confortable que le mien. »

Elle hésita, sachant parfaitement combien la situation était difficile pour son père. « Papa, dit-elle doucement. Il faut être réaliste. Qu'est-ce qui se passera si tu tombes ? Tu risques de rester par terre pendant deux jours avant que je vienne voir ce qui se passe.

— Tu attendrais deux jours avant de t'inquiéter ?

— Papa !

— Je m'en sors très bien.

— Pour le moment, sans doute, mais ça ne durera pas éternellement.

— Et alors ? Pour toi non plus. »

Elle lui servit une tasse de café, ne la remplissant qu'à moitié pour éviter qu'il ne la renverse et n'en soit gêné. De tous ses symptômes de sénescence, c'étaient ses tremblements qu'elle supportait le plus mal. Ses mains marbrées, trémulantes, lui brisaient le cœur. Elle n'avait pas éprouvé le même sentiment quand il avait eu besoin d'une canne d'abord, puis d'un déambulateur, aussi navrante que fût cette infirmité. Mais le spectacle de la soupe retombant de sa cuiller inclinée ou sa signature maladroite au bas d'un chèque la prenaient littéralement à la gorge. Dans sa jeunesse, son père avait eu de belles mains :

de longs doigts fuselés, des articulations minces, une peau pâle, ombrée de fins poils dorés. Dans sa déclaration sous serment de 1936 qui avait persuadé le Département d'État d'accorder à M. Kimmelbrod un visa d'entrée aux États-Unis, Robert E. Simon du Carnegie Hall de New York avait parlé de la magie divine des mains du jeune violoniste. Ces mains magiques lui avaient sauvé la vie. Désormais, tremblantes et instables, elles l'abandonnaient.

« Tu veux que je te raccompagne chez toi après le petit déjeuner ?

— J'ai demandé à une des assistantes du bureau de venir me prendre. Il faut que je passe à Usherman Hall.

— Tu as des cours aujourd'hui ? »

M. Kimmelbrod secoua la tête. « Non, mais je tiens à assister à la master class de Spiegelman, pour m'assurer qu'il ne transmet aucune de ses mauvaises habitudes à mes élèves.

— Quel veinard, ce Spiegelman, dit Iris. Comment sont tes élèves cette année ? Y en a-t-il un qui vaille que tu essaies de l'arracher à ses griffes ?

— Pas vraiment », constata M. Kimmelbrod en avalant une gorgée de café. « Le groupe de cet été est plutôt décevant.

— Dommage. » Iris éprouvait toujours une vague compassion pour les élèves de son père quand il assenait des jugements aussi impitoyables et aussi impersonnels. Et elle ne l'avait jamais trouvé aussi blessant que le jour où cette critique cinglante s'était dirigée contre Becca. Après avoir pris son éducation musicale en main pendant des années, lui avoir trouvé les meilleurs professeurs, suivi ses progrès, choisi son répertoire, il était resté impassible lorsque Becca avait décidé d'arrêter le Conservatoire. Iris l'avait supplié d'intervenir, de dissuader Becca de commettre une bêtise pareille.

« Tu es le seul qu'elle écoute. Parle-lui.

— Je lui *ai* parlé.

— Et puis ? Est-ce que tu lui as dit qu'elle faisait fausse route ?

— Non.

— Non ? Comment ça, non ?

— Becca n'est pas faite pour le Conservatoire.

— Bien sûr que si. C'est ce qu'elle a toujours voulu faire.

— Pour être violoniste, il faut être perfectionniste. Il faut avoir une envie insatiable de progresser. Se fixer des niveaux de précision et de musicalité inaccessibles, et les atteindre.

— C'est ce que fait Becca. Elle travaille quatre heures par jour depuis qu'elle a dix ans.

— Quatre heures. Quatre heures, ma chérie, c'est beaucoup, sans doute, mais ce n'est pas tant que ça. Becca est une fille raisonnable. Mais cette pulsion, cette envie dont je te parle n'a rien de raisonnable ; c'est une forme d'autopunition.

— Elle s'est toujours investie entièrement dans sa musique.

— Investie ? Oui. Entièrement ? J'en suis moins sûr. »

M. Kimmelbrod était un professeur notoirement exigeant. Il intimidait ses élèves, il les impressionnait autant par l'étendue de son talent musical que par l'intransigeance de ses exigences en matière de structure et de précision. Ils ne supportaient pas de le décevoir. Un simple hochement de tête laconique suffisait à les plonger dans un abîme de désespoir. Un unique mot d'éloge les faisait rougir de plaisir. Sans avoir jamais été officiellement l'élève de son grand-père, Becca avait partagé cette angoisse de ne pas être à la hauteur de ses attentes, et Iris resterait à jamais convaincue que c'était parce qu'elle craignait de ne pas pouvoir satisfaire ces exigences qu'elle avait préféré s'y dérober entièrement en abandonnant le violon. Mais Iris ne se serait jamais permis de le dire à son père.

« Elle a du mal à se faire au climat d'émulation du Conservatoire. Mais dès qu'elle se sera habituée au stress, elle se débrouillera très bien. C'est une brillante violoniste.

— Becca a du talent, c'est vrai, avait dit M. Kimmelbrod. Elle est même brillante par moments. En travaillant suffisamment, elle pourrait faire une bonne musicienne d'orchestre. Mais ce n'est pas une soliste, et même dans des ensembles de chambre, elle n'a jamais su vraiment s'imposer.

— Ce qui veut dire ?

— Ce qui veut dire que Becca a atteint les limites de son talent et qu'elle a pris la décision qui s'imposait.

— Mais c'est une mauvaise décision ! Cette rivalité est nouvelle pour elle, et elle manque d'assurance. Elle a simplement besoin d'être rassurée, de savoir qu'elle est aussi bonne que les autres.

— Elle sait qu'elle est aussi bonne que certains. Meilleure, peut-être. Mais moins bonne que d'autres.

— Moins bonne que *toi*, c'est ça que tu veux dire ? »

Aussi têtue que Becca ait pu être, songeait Iris bien des années après cette conversation, elle s'en était toujours remise au jugement de son grand-père dès qu'il s'agissait de musique. Si M. Kimmelbrod avait fait fi de ses inquiétudes et exigé qu'elle continue, Becca aurait obtenu ses médailles, c'était certain. Elle aurait donné son premier concert. Et ensuite ? Ensuite, peut-être son père avait-il raison ; elle n'aurait pas fait une carrière de soliste. Mais il y avait des centaines d'orchestres professionnels aux États-Unis. Si seulement M. Kimmelbrod avait bien voulu l'encourager, lui donner le petit coup de pouce nécessaire, Becca pourrait être aujourd'hui second violon solo à Albany, à Tucson ou même à Cincinnati. Elle jouerait le soir dans la fosse du Schubert Theater, sur la 44e Rue Ouest et ne serait pas, songea Iris avec un pincement de cœur douloureux, couchée sous une dalle de granit dans le cimetière de Red Hook.

Pour réprimer des idées aussi irrationnelles et aussi dangereuses, Iris se mit à vider le lave-vaisselle, rangeant bruyamment les casseroles et les poêles dans les placards et les couverts dans le tiroir. Quand il n'y eut plus rien à débarrasser, elle demanda :

« Qu'est-ce que tu veux pour ton petit déjeuner, Papa ?

— Rien, merci, répondit M. Kimmelbrod. Iris, il y a une chose dont je voudrais te parler.

— Oui ?

— C'est à propos de Ruthie. »

Les mains d'Iris s'immobilisèrent.

« J'ai l'impression qu'elle a vraiment du mal à s'en sortir. »

Alors là, franchement, c'en était trop. Quand elle avait eu besoin de l'aide de son père pour une de ses filles, quand il aurait dû s'y intéresser, intervenir, il avait refusé. Quand il aurait été utile qu'il s'investisse un minimum, il s'était dérobé. Et maintenant ? Alors que cela ne le concernait absolument pas ?

« Ruthie a du chagrin, comme nous tous, mais elle tient remarquablement le coup, compte tenu des circonstances. Tu n'imagines pas à quel point il est difficile d'obtenir une bourse Fulbright en *littérature*. Elle a dû l'emporter sur plusieurs centaines d'autres candidats.

— Je ne te parle pas de ses études. J'ai l'impression qu'elle a du mal à faire son deuil. »

Iris avait commencé à secouer la tête avant même qu'il ait terminé sa phrase. « Tu veux parler de l'inauguration ? Je suis désolée, Papa. Je suis désolée qu'on n'ait pas organisé un office important, ou une réception grandiose. Mais franchement, je n'avais pas le cœur à ça. »

M. Kimmelbrod approcha sa tasse tremblante de ses lèvres et avala une gorgée de café avant de répondre, comme s'il cherchait par l'exemple à démontrer à Iris les vertus du calme. « Je suis comme toi, Iris, et je préfère que ce genre de chose se fasse dans l'intimité, dit-il en reposant sa tasse, mais il semblerait que Ruthie ait besoin d'une expérience plus vaste, plus collective.

— "Une expérience plus vaste, plus collective" ? De quoi veux-tu parler ? De cette fête du 4 juillet qu'elle s'est mis en tête d'organiser ? Je lui ai déjà dit qu'il n'en était pas question.

— Je pense que tu devrais réexaminer ta position.

— Parce que *toi*, tu crois vraiment que c'est une bonne idée, Papa ? Tu as vraiment envie de participer à une manifestation publique de deuil, avec homards et feux d'artifice ? »

M. Kimmelbrod esquissa un faible sourire. « J'aurais peine à imaginer façon moins attrayante de passer mon temps, reconnut-il. Mais Ruthie voit les choses autrement.

— Je sais ce que pense Ruthie. Mais ce n'est qu'une enfant. Cela n'a aucun sens. »

Dans les entrailles du réfrigérateur, la machine à glaçons cliqueta et ils entendirent les petits cubes tomber, un par un, dans le réservoir. Puis le silence retomba. M. Kimmelbrod approcha sa tasse de ses lèvres, mais sa main tremblait si fort que la porcelaine heurta ses dents et que du café se renversa sur sa main. Il reposa la tasse et mit l'autre main sur celle qui tremblait, l'immobilisant contre le plateau de la table.

La colère d'Iris s'évanouit immédiatement. Il était tellement émacié. Des triangles gris s'étaient creusés sous ses pommettes, ses dents étaient devenues trop grandes pour son visage et ses belles mains étaient parcheminées et sillonnées de veines bleues noueuses. Ses efforts pour préserver un semblant de dignité l'emplirent d'un chagrin qui tenait presque du mal du pays.

« Pardon, dit Iris, en se précipitant vers lui. Pardon, Papa. »

Il secoua la tête. « Non. Ce n'est rien. C'est toi qui as raison. Je me mêle de ce qui ne me regarde pas. Je te prie d'accepter mes excuses. »

Iris tira une chaise et s'assit à la table. Quand Ruthie avait lancé cette idée de célébration, elle l'avait rejetée d'emblée. Elle craignait de ne pas supporter l'amabilité forcée que cela exigerait d'elle. Et comment ne serait-elle pas forcée, si l'on pensait à la manière dont ils avaient célébré cette journée l'année précédente ? Elle l'avait expliqué à Ruthie et avait fait semblant de ne pas remarquer la déception de sa cadette.

« Ruthie t'a parlé.

— Je t'en prie, Iris. Je n'ai pas le droit. » M. Kimmelbrod serra les lèvres.

« Voyons, Papa. C'est bien. C'est dans l'ordre des choses. » Elle fit la grimace. « Mais c'est tellement bizarre. Organiser la même réception que chaque année et, en même temps, en faire une commémoration ? Ce sera forcément tragique. Le 4 juillet est un jour de défilés et de feux d'artifice, un jour de fête, pas de commémoration.

— Ruthie imagine une célébration à la mémoire de leurs vies, je crois, dit-il. Plus qu'une commémoration. »

Iris soupira. Pour être honnête, l'idée d'annuler le pique-nique lui avait inspiré des sentiments légèrement ambivalents. Cela faisait si longtemps qu'ils l'organisaient. L'annuler, c'était admettre que leurs vies avaient déraillé. En même temps, comment continuer à donner une fête la veille de l'anniversaire de la mort de Becca ? C'était impossible, malgré leurs habitudes. Mais peut-être la célébration qu'envisageait Ruthie pourrait-elle leur permettre de respecter cette tradition du pique-nique annuel, qui avait toujours été si importante pour Iris, tout en rendant hommage à Becca et à John. Si c'était ce dont Ruthie pensait avoir besoin, si c'était tout ce qu'elle avait trouvé pour arriver à surmonter cette épreuve, comment Iris pouvait-elle le lui refuser ? Si M. Kimmelbrod lui-même était prêt à tolérer le sentimentalisme outré d'un pique-nique commémoratif, Iris ne pouvait-elle pas en faire autant ? Ruthie avait peut-être raison. Cela leur ferait peut-être du bien.

« Tu crois vraiment qu'une fête pourra aider Ruthie ? demanda Iris.

— Non », répondit M. Kimmelbrod.

Iris sourit tristement, tendit le bras vers le buffet, attrapa un stylo et un morceau de papier. « Je vais faire la liste des courses. »

IV

Des mesures sérieuses s'imposaient : Iris confectionna un quatre-quarts au citron vert, son chef-d'œuvre culinaire, celui pour lequel elle utilisait un moule au fond orné d'un relief complexe de grappes de raisin et de rameaux de vigne. Le gâteau était gonflé à souhait, brun doré, la glaçure au citron était craquante sous la dent, piquante et douce à la fois. Elle ne faisait pas très souvent ce gâteau, en partie parce qu'elle s'égratignait immanquablement les jointures des doigts en râpant les zestes, mais aussi parce que la pâtisserie était la spécialité de Becca. Mais aujourd'hui, Iris tenait à mettre toutes les chances de son côté. Elle allait devoir s'engager dans une nouvelle négociation avec sa *machetaynista*, la femme avec laquelle sa propre langue maternelle ne l'obligeait même pas à entretenir des relations. Elle pourrait s'estimer heureuse si elle sortait de l'aventure sans autre blessure que quelques doigts écorchés.

À peine l'idée de fête du 4 juillet acceptée, elle s'était, comme toujours, jetée à corps perdu dans son organisation. Elle avait préparé le menu, commandé les homards, emprunté les chaises et les tables supplémentaires et passé les coups de fil aux amis pour leur annoncer que le pique-nique du 4 juillet aurait bien lieu comme chaque année, avec un thème principal un peu différent pourtant. Et c'était parce que Ruthie avait expliqué à mère (qui avait eu bien du mal à l'admettre) que la fête ne serait pas complète sans la famille de John, sans la *mère* de John, qu'Iris se retrouvait, sans y avoir été invitée, dans la petite cuisine obscure de Jane Tetherly, chargée de gâteaux que personne ne lui avait réclamés.

« Il est plutôt bon, vous savez, dit Iris.

— Je fais les Weight Watchers, rétorqua Jane. Mais Matt et Samantha devraient l'aimer.

— Il y a une bonne livre de beurre là-dedans. Ça doit vous coûter près de six points, rien que d'être assise à côté. Huit, si vous respirez. »

Jane commença par froncer les sourcils. Puis l'ombre d'un sourire glissa lentement sur son visage.

« Dans ce cas, je ferais peut-être mieux de le donner à Maureen. C'est à elle d'apporter le goûter à sa réunion des Boulimiques anonymes. »

Ce fut au tour d'Iris de sourire.

« Vous faites les Weight Watchers, vous ? demanda Jane. On ne peut pas dire que vous en ayez besoin. Pourtant vous connaissez le système des points.

— Je me mets au régime tous les ans en janvier. Pendant à peu près trois semaines. Je perds une livre la première semaine, la deuxième, ça ne bouge pas, et j'en prends deux la troisième. Alors, j'arrête.

— Ça s'est toujours passé comme ça pour moi. Surtout à la ménopause. J'ai pris beaucoup de poids à ce moment-là. Pendant dix ans, j'ai pris au moins deux kilos par an. Mais cette fois-ci, je fais vraiment attention à ces histoires de points. J'ai déjà perdu sept kilos. »

Deux kilos par an ? Pendant dix ans ? Ménopause ou non, Iris n'imaginait même pas pouvoir grossir à ce point.

« Ça se voit, dit-elle. Vous avez l'air en pleine forme. Dans ce cas, le moment est sans doute mal choisi pour vous demander si vous voulez bien apporter votre célèbre flan à la banane et à la vanille pour la commémoration que nous organisons le 4. »

Le visage de Jane se figea, toute cordialité envolée. Son froncement de sourcils s'accentua et son regard se porta au-delà de l'épaule d'Iris, comme s'il se passait quelque chose d'incroyablement captivant dans l'angle le plus éloigné de sa cuisine, près du grille-pain. Iris retint son souffle. Devant l'absence de réponse, elle poursuivit : « Ruthie a décidé d'en faire une célébration en l'honneur de Becca et de John. Elle ne vous en a pas parlé ? »

Jane fit un bref signe de tête, mais resta silencieuse.

« Je sais que ça peut paraître bizarre, reprit Iris. C'est le 4 juillet évidemment, et la plupart des gens sont invités à des pique-niques. Et puis, le lendemain, ma foi, bien sûr… Non. »

Elle attendit une réaction de Jane, en vain. « C'est simplement que l'année dernière, ça a été une journée tellement agréable, tellement heureuse pour nous tous. »

La bouche de Jane se pinça en un trait désapprobateur, hachuré de rides. « Je manque de personnel et je ne sais plus où donner de la tête avec toutes ces maisons. Ça m'étonnerait aussi que Matt puisse se libérer. Il travaille au chantier naval. Je ne sais pas combien d'heures il fait. Ils ont deux bateaux en construction qu'ils voudraient mettre à l'eau avant août.

— Il n'est quand même pas obligé de travailler le 4 ?

— Ça dépend de la façon dont le travail avance. S'ils sont en retard, il ne pourra peut-être pas faire autrement.

— Ruthie y tient tellement, insista Iris. Surtout aux feux d'artifice. Nous ne les tirerons pas avant la nuit. Matt pourrait nous rejoindre dès qu'il aura fini.

— Maureen a toujours des projets avec les filles. Vous savez, elles vont chez les uns, chez les autres. Impossible de compter sur elle.

— Mais vous viendrez, vous, n'est-ce pas ? Et vous amènerez Samantha ? » Pour détourner l'attention de son ton suppliant, Iris but une gorgée du thé glacé que Jane lui avait servi. Le thé était sucré, les glaçons froids contre ses dents.

« Ça m'étonnerait. »

Iris reposa son verre et se pencha vers Jane. « Écoutez, Jane, est-ce que je peux être franche avec vous ? Je… j'ai besoin de vous. Vous savez, avant que Ruthie ne se mette cette idée de célébration en tête, elle… comment dire… elle s'est vraiment laissée dégringoler. Elle passait le plus clair de son temps dans sa chambre, allongée sur son lit, les yeux au plafond. Elle a dû perdre cinq kilos l'année dernière. Elle ne va pas bien, je vous assure. » Iris se demanda un instant si elle n'en faisait pas un peu trop, mais, après tout, elle ne faisait que dire la vérité.

Jane croisa les doigts sur ses genoux et baissa les yeux. Le silence s'éternisant, Iris commença à s'impatienter. Cette femme était-elle insensible au point de rejeter sans raison valable la requête qu'elle était venue faire au nom de sa fille ? Sa compagnie était-elle déplaisante au point d'en être insupportable, fût-ce l'espace d'une soirée ?

Alors qu'Iris était sur le point de perdre son sang-froid et s'apprêtait à faire savoir à Jane ce qu'elle pensait de son égoïsme, Jane murmura : « Alors, comme ça, elle va mal. »

Ruthie allait mal. Inutile de le nier. Elle n'avait jamais eu beaucoup de ressort et Iris avait eu beau faire, ce n'était pas une chose qu'on pouvait inculquer à un enfant. On en avait ou on n'en avait pas, c'était inné. Tout ce qu'Iris avait pu transmettre dans ce domaine était allé à Becca. Quelle malchance que cette épreuve s'abatte sur celle de ses filles la moins capable de l'affronter.

« Oui, reconnut Iris. Elle va mal.

— Matt aussi.

— Matt ne va pas bien ?

— Il a laissé tomber la fac.

— Oh non ! » Iris n'avait jamais vu Jane aussi préoccupée. En fait, depuis qu'elle la connaissait, elle l'avait toujours vue parfaitement impassible, sauf une fois – quand elle avait craqué sur les lieux de l'accident. Mais à présent, si elle ne l'avait pas connue, elle aurait pu la dire bouleversée.

« C'est le premier de la famille à aller à l'université. Des deux côtés. Et puis il est intelligent, ce garçon. Il n'aurait jamais laissé tomber si ce malheur n'était pas arrivé. »

À dire vrai, les études universitaires de son fils, à Amherst surtout, avaient toujours inspiré à Jane des sentiments un peu ambivalents. L'Université du Maine était un excellent établissement, que ses impôts contribuaient à financer depuis son premier chèque de paye. Elle n'avait pas approuvé sa décision d'aller étudier ailleurs, plus loin, dans le genre de faculté que fréquentaient les enfants d'estivants. Elle y avait vu une ambition déplacée, la volonté de devenir ce qu'il n'était pas. Mais, maintenant qu'il avait laissé tomber les cours, elle se rendait compte qu'elle était déçue, et franchement inquiète. Elle n'arrivait pas à comprendre ce que son fils avait dans la tête.

« Quel dommage, Jane ! dit Iris. Il lui faut peut-être un peu plus de temps, c'est tout.

— Du temps, il va en avoir à revendre bientôt. Ils ne vont pas lui garder sa bourse au chaud éternellement. »

À l'issue d'un long duel entre compagnies, d'une menace de procès et d'un règlement à l'amiable, l'assurance automobile du conducteur de la limousine avait versé respectivement à chacune des familles Copaken et Tetherly cent mille dollars. Iris et Daniel avaient partagé cette somme entre un certain nombre d'associations humanitaires de Red Hook, dont le fonds de bourses d'Usherman Hall, la bibliothèque et la banque alimentaire qui nourrissait un nombre étonnant de familles locales à la fin de chaque hiver. Jane, pour qui la philanthropie était un luxe inaccessible, avait divisé la somme entre Matt, Maureen, Frank et elle. Pour la première fois de sa vie, elle disposait d'une petite épargne mais, même si elle la donnait à Matt, leurs deux parts ne couvriraient les frais que d'une année universitaire.

« L'administration comprendra sûrement qu'il traverse une passe difficile. Je sais que les critères d'octroi des aides financières peuvent paraître déroutants, mais les décisions ne sont pas prises par des gens sans cœur.

— Vous avez sans doute raison, dit Jane, dubitative. En fait, ce n'est pas moi qui m'occupe de tout ça. Matt gère tout lui-même.

— C'est tellement dur quand les enfants refusent de faire ce qu'on sait être le mieux pour eux. »

Jane soupira. « Ça, c'est bien vrai.

— On ne peut même pas leur dire qu'ils commettent une erreur, parce qu'ils n'en tiendront aucun compte. » En disant cela, Iris ne pensait pas à Ruthie qui, en dépit de son obstination à organiser cette célébration, faisait généralement tout ce qu'elle pouvait pour éviter de contrarier ses parents. C'était à Becca qu'elle songeait, Becca qui avait toujours allègrement négligé les conseils de sa mère pour n'en faire qu'à sa tête, et notamment pour épouser le fils de cette femme.

— En effet. » Jane expira bruyamment par la bouche. « Votre père sera là ? À cette "célébration" ?

— Mon père ? Oui. Oui, bien sûr.

— Vous vous souvenez de Samantha, ma nièce ? Elle ne parle que de lui. Vous savez sûrement qu'ils se sont rencontrés au *Sac*.

— Non. Au *Sac à appâts* ?

— Il avait la radio allumée, ils passaient de la musique classique. Je crois qu'elle aime bien ça.

— Elle aime la musique classique ?

— Elle n'a pas arrêté de jouer cette chanson de *La Truite* depuis qu'elle l'a entendue.

— La chanson de la truite ? Vous voulez parler du quintette de *La Truite* ?

— Elle la joue sur son piano électrique.

— Alors ça ! Je suis sûre que mon père serait enchanté de lui faire écouter un peu de musique. Enfin, des disques. Il ne joue plus de violon, à cause de son Parkinson.

— Samantha a emprunté un de ses disques à la bibliothèque. Elle l'écoute en boucle, ou presque.

— C'est vrai ? Comme c'est mignon. Si j'avais su, je vous aurais apporté quelques CD pour elle. Si vous venez à la fête, je pourrai demander à mon père de les lui dédicacer.

— Samantha serait folle de joie. »

Consciente que Jane risquait de ne pas baisser sa garde bien longtemps, Iris demanda : « Vous viendrez, Jane ? »

Jane soupira : « À quelle heure avez-vous dit que c'était ?

— À six heures. »

Jane fronça les sourcils. Puis elle tendit l'index et le passa sur le bord du plat à cake d'Iris, recouvert d'un peu de glaçage au citron. Elle lécha son doigt et hocha la tête : « Délicieux.

— C'est ma meilleure recette.

— Nous pourrions peut-être en prendre juste une lichette », suggéra Jane. Elle s'affaira dans la cuisine, sortant des assiettes d'un placard, puis un couteau et deux fourchettes d'un tiroir. Elle coupa deux copieuses parts de gâteau et en tendit une à Iris, de l'autre côté de la table.

« Je ne vous promets rien, dit Jane. Mais si nous ne travaillons pas, ça devrait être possible. »

Les épaules d'Iris s'affaissèrent de soulagement. « Merci infiniment, Jane. C'est tellement important pour Ruthie. » Elle piqua un gros morceau de cake sur sa fourchette. Le fond n'était pas tout à fait assez cuit et le citron aurait pu être râpé un peu plus finement. Mais il était bon. Ça ferait l'affaire.

V

À part celle du belvédère située au sommet de la tourelle, la vaste chambre d'Iris et Daniel était l'endroit d'où l'on avait la plus belle vue sur la petite crique d'East Red Hook et sur la mer, au-delà. Iris n'avait pas mis de rideaux aux fenêtres si bien que, par beau temps, ils étaient réveillés par les reflets du soleil sur l'eau. Il y avait deux pièces à l'origine, mais ils avaient abattu la cloison de séparation et installé une salle de bains d'un côté. Iris avait décapé le mobilier de la chambre à coucher de sa grand-mère – la grande commode et le double chiffonnier assorti. Deux petits tapis de couleurs vives disposés de part et d'autre du lit protégeaient leurs pieds du sol froid le matin.

Les murs de la chambre étaient ornés de photos des filles et des multiples et divers ancêtres d'Iris originaires du Maine. Il y en avait aussi une de Daniel et elle, prise le jour de leur mariage, sur la plage, en bas de l'église unitarienne de Red Hook. La famille de Daniel n'était représentée que par un cliché de ses parents, un portrait posé, raide, en noir et blanc ; ils étaient en tenue de soirée et adressaient un sourire gêné à l'objectif. Sur la partie inférieure figurait la légende « Cunard RMS *Galicia* » en lettres contournées. Cette photographie commémorait les seules vacances qu'aient jamais prises Saul et Irene Copaken, une croisière dans les Caraïbes au départ de Miami, dont l'événement le plus marquant avait été une escale à La Havane au cours de laquelle la mère de Daniel, qui n'avait d'ordinaire pourtant rien d'une joueuse, avait gagné soixante-douze dollars au baccara.

Debout devant la penderie, Iris en sortait des vêtements avant de les remettre en place l'un après l'autre. Elle tira une jupe de lin blanche, examina sa ceinture effilochée et la rangea. Elle écarta une jupe de coton fleurie dont le tissu avait tendance à tirer sur les cuisses. La robe d'été à pois multicolores lui faisait de gros bras. Elle trouva un chemisier blanc accroché de travers sur un cintre. Elle le plaqua contre elle, la gorge serrée. Elle l'avait porté pour la dernière fois lors du dîner de répétition, la veille du mariage. Un an plus tôt, jour pour jour. Une tache de graisse jaunâtre maculait la patte de boutonnage et elle se rappela qu'un peu de beurre lui avait dégouliné du menton pendant qu'elle mangeait son homard. Elle aurait dû éponger la tache avec de la farine de maïs et faire tremper son chemisier dans du shampoing, une des recettes de ménage que sa grand-mère avait notées dans un petit carnet, suspendu à un clou dans la lingerie. Iris le consultait régulièrement et le complétait même par de nouvelles astuces – la peinture acrylique s'enlève avec de la laque à cheveux, le vinaigre et les blancs d'œufs dissolvent le chewing-gum. Mais l'année précédente, elle n'avait pas suivi ses conseils pour les taches de beurre. En fait, après l'accident, elle n'avait pas du tout fait de lessive. Quelques jours plus tard, une voisine qu'ils ne connaissaient que de loin et qui n'avait même pas été invitée au mariage était passée chez eux et avait fait le tour la maison, vidant les paniers à linge sale, défaisant les lits et ramassant les serviettes de toilette dans les salles de bains. L'après-midi même, une pile de linge plié et embaumé avait surgi dans une panière, sur le seuil de la porte de derrière. La voisine était revenue plusieurs fois au cours de l'été, ignorant aussi bien les protestations purement rhétoriques d'Iris que ses larmes de reconnaissance. Elle avait appris plus tard que cette femme avait perdu son mari à la bataille de Khe San, au Vietnam. Elle ne savait que trop bien que les gens dans la peine peuvent avoir tendance à se négliger.

Iris froissa le chemisier entre ses mains et le jeta à la poubelle. Puis elle réfléchit et le ressortit. Elle en ferait des chiffons. Ce coton doux ferait merveille pour astiquer l'argenterie.

Pourquoi se souciait-elle de ses vêtements ? Elle savait parfaitement qu'elle ne trouverait rien dans sa penderie qui ne la fasse pas ressembler, à peu de chose près, à une vieille bique ménopausée de cinquante et un ans. Daniel et elle étaient arrivés à cet âge atroce où un homme paraît jeune et distingué, et où sa femme a l'air de sa vieille tante. Elle fit rapidement défiler sous ses doigts les chemisiers suspendus dans son placard. Elle trouva un pull blanc sans manches et continua à fouiller, à la recherche de la tunique bleu argent qu'elle portait généralement par-dessus, essayant de se rappeler quand elle l'avait mise pour la dernière fois. C'était l'année précédente, lors d'une réception au yacht club, à la fin du mois de mai. Et puis Becca avait trouvé la tunique sur la corde à linge et avait fait main basse dessus ; elle l'avait portée plusieurs fois et la dernière fois qu'Iris l'avait vue, Becca s'en servait comme robe de plage. Elle lui avait dit sa façon de penser, mais ne savait plus si elle avait récupéré la tunique.

Iris envisagea un instant de monter la chercher dans la chambre de Becca, mais elle avait réussi depuis le début de l'été à éviter le deuxième étage. De toute façon, la tunique ne s'y trouvait pas, elle le savait. Elle n'y était pas en août dernier, quand Daniel et elle avaient rangé les affaires de Becca.

Ils avaient repoussé cette corvée jusqu'à la dernière minute. Si elle avait écouté Daniel, ils ne s'en seraient même pas occupés. Mais il avait fini par se rendre à sa logique, quand elle lui avait fait remarquer qu'ils n'auraient pas plus envie de s'y atteler l'été suivant.

« Autant s'en débarrasser tout de suite », avait dit Iris dans l'escalier, les bras chargés de cartons vides.

Sur le seuil, ils avaient hésité. Iris avait vainement essayé de se rappeler la première nuit que Becca avait passée dans cette chambre. Quand ils avaient pris possession de la maison, le deuxième étage était condamné. Il n'avait pas été occupé depuis plusieurs dizaines d'années. Iris supposait que quand sa grand-mère était petite, un ou deux domestiques devaient loger dans les mansardes. Mais personne n'y avait habité depuis.

L'été de ses onze ans, Becca avait supplié ses parents de lui accorder une chambre à elle et, malgré les protestations quasi hystériques de Ruthie, ils avaient accepté qu'elle s'installe au deuxième étage, dans la chambre située à côté du bureau de Daniel. Becca s'était d'abord contentée d'un lit de camp et de quelques caisses en plastique, mais au cours de l'été, Iris et elle avaient écumé les vide-greniers et les brocantes jusqu'à Bangor. Iris se rappelait le jour où elles avaient déniché le petit lit de fer. Il ne tenait pas dans la Volvo, alors elle l'avaient laissé dépasser de l'arrière de la voiture et étaient rentrées à la maison, hayon ouvert. Agenouillée sur le siège avant, Becca s'agrippait au montant du lit pour éviter qu'il ne tombe, la main libre d'Iris cramponnée à sa cheville, comme si cela avait pu l'empêcher d'être entraînée par le lit s'il avait basculé du coffre. Sur le coup, elles avaient trouvé cela follement drôle et, en arrivant à la maison, elle riaient si fort qu'elles en pleuraient et avaient toutes les deux horriblement envie de faire pipi. Mais maintenant, depuis l'accident, Iris culpabilisait en songeant à l'insouciance avec laquelle elle avait véhiculé ses filles sur les routes sinueuses du Maine.

Tout était disparate dans la chambre de Becca au deuxième étage – le lit était en fer, le petit bureau en noyer, la commode peinte en jaune citron avec une frise de fraises rosâtres. Pendant l'enfance de Becca, le décor avait été presque spartiate, se résumant à quelques souvenirs de vacances – trophées de voile, jolis coquillages, tessons de verre polis par les vagues. Mais quand elle avait quitté le Conservatoire, Becca avait déménagé dans le Maine tout le contenu de sa chambre de cité universitaire et de celle de Riverside Drive. La chambre était bourrée d'habits, de livres, de boîtes à bijoux, de photos. Et comme les jeunes y avaient passé leur dernier été – ils y habitaient en hiver pour s'occuper de la maison et avaient décidé l'été précédent d'y rester jusqu'au mariage –, il s'y ajoutait toutes les affaires de John. Sa batte de hockey, sa pagaille de tennis et de chaussures de randonnée grandes comme des péniches, ses vêtements, ses casquettes de base-ball et sa trousse de toilette, le tout en vrac au milieu de ce qui avait appartenu à Becca.

Debout sur le seuil de la chambre de Becca en cet après-midi d'août, un mois environ après sa mort, Daniel avait dit : « Je n'y arriverai pas. » Il avait déposé les cartons à l'entrée de la chambre et avait fait mine de partir.

Iris l'avait rattrapé par la manche de sa chemise. « Je n'ai pas l'intention de faire ça toute seule.

— Alors laisse tomber, c'est tout. »

Mais Iris était décidée à régler les choses tout de suite, avant leur départ. « Ça ne sera pas plus facile à un autre moment », avait-elle répliqué, et elle avait franchi le seuil, ne lui laissant guère d'autre solution que de la suivre.

Daniel avait parcouru la chambre du regard avec une expression, s'était dit Iris, de rage meurtrière. Elle était sûre que si elle ne l'avait pas arrêté, il aurait troué le mur d'un coup de poing, sinon pire. Elle lui avait dit de s'en aller et avait rangé toute seule. Elle avait commencé par emballer toutes les affaires de John, une tâche rendue plus difficile encore parce qu'elle ne cessait de fondre en larmes. L'aspect poignant des caleçons blancs de John, avec leurs jambes étirées et leurs élastiques usés, de ses jeans posés sur le dossier d'une chaise, la forme de son corps encore repérable aux plis derrière les genoux et à la ligne blanche d'usure de la ceinture de cuir brun restée dans les passants de la ceinture. C'était presque insupportable.

Mais une fois tous les effets de John rangés, Iris avait épuisé son stock de larmes. Et c'est les yeux secs qu'elle s'était occupée de ceux de Becca, emballant tout à l'exception de quelques objets – ses partitions, un trophée de voile, quelques vieilles lettres, le petit cheval de son qui avait été son doudou quand elle était petite. Iris avait mis de côté quelques vêtements pour Ruthie, se disant que même si elle n'avait pas le cœur de les porter maintenant, si peu de temps après la mort de sa sœur, elle serait peut-être heureuse un jour de mettre quelque chose qui lui avait appartenu. Tout le reste, Iris l'avait fourré dans des cartons et dans des sacs-poubelle. Le lendemain, elle était allée à la bibliothèque rendre les livres qu'elle avait trouvés empilés sur la table de nuit, puis avait fait un saut à l'Armée du Salut pour donner ce qui était encore utilisable. En rentrant chez elle, elle s'était arrêtée à la déchetterie et avait jeté ce que l'association humanitaire n'avait pas daigné accepter.

Quoi qu'il en soit, sa tunique bleu argenté ne se trouvait pas dans la chambre de Becca l'été dernier, Iris en était sûre. Mais alors où était-elle ? Elle descendit et fouilla la lingerie de fond en comble, vidant placards et panières. Elle n'y était pas non plus. Debout, les poings sur les hanches, Iris passa en revue toutes les pièces de la maison, cherchant en esprit un endroit où aurait pu se cacher une chemise. Elle traversa le vestiaire pour aller inspecter les placards du couloir. Des dizaines de sacs de toutes dimensions étaient suspendus au mur à des crochets : les grands cabas qu'elle prenait pour aller au marché, les sacs de plage, ceux dont ils se servaient en guise de paniers de pique-nique. Il y avait les musettes qu'elle utilisait comme sacs à main d'été, les sacs de magasins d'usine qui portaient des monogrammes inconnus. Au milieu de tous les autres, comme s'il attendait d'être décroché d'un moment à l'autre et passé à l'épaule pour une sortie en mer, elle retrouva le vieux sac de toile à rayures roses de Becca.

Iris le détacha du crochet. L'étoffe était usée, couverte de ce qui semblait être des taches de graisse. La première chose qu'elle vit en l'ouvrant fut une serviette de bain vert pâle ornée d'un motif de coquillages et d'hippocampes, qui faisait partie d'un lot qu'elle avait acheté pour trois fois rien quelques années plus tôt, au supermarché. La serviette était humide et sentait mauvais. Quand elle la déplia, elle trouva, roulé à l'intérieur, le maillot de bain rouge à dos nageur que Becca aimait mettre pour faire de la voile, quand elle savait qu'elle n'aurait pas le temps de bronzer sur le pont et devrait travailler dur. Le maillot était couvert de taches de moisissure, des points grisâtres qui remontaient en éventail de l'entrejambe à l'encolure. Le tissu boulochait au niveau des fesses et de minuscules fils élastiques hérissaient les trous des jambes. Le maillot sentait aussi mauvais que la serviette, mais Iris le posa contre sa joue et ferma les yeux.

Iris avait transmis à Becca, par l'exemple ou par la génétique, l'amour de l'eau, le goût de nager dans la mer froide et infinie. Elle avait été une enfant vraiment remarquable. Combien de fillettes de sept ans étaient capables de faire deux heures de violon avant de sauter dans une barque et de remporter une régate dans la catégorie poussins ? Combien d'adolescentes étaient aussi à l'aise sur une scène de concert que dans une cale avec de l'eau aux genoux ? Combien de jeunes femmes étaient aussi belles en maillot de bain étiré qu'en robe de concert ? Au cours de sa vie, Iris avait rencontré plusieurs centaines d'enfants musiciens, mais aucun n'avait été aussi joyeusement normal que Becca. Ce n'était pas une intellectuelle, sans doute, mais après tout, personne ne lui demandait de l'être. Becca avait incarné leurs meilleures qualités à tous : la musicalité de son grand-père, la nature athlétique de son père, le dynamisme de sa mère.

Serrant toujours le maillot de bain contre son cœur, Iris retourna le sac de toile, projetant une grêle de sable sur le carrelage en même temps qu'un tube d'écran solaire français qui lui appartenait, un large peigne en écaille, un bandeau et un petit étui à CD. Iris ne reconnut pas l'étui ; Becca empilait ses CD par terre, dans sa chambre. Et enfin, roulée en boule au fond du sac, chiffonnée et puante mais miraculeusement sans tache, Iris trouva sa tunique bleu argenté.

Elle cligna les yeux pour refouler ses larmes et fourra la tunique dans la machine à laver. Elle hésita un instant, posa les yeux tour à tour sur la serviette qui gisait par terre et sur le maillot de bain qu'elle tenait en main. D'un claquement du poignet, elle referma le couvercle de la machine à laver et rassembla le contenu du sac de plage de Becca. Elle jeta tout, sauf l'étui de CD, même le maillot de bain, veillant à bien enfoncer les objets tout au fond de la poubelle pour que Daniel ne les voie pas en la vidant. Mais elle n'eut pas le courage de jeter le sac. Elle le remit à son crochet, enfoui parmi les autres.

En attendant la fin du cycle de lessive, Iris emporta l'étui de CD à la cuisine et l'ouvrit. *Les Plus Grands Succès* des Who, *Nevermind* de Nirvana, *Sparkle and Fade* d'Everclear et *Walk On* de U2. Les disques de John. En vrac dans l'étui, sans boîtier, il y avait une cassette étiquetée au feutre noir : « Becca, audition du Conservatoire de musique de Nouvelle-Angleterre. »

Iris la garda en main quelques instants. Puis elle passa au salon et fourra la cassette derrière une pile de CD disparates, posés en équilibre instable sur une table basse, et que personne n'avait touchés depuis des années.

Il n'y a pas trente-six façons de préparer une table de pique-nique et, malgré tous les efforts d'Iris, le jardin ressemblait à s'y méprendre à ce qu'il avait été le soir du dîner de répétition ou à l'occasion de la bonne dizaine de pique-niques du 4 juillet qui l'avaient précédé. Les assiettes en fer-blanc étaient celles qu'Iris avait achetées dans des vide-greniers ou des brocantes et qu'elle utilisait toujours pour les pique-niques. Ruthie avait suspendu des guirlandes lumineuses dans le pommier. Iris avait réussi à la dissuader de décorer l'allée d'une rangée de photophores en papier. Ils ne l'avaient fait qu'une fois – l'année précédente – et elle trouvait déplacé, sinon morbide, de reproduire cette innovation.

Comme toujours, Daniel avait acheté au poids deux douzaines de homards cuits à la vapeur à l'autre bout de Swainsbury Neck. Iris avait préparé de la salade de chou. En faisant rouler les huit têtes sur le plan de travail de la cuisine, elle avait dû se rappeler qu'elle avait coupé du chou en lanières bien des fois, pour d'innombrables pique-niques, pour des réunions du village, pour les collectes de fonds de la bibliothèque. Le dîner de préparation n'était pas la seule occasion où elle avait servi du chou en salade.

Les souvenirs heureux que cette scène évoquait semblaient mettre Daniel tout aussi mal à l'aise. Il était sur la véranda, les bras chargés d'un immense plat débordant de homards rouge vif, les yeux rivés sur le jardin, de l'autre côté des moustiquaires. Ruthie s'activait pour disposer les vingt chaises pliantes qu'elle avait empruntées à des voisins. Les mêmes chaises, songeait-il, que celles qu'on leur avait prêtées l'année précédente.

« Nom d'un chien, dit-il quand Iris le rejoignit sur la véranda.

— Je sais.

— Ça n'a pas l'air de la gêner.

— C'est ce qu'elle *voulait*. Elle fait tout ce qu'elle peut pour que ce soit exactement pareil.

— Et après ? Qu'est-ce qu'elle va faire quand elle se rendra compte qu'elle ne peut pas revenir en arrière ? »

Dans le jardin, Ruthie jetait un regard critique sur les sièges. Elle en déplaça quelques-uns.

« Quelle idée à la noix ! reprit Daniel. On dirait qu'elle s'imagine que si elle peut tout reprendre à zéro, se débrouiller pour que tout se passe à la perfection, l'issue sera différente. »

À cet instant, Ruthie les aperçut et héla son père : « Papa, j'ai fait de la place pour les homards. Pose-les là, au bout de la table, tu veux ? Maman, tu veux bien commencer à faire fondre le beurre ?

— Il est sur le feu, répondit Iris.

— N'oublie pas de l'écumer !

— Ne t'en fais pas », lui cria Iris. Elle chuchota à Daniel : « Elle se prend pour Martha Stewart[1], ou quoi ?

— Putain ! fit Daniel en secouant la tête.

— Ça va aller. Dans quelques heures, ce sera fini.

— Ça, ça m'étonnerait. »

Iris le regarda se glisser de biais par la porte grillagée, la maintenir ouverte du pied et tenir le plat en équilibre entre ses mains. Au moment où elle atteignait la porte pour l'aider, il l'avait déjà refermée d'un coup de pied. Il posa le plat sur la table, et Ruthie le déplaça légèrement, une fois, puis deux, avant d'être satisfaite. Soudain, Daniel attrapa sa fille, la serra contre lui et l'embrassa sur le sommet du crâne. En cet instant, Iris aurait tout donné pour que leur étreinte s'élargisse et l'englobe, comme quand les filles étaient petites et qu'ils faisaient ce qu'ils appelaient des « bisous à quatre ». Mais un bisou à trois serait trop déchirant, sûrement. Et d'ailleurs, elle ne savait plus quand Daniel l'avait prise dans ses bras pour la dernière fois.

---

1. Célèbre animatrice d'une émission télévisée sur l'art de vivre.

Les invités commencèrent à arriver, des voisins, des habitants du village et de Red Hook, des amis du yacht club et des membres des multiples associations d'Iris, ceux aussi du club de boules aux concours duquel Daniel avait cessé de participer pour la première fois depuis plus de dix ans. C'étaient les mêmes que ceux qui assistaient tous les ans au pique-nique du 4 juillet chez les Copaken ; mais cette année, ils se tenaient là, gênés, ne sachant quelle attitude adopter dans ces circonstances pour le moins singulières. S'agissait-il d'une cérémonie commémorative, d'un genre de funérailles ? Ou était-ce exactement la même fête que celle que les Copaken donnaient chaque année ? Étaient-ils censés parler de Becca et John, ou éviter d'évoquer leurs noms ? Pouvait-on bavarder de tout et de rien, ou fallait-il parler bas, d'un ton grave ?

Aussi embarrassée que ses invités, Iris se dérobait à toute amorce de conversation et se contentait de bonjours aussi simples et neutres que possible. Elle se donnait une contenance en servant à boire. Au bout d'un moment, le gin et la bière commencèrent à faire leur effet et les gens se dégelèrent, décidant finalement de se conduire comme lors de n'importe quel pique-nique du 4 juillet. Tant mieux, se dit Iris, c'était un des avantages de l'alcool.

Les Tetherly arrivèrent les derniers, et quand ils apparurent à l'angle de la maison, Iris avait commencé à se dire qu'ils ne viendraient plus. Ruthie se précipita vers eux.

« Ah ! vous voilà ! Mais qu'est-ce que vous avez apporté ? » Matt avait les bras chargés de deux caisses de bière derrière lesquelles il se cachait. Elle chercha à lui en prendre une, mais il résista. Finalement, en riant, elle lui désigna la glacière en tôle galvanisée. « Tu as apporté les feux d'artifice ? lui cria-t-elle alors qu'il s'éloignait.

— Ils sont dans la voiture, répondit-il par-dessus son épaule.

— Je me demandais si tu avais eu l'occasion d'aller dans le New Hampshire.

— Ça m'a fait plaisir d'y aller. C'était sympa. »

Jane tenait un immense plat à four, assez grand pour y faire rôtir une grosse dinde. Elle parcourut du regard la nappe, la rangée de tartes luisantes. Elle reconnut les lourds moules à tarte en céramique ; elle les avait récurés bien souvent. Baissant les yeux vers son plat rectangulaire en aluminium, elle dit : « Vous ne saurez pas quoi faire de ça.

— Mais si ! répondit Ruthie. Bien sûr que si. J'ai adoré ce flan l'an dernier, ça a toujours été un de mes desserts préférés. C'est pour ça que je vous ai demandé d'en faire. Passez-le-moi. » Elle écarta les tartes, prit le plat des mains de Jane et le posa démonstrativement sur la table.

« Maman ! Papi ! cria Ruthie. Les Tetherly sont là ! »

Iris accueillit Jane et Samantha. « Bonjour et bienvenue. Je suis si contente que vous ayez pu venir. »

Jane hocha la tête, parcourant le jardin du regard : « C'est une belle réception. »

Apercevant M. Kimmelbrod, assis au fond du jardin, Samantha tira sa tante par la manche : « Je peux aller lui dire bonjour ?

— À qui ?

— Au vieux monsieur.

— Samantha ! On ne parle pas comme ça.

— Oh, M. Kimmelbrod sait qu'il est vieux, dit Iris en riant. Il sera sans doute enchanté d'avoir un peu de compagnie.

— Je vais l'accompagner », dit Jane qui suivit Samantha à travers la pelouse. Elles trouvèrent M. Kimmelbrod qui cherchait laborieusement à s'extraire de son fauteuil en rotin.

Sans lui demander son avis, Jane se précipita pour l'aider.

« Cette jeune personne me dit qu'elle voudrait bien voir mon violon, expliqua M. Kimmelbrod. Puis-je l'emmener à l'intérieur ?

— Je ne veux pas qu'elle vous ennuie, dit Jane.

— Elle ne m'ennuie pas du tout. Au contraire. Je ne l'ai apporté ici que parce que Iris m'a prévenu que la petite viendrait. Et si tu veux bien, Samantha, je serais très heureux de t'entendre jouer du piano.

— S'il te plaît, tante Jane », supplia Samantha.

Jane acquiesça d'un haussement d'épaules et les suivit dans la maison jusqu'au piano qu'elle avait elle-même fait accorder deux mois auparavant. Cet hiver-là, Jane avait repris la charge de l'entretien de la maison qu'elle avait déléguée à Becca et John pendant les années qu'ils y avaient passées. Elle avait fait remplir la cuve à mazout et le réservoir de propane, ouvert l'eau, retiré les doubles-fenêtres et mis en place les moustiquaires, fauché le pré et tondu la pelouse, remplacé le filtre à eau, fait accorder le piano et acheté quelques provisions de base, de la farine, du sucre et les thés fantaisie qu'Iris appréciait. Jane s'était occupée de la maison bien avant qu'Iris en hérite, comme l'avait fait sa mère avant elle.

L'entretien des résidences d'été était la principale source de revenus de Jane en hiver. C'était cette activité qui lui évitait d'avoir à fabriquer des couronnes de Noël ou à travailler dans une conserverie du sud comme tant d'autres. Elle avait toujours accompli sans regimber toutes ces tâches, domestiques ou autres. Mais cette année, chaque heure passée chez les Copaken lui avait pesé, chaque rideau décroché et lavé, chaque tuyau vidangé, chaque ampoule électrique changée. Elle aurait voulu pouvoir garder ses employées saisonnières pour se décharger de cette corvée. Mais un sou est un sou, et elle n'était pas assez riche pour faire la dégoûtée devant cent dollars par semaine.

M. Kimmelbrod s'assit au piano et désigna à Samantha un tabouret, à côté de lui. Il lui dit : « Je vais te jouer une petite chanson. Je voudrais que tu la fredonnes ensuite. Tu peux faire ça ?

— Oui. »

Il commença à jouer le morceau que Samantha rabâchait depuis une dizaine de jours.

« C'est le quintette de *La Truite*, dit-il. Celui que nous avons entendu à la radio. »

Samantha avait déjà commencé à fredonner la mélodie. Il cessa de jouer, mais elle continua à chantonner.

« Tu t'en *souviens* ? demanda-t-il.

— Elle l'a joué sur son piano électrique, intervint Jane. Jour et nuit. Je vous l'avais dit, il suffit qu'elle entende un air pour pouvoir le jouer.

— Remarquable, dit-il. Samantha, écoute bien, est-ce que tu peux me dire quelque chose à propos de ces deux notes ? » Il en joua une, et puis une autre, une octave plus haut.

« Ce sont les mêmes. Seulement, il y en a une qui est plus haute que l'autre.

— Très bien. Maintenant, je vais te jouer deux séries de notes. Tu me diras si la deuxième série est la même que la première. »

Il joua trois notes, déplaça ses mains sur le clavier, en joua trois autres.

« Les mêmes.

— Et ça ?

— Les mêmes.

— Et ça ? »

Sans attendre qu'il ait joué la troisième note, elle agita la main comme pour écarter quelque chose de désagréable. « Pas les mêmes.

— Tiens-toi bien, tu veux », la réprimanda Jane.

M. Kimmelbrod fit en direction de Jane le même geste que Samantha pour écarter les notes incorrectes.

Il joua une autre phrase, de cinq notes cette fois. Il s'arrêta et la rejoua.

« Pareil, dit Samantha.

— Et là ?

— Pas pareil.

— Parfait. Maintenant, je vais te jouer une mélodie un peu plus longue. La seconde fois, je changerai une note. Tu me diras laquelle. La première, la troisième, comme ça. »

Il joua un petit air.

« La cinquième », dit-elle.

La fois suivante, elle l'arrêta après la première note. La troisième fois, tout à la fin seulement, sur la dernière note.

« C'est facile, dit-elle.

— Est-ce que la note que j'ai changée était plus haute ou plus basse ?

— Plus haute.

— Tu as raison. »

Jane n'en revenait pas. Ce n'était pas seulement que Samantha entende ce qui dépassait ses propres facultés – elle se rendait bien compte que les morceaux étaient différents, mais elle n'aurait pas pu dire pourquoi – qui l'étonnait, c'était l'aplomb de la petite. Elle était généralement si silencieuse et si polie, parfaitement consciente de son statut d'invitée chez sa grand-tante. Si on lui demandait d'exprimer une préférence, elle ne le faisait que le dos au mur. Combien de fois Jane s'était-elle plantée devant elle au moment du dîner, tenant deux bouteilles : « Ça m'est bien égal que tu boives du Pepsi ou du Pepsi Light, tu sais. Mais choisis-en une ! » Et cette petite-là, d'ordinaire si réservée, répondait correctement à chaque question, sans hésiter. Jane sentit frémir en elle un sentiment qui ressemblait étrangement à de l'orgueil.

« Les notes ont des noms, dit alors M. Kimmelbrod. Par exemple, cette note – il appuya sur une touche au milieu du clavier – s'appelle *ut*.

— C'est la même chose que *do* », observa Samantha.

Il leva les sourcils, étonné. « Tu as appris le solfège ?

— Le solfège ? répéta Samantha.

— Le nom des notes ? Quelqu'un te l'a appris ? Tu sais lire la musique ?

— Elle n'a rien appris du tout, répondit Jane. Comme je vous l'ai dit, elle ne prend pas de leçons. Ou alors, si elle l'a appris, c'est à l'école.

— *La Mélodie du bonheur*, expliqua Samantha. Vous savez, le film. *Do*, le *do*, il a bon dos. » Elle chanta un *do* clair et parfaitement juste.

M. Kimmelbrod rit. « *La Mélodie du bonheur*. Seigneur Dieu. Très bien. Alors, cette note-ci, c'est quoi ?

— *Ré*.

— Et ça ?

— *Fa*. »

M. Kimmelbrod enfonça plusieurs touches en même temps. « Ça, c'est un accord. Quelles notes entends-tu ?

— *Ré*, *fa*, *la*. Mais il y a deux *ré*.

— Retourne-toi. »

Samantha fit pivoter son tabouret, regardant Jane au lieu de M. Kimmelbrod.

« Et maintenant, qu'est-ce que tu entends ? demanda-t-il en jouant un autre accord.

— *Ré* et *la*. Et la troisième note est celle qui se trouve juste entre *fa* et *sol*. Je ne sais pas son nom.

— *Fa* dièse, dit M. Kimmelbrod. Et maintenant ? Est-ce que tu reconnais cet accord ?

— Oui. C'est comme dans *La Truite*. »

Il se tourna vers Jane. « De toute évidence, votre petite-nièce a l'oreille absolue.

— Qu'est-ce que ça veut dire ?

— En résumé, cela veut dire que quand elle entend une note, elle peut la nommer. Et vice versa.

Elle est capable de reproduire une note sans points de repère. Comme elle vient de le faire. Ce qui est vraiment intéressant, c'est qu'elle est capable de reconnaître les différentes notes qui composent un accord. C'est curieux, car la plupart des enfants qui ne bénéficient pas d'une éducation musicale précoce perdent cette oreille absolue.

— Ça fait longtemps qu'elle joue sur son piano.

— Mais sans professeur, si j'ai bien compris ?

— Oui.

— Elle n'a que son petit piano électrique ?

— Oui.

— C'est prodigieux, dit-il. Mais franchement, je suis encore plus impressionné par son sens du rythme et de la mélodie que par sa faculté de reconnaître et de nommer les notes. L'oreille absolue est un don intéressant, mais ce n'est pas forcément la preuve d'un talent musical exceptionnel. C'est un peu comme savoir instinctivement identifier les parties du discours. Ce n'est pas parce que quelqu'un sait que tel ou tel mot est un substantif qu'il sera un grand écrivain. Samantha ? Tu veux continuer à jouer ?

— Oui !

— Oui, *monsieur* », corrigea Jane.

M. Kimmelbrod entonna la mélodie introductive du quatrième mouvement. Ses mains, beaucoup trop raides désormais pour jouer correctement du violon, étaient encore à l'aise sur les touches du piano. « Je voudrais que tu fredonnes ça dans un autre ton. Tu comprends ce que je veux dire ? Les notes sont les pierres qui construisent la mélodie. Alors au lieu de ce ton – il joua le même accord qu'auparavant –, je voudrais que la mélodie s'appuie sur celui-ci. » Il joua autre chose. Samantha ferma les yeux un instant, puis se remit à fredonner.

« Excellent, dit-il. Peux-tu me dire par quelle note tu as commencé ?

— *La*.

— Très bien. Maintenant, commence la mélodie par un *ré*.

— Je dois la faire gaie ou triste ? »

M. Kimmelbrod sourit. « Triste d'abord, puis gaie. »

Samantha chanta un *ré* parfaitement juste et poursuivit en fredonnant une mélodie irréprochable. Elle introduisit ensuite une modulation en majeur et continua à fredonner.

« Bon, maintenant, je voudrais que tu adaptes ce que tu chantes à ce que je joue. C'est un extrait de la troisième variation. » Il commença à jouer un accompagnement alerte. Samantha se joignit à lui, parfaitement coordonnée, tant dans le rythme que dans la tonalité. Au bout de quelques instants, il s'arrêta et joignit les mains. « Magnifique.

— Monsieur Kimmelbrod ? dit Samantha timidement.

— Oui ?

— Vous m'aviez promis de me montrer votre violon ?

— Oui, tu as raison. » Il tendit le bras derrière le piano et attrapa un violon dans un étui usé.

Il tremblait tellement qu'il eut du mal à défaire les attaches, mais il finit par l'ouvrir et le violon apparut sur la doublure de velours. « Il est très vieux », dit-il.

Elle regardait l'instrument, les bras le long du corps, se tortillant les doigts.

« Tiens, prends-le », dit-il en le lui tendant. Le violon tressauta entre ses mains et il le posa sur ses genoux pour éviter de le lâcher.

Retenant son souffle, la fillette essuya ses paumes sur son short et prit le violon. Elle le tenait avec une infinie délicatesse, comme s'il risquait de se briser en mille morceaux au moindre contact.

« Vous voulez bien en jouer pour moi ? »

Il lui montra ses mains tremblantes. « Tu vois, mes mains ne marchent plus très bien.

— S'il vous plaît ?

— Samantha ! fit Jane.

— Non, non, dit-il. Ça ne fait rien. Je vais essayer. » Il reprit l'instrument et le posa contre son menton. Il laissa alors son geste en suspens et se tourna vers Jane. « Puis-je vous prier... » Il s'interrompit. « Je ne joue plus en public.

— Elle n'a pas besoin de vous entendre jouer, objecta Jane. Elle a emprunté un disque de vous à la bibliothèque, ça suffit.

— Non. Je veux bien jouer pour la petite. »

Jane hésita, puis comprit. Elle se leva d'un bond. « Je vous attends dehors. »

Iris ouvrit la porte de la salle de bains juste à temps pour apercevoir Jane qui sortait du salon. Iris y avait trouvé refuge quand elle n'avait plus supporté de rester dehors un instant de plus, à parler de tout et de rien, des prix de l'immobilier et des divorces des uns ou des autres, de ce que devenaient les enfants d'untel ou untel, à feindre d'assister à un pique-nique tout à fait ordinaire. Mais elle ne pouvait pas non plus se résoudre à parler de Becca. Chaque fois que quelqu'un posait une main compatissante sur son bras, la regardait droit dans les yeux et baissait la voix pour lui demander comment elle allait, *vraiment*, Iris ne pouvait que répondre : « Bien. » Comme si ce mot unique pouvait les satisfaire. Comme si ce mot unique avait quelque chose à voir avec le tohu-bohu d'émotions que la fête de Ruthie avait déclenché.

Esquissant son sourire crispé de maîtresse de maison, Iris demanda : « Tout va bien, ici ?

— On dirait, oui », dit Jane.

Pendant un moment, elles restèrent face à face, mal à l'aise. Puis Iris reprit : « Le dîner est servi. Tout est au jardin. »

Jane acquiesça d'un bref signe de tête et s'éloigna dans le couloir.

Alors qu'elle prenait son courage à deux mains pour la suivre, Iris entendit des notes de violon, la gamme de sol majeur. Il ne pouvait s'agir que de son père. Un grand miroir à cadre doré était suspendu au mur situé en face de la porte du salon, formant un angle. Iris y aperçut le reflet d'une image à la fois bouleversante et familière. Insolite et pourtant parfaite. Son père, assis sur un tabouret, son instrument coincé sous le menton, en train de jouer du violon pour une petite fille captivée, qui le dévorait du regard. Une petite fille qui semblait sentir plus qu'entendre chaque note qui s'envolait des cordes.

Après le dîner, alors qu'ils attendaient qu'il fasse suffisamment noir pour le feu d'artifice, quelques jeunes commencèrent sans grand entrain à se faire des passes de ballon. Ruthie et Jasmine, une amie de

Becca, s'adossèrent au muret qui séparait le jardin de la mer pour les regarder. Matt écarta le bras, et Ruthie aperçut sous sa chemise le triangle aigu de l'omoplate qui dessinait comme une aile d'oiseau. D'un rapide mouvement du poignet, il envoya la balle puis regarda ailleurs, sans même la suivre des yeux. Il se tourna vers les deux filles, et plissa les yeux dans la lumière, les trois rides entre ses sourcils si profondes et si distinctes que Ruthie les voyait de là où elle était.

Jasmine pointa le menton en direction de Matt. « Je me le suis fait.

— Non, ce n'est pas vrai, dit Ruthie.

— Si. Dans notre hangar à bateaux. Sur un tas de coussins.

— Arrête.

— Mais si, je t'assure.

— Quand ça ?

— L'été dernier.

— L'été dernier ? Après… après…

— Mais non, voyons ! Avant. Tu sais bien, la soirée, quelques jours avant ? On était tous allés prendre un pot au *Neptune*.

— Ouais.

— Laureen a raccompagné plusieurs d'entre nous en voiture parce qu'elle était la seule à ne pas être complètement bourrée, mais elle avait la trouille de monter la colline jusque chez lui dans le noir, alors j'ai proposé à Matt de squatter chez nous. On a fini dans le hangar à bateaux.

— Mais enfin, il a près de huit ans de moins que toi, non ? Il avait quoi, dix-neuf ans ?

— Il m'a dit qu'il en avait vingt et un. Et puis le barman du *Neptune* lui avait servi à boire.

— Oh, je t'en prie ! Il sert n'importe qui. J'avais seize ans quand j'ai bu ma première bière là-bas.

— En tout cas, il m'a dit qu'il avait vingt et un ans.

— Il entre en troisième année. Il doit avoir vingt ans. Il en avait dix-neuf l'année dernière. Becca l'a su ?

— Non, tu es folle ! Elle m'aurait tuée. Elle le traitait comme son petit frère. N'empêche qu'il avait le béguin pour elle, ça se voyait comme le nez au milieu de la figure. »

Ça, se dit Ruthie, c'était Becca crachée. En un sens, elle était la grande sœur de tout le monde, celle qui vous taquinait à propos de votre tenue ou de vos cheveux ébouriffés le matin, mais aussi celle qui veillait à ce que vous appreniez à nager, celle qui prenait systématiquement votre défense quand on vous attaquait, qui vous prévenait quand vous aviez un bout de persil coincé entre les dents. L'adoration qu'elle vouait à sa sœur avait toujours été partagée par d'autres, et si elle avait été parfois jalouse de l'attention que Becca leur accordait, elle s'était toujours rassurée en se disant que la gentillesse universelle de sa sœur prenait une coloration tout à fait particulière quand il s'agissait de sa petite sœur.

« Tu crois vraiment que Matt avait le béguin pour elle ? demanda Ruthie.

— Si je te le dis. Hé, Matt ! cria Jasmine. Viens t'asseoir avec nous.

— Jasmine ! protesta Ruthie, donnant un coup sur sa jambe nue et maigre. Arrête !

— Allons, Matt », insista Jasmine. Matt attrapa une passe, puis recula le bras et lança le ballon qui dessina une courbe superbe. Ruthie remarqua une nouvelle fois la contraction des muscles étroits de son dos et de ses épaules. L'autre joueur bloqua la passe, prit le ballon sous son bras et partit au petit trot, désignant les filles à Matt d'un geste du bras.

Matt les rejoignit, la tête basse, quelques mèches de cheveux bruns tombant dans ses yeux. « Salut ! dit-il.

— Assieds-toi, reste un peu avec nous », dit Jasmine en tapotant le gazon à côté d'elle.

Il s'écarta légèrement de l'endroit qu'elle lui avait désigné et s'assit, les coudes sur ses genoux repliés. L'air absent, il se mit à arracher des brins d'herbe, saisissant de temps en temps l'extrémité blanche d'une feuille tendre entre ses dents. Son visage était luisant de transpiration et il était entouré d'un halo de chaleur.

« Tu t'amuses bien ? demanda Jasmine.

— Ouais.

— Tu es drôlement bavard, dis-moi », remarqua Jasmine.

Le cou et les oreilles de Matt rosirent.

Ruthie enchaîna rapidement : « Merci d'avoir acheté les feux d'artifice. C'est vraiment sympa de ta part.

— Pas de problème. Cette virée m'a fait du bien, ça m'a changé les idées.

— Écoutez-moi, les petits, dit Jasmine. Je vais vous planter là et voir si je peux aider Iris à débarrasser. »

Elle se releva souplement. Ruthie fit mine de l'imiter, mais Jasmine l'arrêta. « C'est bon, j'y vais. Restez là tous les deux. Vous avez sûrement des choses à vous dire. »

Elle traversa la pelouse au pas de course. En la regardant s'éloigner, Ruthie lança : « Elle ne manque pas de pêche pour une fille qui n'a rien mangé depuis 1989. »

Quand Matt sourit, ses pommettes saillantes remontèrent, formant deux petites boules sous ses yeux.

« Je n'aurais pas dû dire ça, murmura-t-elle. Je suis vraiment méchante.

— Ce n'est pas méchant. C'est la vérité.

— Je ferais sans doute mieux d'aller aider maman.

— Mais non, dit Matt. Jasmine et ta mère s'en sortent sûrement très bien. Maman les aidera à ranger. Elle ne supporte pas la pagaille. »

Ruthie n'avait aucune envie de parler de rangement, ni de Jasmine, avec Matt. Elle avait envie de lui parler de *vrais* sujets, de peine et de chagrin, de vide, de culpabilité. De tous ceux qui étaient là aujourd'hui, il était le seul capable de comprendre ce qu'elle avait vécu, ce que ça représentait de perdre un frère ou une sœur, d'être soudain privé de la présence, de l'âme qui a toujours été votre étoile fixe, le point de référence de toutes vos idées, de toutes vos expériences.

« Maman m'a dit que tu as laissé tomber la fac, dit-elle.

— Ouais.

— Je te comprends. J'ai bien failli en faire autant.

— C'est vrai ?

— Oui, je t'assure. Mais en fait, au lieu d'arrêter, j'ai fait le contraire, si tu veux. Je n'ai pas arrêté de bosser. Si j'avais pu passer mes nuits à la bibliothèque, je l'aurais fait.

— C'est parce que tu es à *Harvard* », dit-il d'un ton gentiment moqueur.

Même après plusieurs années, Ruthie n'avait jamais réussi à adopter la pose nonchalante soigneusement étudiée des étudiants de Harvard. Elle était toujours un peu gênée, comme s'il y avait quelque chose de prétentieux à fréquenter cette université, comme si elle devait se faire pardonner son intelligence. « Ce n'est pas plus facile d'entrer à Amherst, tu sais, remarqua-t-elle.

— Si, quand même. »

Ils restèrent silencieux un moment. « Je sais pourquoi tu as passé tout ton temps à la bibliothèque, dit enfin Matt. Tu cherchais à éviter les autres.

— Bien vu.

— Moi aussi. Le truc, c'est qu'à Amherst, personne ne connaissait John, alors les autres s'attendaient à ce que je sois comme avant, tu vois ? Et je ne l'étais pas. Je ne le suis pas.

— C'est ça. C'est exactement ce que j'ai éprouvé.

— J'aurais peut-être mieux fait de me planquer à la bibliothèque, dit-il avec regret. Je n'en serais pas là aujourd'hui.

— Qu'est-ce que tu fais maintenant ?

— Je bosse au chantier naval.

— Je ne savais pas que tu t'intéressais aux bateaux.

— Je ne m'y intéressais pas, mais je m'y suis mis. J'essaie de finir de restaurer le vieil Alden de John. »

Il avait l'air presque provocant, comme s'il la mettait au défi de désapprouver ce projet.

« Alors tu bosses au chantier naval pour apprendre comment faire, c'est ça ? Ou bien tu sais déjà tout ça ?

— John m'a montré des trucs. Mais je me forme au chantier. Tu sais. Peu à peu.

— C'est super, dit Ruthie sans grande conviction. Je suis sûre que John aurait voulu que son bateau soit réparé. »

Quant à savoir si John aurait été enchanté que son petit frère s'en charge, elle en était moins sûre. Il avait été tellement fier que Matt soit le premier Tetherly à aller à la fac, tellement fier qu'il ne soit pas comme le reste de la famille. John disait souvent, d'un ton à la fois admiratif et étonné, que Matt aimait les livres autant que lui-même aimait les bateaux. Mais tout de même, elle trouvait plutôt touchant que Matt termine le bateau dont John avait tant rêvé. Elle regretta soudain de ne pas pouvoir faire ça pour sa sœur, mener à bien une tâche que Becca aurait laissée inachevée.

En attendant que la nuit soit assez profonde pour les feux d'artifice, Matt lui décrivit le bateau. Il avait un beaupré joliment apiqué, une proue de clipper avec une guibre et des frises d'éperon sculptées. La cabine était en acajou exotique, un bois d'Amérique du Sud. Il avait l'air, se dit Ruthie, de savoir de quoi il parlait, mais la moitié des termes qu'il employait étaient du chinois pour elle.

Matt s'était toujours effacé devant son grand frère extraverti, si bien dans sa peau, tellement à l'aise en société, mais personne ne pouvait ignorer que c'était lui le plus intelligent des deux. Un jour, bien des années auparavant, l'une des rares fois où elle se rappelait avoir traîné avec Matt, ils s'étaient disputés à propos d'*Infinite Jest* de David Foster Wallace qu'elle devait lire pour son cours de littérature anglaise renforcée. Ruthie avait trouvé curieux, elle s'en souvenait parfaitement, que ce gamin ait des opinions aussi tranchées sur un livre qu'il était sans doute trop jeune pour lire. Il avait deux ans de moins qu'elle et, trois ou quatre ans plus tôt, cela faisait une grande différence.

Ruthie se demanda si Matt avait vraiment été amoureux de Becca. Peut-être, mais elle avait l'impression que cela tenait plutôt de l'idolâtrie du petit frère. Après tout, Matt avait neuf ans quand Becca avait commencé à sortir avec John. Sa présence dans sa vie était presque aussi naturelle que dans celle de Ruthie.

Matt ne ressemblait pas du tout à son frère – il était brun alors que John était blond, svelte alors que John était trapu, il avait les yeux bleu-vert, piquetés de vert plus soutenu, alors que ceux de John étaient d'un bleu ciel plus clair, plus pâle – mais lorsqu'il remuait les mains en parlant et dessinait des courbes en l'air, la parenté était indéniable. Elle se laissait bercer par le timbre de sa voix, grave mais énergique, par sa grâce simple et masculine. Elle éprouvait un sentiment de douce mélancolie, une sensation qui n'avait rien de déplaisant ; inhabituelle, c'est tout. Plus tendre, plus diffuse que la tristesse déchirante qui l'avait tourmentée si souvent au cours de l'année écoulée.

Daniel leva les yeux vers le ciel, se demandant s'il faisait assez sombre pour le feu d'artifice. Les invités étaient dispersés dans le jardin, assis dans l'herbe, comme lui-même, ou sur les chaises que Ruthie avait installées. Les premiers moustiques étaient arrivés, et l'atmosphère était pleine de l'odeur âcre et chimique du répulsif ; Iris avait disposé des bougies à la citronnelle dans de gros bocaux de verre.

Jusqu'à présent, se dit Daniel, il s'était acquitté correctement de ses obligations. Il n'avait aucune envie d'être là et se sentait atrocement seul au milieu de tous ces gens, mais il s'en était bien sorti. Personne n'avait pris la mesure de son désarroi, personne n'avait pris conscience de l'instinct de fuite qu'il devait réprimer, de la démangeaison inexcusable de ses mains, prêtes à se serrer en poings et à frapper, à frapper contre n'importe quoi. Il ne s'était pas donné en spectacle.

C'était la première fois de l'été que de nombreuses personnes se revoyaient et, malgré une certaine gêne initiale, les invités semblaient avoir rapidement oublié qu'ils étaient venus faire autre chose que célébrer l'indépendance des États-Unis, enfin affranchis du joug britannique, en mangeant du homard et de la tarte. Pour eux, c'était un pique-nique du 4 juillet comme les Copaken en organisaient chaque année, rien de plus. Mais à présent, à la tombée de la nuit, le bruit des conversations décrut. La vingtaine de personnes qui étaient restées pour le feu d'artifice vidaient tranquillement leurs verres et raclaient les dernières miettes de flan à la vanille et à la banane sur leurs assiettes à dessert avec leurs fourchettes.

« On dirait qu'on attend Havdalah », dit Mary Lou Curran. Elle était assise sur une chaise de cuisine posée dans l'herbe en équilibre précaire.

« Hmm ? fit Daniel en levant les yeux vers elle.

— Vous savez bien, mon cher. Les étoiles.

— Les étoiles ?

— Quand on peut voir trois étoiles dans le ciel, le Shabbat est fini.

— Mary Lou Curran, vous m'étonnerez toujours ! Qui vous a appris ce que sont le Shabbat et la Havdalah ? demanda Daniel.

— Mon second mari était juif, vous ne saviez pas ? Notre mariage n'a pas duré très longtemps – nous nous sommes rencontrés en 1976, à un pique-nique du bicentenaire. Quatre ans après, il était mort. Mais il a vécu suffisamment longtemps pour que je sois incollable à propos du Shabbat et de la cérémonie de Havdalah. C'est mon rituel préféré, avec cette jolie bougie tressée et la boîte à épices. Pendant un moment, j'ai même fait la collection de ces petites boîtes. Et je sais faire le pain challah. Enfin, je savais.

— Je suis sûr que vous savez encore. Si bien qu'aujourd'hui c'était l'anniversaire de votre rencontre, c'est ça ?

— Si on veut, oui. Mais je pense que dorénavant cette date aura un sens différent pour nous tous.

— C'est vrai, dit-il. Enfin, demain serait tout de même… plus précis.

— Peut-être, mais les fêtes juives commencent la veille au soir. » Elle leva vers le ciel un doigt noueux. « Une. Nous pouvons compter Vénus, n'est-ce pas ? Deux. Et là, à peine visible. Trois. »

Daniel suivit des yeux le doigt de la vieille dame, mais la planète sombre de sa femme vint soudain obscurcir l'image des étoiles. « Tu veux qu'on commence ? demanda Iris.

— Où est Ruthie ?

— En bas, au bord de l'eau, je crois. Tu as les feux d'artifice ?

— Matt les a déposés au bout du ponton.

— Très bien, alors. » Iris éleva la voix. « Écoutez tous ! Un moment d'attention, s'il vous plaît ! »

Les bribes de conversation s'interrompirent et les invités se tournèrent vers Iris, dans l'expectative.

« Si vous voulez bien vous rassembler sur la plage, nous vous dirons quelques mots puis nous tirerons le feu d'artifice. »

Les invités se levèrent en silence et la suivirent au bord de l'eau. C'était une procession muette, spectrale. Personne ne savait quoi dire, alors ils se taisaient. Arrivés sur la plage, ils se serrèrent les uns contre les autres et attendirent.

« Ruthie, cria Iris. Ruthie ? Tu veux commencer ? »

Daniel scruta les ténèbres, cherchant sa fille parmi la foule. Il l'aperçut debout au bord de l'embarcadère. Elle secoua la tête.

« Ruthie ? » cria encore Iris.

Daniel posa la main sur le bras de sa femme et, se penchant vers elle, il chuchota : « Fais-le. »

Iris fit mine de protester, puis elle soupira. Elle leva son verre et dit : « Vous avez tous à boire ? »

Suivant son exemple, ils brandirent leurs verres ou leurs bouteilles de bière vers le ciel.

« À Becca et à John », dit Iris.

À cet instant, avant que les invités n'aient pu faire écho à son toast, un cri perçant retentit. Tout le monde se retourna et, presque à l'unisson, retint son souffle en voyant M. Kimmelbrod s'affaisser. Sa canne avait dérapé sur un gros galet glissant et il avait perdu l'équilibre sur la plage rocailleuse.

« Papa ! » hurla Iris. Elle se précipita vers lui, bousculant les gens sur son passage.

Ruthie arriva avant elle et s'accroupit, soulevant la tête de M. Kimmelbrod pour la poser sur ses genoux.

« Il ne faut pas le déplacer ! » cria quelqu'un.

Les invités se rapprochèrent, cherchant à mieux voir. Ceux qui avaient initialement désapprouvé cette idée de célébration à la mémoire du couple disparu se dirent qu'après tout ce n'était pas étonnant. Pas que le vieux monsieur tombe, bien sûr, mais qu'il se produise une catastrophe quelconque. D'autres frémirent simplement en songeant à l'affreuse symétrie de ce second accident. S'était-il cassé le col du fémur ? Blessé à la tête ?

« S'il vous plaît, dit Iris. Est-ce que quelqu'un pourrait appeler une ambulance ?

— Non, protesta M. Kimmelbrod. Je n'en ai absolument pas besoin. Ça va aller. »

Il cherchait à s'asseoir, plantant frénétiquement sa canne dans le sol pour essayer de prendre appui dessus.

« Arrête, dit Iris. Attends donc l'ambulance. »

Ignorant sa mère, Ruthie glissa le bras sous les épaules de M. Kimmelbrod et l'aida à se redresser.

« Je vous en prie, dit M. Kimmelbrod. Ce n'est rien. Je suis un vieux monsieur maladroit, c'est tout.

— Tu veux essayer de te relever, Papi ? » demanda Ruthie.

Iris s'interposa : « Non, ne fais pas ça. Tu peux avoir quelque chose de cassé. Le col du fémur, la jambe.

— Je n'ai absolument rien de cassé. »

Accroupie à ses côtés, Ruthie s'apprêtait à le hisser sur ses pieds quand Daniel s'avança. « Laisse-moi faire », dit-il et il souleva M. Kimmelbrod, le remettant debout sans effort, comme s'il était aussi léger qu'un enfant.

Avec des soupirs et des murmures d'encouragement, les gens s'écartèrent pour laisser passer M. Kimmelbrod qui, soutenu par Daniel d'un côté et Ruthie de l'autre, se dirigea vers la brèche du muret qui séparait la plage caillouteuse de la pelouse. Les invités leur emboîtèrent le pas et tout le monde se retrouva dans le jardin des Copaken.

« Voulez-vous remonter jusqu'à la maison ? demanda Daniel.

— Non. Ici. Ça va très bien », répondit M. Kimmelbrod.

Matt apparut avec une chaise pliante blanche. Il l'installa dans l'herbe, appuyant sur un des pieds d'abord, puis sur les trois autres, pour vérifier sa stabilité.

M. Kimmelbrod s'assit, réprimant difficilement une grimace.

« Tu es sûr que ça va, Papa ? s'inquiéta Iris. Tu ne veux pas une poche de glace ?

— Quelque chose à boire, c'est tout. »

Une petite main se tendit. « C'est du ginger ale, dit Samantha. Je n'en ai bu que deux gorgées. »

M. Kimmelbrod accepta le verre, tapotant la tête de la petite fille.

« Merci. Du ginger ale. Exactement ce que j'avais en tête. » Il se tourna vers Iris. « Continuez, je t'en prie. Tirez les feux d'artifice.

— Je vais rester avec toi, dit Ruthie.

— Mais non. Descends sur la plage, tu verras mieux. » Il se tourna vers Samantha qui rôdait autour de lui, désemparée. « Cette jeune fille va me tenir compagnie, n'est-ce pas ? »

D'un bond, Samantha prit position à côté de sa chaise, comme une sentinelle.

M. Kimmelbrod leva son verre en direction des invités : « À Becca et à John », dit-il.

Les gens hésitèrent, se regardèrent.

« À Becca et à John, répéta-t-il.

— À Becca et à John », reprirent-ils en chœur.

Après le dernier feu d'artifice, une fois que tous les invités eurent rassemblé leurs affaires et furent partis, Iris resta assise seule tout au bout du ponton, les pieds dans l'eau. Elle les remuait lentement en rond, dessinant deux spirales de phosphorescence verte. Quand Becca était toute petite, Iris l'emmenait la nuit dans un vieux petit doris. Elle lui enfilait un gilet de sauvetage, en jetait quelques autres au fond du bateau en guise de rembourrage et posait la petite fille, encore presque un bébé, par-dessus. Puis elle ramait jusqu'au milieu du port, rentrait les avirons et se laisser dériver. Dans son gilet de sauvetage trop grand pour elle, Becca avait l'air d'une tortue renversée sur le dos, ses petites jambes et ses petits bras potelés gigotant en pure perte. De temps en temps, elle essayait de se pencher par-dessus bord, cherchant à toucher l'eau. Iris l'attrapait par la sangle arrière de son gilet et l'aidait à se baisser suffisamment pour pouvoir plonger une petite main dodue dans l'eau. Elle l'agitait et poussait un cri perçant dès qu'elle apercevait le sillage vert scintillant. Elle avait refusé de croire Iris qui lui expliquait que le plancton, dérangé, émettait de l'énergie sous forme lumineuse, s'obstinant à affirmer qu'il s'agissait, évidemment, de poussière de fées.

La passion de Becca pour l'eau n'avait d'égal que son amour pour la musique. Ce qu'elle préférait par-dessus tout, c'était entendre jouer son grand-père. Ils s'installaient ensemble au salon, la fillette sur la petite chaise à bascule en rotin qui avait appartenu à des générations successives de Godwin et d'Hewins miniatures, le vieil homme assis sur le tabouret de piano. Captivée, elle ne le quittait pas du regard, les yeux écarquillés et la bouche entrouverte, qu'il joue une fugue de Bach ou une série de gammes. Becca avait été en extase devant M. Kimmelbrod et sa musique, exactement comme Samantha ce soir même.

Iris regardait ses pieds, longs et blancs au clair de lune, tels des saumons pâles nageant sur place dans la marée qui refluait vers la mer.

« Iris ? appela Daniel. Tu rentres ? » L'insistance importune de sa voix la fit tressaillir. La nuit, tous les bruits portaient sur l'eau, une réalité dont Becca, adolescente, semblait n'avoir jamais pris conscience. Quand elle rentrait tard, elle demandait à John de la ramener chez elle dans un des voiliers du club, persuadée que ses parents guetteraient un bruit de voiture sur la route. De sa chambre qui donnait sur le jardin et sur la mer, Iris entendait le clapotis des rames quand le bateau approchait du débarcadère. Elle entendait les voix étouffées des enfants. Elle entendait même parfois un gémissement qu'elle ne cherchait surtout pas à interpréter. Elle entendait la porte grillagée gratter lentement contre le dormant, et savait que Becca l'avait retenue avant qu'elle ne se referme toute seule dans son claquement habituel d'arme à feu.

« Iris ! » appela encore Daniel.

Iris aurait voulu dormir là, sur l'eau. Elle avait l'impression qu'elle ne supporterait pas de passer encore une nuit de son côté de leur grand matelas, encore une nuit sans jamais frôler le corps de Daniel. Encore une nuit sans pouvoir se résoudre à franchir la ligne de démarcation.

« Iris !

— J'arrive », répondit-elle tout bas, se demandant si sa voix porterait comme celle de Daniel, comme celle de Becca. Elle longea la jetée pieds nus, puis s'arrêta pour enfiler ses tennis avant de traverser la plage rocailleuse. Elle portait la même paire de Keds déchirées depuis plus de dix ans. Becca les détestait, prétendant qu'elles ressemblaient à des chaussures de vieille, avec des bosses sur le côté dues aux cors qui déformaient ses petits doigts de pied.

Elle prit le chemin le plus long pour rejoindre la maison, passant par la brèche du muret située à l'extrémité de leur propriété au lieu d'emprunter celle qui était la plus proche du débarcadère. Si elle n'avait pas fait ce détour, elle n'aurait pas aperçu le couple assis sur les marches de la porte latérale de Grange Hall. S'il n'y avait pas eu de lune, ou si Daniel et elle n'avaient pas fait abattre le pin blanc à moitié mort entre leur jardin et celui de Grange Hall, elle ne les aurait pas remarqués. Deux corps adossés contre la porte, formant une masse sombre plus que deux silhouettes distinctes. Ils ne la voyaient pas ; elle était à une bonne trentaine de mètres d'eux et ils étaient trop occupés. Sous ses yeux, une des formes s'écarta légèrement de l'autre. À cet instant, le nuage qui masquait la lune glissa et un rayon blanc et lumineux se posa sur le couple, éclairant parfaitement le globe pâle du sein nu de la jeune fille. Matt inclina la tête et le sein disparut. Iris entendit Ruthie gémir doucement, sa voix portant exactement comme celle de Becca, tant d'années auparavant.

LE TROISIÈME ÉTÉ

I

Saul Copaken avait toujours prétendu qu'aucun poids lourd, pas plus Joe Frazier que George Foreman, et pas même Ali, n'arrivait à la cheville d'Archie Moore, qui avait disputé des combats vingt-sept ans durant et mis son dernier adversaire KO à cinquante ans. Daniel avait toujours beaucoup aimé Moore, mais il n'avait jamais apprécié à juste titre la grandeur de l'exploit qui avait tant impressionné son père jusqu'au jour où il chercha à convaincre le jeune directeur du *Maine Event* de laisser monter sur le ring un type de cinquante-cinq ans, détenteur d'une licence amateur qui avait expiré avant même la naissance du jeune homme.

Daniel avait repris l'entraînement le lendemain de l'enterrement de Becca. Il avait découvert que plus il en demandait à son corps, plus il lui était facile de se vider l'esprit du chagrin qui le minait. Au début, il s'était contenté de courir et de sauter à la corde – une version revue et corrigée du régime de jogging sur route que lui imposait son entraîneur de boxe à l'université, Tommy Rawson. Mais ce printemps-là, il avait eu l'impression d'avoir besoin d'efforts plus soutenus pour accéder à cet état de vide cérébral. Un samedi après-midi du début mai, alors qu'il se sentait encore tout crépitant d'énergie après avoir couru quinze kilomètres dans Central Park, il avait décidé de débarrasser leur box, dans la cave de leur immeuble de Riverside Drive. Chaque locataire avait droit à un compartiment de deux mètres sur deux mètres cinquante et le leur était bourré de cartons et de meubles disparates. Il n'avait pas eu le courage d'ouvrir les cartons, craignant d'y découvrir les bulletins d'école primaire de Becca ou un des pulls de bébé que sa mère avait tricotés pour elle et, finalement, il s'était plus ou moins contenté de déplacer le contenu du box d'un côté à l'autre. La tâche était éreintante, mais n'était pas arrivée à l'épuiser comme il l'avait espéré.

Tout au fond du box, il était tombé sur un carton qu'il avait récupéré dans le grenier de ses parents à la mort de son père. Celui-là au moins ne risquait pas de lui briser le cœur, et il l'avait ouvert. Sur le dessus, dans un cadre de bois fendillé dont le clou détaché avait traversé le renfort de papier, il avait trouvé une photographie en noir et blanc jaunie qui le représentait en short et en gants de boxe, son corps svelte luisant de transpiration. Il ne se souvenait ni du match ni du moment où ce cliché avait été pris, mais il était sûr d'avoir gagné. Ça se voyait à son sourire. Dans la cave sombre et humide, Daniel s'était accroupi, sans lâcher la photo. Il se rappelait avec une clarté déchirante l'impression que l'on éprouvait à être aussi jeune, aussi puissant. Aussi léger, aussi libre. Il sentait encore dans ses mains et dans ses épaules le plaisir de combattre, il n'avait pas oublié que quelques minutes sur le ring suffisaient à effacer toute une journée de frustrations et de doutes, à faire tout oublier, hormis la question immédiate de l'endroit précis où s'abattrait son prochain coup de poing.

Cet été-là, à peine arrivé à Red Hook, Daniel était parti pour Newmarket. Le premier matin où il avait poussé la lourde porte métallique du *Maine Event* et pénétré dans l'odeur âcre de sueur, de pieds, de moisissure, de cuir et de craie, il avait eu l'impression de se décharger d'un certain nombre d'années et de responsabilités et, surtout, de se dépouiller de toute douleur qu'une poignée d'aspirines et une poche de glace étaient impuissantes à apaiser.

Depuis ce premier jour, il s'était entraîné dur. Une demi-heure de saut à la corde, une autre demi-heure de travail au sac de frappe et à la poire de vitesse, de coups dans le vide devant le miroir ; et une heure encore à faire des étirements puis à macérer dans le jacuzzi super-chloré. C'étaient de longues séances, plus longues que celles de tous les autres habitués du gymnase, alors qu'ils étaient bien plus jeunes que lui. Une fois de temps en temps, il en voyait un faire un tour sur le ring sans grande conviction, mais ils semblaient passer l'essentiel de leur temps à se bander et à se débander les mains, ou à débiter des conneries sur leur place au classement amateur. Il arrivait que l'un ou l'autre jette un coup d'œil à Daniel, chuchote à ses copains quelques mots qui les faisaient se tordre de rire, comme s'il y avait quelque chose de drôle, voire de pathétique, à voir un vieux bosser avec autant d'acharnement. Daniel essayait de ne pas leur donner la satisfaction de l'entendre haleter mais, de temps en temps, il était bien obligé de se plier en deux, de poser ses coudes sur ses genoux et d'attendre que les battements de son cœur ralentissent suffisamment pour qu'il n'ait plus l'impression qu'il allait jaillir de sa poitrine et traverser la salle comme un boulet de canon.

Il n'avait parlé à personne de ses séances d'entraînement, et à Iris moins qu'à quiconque. Elle détestait la boxe et avait exigé qu'il arrête dès leur première rencontre, ou presque. Si elle savait où il allait, ce serait la crise. Au cours des semaines écoulées, il avait inventé des histoires de plus en plus rocambolesques pour justifier ses trois heures d'absence quotidiennes.

Au début, l'exercice et les couleurs, l'équipement et les bruits familiers du gymnase – l'odeur d'aisselles et de pieds, l'élasticité des tapis sous ses chaussures, le poids des gants dans sa main, la vibration régulière de la poire de vitesse – lui avaient suffi. Mais à présent, quelques mois plus tard, de retour dans le Maine où sa vie avait commencé à se déliter, il avait envie de se battre. Quand Daniel était à la fleur de l'âge, aucun des jeunes crétins qui traînaient au *Maine Event* ne lui aurait résisté plus de trois rounds. Il savait qu'il aurait encore le dessus sur quelques-uns d'entre eux, dès maintenant, si le petit salopard qui dirigeait le gymnase le laissait disputer un combat.

« Quel âge vous avez ? » demanda le gamin, narquois. C'était le jeune homme que Daniel se rappelait avoir vu deux ans auparavant, le type qui ressemblait à une tortue, sa tête ronde sortant presque à l'horizontale de la bosse gargantuesque que formaient son dos et ses épaules.

« Quatre ans de plus que Larry Holmes. Et toi ?

— Vingt-deux.

— Tu as combien de combats ?

— Quatre, avoua le garçon, un peu gêné.

— À ton âge, j'avais déjà battu la moitié des poids moyens du circuit des Golden Gloves de Nouvelle-Angleterre », dit Daniel, dans un étalage de fanfaronnade qui ne lui ressemblait guère.

Derrière lui, une voix râpeuse grinça : « Et l'autre moitié ? »

Daniel se retourna. Ses yeux se posèrent sur le crâne chauve constellé de taches de rousseur d'un géant vieillissant en chaise roulante. Daniel l'avait déjà vu au gymnase – le propriétaire, sans doute. Daniel recula d'un pas pour mieux voir son visage. Il avait un nez écrasé de boxeur, et l'angle de la lèvre supérieure coupé en deux par le trait sinueux d'une cicatrice. Ses grandes mains noueuses, aux articulations bosselées, reposaient, inutiles, sur les accoudoirs du fauteuil roulant. La dernière phalange de ses doigts se repliait à angle droit, comme s'ils avaient été brisés et mal remis en place.

« L'autre moitié ? Elle m'a botté le cul », répondit Daniel.

L'homme tendit à Daniel sa main estropiée. « Jimmy Tunney.

— Vous êtes de la famille de Gene ?

— C'était le cousin de mon père. »

Daniel hocha la tête et serra la main tendue. « Daniel Copaken. » Douce et poudreuse, la paume de Tunney contrastait étonnamment avec ses doigts calleux, couverts de nodosités.

« Ton dernier combat, ça remonte à quand ?

— Ça fait une paye », reconnut Daniel. Et pourtant, en cet instant, les heures passées sur le ring lui semblaient plus proches que les trente années qui s'étaient écoulées depuis. Au fur et à mesure qu'il retrouvait sa forme physique, il avait eu l'impression que le jeune homme qui avait dansé sur le ring, sans autre excédent de poids que deux gants de cinq kilos, était le meilleur Daniel Copaken, le plus vrai. C'était son autre moi – celui qui allait travailler tous les jours, qui exerçait un emploi qu'il détestait, qui poursuivait tant bien que mal une vie conjugale devenue difficile et distendue, qui avait perdu une de ses filles et redoutait la distance croissante qui le séparait de l'autre –, c'était ce Daniel Copaken-là qui se sentait alourdi par le temps et l'échec.

« Vers la fin des années soixante ? demanda Tunney.

— Dans les parages, oui.

— Tu t'es déjà battu du côté de Lowell ? Je te parle de 1967, 1968, par là ?

— En effet.

— Ouais, je t'ai vu un jour. Je présentais un boxeur à la même manifestation. Damone Pettiford. C'était son dernier combat amateur. Et le dernier combat correct de sa vie. »

Daniel se souvenait de cette manifestation et de ce boxeur. Il se rappelait tous ses combats, sans exception : tous les coups de poing, tous les comptes à rebours, toutes les sonneries. Au cours de ces dernières semaines, la mémoire de ces combats d'autrefois lui était revenue progressivement, comme si sa transpiration et ses efforts leur permettaient de refaire surface.

« Pettiford ? demanda Daniel. Un sacré frimeur. Il a balancé une putain de combo de sept. »

Tunney éclata de rire. « C'est bien lui. Toi, tu te battais contre un gosse des îles. Son nom ne me revient pas. »

Ce souvenir fit tressaillir Daniel. « Angel Franqui. » Il le revit en esprit. Un petit type, aux muscles compacts comme des balles de tennis sous la peau, avec une tache de vin de la taille et de la couleur d'une prune sur le plexus solaire. Daniel se rappelait avoir visé cette tache, cherchant à la prendre pour cible. Il n'avait même pas réussi à le toucher, il s'en souvenait amèrement.

« C'est bien ça, Franqui. Tu as perdu.

— Seulement aux points », précisa Daniel, ses joues rougissant sous la barbe naissante qu'il n'avait pas pris la peine de raser ce matin. Il aurait suffi d'un solide direct pour envoyer ce clampin d'Angel Franqui au tapis, mais Daniel avait eu une nuit un peu agitée.

« Tu as encaissé un sacré paquet de coups.

— J'ai toujours su encaisser. Je sais toujours.

— C'est ce qu'on va voir, dit Tunney. Tu fais combien, quatre-vingt-cinq ?

— Plus près de quatre-vingt-trois.

— On est encore loin des soixante-quinze. Wiley, appela Tunney, viens par ici. »

Un type aux jambes épaisses, coiffé d'une queue de cheval grisonnante en bataille, arrêta la poire de vitesse qu'il martelait et se dirigea vers eux d'un pas tranquille. Bien qu'ils aient travaillé dans le même gymnase depuis le jour où Daniel en avait franchi la porte, c'était la première fois qu'ils s'adressaient la parole. « Ouais, Jimmy ?

— Tu veux faire un round ou deux sur le ring avec ce type ?

— Avec vous ? demanda Wiley à Daniel.

— Ouais.

— Vous avez quoi, cinquante balais ?

— Je les ai eus.

— Merde alors, j'ai longtemps été le plus vieux de cette boutique à la con – à part Jimmy. Mais putain, par rapport à vous, je ne suis qu'un môme.

— Archie Moore avait cinquante ans quand il a remporté son dernier combat par KO en trois rounds, dit Daniel.

— Et Ali a flanqué une pile à Archie Moore, répliqua le jeune assis au bureau.

— *Cassius Clay* a flanqué une pile à Archie Moore, rectifia Daniel. Et tu m'excuseras, mais je ne vois pas bien la ressemblance entre ce mec et Cassius Clay. »

Tunney s'esclaffa. « OK, ça roule. Tu as quoi, quinze, vingt livres de plus que Wiley ? Lui, il a quinze, vingt ans de moins que toi. Le combat me paraît relativement égal. »

Il ne fallut que quelques minutes aux deux hommes pour se préparer. Daniel sautilla sur ses orteils et enfonça son protège-dents flambant neuf dans sa bouche, le mettant en place avec sa langue en essayant de ne pas s'abîmer les gencives. Le cuir fendillé du vieux casque lui frottait la peau, ses gants d'emprunt étaient trempés et empestaient. Il évita de penser à toutes les paumes moites de la région de Newmarket avec lesquelles ils étaient déjà entrés en contact. Mais même sans son équipement personnel, il se sentait d'attaque. Le sang affluait à la surface de sa peau, réveillant chaque cellule, la préparant au soulagement imminent du combat. Il allait botter le cul à ce Wiley.

Celui-ci, sa queue de cheval dépassant à l'arrière de son casque, grimpa sur le ring et fit quelques flexions-extensions ostentatoires. « C'est bon, mon vieux, dit-il en s'écartant des cordes. Je vais t'allonger tout doucement.

— Juste un round ou deux, précisa Tunney. On va bien voir. » Il agita une main mutilée en direction du jeune qui travaillait à l'accueil. « Jason, tu fais l'arbitre. Et garde les yeux grands ouverts. Pas question qu'un de ces vieux schnoques se blesse. »

Jason bondit sur le ring et fit signe aux deux boxeurs de s'approcher du centre. Leurs gants se heurtèrent. Daniel chercha le regard de Wiley, mais l'autre se dérobait. Normalement, les boxeurs ont les yeux rivés l'un sur l'autre dès le début de chaque round et ne baissent le regard qu'au moment où la sonnerie les renvoie chacun dans son corner. Ce contact visuel singulier, constant, qui dure des minutes d'affilée, n'existe nulle part ailleurs que sur un ring de boxe. Pas même au lit avec une femme, un homme n'a un regard d'une telle intensité, d'une concentration aussi absolue. Mais les yeux de Wiley se promenaient autour du ring, de bas en haut, s'arrêtaient sur Tunney, se posaient partout sauf sur Daniel. C'était déconcertant, songea celui-ci, de se battre contre quelqu'un qui refusait de vous regarder dans les yeux.

Au premier rang, Tunney actionna la sonnerie et Wiley chargea immédiatement, décochant un crochet circulaire brutal. Daniel esquiva et toucha

Wiley d'un rapide gauche-droite. En sentant l'élasticité familière de la peau sous son poing, Daniel sentit un afflux d'émotion si chaud, si satisfaisant qu'il ne trouvait que le mot de joie pour le définir. C'était ce qui lui avait tant manqué. Il pivota sur son pied gauche et envoya un solide direct du droit. Il sentit le coup remonter de son poignet jusqu'à l'épaule. La sensation la plus agréable du monde. Un coup parfaitement porté. Un adversaire chancelait sous sa force. Le monde se rétrécissait à l'enceinte du ring.

Wiley était incapable d'enchaîner et ses coups étaient si lents que chaque poing semblait flotter dans l'air. Mais il avait assez de puissance pour faire mal quand il touchait son adversaire, et Daniel aimait ça. Il l'avait tant attendue cette douleur, cette douleur simple, cette douleur physique, ce picotement électrique sur l'épiderme, suivi d'un élancement aigu en profondeur. Au cours du combat, sous l'effet de l'adrénaline, ce n'était même pas de la douleur qu'il éprouvait, mais la conscience d'une promesse de douleur. Au cours du combat, on pouvait oublier que le lendemain matin au réveil – la tête battante, l'impression d'avoir une souris blottie sous l'œil, le visage et le corps couverts de taches rouges suintantes – cette promesse serait acquittée.

La puissance, Wiley n'avait que ça. Daniel s'écartait d'un pas de danse agile, esquivant la plupart de ses coups. À chaque swing, Wiley découvrait tout son corps à Daniel ; il écartait constamment son bras droit, ce qui permettait à Daniel de multiplier les coups droits au front et au nez. Il sentait son esprit s'éclaircir, se vider de tout ce qui n'était pas ce moment parfait, le bruit de son poing contre le corps de Wiley. Un choc qui ressemblait moins au heurt du cuir contre la peau qu'à celui du métal contre le métal, dur, grinçant.

Daniel attendait le KO avec une impatience dévorante. Ce serait si facile – il n'aurait qu'à faire porter tout son poids sur les quelques centimètres carrés à l'avant de son poing. À ce moment-là, toute autre sensation s'évanouirait, il ne sentirait que la douce, la terrible souplesse de la peau et des os qui céderaient sous ses mains. Un coup, et il n'aurait qu'à reculer pour admirer son travail, tandis que son adversaire s'affaisserait. Daniel désirait tant porter ce coup, éprouver cette paix dans la douleur, le coup de poing et la longue et lente chute d'un adversaire sur le tapis.

À l'instant même où Daniel se sentait prêt à y aller, à l'instant même où il venait de s'autoriser à frapper aussi fort qu'il en mourait d'envie, Jason sépara les combattants. Daniel recula dans son corner, expirant à plusieurs reprises de façon hachée, essayant de se calmer, de maîtriser sa rage.

« Tu veux qu'on arrête là ? lança Tunney.

— Tu te fous de moi ? demanda Daniel.

— Ce n'est pas à toi que je parle. Wiley ? Tu as ta dose ?

— Tu rigoles », dit Wiley.

Ils se retrouvèrent au centre du ring. Tunney actionna la sonnerie. Daniel recula d'un pas, puis fonça. Wiley semblait beaucoup moins empressé à se battre. Daniel enchaîna les combinaisons, renonçant aux coups faciles pour en essayer de plus complexes, cherchant à se contenir. Le temps s'étirait sur le ring, les minutes passaient si lentement que Daniel avait l'impression de pouvoir tenir les secondes au creux de sa main, les palper un instant avant de les laisser poursuivre leur route. En réalité, il ne s'écoula sans doute pas plus d'une minute, une minute et demie au maximum, avant que Wiley ne lève les gants devant son visage. Daniel recula, cherchant toujours le regard de Wiley, mais ne trouvant que l'étiquette Everlast sur le casque baissé de son adversaire. Daniel sentit l'envie remonter en lui. Ce serait si facile maintenant. D'un seul coup, il pouvait l'envoyer au tapis. Le casque offrait une certaine protection aux tissus mous, mais il serait comme de la cellophane contre le poing de Daniel. Il le voyait, il l'entendait si clairement : le bruit mat du gant contre le crâne, l'ébranlement de la tête au sommet de la colonne vertébrale, le jet de sueur et de salive, l'ébranlement sous ses pieds au moment où le corps de l'autre s'écraserait sur le sol rembourré du ring. Une fois de plus, tout ce qui l'entourait disparut – les voix des spectateurs massés autour du ring, l'odeur de sueur, de cuir et de pieds puants, les tapis et les cordes, même le grincement imaginaire et atroce du métal –, il n'y avait plus rien. Ne restaient que son poing et la souffrance qu'il provoquerait. Il ramena le bras en arrière et plissa les yeux, prêt à projeter son poing contre son adversaire. Prêt à voir Wiley se recroqueviller et tomber. Prêt à voir la tête de Wiley rebondir sur le tapis. Prêt à lui faire aussi mal qu'il le pouvait. Prêt à causer de la souffrance, parce que c'était le meilleur moyen d'oublier la sienne.

À l'instant même où son poing partait, il entendit derrière lui une voix qu'il ne connaissait que trop bien.

« Daniel ! Mais qu'est-ce que tu fais là ? »

Il se retourna et ne vit pas son poing effleurer la joue de Wiley sans y laisser la moindre marque, il ne vit pas Wiley pivoter et rebondir dans les cordes, il ne vit pas Wiley se redresser en chancelant, secouer la tête et foncer sur lui.

La seule fois qu'Iris avait assisté à un match de Daniel, elle était venue, certaine d'être offusquée, prête à sortir, écœurée. En fait, elle n'avait accepté de prendre place à la tribune du gymnase malodorant de Rahway, dans le New Jersey, que pour avoir des arguments à opposer à Daniel qui prétendait qu'il y avait de la beauté dans la boxe, que c'était un sport civilisé, qui canalisait bien plus qu'il n'accentuait ou n'exploitait la nature fondamentalement violente de l'homme. Mais elle n'avait pu s'empêcher, en regardant les premiers combats du programme, d'être fascinée par le bruit des gants de cuir des boxeurs contre la chair, par le jeu puissant de leurs muscles dorsaux quand leurs poings s'élançaient en avant, par les jets de sueur sous la lumière des projecteurs.

Elle avait cherché à résister à ces sentiments, à refouler ces vestiges d'oppression profondément enfouis. C'était un simple réflexe physique, s'était-elle dit, un réflexe que l'on pouvait et que l'on devait réprimer. Mais en voyant Daniel remonter l'allée du ring avant son combat, elle avait été envahie par un étrange sentiment d'orgueil. Un orgueil de *propriétaire*. Ce corps – ces longues jambes aux muscles saillants, le triangle proéminent des deltoïdes entre les épaules et le cou, les veines noueuses qui sillonnaient les muscles, le ventre dur et plat qui disparaissait sous le large élastique du short – ce corps lui *appartenait*. Toute cette force et cette grâce lui avaient été accordées, déposées à ses pieds. Elles étaient à elle.

Quand Daniel était monté sur le ring, leurs regards s'étaient croisés et elle s'était sentie rougir, du visage jusqu'au ventre, une rougeur qui était descendue comme une démangeaison entre ses jambes. Il lui avait fait un clin d'œil et elle avait frémi comme s'il l'avait touchée. Quand il s'était retourné pour se glisser sous les cordes, elle avait remué sur son siège, serrant les cuisses.

Au moment où la sonnerie avait retenti, Iris s'était penchée sur son siège, agrippant ses genoux avec tant de force que ses doigts avaient blanchi. Il y avait quelque chose dans l'expression de Daniel, quelque chose qu'elle n'avait pas remarqué sur le visage des boxeurs précédents parce qu'elle n'avait eu d'yeux que pour leurs corps. En sautillant l'un vers l'autre, Daniel et son adversaire avaient l'air *affamés*. Ils se jaugeaient du regard comme s'ils examinaient un hamburger avant d'y enfoncer les dents. C'était évident, et pourtant elle n'avait pas songé jusqu'à cet instant que, pour être boxeur, il fallait aimer frapper les autres. Un boxeur devait, en un sens, aimer la sensation que l'on éprouve quand on fait mal à autrui. Iris savait que cette intervention de la violence dans sa vie devait lui répugner. Elle lui répugnait. Elle lui faisait horreur. Et pourtant, elle défaillait, sans dégoût, à l'idée de se faire baiser par l'homme qui mettait tant de talent à démolir son adversaire.

Au troisième round, personne dans la salle n'aurait parié un centime sur l'adversaire de Daniel. Il avait un avantage de quelques livres, mais Daniel était meilleur que lui. Il se déplaçait plus rapidement, il mettait plus de puissance dans ses coups droits et dans ses crochets. Il confirmait chaque coup bien placé. Et puis, au moment où Daniel observait la main droite de l'autre, cherchant l'ouverture qui ne manquerait pas de se présenter, il s'était retrouvé à terre. Il avait expliqué plus tard à Iris qu'il n'avait même pas vu le coup, ne s'était pas senti tomber. Il était sur le point de frapper, et la seconde suivante, il écoutait le compte à rebours. Iris avait vu Daniel chercher à se remettre à genoux, sa tête lourde comme un tournesol affaissé au bout de sa tige. Il avait tendu la main vers les cordes, mais elle savait qu'il n'aurait pas la force de se hisser. Il avait été momentanément sauvé de l'humiliation de l'échec par le carillon perçant de la sonnerie.

Elle était déjà debout lorsque Daniel s'était traîné jusqu'à son corner, et quand il s'était effondré sur la chaise que son coach avait balancée sur le ring, elle lui avait tendu la main, à travers les cordes. Il avait les yeux fermés, et le coach lui tordait sous le nez un cylindre de papier qui dégageait une odeur âcre, chimique. Il était trop sonné pour broncher. L'arbitre avait annoncé la fin du match.

Ce soir-là, assise au lit à côté de Daniel, Iris faisait de son mieux pour respecter les consignes du médecin qui avait diagnostiqué une commotion cérébrale. Il fallait le réveiller toutes les heures, lui poser quelques questions et s'assurer qu'il réagissait. Au début, sa tâche n'avait pas été trop difficile parce que Daniel ne cessait d'être réveillé par des haut-le-cœur et faisait de vains efforts, l'estomac vide, pour vomir dans la cuvette qu'elle lui tendait. Mais au bout d'un moment, les nausées s'étaient apaisées. Tout au long d'une nuit qui n'en finissait plus, elle était restée assise, les poings serrés, les ongles enfoncés dans les paumes pour lutter contre le sommeil. À l'heure tapante, elle prenait son visage entre ses mains, elle lui parlait, le suppliait de se réveiller un instant, juste un instant, l'embrassait avec insistance dès qu'il refermait les yeux. Il était conscient, il essayait même de lui parler, mais il était épuisé par le combat et par les maux de tête, il voulait dormir. Plus elle avait de mal à le réveiller, plus elle s'inquiétait. Elle avait plongé un gant de toilette dans l'eau froide et l'avait posé sur son visage, puis elle avait pleuré quand il avait tressailli et grogné.

« Je t'en prie, je t'en prie, disait-elle alors qu'il devenait de plus en plus difficile de le faire réagir. Je t'en prie, ne meurs pas. Ne meurs pas. » Elle était terrifiée à l'idée de le perdre et, surtout, elle éprouvait un sentiment de honte écœurant. Elle savait que l'excitation qu'elle avait éprouvée pendant le combat n'était pour rien dans sa défaite, mais elle ne pouvait s'empêcher d'imaginer que son plaisir à elle l'avait aiguillonné. Ce regard qu'ils avaient échangé avant qu'il ne monte sur le ring, ce regard qui avait si bien transmis le frisson qu'elle ressentait. Cet instant de contact visuel l'avait-il incité à prendre des risques qu'il aurait évités si elle n'avait pas été dans la salle ? Elle tenait le visage de Daniel entre ses mains, cherchant à le réveiller sans heurter sa tête fragile, meurtrie, elle avait l'impression de tenir entre ses paumes la vie même de Daniel, elle croyait le perdre pour toujours si elle ne réussissait pas à le tenir éveillé.

« Ne meurs pas, psalmodiait-elle comme un mantra, mouillant et remouillant le gant de toilette et le pressant contre ses tempes.

— Putain, marmonna Daniel. Ce n'est qu'une commotion. Je ne vais pas mourir. »

Elle avait attendu l'aube pour renoncer et le laisser dormir. Elle l'avait réveillé quelques heures plus tard avec une tasse de thé et deux tartines.

« Tu ne vas sûrement pas pouvoir avaler grand-chose, avait-elle dit en posant la tasse et l'assiette par terre, près du lit.

— Merci. »

Iris s'était assise sur le lit. Le matelas s'était légèrement enfoncé sous son poids.

« Daniel, avait-elle dit en lui prenant la main. Je t'aime. » Son ton était parfaitement neutre. C'était pourtant la première fois que l'un d'entre eux prononçait ces mots.

« Moi aussi. » Il avait cherché à approcher la main d'Iris de sa joue, mais elle l'en avait empêché.

« Mais je ne resterai pas avec toi si tu continues à boxer. Je ne veux plus jamais vivre ça. »

Daniel avait discuté, mais il savait que, de toute façon, sa carrière était plus ou moins terminée. Et puis, il aimait de tout son cœur cette fille sérieuse et passionnée, cette fille généreuse qui avait passé la nuit à murmurer à son oreille, qui avait chanté pour le tenir éveillé, qui l'avait embrassé et qui, visiblement, craignait tant de le perdre que ce n'était que pour lui faire plaisir qu'il avait suivi les conseils excessivement prudents du médecin.

C'était Iris qui lui avait suggéré de s'inscrire à la fac de droit. Elle l'avait persuadé que, comme le ring, la salle d'audience était un lieu de violence contrôlée et que ses règles rigoureuses lui conviendraient parfaitement. Iris avait rempli à sa place les formulaires d'inscription et les demandes d'aide financière – elle prétendait mieux taper à la machine que lui. Et si elle avait pu passer ses examens à sa place, il est probable qu'elle l'aurait fait. Mais en fait, elle s'était trompée ; pas au sujet de la boxe, peut-être, mais à propos de ses aptitudes de juriste. Dans son rôle d'avocat, Daniel n'avait rien de l'instinct de lutteur qu'il possédait si naturellement sur le ring. Il avait expliqué un jour à Iris que la souffrance qui procurait tant de plaisir à ses collègues était compliquée et insidieuse, et infiniment plus atroce que tout ce qu'il avait essuyé ou infligé sur le ring. Il n'éprouvait aucune satisfaction à livrer ce genre de combat. À l'époque où Daniel plaidait – avant de devoir renoncer à devenir associé du cabinet qui l'employait et d'accepter un poste d'assistant dans une fac de droit de troisième catégorie –, Iris cherchait à l'encourager à l'aide de métaphores de boxe. « Continue à frapper », disait-elle à propos d'un avocat de la partie adverse qui lui donnait du fil à retordre. « Enchaîne les coups. Tu vas finir par le fatiguer et dès que son attention se relâchera, mets-le KO. » Mais les rares fois où Daniel avait réussi à mobiliser son tempérament combatif, il l'avait fait mal à propos, d'une façon qui avait dégoûté ses collègues plus qu'elle ne les avait intimidés.

Et voilà que plus de trente ans après, dans le gymnase miteux de Newmarket, Iris, le visage blême, lui hurlait d'arrêter.

« Iris », dit Daniel, en baissant les poings. Comme il avait les yeux rivés sur sa femme, il ne vit pas Wiley rebondir dans les cordes et se jeter en avant en tournoyant. Avec un grondement, Wiley lui balança un uppercut magistral dans les reins, lui coupant littéralement le sifflet. L'air jaillit des poumons de Daniel comme une explosion, et il eut un haut-le-cœur. Sans lui laisser le temps de reprendre le souffle nécessaire pour rester debout, Wiley revint à l'attaque avec un direct féroce, l'angle de son gant traversant le rembourrage du casque de Daniel et lui ouvrant une plaie sous le sourcil. Un large filet de sang épais et visqueux coula immédiatement de la blessure, obscurcissant son champ de vision sous un flot rouge noirâtre. Il secoua la tête et le sang éclaboussa sa joue et son casque. Il grogna et se plia en deux. Wiley lança son poing en avant une fois de plus, sans grande puissance mais trop bas, juste au niveau de l'aine de Daniel.

Jason sauta sur le ring et empoigna Wiley : « Tu fais chier, mec. C'est un putain de coup bas.

— Sans blague, réussit à murmurer Daniel.

— Je pense que c'est fini », dit Tunney.

Wiley brandit ses gants au-dessus de sa tête avec un sourire imbécile.

« Espèce de petit con, siffla Daniel. Tu m'as cogné dans les couilles, salopard.

— Et alors, Papi ? Qui est-ce qui est en train de foutre du sang plein le ring, toi ou moi ?

— Wiley, tu as toujours été un trou du cul et tu le resteras jusqu'à la fin de ta vie », lança Tunney. Il approcha sa chaise roulante du ring. « Tu veux un coup de main ? demanda-t-il à Daniel en faisant signe à Jason d'aller l'aider.

— Non, dit Daniel, se dépliant précautionneusement, comme un homme qui ouvrirait un parapluie cassé. Ça va.

— Tu t'en es bien tiré, dit Tunney. On te voit demain ?

— Bien sûr, dit Daniel.

— N'y compte pas », intervint Iris. Quand Daniel se baissa pour passer sous les cordes, elle retira son sweat-shirt et l'appuya sur son front, étanchant le flot de sang qui ruisselait de son arcade sourcilière fendue. Il la laissa le conduire jusqu'à une chaise, défaire la boucle de son casque, et cracha même docilement son protège-dents dans sa paume ouverte.

« Qu'est-ce que tu fous là ? demanda-t-il, essuyant la salive de ses lèvres du dos de la main.

— À ton avis ? J'ai passé la matinée à tourner dans Newmarket pour essayer de repérer ta voiture. Qu'est-ce que tu t'imagines ? Que je vais continuer à ignorer tes disparitions quotidiennes ? De toute façon, peu importe ce que, *moi*, je fais ici. La vraie question, c'est ce que tu y fais, *toi*. »

La sécheresse de son ton n'était que partiellement démentie par la douceur avec laquelle elle pressait son sweat-shirt irrémédiablement taché contre sa plaie, tenant la tête de Daniel contre son ventre moelleux.

« Putain, je n'arrive pas à croire que tu m'as suivi, dit-il en s'écartant d'elle.

— Je ne t'ai pas *suivi*. Je te *cherchais*. Ce n'est pas la même chose.

— Bien sûr que si. » Et il lui jeta son sweat-shirt.

Ce soir-là, tandis qu'Iris ruminait dans son lit, Daniel faisait l'inventaire des dégâts devant le miroir. L'œdème lui fermait déjà l'œil et une croûte de sang couvrait la rangée de points de suture maladroits qui traversait son arcade. Jimmy Tunney avait peut-être été capable un jour de recoudre correctement les plaies de ses boxeurs, mais si sa trousse de secours restait bien équipée et à portée de main, ses mains n'avaient plus la dextérité nécessaire pour un travail aussi délicat. Si Iris n'avait pas insisté aussi agressivement pour le conduire à l'hôpital, Daniel n'aurait certainement pas laissé le vieil homme le toucher. En fait, il avait regretté sa décision dès l'instant où Tunney avait enfoncé son aiguille dans son arcade. Mais à ce moment-là, c'était devenu une question de principe, et d'honneur.

Daniel posa la paume de sa main contre ses côtes endolories et tressaillit devant la gerbe de feu que ce geste provoqua. Ce serait pire demain. Délicatement, il palpa l'éraflure suintante de son épaule. Il remua son cou douloureux dans un sens puis dans l'autre, jusqu'à ce qu'il entende le craquement satisfaisant de ses vertèbres. Tout cela ferait bien plus mal demain, se dit-il. Dans le miroir, son visage bicolore lui rendit son sourire.

II

Jane était récemment devenue insomniaque – pendant des années, elle avait dû le salut à sa faculté de sommeil. À dix heures, elle tombait dans son lit, inconsciente et, une fois endormie, ne se réveillait même pas quand son ivrogne de mari faisait irruption dans la chambre, se heurtant aux meubles et marmonnant des jurons incompréhensibles. Quand les enfants étaient bébés, elle réussissait à chauffer leur biberon en pleine nuit sans émerger vraiment. Mais depuis l'accident, elle avait perdu cette capacité et ne l'avait toujours pas retrouvée. Elle passait ses nuits à errer d'un bout à l'autre de la maison, trouvant rarement le sommeil avant l'aube. Elle restait ensuite hébétée toute la journée, dans un brouillard d'épuisement.

Elle conduisait sur pilote automatique, rendant grâce à Dieu de connaître chaque tournant, chaque virage et chaque nid-de-poule aussi bien que les visages de ses propres enfants. Jane savait que le mardi et le vendredi, Mehitable Hewins, qui habitait le mobile home à l'intersection de la route 179 et de la route de Bangor, mettait son linge à sécher. Elle savait que tous les matins de la semaine, à huit heures quarante, le car de ramassage du centre aéré venait prendre les enfants de Fletcher's Landing devant la poste. Elle savait quelles granges dissimulaient des voitures de police guettant les excès de vitesse des automobilistes d'autres États. Pour se rendre au supermarché, il lui fallait invariablement trois quarts d'heure, à une ou deux minutes près, selon la couleur de l'unique feu de signalisation de Red Hook et des trois de Newmarket. Ce jour-là, en s'arrêtant dans le vaste parking, elle se rendit compte qu'elle n'avait aucun souvenir du trajet qu'elle venait de parcourir.

Elle rangea sa voiture et posa la tête sur le volant, fermant les yeux pour souffler quelques secondes. Quatre-vingt-dix minutes plus tard, elle fut réveillée par un petit coup sec frappé sur sa vitre.

Désarçonnée et gênée d'avoir été surprise à dormir dans sa voiture comme une vulgaire SDF, elle se frotta les yeux et essuya la salive qui avait coulé à la commissure de ses lèvres. Le shérif se tenait là, en civil, les bras chargés de deux gros sacs à provisions et d'une glacière rouge en plastique, flambant neuve. Il avait l'air inquiet.

« Tout va bien, Madame Tetherly ?

— Oui, oui, merci.

— Ça fait plus d'une heure que vous êtes là.

— Vous m'avez regardée dormir pendant plus d'une heure ?

— Mais non. Je vous ai vue en arrivant. Et comme vous étiez toujours là quand je suis ressorti, j'ai préféré m'assurer que tout allait bien.

— Ça va. Un peu fatiguée, c'est tout. » Elle ramassa son sac à main et ouvrit la porte, heurtant les cuisses du shérif.

« Oups, fit-il en reculant.

— Pardon. »

Elle claqua la portière. « Vous aurez peut-être besoin de vos clés », lui fit-il remarquer.

Jane regarda à l'intérieur de la voiture. Son porte-clés était suspendu au démarreur, avec toutes ses clés, celles de chez elle, celle de l'église unitarienne, celles de toutes les maisons dans lesquelles elle travaillait, et bien sûr, celle de sa voiture.

« La nuit a été dure ? demanda le shérif Paige alors qu'elle rouvrait brutalement la portière.

— Elles le sont toutes », lança-t-elle malgré elle.

Il hocha la tête : « J'ai du mal à dormir, moi aussi. »

Elle ne sut pas quoi répondre. Dans le silence inconfortable qui s'installa, elle se rappela la dernière fois qu'elle l'avait rencontré, à l'enterrement. Le sourire indulgent qu'il lui avait adressé quand elle avait cherché à s'excuser maladroitement de son comportement inqualifiable sur les lieux de l'accident n'avait fait qu'aggraver sa honte. À présent, alors que près de deux ans s'étaient écoulés, le souvenir de ces journées atroces la faisait encore rougir.

« Vous devriez peut-être envisager de prendre quelque chose, dit le shérif Paige.

— Pardon ?

— Il existe des somnifères tout à fait efficaces de nos jours. Ils ne vous abrutissent pas comme ceux d'autrefois.

— C'est vrai ?

— Je vous assure. » Il tapota ses poches et finit par en sortir un stylo et un bout de papier. Il griffonna le nom d'un médicament et celui de son médecin.

« Dites-lui que vous venez de ma part. Racontez-lui ce qui vous est arrivé. C'est un type bien. Il s'occupera de vous. »

Jane prit rendez-vous le jour même. Le médecin de Paige imputa ses insomnies à la ménopause ; c'était un symptôme fréquent, lui dit-il. Jane ne prit pas la peine de lui préciser qu'elle était ménopausée depuis plusieurs années, qu'elle l'avait été relativement jeune, comme toutes les femmes de sa famille, avec un minimum d'effets secondaires. Elle ne lui parla pas non plus de John. Ses peines intimes ne le regardaient pas. Elle n'avait pas besoin qu'un médecin lui explique pourquoi cela faisait deux ans qu'elle ne dormait pas.

Cette nuit-là, allongée dans son lit à attendre que le comprimé fasse son effet, Jane laissa ses pensées dériver, d'abord et peut-être inévitablement, vers John. Elle essaya de revoir son visage, sa silhouette, mais, sans savoir s'il fallait l'imputer au médicament ou au passage du temps, elle découvrit que ses souvenirs étaient devenus très flous. Son unique fossette se trouvait-elle sur sa joue droite ou sur la gauche, était-ce lui, ou Matt, dont le nombril était légèrement protubérant ? Décontenancée par cette mémoire qui la trahissait, elle concentra délibérément ses pensées sur Matt. L'expression de résignation muette qu'elle lisait sur son visage tous les matins quand il partait travailler, comme si quelqu'un l'avait obligé à prendre cet emploi, comme si quelque chose lui interdisait de le quitter. Comme s'il n'en était pas personnellement responsable. Mais ces idées-là étaient douloureuses, elles aussi, si bien que, presque contre sa volonté, elle se mit à penser au shérif. C'était un chic type. Calme, poli, courtois même ; pas comme son ex-mari. Séduisant, en plus. Et puis, avec une soudaineté paisible, comme si un grand ballon noir s'était gonflé dans sa tête, elle s'enfonça dans un sommeil profond et sans rêve. Quand elle se réveilla sept heures et demie plus tard, elle ne se rappelait même pas que la dernière idée consciente qu'elle avait eue avant de sombrer avait été pour relever le contraste entre la mâchoire accusée de Bill Paige et l'arc de Cupidon presque féminin de sa lèvre supérieure.

III

Matt habitait avec sa mère tout au bout de Red Hook Hill, sur la route de Newmarket, un quartier qui n'avait rien à voir, hormis son code postal, avec la jolie petite ville de Red Hook. Très à l'intérieur des terres, la maison ne donnait pas sur la mer d'azur, mais sur des collines austères largement déboisées et sur des tourbières à myrtilles, surtout jolies au début de l'été quand les buissons formaient des tapis de fleurs roses et blanches. La route qui y menait, pavée jusqu'aux deux élevages de poulets abandonnés – des bâtiments massifs et sans fenêtres d'où s'échappaient encore périodiquement des relents pestilentiels d'ammoniaque près de dix ans après le départ des poulets et de leurs déjections –, se poursuivait par un chemin de terre, boueux au printemps, et où le chasse-neige passait rarement l'hiver. Comme les maisons impeccablement restaurées de la ville, la leur arborait un revêtement de bardeaux blancs (sur la façade et sur les côtés, du moins ; l'arrière qui, dans le souvenir de Matt ou de quiconque, n'avait jamais connu la moindre couche de peinture, était du même gris que le bois flotté). Mais les bardeaux étaient en vinyle, une amélioration que sa mère espérait encore pouvoir étendre au reste de la maison.

Le défunt grand-oncle de Matt, un charpentier opiniâtre mais sans talent particulier à qui Jane avait racheté la maison, avait ajouté une annexe de deux étages sur le côté du bâtiment principal pour loger sa nombreuse famille, mais il n'avait pas posé les fondations avec suffisamment de soin si bien que l'annexe s'était enfoncée de trente centimètres par rapport au reste de la maison. À la jonction entre la maison et le nouveau bâtiment, la ligne de fenêtres de l'étage supérieur s'écartait de l'horizontale, donnant à toute la construction un petit air de guingois.

Au moment où il était parti à l'université, Matt avait été persuadé que plus jamais il ne vivrait sous le même toit que sa mère. Il était pourtant revenu quand il avait abandonné la fac. Mais depuis quelque temps, il passait le plus clair de son temps dans la grange. Quand il ne travaillait pas au chantier naval, il restaurait le *Rebecca*. Il avait cherché au grenier un vieux matelas qu'il avait installé par terre, dans l'angle le plus éloigné de la porte, et s'était aménagé une petite alcôve avec, en guise de table de nuit, une caisse en plastique sur laquelle il avait posé une lampe à piles. Le casier contenait une réserve de livres de la bibliothèque, en roulement constant. Le matelas sentait le moisi, et la couverture rayée qui lui servait de couvre-lit était tellement usée qu'elle était trouée par endroits. Quand il n'avait pas envie de retourner jusqu'à la maison, il se soulageait devant la porte. Il n'y avait pas l'électricité dans la grange, et il dépendait donc de la longue série de rallonges que John avait tirées, longtemps auparavant, depuis la cuisine de Jane, en passant le câble par la fenêtre et à travers la pelouse. De temps en temps, quand Jane ne supportait plus les moustiques et les papillons de nuit qui entraient dans sa cuisine, elle débranchait la prise et Matt se retrouvait dans le noir.

À part l'aménagement des environs immédiats de son matelas, Matt n'avait pas cherché à modifier l'aspect de la grange, qui ressemblait beaucoup à ce qu'elle était avant l'accident. Les outils de John étaient toujours rangés sur les étagères qu'il avait construites au-dessus de son établi grossièrement équarri. Les vêtements de travail de John pendaient toujours aux clous qu'il avait fixés dans les montants nus des murs. Les gants de John étaient toujours accrochés à leur place à côté de sa scie circulaire, leurs doigts recourbés reproduisant encore la forme de ses mains.

On n'était qu'à quelques jours du solstice d'été, et bien que ce fût déjà l'heure du dîner, un gros soleil restait suspendu haut dans le ciel, baignant la grange de lumière. Les grains de poussière prisonniers de ses rayons scintillaient d'une lumière jaune doré, comme de minuscules confettis en suspension. Les planchers étaient tièdes, surtout près des fenêtres et de la porte ouverte. Une des lucarnes que John avait découpées dans le plafond projetait un rai de lumière qui tombait sur les jambes nues de Ruthie. Elle était allongée sur le lit de Matt, avec pour tout vêtement le T-shirt des Rolling Stones étiré et délavé que le jeune homme portait quelques instants auparavant.

L'été précédent, quand Matt et Ruthie avaient commencé à se voir plus fréquemment, ils s'étaient réfugiés dans la grange pour échapper aux regards indiscrets de la ville. Les gens parlaient tellement à Red Hook. Tout le monde savait quel pêcheur de homards avait bu tous ses bénéfices et était sur le point de perdre son bateau, quel père de famille avait été accusé de tripoter les petits camarades de classe de ses enfants, quelle receveuse des postes retrouvait le mari de sa sœur au motel de la Route 3 tous les mardis à midi. Les gens du coin étaient informés de tout ce qui concernait les estivants, parce que c'étaient eux qui s'occupaient de leurs bateaux et de leurs maisons, qui les servaient dans les boutiques, qui remplissaient leurs réservoirs d'essence et mettaient leurs courses dans des sacs. Quant aux estivants, ils connaissaient surtout les autres estivants et consacraient l'essentiel de leur temps à s'interroger sur la vie intime des autres membres du yacht-club. Le reste de la population – les constructeurs de bateaux et les néo-ruraux, les retraités et les membres des professions libérales, ceux qui aimaient à se considérer comme des gens du coin mais que les vrais gens du coin appelaient les « estivants à l'année » – cancanait à propos de tout le monde. Comme les Copaken et les Tetherly se trouvaient à l'intersection entre tous ces groupes, Ruthie et Matt préféraient ne pas se faire remarquer. Faire profil bas, aurait dit Jane. Ils n'avaient pas décidé de dissimuler leur relation ; ils avaient compris tacitement que les commérages iraient bon train, ce qu'ils tenaient à éviter l'un comme l'autre. Dans les premiers temps qui avaient suivi l'accident, chaque fois qu'ils entraient à la bibliothèque ou au magasin de vins, au *Neptune* ou à l'épicerie, le silence se faisait dans l'assistance. C'était pareil pour les autres membres de leur famille, mais cela rendait les sorties en public encore plus pénibles. Désormais, les gens avaient commencé à oublier la tragédie. Ils pouvaient se conduire normalement. Mais si leur relation venait à être connue, ils se retrouveraient au centre de l'attention générale. Et cela, ni Ruthie ni Matt ne pouvaient le supporter. Si bien que, dès le début, ils se montrèrent discrets.

Dans l'esprit de Ruthie, tout avait commencé en cette nuit d'août, l'été de l'accident, où ils avaient tiré ensemble les derniers feux d'artifice du mariage. Ils ne s'étaient même pas embrassés, mais il s'était passé quelque chose entre eux. Matt datait cela du 4 juillet suivant, lors de cette seconde soirée de feux d'artifice, quand ils s'étaient retrouvés dans le noir, sur les marches de Grange Hall. Ruthie y avait entraîné Matt après le dernier feu de Bengale parce qu'elle avait besoin, en cet instant, de le toucher, de sentir ses mains à lui sur son corps. Le spectacle des explosions de lumière dans le ciel en ce jour anniversaire de l'accident leur avait inspiré un sentiment de légèreté, ils s'étaient sentis presque désincarnés, ils avaient l'impression qu'ils risquaient, eux aussi, de disparaître comme les étincelles qui s'évanouissaient dans le ciel sombre de l'été. Ils avaient fait l'amour pour la première fois une semaine plus tard, blottis sous une couverture, sur le pont du *Rebecca*.

Le secret qui pesait sur leur relation leur interdisait d'aller à la plage ou au cinéma ensemble. Pas question de partager une bière au *Neptune*, ni même une glace au *Sac à appâts*. L'amour physique leur avait donné quelque chose à faire tout en leur offrant le réconfort de la présence de l'autre. Il constituait leur principale occupation, et pourtant, lorsqu'ils avaient été séparés par plusieurs milliers de kilomètres, ils avaient réussi à préserver le lien qui les unissait. C'était d'autant moins évident que Matt n'avait pas d'ordinateur chez lui et que la queue pour utiliser ceux de la bibliothèque était si longue qu'il lui avait fallu bien de la ténacité et une authentique résolution pour répondre aux courriels que Ruthie lui adressait d'Angleterre.

La grange délabrée dans le pré du fond, où personne sauf Matt n'avait aucune raison ni aucune envie d'aller, était un lieu idéal pour jouir d'un minimum d'intimité. Ruthie n'y venait jamais seule, de crainte que Jane ne reconnaisse sa voiture. Ils se retrouvaient en ville, au parking de la bibliothèque. Quand il emmenait Ruthie chez lui, Matt remontait rapidement l'allée et traversait le pré, rangeant son camion de l'autre côté de la grange. Il maintenait ouverte la porte latérale, dont une charnière manquait, en la calant avec une chute de parpaing, pour qu'ils puissent entrer et sortir sans être vus de la maison. Ils s'allongeaient à l'ombre du *Rebecca*, le voilier veillant sur leur secret comme une sentinelle.

Matt était accoudé et regardait Ruthie. Il se demandait avec étonnement comment il avait pu la connaître pendant d'aussi longues d'années sans remarquer à quel point elle était adorable. Sa peau était d'un rose de fruit mûr, surtout en ce moment, frottée par la couverture rugueuse sur laquelle ils s'étaient roulés. Elle ne s'épilait les jambes que jusqu'aux genoux, et ses cuisses étaient couvertes d'un fin duvet doré et translucide. Il tendit la main et laissa sa paume suspendue juste au-dessus de sa cuisse, imaginant sentir le léger grésillement d'électricité statique qui érigeait les poils de ses jambes, attirés par la peau de sa main.

Malgré leur couleur de cheveux différente, Ruthie lui rappelait Becca. Elles avaient les mêmes jambes élancées, la même taille fine, les mêmes genoux légèrement osseux, les mêmes fesses rebondies. Il l'avait avoué à Ruthie un jour, sous une forme plus anodine, en lui disant que quand elle rassemblait ses cheveux sous un bandana, elle ressemblait à Becca. Cette observation avait fait plaisir à Ruthie, il s'en était rendu compte. Depuis le jour où Matt avait commencé à regarder les filles, Becca avait toujours été là. Dans la maison, sur la plage, dans la voiture de John d'un bout à l'autre de l'été. Matt avait passé une partie non négligeable de son adolescence à fantasmer sur le vague contour de l'aréole cernée de chair de poule qui apparaissait sous le tissu mince du haut de son deux-pièces, ou sur les mèches de poils pubiens clairs qui s'échappaient parfois des élastiques de son maillot de bain. Ceux de Ruthie étaient plus foncés, lui semblait-il. Il tourna la tête pour s'en assurer et sentit son sexe frémir à nouveau.

Ruthie se rapprocha vivement de Matt et il la prit par les épaules. Elle leva les yeux vers le *Rebecca*. « C'est un beau bateau, Matt. »

En vérité, Ruthie ne s'intéressait pas beaucoup aux bateaux. Dans sa famille, elle était l'exception qui confirme la règle ; sans être aussi passionné qu'Iris et Becca, Daniel lui-même appréciait les sorties en mer. Alors que sa famille avait accepté l'aversion de Ruthie pour ce sport sans se formaliser, John n'avait jamais renoncé à la faire changer d'avis. Un été, quand Ruthie avait quatorze ans, John lui avait offert un vieux doris qu'il avait retapé et repeint d'un bleu turquoise très gai. Il avait ajouté une voile au skiff et, ayant juré ses grands dieux qu'il était insubmersible, avait insisté pour qu'elle participe à la course junior du yacht-club, une manifestation mensuelle que Becca avait remportée au moins une demi-douzaine de fois quand elle avait l'âge de Ruthie. Il était tellement enthousiaste, sa confiance en Ruthie était si sincère qu'elle avait fini par céder ; elle avait même arboré le T-shirt « Équipe Copaken » qu'il avait fait imprimer. Elle avait passé tout le temps de la course à regarder des gamins de dix ans filer devant elle, tandis qu'elle cherchait désespérément à sortir sa voile de l'eau. Bien que John lui eût affirmé mordicus que pendant les trois minutes qui s'étaient écoulées avant qu'elle ne chavire, il avait perçu en elle un don naissant pour la navigation qui ne demandait qu'à s'exprimer, elle n'avait plus jamais mis le bateau à l'eau toute seule. Et chaque fois qu'elle avait fait de la voile, contrainte et forcée, elle avait veillé à ce que ses responsabilités se limitent à éviter de se faire assommer par la bôme.

« J'espère qu'il sera beau quand il sera fini, dit Matt.

— Tu en as encore pour combien de temps, à ton avis ?

— Je ne sais pas. Six mois peut-être. Mais je prends du retard chaque fois que je suis à court de fric. »

John avait utilisé le produit de la vente du violon de Becca pour restaurer l'Alden, mais ses réserves étaient épuisées au moment de sa mort. Surtout, Matt avait commis un certain nombre d'erreurs coûteuses depuis qu'il s'était lancé dans la rénovation du bateau. Il se rappelait avec effroi le nombre d'heures et de dollars dépensés dans sa première tentative pour couler le plomb de la quille de lest. Il n'avait pas les moyens de payer un fondeur pour fabriquer la quille, et puisque John avait eu l'intention de procéder lui-même à la fonte et au coulage, Matt avait décidé d'en faire autant. Il s'était inspiré du modèle d'un architecte du chantier naval et avait construit la quille en pin blanc. La fonte et le coulage avaient été plus faciles qu'il ne l'avait imaginé, et au moment de profiler le plomb avec des outils tranchants, cherchant à donner à la ligne une élégance qui aurait plu à John, il n'était pas mécontent de lui. Et puis, alors qu'il lissait le plomb à la ponceuse électrique, il avait remarqué qu'une bulle s'était formée. L'estomac noué, il avait enfoncé le doigt dans la bulle, traversant toute la masse de plomb. Il avait deux solutions. Lâcher la quille, défaire les boulons, laisser tomber toute cette saloperie pour recouper le plomb au-dessus de la bulle et recouler. Ou payer un fondeur pour fabriquer le lest de la quille, comme il aurait dû le faire tout de suite. En définitive, il ne regrettait pas d'avoir fait chauffer une autre carte de crédit et d'avoir payé quelqu'un pour refaire le boulot raté. En effet, c'était un des ouvriers de la fonderie qui lui avait fait remarquer que les boulons de cuivre de la quille, dont la fabrication et la mise en place lui avaient donné tant de mal, prendraient tellement de jeu en l'espace d'un an qu'il pouvait s'attendre à ce que la quille tombe purement et simplement. Il avait donc fallu les retirer et les remplacer par des boulons de bronze.

« Et l'argent de l'accident ? demanda Ruthie. Tu ne peux pas t'en servir pour finir le bateau ?

— J'ai dépensé ma part depuis longtemps, tu penses, et ma mère ne me donnera jamais la sienne. Elle trouve que tout ça, c'est une perte de temps. Elle déteste la voile.

— C'est bizarre. Elle est d'ici pourtant. Elle a toujours vécu au bord de la mer. Et John était un si bon marin. »

Ruthie était presque soulagée d'apprendre que Jane partageait son aversion pour l'eau.

« Mon grand-père est mort dans un ouragan quand ma mère était petite. Il était en mer, sur un grand chalutier. Ils faisaient de la pêche de fond, près de Rhode Island. Ils ont essayé d'étaler la tempête. Personne ne sait exactement ce qui s'est passé. Ils ont probablement été engloutis par les vagues. Il y a eu beaucoup de bateaux perdus en mer dans cette tempête.

— Oh, mon Dieu ! C'est horrible.

— Maman prétend n'avoir pour ainsi dire aucun souvenir de mon grand-père. Pourtant, elle avait douze ans à sa mort. Elle était loin d'être un bébé. Quand on était gamins, John et moi, elle était folle de peur chaque fois que ma tante Mary nous obligeait à accompagner mon oncle Don dans son bateau à homards parce qu'il était tellement bourré qu'il risquait de se prendre le pied dans la ligne et de se noyer.

— Quelle ligne ?

— Le cordage qui relie la bouée au casier. Si elle s'enroule autour de ton pied quand tu balances les casiers par-dessus bord, tu vas nourrir les poissons. Maman avait horreur de nous savoir en mer, mais elle ne pouvait rien dire. Si on ne remontait pas les casiers, tante Mary et oncle Don ne pouvaient pas rembourser l'emprunt de leur bateau. La banque l'aurait saisi. Le problème, c'est qu'oncle Don était un vrai manche et qu'on n'était jamais très en sécurité en mer avec lui. Quand le brouillard est épais et qu'on n'y voit pas à trois pas, il est facile de se perdre, surtout pour un crétin aviné comme mon oncle. Il y a aussi des jours où il fait le plus beau temps du monde, mais où une tempête se lève d'un coup. Il peut se passer n'importe quoi en mer.

— Et ça n'embêtait pas ta mère que John veuille devenir capitaine de croisière ?

— Bien sûr que si, mais John le prenait à la rigolade. Il la mettait en boîte. Il disait qu'il allait prendre une assurance-vie à son nom, comme ça elle arrêterait de l'emmerder. Il faut te dire que maman aime le fric encore plus qu'elle n'a peur de l'eau. »

Il fallut un moment pour que l'ironie du commentaire s'imprime dans leurs esprits, et ils restèrent alors tous deux soudainement muets. Au bout d'un moment, cherchant à combler le silence, Ruthie soupira : « C'est si joli ici. Si seulement je n'avais pas à retourner là-bas.

— Tu n'as plus qu'un an à faire.

— Ça me paraît si long. »

Ruthie avait été affreusement malheureuse en Angleterre. Malgré la présence d'un grand nombre d'étudiants américains, elle s'était sentie très seule, gauche et terne par rapport à ses condisciples britanniques. Elle s'était fait peu d'amis et n'avait noué aucune véritable relation personnelle avec ses directeurs d'études, passant l'essentiel de son temps seule dans la chambre de cité universitaire froide et anonyme qui lui avait été attribuée, si différente de la pittoresque grotte de pierre qu'elle avait imaginée quand elle avait appris qu'elle était admise à Oxford. Sa détresse ne l'avait pas surprise. Ce n'était que le prolongement du supplice de sa dernière année d'université à New York. Son seul réconfort lui était apporté par les courriels et les textos de Matt.

« Qu'est-ce qui se passerait si tu n'y retournais pas ?

— Oh la la, je ne sais pas. »

Évidemment, l'envie de renoncer à sa bourse Fulbright et d'abandonner à jamais cette grisaille sinistre et la solitude avait taraudé Ruthie presque tous les jours de cette interminable année en Angleterre. Mais comment aurait-elle pu tirer un trait sur toutes ces années de travail acharné, sur la chance incroyable que représentait une bourse Fulbright ? Comment s'écarter du chemin soigneusement balisé de sa vie, sans avoir la moindre idée de ce qui l'attendait ailleurs ? Depuis qu'elle avait quatorze ans, elle avait dit à tout le monde, elle s'était dit à elle-même, qu'elle suivrait l'exemple de sa mère et deviendrait universitaire, spécialiste de littérature. Elle se passionnait pour les livres et les histoires, elle était captivée par les étranges interactions entre la vie et l'œuvre d'un auteur, elle aimait s'interroger sur les mystères de la vie érotique de M. Darcy avant qu'il ne rencontre Elizabeth Bennett ou sur les effets de la cécité dans l'œuvre tardive de Joyce.

Mais elle avait découvert que l'étude formelle de la littérature n'avait rien à voir avec l'amour ; ce n'était que théorie, et théorie de la théorie, l'objectif étant d'avoir l'air très intelligent en tenant des propos parfaitement insignifiants à propos de la théorie d'autrui sur ce qui paraissait intelligent. De plus, elle trouvait l'Angleterre insupportable, non seulement à cause de la grisaille, de la solitude et de la lenteur d'escargot avec laquelle son travail avançait, mais parce que Becca n'y avait jamais vécu. C'était comme si elle ne pouvait appréhender le monde que dans l'affliction et la mémoire ; et en Angleterre, il n'y avait aucun signe, aucune trace de son deuil. Dès qu'elle était montée dans l'avion pour rentrer aux États-Unis pour l'été, elle avait senti se relâcher légèrement l'étau d'angoisse qui l'avait étreinte tout l'hiver. En Angleterre, Ruthie était obligée de plaquer ses souvenirs sur des paysages qui ne contenaient rien de sa sœur. À Red Hook, en revanche, elle était en sécurité. Ce lieu était tout imprégné de la présence de Becca. La moindre crique, le moindre galet, chaque tasse à thé, chaque coussin de la maison, tous les livres de la bibliothèque et tous les épis de maïs cuits à la vapeur ou grillés au barbecue recelaient, tout au fond d'eux-mêmes, un souvenir de Becca et de John.

« Alors, qu'est-ce que tu ferais si tu décidais de ne pas retourner en Angleterre ? répéta Matt.

— Je ne sais pas, je te dis. Je n'ai même pas le début d'un projet. » Elle rit. « Pas l'ombre d'un plan. J'imagine la tête de maman. Pas de plan, c'est une hérésie pour elle. C'est comme si tu avais un cancer de la vie. » Iris était la championne des listes, des programmes, des stratégies, des prévisions à long terme, des réservations plusieurs années à l'avance. Ses réflexions précédaient toujours de dix pas l'actualité immédiate et de douze pas les cogitations d'autrui. Face à l'exemple maternel, l'idée de laisser tomber la fac sans avoir la moindre idée de ce qu'elle allait faire exerçait sur Ruthie une sorte de charme terrifiant et séduisant.

« N'y pensons plus », dit-elle. Elle se redressa et passa une jambe au-dessus du corps de Matt. « Allez, viens. »

Vingt minutes plus tard, Ruthie dormait à poings fermés, mais Matt était trop troublé par ce qu'elle lui avait dit pour en faire autant. Il avait envie de vivre avec elle, évidemment. L'idée de passer tout seul un nouvel hiver interminable était trop déprimante pour qu'il s'y arrête. L'année précédente, vers la fin de la mauvaise saison, Matt avait pris un soir la route de Red Hook jusqu'à Jacob's Cove. Il n'était qu'un peu plus de six heures, mais le soleil était couché et les dernières lueurs grisâtres s'estompaient déjà dans le ciel. Tôt dans la journée, la pluie avait fait fondre une grande partie de la neige, et il ne restait que des croûtes de glace et de boue, qui cédaient sous ses bottes dans un crissement sourd. Matt avait laissé le moteur tourner, les faisceaux de ses phares éclairaient la plage de leurs longues traînées jaunes. Il avait enfoncé ses mains nues dans ses poches et rentré le menton dans le col de son manteau, déjà moite de l'humidité de son haleine, pour longer la plage rocheuse jusqu'à une trentaine de centimètres de la ligne où les vagues venaient lécher les galets et la boue. Il était resté là, les yeux fixés sur ce paysage désolé. La masse d'arbres à feuillage persistant était entrecoupée, çà et là, par la blancheur décharnée d'un arbre mort, aux branches nues glacées par la lune. La plage était sans vie, la terre sableuse coagulée par des herbes sèches et brunes. Les pins eux-mêmes étaient en deuil, frissonnant de froid. L'océan était noir. Tremblant dans sa parka, les oreilles irritées par la laine de son bonnet de ski, Matt contemplait la mer sinistre et inhospitalière. Elle semblait tellement morte. Par cette soirée glaciale et pluvieuse de mars, le Maine tout entier paraissait mort.

Non, il ne supporterait pas un autre hiver comme celui-là. Mais était-il prêt à révéler publiquement ses relations avec Ruthie ? À proclamer leur amour à la face du monde ? Et surtout, chose bien plus effrayante encore, était-il prêt à en informer sa mère ?

Mais à quoi bon se ronger les sangs ? Il avait beaucoup à faire ce soir, et bientôt il ne ferait plus assez jour pour qu'il continue à travailler. Il enfila son short, une paire de grosses chaussettes et les vieilles chaussures de travail de John, trop grandes d'une taille et demie. Il laissa Ruthie assoupie sur le lit.

Les finitions de la cabine de luxe et de la cabine principale du voilier exigeaient une telle dextérité que Matt avait attendu jusqu'à maintenant pour s'attaquer au travail d'ébénisterie, préférant se faire la main pendant deux ans sur le rouf, les quartiers de l'équipage et la cuisine. La cabine de luxe, spacieuse et élégante, se trouvait à un emplacement inhabituel – à la proue, dans ce qui était généralement le gaillard d'avant. Dans la plupart des bateaux de cette dimension, la cabine de luxe était au milieu, ou bien à l'arrière. Matt se rappelait que quand John avait acheté le *Rebecca*, ses copains du chantier naval avaient exprimé quelques réserves à ce propos. « Ils vont être bringuebalés toute la nuit » : tel avait été l'avis général. Mais John avait rétorqué que la coque lourde et profonde était très stable, que le bateau tiendrait si bien la mer que, même par gros temps, le passager le plus novice ou le plus sujet aux nausées lui-même n'en serait pas incommodé. En fait, il avait toujours prétendu que cette vaste cabine de luxe, avec sa salle de bains particulière équipée d'une baignoire, convenait à merveille aux amateurs de croisières de luxe, et que c'était une des raisons essentielles pour lesquelles il avait acheté le *Rebecca*. Avec son nom, bien sûr.

Matt avait entrepris de terminer le *Rebecca* en suivant exactement le cahier des charges de John, sans imaginer pour autant prendre la mer – avec ce bateau ou un autre – et naviguer jusqu'aux Caraïbes. Il ne savait pas exactement quelles compétences réclamait le métier de capitaine d'un voilier de croisière, mais il était certain que, quelles qu'elles soient, il ne les possédait pas. En réalité, Matt ne savait absolument pas ce qu'il ferait du bateau quand il serait restauré. Au-delà de cette échéance, comme disait Ruthie, il souffrait d'un cancer de la vie : pas l'ombre d'un plan. Mais il refusait d'y penser. Il travaillait.

Conformément aux indications de John, Matt avait remplacé les deux couchettes de la cabine de luxe par une seule, de grandes dimensions, plus confortable pour un couple. Il avait reverni les penderies et les tiroirs, astiqué les boutons et les poignées et remplacé ceux qui manquaient. Le seul élément de mobilier qui lui avait donné du fil à retordre était la table de chevet. Elle avait une forme bizarre : le plateau, terminé par une bordure, était relativement simple, mais deux angles portaient des colonnettes coiffées de fleurons aux ornements alambiqués, évoquant une moitié de lit à colonnes. L'un des fleurons était en bon état, mais de l'autre côté, il ne restait qu'une colonnette décapitée au chapiteau fendu. Matt avait cherché dans les catalogues et sur Internet un fleuron assorti, il avait même envoyé des messages suppliants sur les forums de discussion du site d'Alden, mais personne n'avait jamais rien vu qui ressemblât à cette petite table. Matt avait envisagé un moment de scier tout bonnement les colonnettes à la base. Les fleurons étaient tellement exceptionnels que personne ne remarquerait leur absence. La table de chevet ressemblerait à toutes les autres. Mais finalement il n'avait pu se résoudre à le faire. John, il le savait, aurait sculpté un nouveau fleuron et il devait à son frère d'essayer.

Il y avait des ouvriers au chantier naval qui se spécialisaient dans ce genre de travaux délicats d'ébénisterie, de finition, mais Matt n'était pas du nombre. Sa sphère de compétence, si l'on pouvait dire, était le ponçage. Il en était toujours là, alors que tous ceux qui avaient commencé en même temps que lui étaient déjà passés à autre chose. C'était un travail de routine, qui n'exigeait qu'un minimum de muscles dans les bras et une main relativement sûre. On aurait pu apprendre à un singe un peu astucieux à le faire. Chaque fois que son manque d'habileté et le rang subalterne qu'il lui imposait le décourageaient, il se consolait en se disant que mieux valait poncer que gratter et repeindre le bas des coques. Néanmoins, malgré son incompétence et son inexpérience, au bout de plusieurs mois et de quelques faux départs, il était arrivé à sculpter quelque chose qui, si on n'y regardait pas de trop près, ressemblait de façon satisfaisante au fleuron d'origine.

Dans l'ivresse du succès, il s'était lancé ce jour-là dans une tâche infiniment plus facile : remplacer une moulure ornée d'une quinzaine de centimètres sur le côté de la table de chevet. Matt brancha sa défonceuse dans la rallonge et, tenant le lourd outil d'une main et la boîte de fraises de l'autre, il grimpa sur le pont. Avant de descendre dans la cabine, il baissa les yeux vers Ruthie. Elle lui rappelait tellement Becca et, en même temps, elles étaient si différentes. Était-ce seulement sa silhouette qui évoquait celle de sa sœur ? Non, il y avait aussi une gentillesse fondamentale. Malgré son culot, Becca était sympa. Gentille. Comme John. Et comme Ruthie.

Le rembourrage des poignées de la défonceuse commençait à se déchirer et, en descendant, Matt se rappela qu'il fallait qu'il aille à Newmarket essayer de trouver des pièces de rechange chez Ace Hardware. Traînant la rallonge derrière lui, il traversa la cabine principale inachevée et longea le couloir entre la cuisine et la salle de bains de la cabine de luxe. Il n'y avait qu'une marche entre la cabine et le couloir, et il trébucha, se rattrapant de justesse. Il avait emprunté ce passage un millier de fois, peut-être plus, et systématiquement, il butait, surtout quand il portait les chaussures de John.

« Merde, dit Matt en laissant tomber la boîte de fraises et en resserrant sa prise sur la défonceuse. Quel gogol ! »

« Gogol » avait été un des surnoms favoris dont John affublait Matt. Malgré sa haute taille, John était leste comme un gymnaste, le pied sûr même quand il grimpait à un espar de vingt mètres au milieu d'une tempête. Matt n'avait rien de la grâce ni de la souplesse de son frère.

Posant la défonceuse sur la table de chevet terminée, Matt s'agenouilla et fouilla dans son coffret à la recherche d'une fraise à profiler de trois pouces. Il l'inséra dans la machine, mit le moteur en marche et baissa le levier de verrouillage. Le grincement métallique du petit moteur résonnait contre les murs et le plafond d'acajou. Il serra fermement les poignées de la défonceuse et commença à sculpter soigneusement le morceau de moulure. Il recula pour mieux voir ce qu'il faisait, et l'orteil de sa chaussure trop grande se prit dans la rallonge. Il chercha à se dégager, mais le câble s'enroula autour de ses chevilles, comme un lasso entravant un taureau en fuite. Matt trébucha, se rétablit un instant, puis perdit l'équilibre pour de bon. Il lança le bras en avant pour éviter la chute tout en essayant de ne pas lâcher la défonceuse, mais le rembourrage en mousse de la poignée choisit cet instant pour se déchirer complètement. La machine lui glissa des mains, ricocha sur le plateau de la table de chevet, et tournoya en l'air comme une guêpe furieuse, s'enfonçant dans le barrot et arrachant un long éclat de bois vernis. Matt se jeta en avant pour rattraper l'engin, mais la défonceuse rebondit sur la façade du placard, dont elle fendit les deux portes. Il se précipita vers elle, se heurta le menton sur le bord de la table, et la manqua. Comme possédée, la défonceuse traversa une planche et disparut dans la cale.

« Putain ! »

Il attrapa le câble, essayant de tirer la défonceuse vers lui par la déchirure du plancher. Il l'entendait fracasser l'intérieur de la cale, rebondir sur les flancs, s'enfoncer dans des planches qui valaient des milliers de dollars. « Putain ! Putain ! » Il tirait sur le câble, mais il lui filait des mains comme la ligne d'un casier à homards, lui brûlant les paumes. La défonceuse retomba dans la cale. Le hurlement perçant de la lame d'acier qui arrachait le bois lui déchira les oreilles.

Reprenant le fil électrique, il se remit à tirer, main sur main, dans l'autre sens, espérant arriver à arracher la prise, mais il y avait trop de jeu. Il sortit en courant de la cabine de luxe, trébucha comme d'habitude sur la marche, tomba face contre terre et se releva d'un bond sans même remarquer le sang qui ruisselait de son nez tuméfié. Tout en courant, il entendait la défonceuse continuer à tout saccager dans la cale, tournant sur elle-même comme une boule de loto dans sa sphère transparente.

Et puis le silence.

Il descendit l'échelle conduisant au pont. Jane était au-dessous de lui, masquée par l'ombre du bateau, brandissant l'extrémité débranchée de la rallonge. Elle avait le regard rivé sur lui, les yeux plissés, la bouche dure, sévère. Ruthie était à côté d'elle, les cheveux tout ébouriffés, le visage encore gonflé de sommeil. Le vieux T-shirt lui couvrait à peine le haut des cuisses et elle était pieds nus, ses orteils dessinant de petits ronds sur le sol poussiéreux. Derrière elle, les couvertures étaient à moitié repoussées sur le matelas.

Jane avait traversé tout le jardin en courant et était encore hors d'haleine. Elle laissa tomber l'extrémité du câble par terre. Matt se frotta le nez et baissa les yeux, contemplant le sang qui maculait sa main.

Jane se tourna vers Ruthie. Elle la regarda de la tête aux pieds, et Ruthie se sentit rougir.

« C'est le T-shirt de John », dit Jane.

IV

Assis dans la cabine du pick-up rangé sur le parking du *Sac à appâts*, Ruthie mangeait des palourdes frites et Matt un sandwich au homard, un sachet huileux de rondelles d'oignons posé sur l'accoudoir qui les séparait. Ils s'étaient rhabillés sans demander leur reste et avaient fui le théâtre de leur humiliation. Ils avaient filé en ville. Arrivés là, Matt avait proposé à Ruthie de manger quelque chose.

« Tu crois ? avait-elle demandé.

— Ce n'est plus la peine de se cacher.

— Ta maman n'en parlera à personne, si ? »

Matt esquissa un sourire amer. « Ça m'étonnerait. Mais puisqu'elle est au courant, à quoi bon faire semblant ?

— Mes parents ne le savent pas, eux.

— Ça te gêne ? Tu crois qu'ils seront fâchés s'ils apprennent qu'on sort ensemble ?

— Non », dit Ruthie sans savoir si elle mentait ou non. Elle n'était pas gênée qu'on la voie avec Matt. Pas du tout. Elle le trouvait sympa. Plus que sympa. Mais Iris serait contrariée, c'était sûr. Déçue, en tout cas. Surtout quand elle saurait que Ruthie ne voulait pas retourner à Oxford.

« Tu as raison, dit Ruthie. J'en ai marre de ce cirque. Allons manger quelque chose ensemble, comme tout le monde. » Elle tendit le bras et lui prit la main, l'approcha de ses lèvres et embrassa ses articulations, ensanglantées par sa lutte à mort contre la défonceuse. « Tu es mon petit copain, non ? Il n'y a aucune raison pour que les gens ne le sachent pas. »

Si Matt n'avait pas eu l'esprit trop absorbé par les calculs de ce que ce malheureux accident de défonceuse allait lui coûter, tant en argent qu'en travail, l'expression l'aurait peut-être fait tiquer. Il n'avait encore jamais été officiellement le petit copain de personne. Il était sorti avec un tas de filles. Enfin, quatre. Et il avait flirté avec d'autres. Mais il ne s'était jamais considéré comme le petit copain de qui que ce soit.

Ils eurent beau s'afficher ensemble, ils ne rencontrèrent personne de leur connaissance, à part Doreen Darling, qui travaillait au guichet des plats à emporter et était notoirement taciturne. Elle ne risquait pas de cancaner. Les seuls autres consommateurs étaient un groupe d'excursionnistes finlandais qui, se dit Ruthie, avaient dû se tromper de chemin en se rendant à la falaise des Loutres dans le Parc national d'Acadie, ou en cherchant les parois de granit verticales de Clifton qui attiraient tant les amateurs d'escalade. Avec ses trois cents mètres d'altitude, Red Hook Hill ne pouvait certainement pas être la destination de ces hommes et de ces femmes au teint hâlé, aux chaussures de marche usées en toile renforcée de cuir et aux grands sacs à dos festonnés de mousquetons, de métrages de sangles et de cordes et arborant des écussons ornés de leur drapeau à croix bleue. Quel que fût leur but, ils ne risquaient guère de s'intéresser à la relation entre deux parfaits étrangers en train de partager un repas graisseux dans un pick-up Ford.

Ruthie plongea une palourde dans la sauce tartare, mais hésita un instant avant de l'enfoncer dans sa bouche. « Je suis désolée pour le bateau.

— Ouais. » Matt se frotta le front. Le mal de tête qui s'était annoncé dès qu'il avait vu Jane debout à côté de Ruthie à moitié nue était loin de s'arranger.

« Tu vas pouvoir le réparer ?

— Ouais. Enfin. Je n'ai pas vraiment le choix.

— Je peux faire quelque chose pour t'aider ?

— Tu es sympa, mais à moins que tu ne m'aies caché depuis tout ce temps que tu étais une ébéniste de choc, je ne vois pas bien ce que tu pourrais faire. »

Ruthie n'eut pas le cœur à sourire. Elle mangea la palourde frite qu'elle tenait en main et lécha la graisse et la sauce tartare qui maculaient ses doigts.

Quand ils eurent fini, Matt dit : « Viens, on va prendre une bière au *Neptune*. »

Il y avait peu de chances que le *Neptune* ne soit peuplé que de gens silencieux et de Finlandais égarés et si Ruthie avait été prête à braver quelques visages familiers au *Sac à appâts*, elle ne se sentait pas de taille à affronter l'effervescence que leur arrivée ne manquerait pas de provoquer au bar. Les types du chantier naval y seraient certainement, ainsi que les jeunes vacanciers, ceux qui préféraient prendre une bière à deux dollars à côté d'un pêcheur qu'un gin tonic à cinq dollars au yacht-club avec les amis de leurs parents. Il n'y aurait certainement personne au *Neptune* que Ruthie et Matt ne connaissaient pas, et si elle était disposée à officialiser leur relation, elle n'avait pas envie de s'afficher de façon aussi ostentatoire.

« Je n'y tiens pas trop, dit-elle.

— Tu es sûre ? »

Elle l'était, mais la déception de Matt était manifeste et elle se reprocha son égoïsme. « Tu as besoin de boire un coup pour oublier ce qui est arrivé avec ta mère ?

— Elle peut aller se faire foutre. J'ai besoin de boire un coup pour oublier ce qui est arrivé au *Rebecca*. »

Pour Ruthie, la vraie catastrophe était de s'être fait surprendre. Pour Matt, ce n'était que la cerise sur le gâteau de merde de la destruction du bateau de John.

Matt mit le contact et le Ford toussota avant de démarrer. « Alors, on va prendre une bière ?

— Je regrette, Matt. Franchement, ça ne me dit rien. Mais vas-y, toi.

— C'est bon. Alors qu'est-ce qu'on fait ? Juste un tour en caisse ? Ou bien tu préfères que je te raccompagne chez toi ?

— Non. Je n'ai pas très envie non plus de voir mes parents.

— Mais alors, qu'est-ce que tu veux faire, Ruthie ? » Sa voix trahissait une légère impatience.

Ruthie regarda la rue qui menait au centre-ville. Il était déjà presque huit heures et la bibliothèque aurait dû être fermée depuis longtemps, mais tout était allumé à l'intérieur. Elle éprouva soudain le désir, inopiné mais aigu, de retrouver l'ordre de la bibliothèque, son odeur de colle à relier et de cire, l'univers lumineux, bien rangé qu'elle abritait et incarnait.

« Tu sais quoi ? dit-elle. Il doit y avoir... il y a sûrement un concert ou une conférence à la bibliothèque ce soir.

— Un concert, dit Matt.

— Ou bien une conférence.

— Une conférence. » Il passa la marche arrière pour sortir du parking du *Sac à appâts*.

« Dépose-moi là-bas, tu veux ? Va au *Neptune*. Je trouverai bien quelqu'un pour me raccompagner.

— Je peux y aller avec toi, si tu veux, dit-il d'un ton peu convaincant.

— Mais non, Matt. C'est bon. Sérieusement, il vaut mieux que tu ne viennes pas. Il y aura sans doute tous les amis de mes parents et, franchement, je n'ai pas envie que maman apprenne qu'on sort ensemble par une des dames de la bibliothèque. Je préfère le lui dire moi-même. »

Ils étaient arrivés à la bibliothèque. Matt longea la façade et s'engagea dans le parking de la banque, juste à côté. Il se gara tout au fond, à l'abri des regards du flot de gens qui entraient dans la bibliothèque.

« Je ne peux quand même pas te laisser en ville en pleine nuit.

— On n'est pas en pleine nuit. Et je n'aurai aucun problème pour rentrer, je t'assure. Qui sait ? Mes parents seront peut-être là. Ils assistent à presque toutes les manifestations organisées à la bibliothèque. »

L'argument sembla le convaincre. « Tu es sûre ?

— Mais oui. » Elle ouvrit la portière et sortit du pick-up d'un bond. « Vas-y. C'est bon. Appelle-moi demain, tu veux ?

— D'accord. »

Ruthie avait déjà traversé la moitié du parking quand elle fit demi-tour et revint vers la voiture en courant. Elle tapa à la vitre. Matt l'ouvrit. Elle se pencha à l'intérieur et l'embrassa doucement, attrapant gentiment sa lèvre inférieure entre ses dents. « T'aime », dit-elle légèrement, comme si l'omission du pronom rendait l'aveu moins saisissant. Puis elle se détourna et se dirigea d'un pas vif vers la bibliothèque éclairée, les mains enfoncées dans les poches de son jean.

Un romancier tenait le crachoir dans la salle de conférences de la bibliothèque, un écrivain qui était venu à Red Hook pour vivre un peu à la dure des revenus de ses investissements et terminer le roman, intitulé *Medicine Hat,* dont il lisait précisément des extraits avec une grande assurance, mais sans beaucoup de vie. La salle était pleine, des chaises pliantes de métal gris occupaient tout l'espace disponible. Ruthie reconnut dans l'assistance un grand nombre d'amis d'Iris ou de membres du comité, mais constata avec soulagement que, finalement, ses parents n'étaient pas là. Elle s'assit au fond de la salle et laissa son esprit divaguer pendant l'heure qui suivit.

Elle pensa à Matt, à son affolement, qu'elle avait attribué à la présence de sa mère, mais qui était dû en réalité au souci qu'il se faisait pour l'Alden. Elle aurait dû s'en douter. Elle l'avait vu se donner tant de mal pour restaurer ce bateau. Mais le visage de Jane avait été si hostile, si crispé de colère, que dans son esprit la nécessité de l'affronter était plus terrifiante que n'importe quel surcroît de travail.

L'auteur arriva enfin à la fin d'un chapitre, posa son doigt entre les pages pour marquer l'endroit où il en était et demanda : « Êtes-vous saturés ou voulez-vous que je vous en lise encore un peu ? »

La politesse exigeant qu'ils acceptent avec empressement de prolonger leur supplice, les auditeurs reposèrent leurs sacs par terre, suspendirent leurs vestes aux dossiers de leurs chaises et se réinstallèrent pour un nouvel épisode. Ruthie profita du remue-ménage pour sortir discrètement de la salle et longer le couloir sur la pointe des pieds jusqu'aux rayonnages, où elle trouva Mary Lou Curran en train de ranger des livres et de siroter du vin dans un gobelet en plastique.

« Ruthie ! s'écria Mary Lou. Quel plaisir de te voir ! Tu es la bienvenue si tu veux échapper à cet ennui mortel en ma compagnie, mais je te préviens, je vais t'embaucher pour m'aider à ranger les livres. Tu connais la classification Dewey ? On est encore à l'âge de pierre, ici, tu sais.

— Je connais mieux celle de la bibliothèque du Congrès. J'ai travaillé à la bibliothèque Schlesinger quand j'étais à la fac.

— Une professionnelle qualifiée. Parfait. » Mary Lou lui montra une fiche. Commence par celle-là. Je te vois bien en spécialiste du 823.7. Et je compte sur toi pour garder le secret. » Elle brandit son verre de vin. « Il est strictement interdit de manger ou de boire dans les rayonnages, nous sommes bien d'accord. »

Ruthie aurait su où ranger *Emma* même sans les affichettes collées à l'extrémité de chaque rayonnage. Elle traversait périodiquement une période Jane Austen vorace et passait un mois à relire tous ses livres, même *Mansfield Park*, que certains considéraient, elle le savait, comme le plus accompli des romans d'Austen, mais qu'elle détestait parce que Fanny Price était une petite sainte-nitouche insipide. *Emma* était son préféré et, au fil des ans, elle avait bien dû emprunter le volume qu'elle tenait en main une bonne douzaine de fois.

Ranger des livres avait quelque chose d'apaisant. Elle consacra un peu plus de temps que nécessaire à chaque ouvrage, jetant par pure curiosité un coup d'œil à la fiche collée sur le plat intérieur pour voir qui l'avait emprunté. Elle avait lu un grand nombre de ces livres, et les retrouvait avec plaisir, comme de vieux amis. Ceux qu'elle n'avait pas lus lui paraissaient soudain plus attrayants, parce qu'ils avaient retenu l'attention d'autrui. Quand elle eut fini, elle fit rouler son chariot jusqu'à celui que Mary Lou était en train de vider.

« Qu'est-ce que tu en penses ? demanda celle-ci. On peut y retourner sans risque ?

— Est-ce qu'il n'y a pas une séquence questions-réponses d'habitude ?

— Saperlipopette, tu as raison. Et ensuite, l'écrivain s'attend à ce que tout le monde lui achète un exemplaire de son bouquin et fasse la queue patiemment en attendant qu'il veuille bien vous faire l'honneur de gribouiller une banalité sur la page de titre. Attendons encore un peu. »

Mary Lou se percha sur un radiateur et l'invita à s'asseoir à côté d'elle. Elles s'adossèrent à la fenêtre et s'apprêtèrent à patienter.

« Raconte-moi un peu ce que tu deviens, dit Mary Lou. Tu retournes à Oxford à la fin de l'été, c'est ça ? Ça doit être passionnant pour toi.

— Pas vraiment.

— Ah bon ?

— Enfin, si. Bien sûr. Enfin, ça devrait. Je dois dire que ça a été un peu dur, l'année dernière. »

Mary Lou lui tapota la main. « Tu as dû te sentir bien seule, aussi loin de chez toi.

— Oui. »

La vieille dame porta son gobelet à ses lèvres pour vider les dernières gouttes de vin blanc et dit : « Dans la vie, j'ai découvert que les seuls désagréments qui vaillent la peine qu'on les supporte doivent être à la fois de courte durée et produire un bien supérieur.

— Le problème, c'est de déterminer si ce bien supérieur l'est suffisamment, dit Ruthie.

— C'est vrai. Et on ne peut le savoir que rétrospectivement, ce qui ne sert pas à grand-chose.

— C'est clair. » La vitre était fraîche contre le dos de Ruthie, et elle frissonna. Elle eut soudain envie de parler de Matt à Mary Lou. D'observer sa réaction, comme baromètre peut-être de celle d'Iris. Mais Iris ne lui pardonnerait pas de s'être confiée d'abord à quelqu'un d'autre.

Mary Lou reprit : « Puisque j'en suis à distribuer des trésors ambigus de sagesse, je te dirai aussi que quand on arrive à mon âge avancé…

— Vous n'êtes pas si âgée que ça.

— Tu es mignonne. Mais comme je te le disais, mon petit, une autre chose que la vie m'a apprise est que rien de ce qu'on fait quand on a une vingtaine d'années, hormis le fait d'avoir un enfant, n'est irrévocable. Si tu veux, tu peux très bien décider de ne pas retourner en Angleterre ou de t'arrêter un an.

— J'ai une bourse Fulbright. Si je ne retourne pas à Oxford cet automne, ça risque d'être tout à fait irrévocable.

— Oui, j'ai su pour ta bourse. Ta mère me l'a dit. Elle est sacrément fière de toi. »

Vraiment ? se demanda Ruthie. Iris était-elle vraiment fière d'elle ? Elle s'attendait indéniablement à un certain nombre de choses de sa part, qu'elle réussisse en classe par exemple, qu'elle décroche des bourses. Quand Ruthie se conformait à ses attentes, sa mère semblait moins fière que satisfaite. Au moment où Ruthie avait obtenu son diplôme de Harvard avec félicitations du jury, Iris n'en avait pas fait tout un plat. C'était comme si cela allait de soi.

« Je suis sûre que les administrateurs des bourses Fulbright pourraient comprendre que tu demandes une suspension d'un an. Ou même d'un trimestre seulement. Tu devrais te renseigner, voir si c'est possible.

— Mais qu'est-ce que je vais faire si je ne retourne pas à Oxford ?

— Mon Dieu, Ruthie ! Tu as quoi ? Vingt-cinq ans ? Ne me dis pas que tu ne sais pas comment t'occuper !

— Vingt-trois.

— Encore mieux. Voyage. Travaille. Eh, mais j'ai une idée : tu n'as qu'à travailler ici, et comme ça, *moi*, je pourrai voyager. Tu es déjà une autorité reconnue en matière de classification Dewey. Tu pourrais ranger les romans le jour, et les lire la nuit. Ce qui est, tout bien considéré, plus ou moins ce à quoi je passe mes journées. Ce n'est pas une vie déplaisante. Si tu la pimentes un peu en allant de temps à autre au cinéma ou en passant un après-midi à faire de la voile, tu n'auras pas le temps de t'ennuyer, crois-moi.

— Je ne fais pas de voile. Mais à part ça, c'est plutôt séduisant.

— Vingt-trois ans seulement, quelle chance tu as ! » Elle soupira, puis se releva, en gémissant un peu comme si ses genoux s'étaient ankylosés. « Il vaudrait mieux qu'on y aille. Je ne peux pas croire que cette lecture dure encore. Il a écrit sur le Canada, nom d'un petit pétard. Il n'y a quand même pas tant de choses à en dire. »

V

Il était tard. Jane était assise à la cuisine devant une tarte aux myrtilles dont il ne restait que la moitié, elle passait le doigt dans les grains de sucre qu'elle avait fait tomber du bol en préparant sa troisième tasse de thé de la soirée. Elle avait renoncé à son comprimé pour attendre Matt, tout en sachant qu'elle serait épuisée le lendemain matin. Elle serait obligée de se lever encore bien plus tôt que d'habitude si elle voulait pouvoir quitter son travail à temps pour conduire Samantha à l'hôpital voir sa mère, comme elle le lui avait promis. Jane avait déjà annulé une visite ce mois-ci, quand deux filles de son équipe l'avaient laissée tomber pour cause de rhume des foins (c'est du moins ce qu'elles avaient prétendu, car Maureen jurait les avoir vues au supermarché le jour même). Connie serait évidemment contrariée de ne pas voir sa fille, mais Samantha ne serait sans doute pas trop déçue s'il fallait de nouveau renoncer à cette sortie; la dernière fois, cela ne lui avait visiblement fait ni chaud ni froid. Samantha ne parlait presque pas de sa mère ces derniers temps et consacrait tout son temps à son instrument et à ses leçons de musique. Elle avait commencé à passer la plus grande partie de ses journées chez les Copaken, affirmant qu'il y avait trop de bruit à la maison, avec les filles qui entraient et sortaient pour prendre des instructions et chercher du matériel, et Matt qui cognait comme un sourd sur ce satané Alden toute la soirée et tous les week-ends. Mais Jane soupçonnait que la vraie raison était que la petite préférait être chez les Copaken.

Jane coupa une nouvelle part de tarte qu'elle mangea directement dans le moule. Délicatement, pour ne pas se couper, elle lécha le jus de myrtilles et les miettes de croûte sur la lame du couteau. Puis elle se coupa encore une tranche.

À une heure du matin, Matt se glissa furtivement dans la maison, retenant la porte grillagée pour qu'elle ne retombe pas bruyamment, et passa en chaussettes devant la cuisine. Quel idiot, se dit Jane en le regardant se déplacer sans bruit. Idiot au point de ne même pas prendre la peine de jeter un coup d'œil dans la cuisine où il l'aurait vue, assise dans le noir, prête à lui faire savoir le fond de sa pensée. Idiot au point d'enfiler les chaussures de son frère, de reprendre le boulot de son frère, de réparer le bateau de son frère et pour couronner le tout, de choisir la petite amie la plus proche de celle de son frère qu'il puisse trouver. Fallait-il vraiment que tous ses fils soient à genoux devant ces foutus Copaken ?

Elle le regarda traverser silencieusement la maison, à pas feutrés, se figeant au moindre craquement du plancher. Elle se rappela que, quand il avait appris à marcher, c'était sur la pointe des pieds, son petit corps maigre en équilibre sur les orteils et sur la partie antérieure du pied. Il avait l'air tellement instable, on aurait dit que la moindre brise suffirait à le faire basculer. Elle ne le quittait pas des yeux, craignant la chute à chaque instant. Et puis, quand elle ne supportait plus cette tension, elle le soulevait de terre et l'asseyait sur sa hanche. C'est tout juste si elle ne sentait pas encore son poids sur elle.

« Tu as vraiment l'air crétin, tu sais, s'écria-t-elle enfin, à rôder comme un voleur. »

Matt en eut le souffle coupé et posa la main sur son cœur. « Putain, tu m'as fait peur. » Il resta debout dans le couloir, comme s'il redoutait d'entrer dans la pièce.

« Assieds-toi », dit Jane en lui montrant une chaise.

Après un long regard de regret vers le corridor obscur qui menait à l'escalier et à l'asile de sa chambre, Matt la rejoignit devant la table.

« Tu ne dors pas à la grange cette nuit ? »

Il secoua la tête.

« Pourquoi ?

— Je ne sais pas.

— Tu as honte du gâchis que tu as fait ?

— Je n'ai pas *honte*.

— Ne me parle pas sur ce ton. » Tiens. Elle fit glisser le moule à tarte de l'autre côté de la table. « Il y a de la tarte.

— Tu as fait de la tarte ?

— Je n'arrivais pas à dormir. Je t'attendais.

— Oh. »

Elle voyait bien qu'il se préparait au savon qui était, ils le savaient l'un comme l'autre, imminent. Matt avait toujours été le plus docile de ses deux fils. John ne recherchait jamais l'approbation, ne demandait jamais l'autorisation. Il faisait ce qu'il avait envie de faire, sûr de la justesse de ses instincts. Il avait une sacrée assurance. Dès qu'il avait été assez grand, il avait tenu tête à son père, mais avec retenue, sans plus de force que nécessaire. Matt n'avait jamais eu ce sang-froid. Les reproches, les critiques ou les corrections le laissaient en larmes, mais, en général, on n'avait pas besoin d'en passer par là. En toute franchise, Jane ne se rappelait pas que Matt ait refusé une seule fois de faire ce qu'on lui disait, avant l'année précédente, quand il avait laissé tomber la fac.

« Prends donc un peu de tarte.

— Non merci, maman. Je n'ai pas vraiment…

— Tu vas prendre de la tarte, oui ou non ? »

Matt sursauta, comme s'il n'avait pas prévu cette explosion dès qu'elle avait fait irruption dans la grange pour découvrir le bateau fracassé et Ruthie, nue sous le T-shirt de John. Jane renifla. Il puait la bière.

Matt tendit le bras derrière lui et attrapa une fourchette dans l'égouttoir. Il tira le moule à tarte vers lui.

« Prends une assiette. »

Il sortit une assiette de l'égouttoir et entreprit de couper une mince tranche de tarte. Elle lui arracha le couteau des mains, préleva une part copieuse qu'elle posa brutalement dans son assiette. La lame du couteau ne s'était pas enfoncée jusqu'au fond, et une partie de la pâte était restée attachée au moule. De ses doigts, elle la retira et la fit tomber dans l'assiette de Matt, sur le tas de myrtilles et de croûte informe.

« Alors, tu manges ? »

Docilement, il piqua sur sa fourchette un gros morceau de tarte et le mit en bouche. Il mâcha.

« C'est bon ? »

Il hocha la tête, l'air si malheureux qu'elle éprouva un élan de pitié pour lui.

« Il y avait des myrtilles à la station-service aujourd'hui », dit-elle d'un ton délibérément neutre. Comme si c'était une conversation ordinaire. Comme s'il n'était pas minuit passé et comme si elle ne l'attendait pas depuis des heures. « J'en ai pris assez pour faire aussi de la confiture, ajouta-t-elle.

— Tu as l'intention de rester debout toute la nuit ? » Il sourit nerveusement, exhibant des dents violettes.

« Ferme la bouche quand tu manges, Matt. Non. J'espère bien pouvoir dormir. Mais vu la tournure que prennent les choses, je pourrais aussi bien me mettre à la confiture tout de suite, et il me resterait encore quelques heures pour commencer les bocaux de tomates. Où étais-tu ? »

Matt repoussa son assiette et s'inclina en arrière, la main sur le ventre, montrant clairement qu'il lui était impossible d'avaler une bouchée de plus.

« Finis ton assiette. »

Il ne répondit pas, et l'espace d'un instant, une lueur de défi traversa son regard. Puis il reprit sa fourchette. Pendant qu'il avalait le reste de tarte, elle répéta : « Où étais-tu ?

— J'ai fait un tour », dit-il, la bouche pleine.

Elle lécha son index et le posa sur les grains de sucre qui s'étaient répandus sur la table. Puis elle mit le doigt dans sa bouche. La douceur la fit tressaillir.

« Du côté du *Neptune,* à en juger par ton haleine. Tu peux me dire ce que tu fabriques, Matt ? »

Il soupira, repoussa son assiette. « Rien.

— Rien ?

— Hmmm. »

Il devait la connaître suffisamment pour savoir qu'elle n'était pas du genre à se contenter d'une réponse pareille.

« Parce que coucher avec cette fille, tu trouves que ce n'est rien. Et je ne te parle même pas de ce que tu as fait du bateau de John. »

Matt recula sa chaise et se leva. « Je suis fatigué. Je vais me coucher.

— Rassieds-toi. Il faut qu'on parle. Il est hors de question que tu sortes avec Ruthie, Matt. Tu le sais parfaitement. »

Matt appuya ses mains sur le dossier de la chaise de cuisine, enfonçant le bout de ses doigts dans le rembourrage de vinyle. Il balança la chaise d'arrière en avant plusieurs fois. « Et pourquoi ?

— Pourquoi ? »

Il n'avait quand même pas besoin d'un dessin. Jane sentait venir le mal de tête, une pulsation sourde qui prenait naissance à la base de la nuque et progressait jusqu'au sommet du crâne.

« Ouais, pourquoi ? Je l'aime bien. J'aime bien être avec elle. Elle me comprend. Elle sent les choses comme moi. On est pareils, elle et moi. »

S'il avait fini ses études, s'il avait passé son diplôme et s'était spécialisé en biologie marine comme il en avait toujours eu l'intention, il aurait pu avoir quelque chose en commun avec cette fille. Mais il n'était qu'un raté qui bossait au chantier naval. Il n'était même pas architecte naval, comme son frère. « Elle n'est absolument pas comme toi, Matt.

— Si tu dis ça, c'est seulement parce que tu ne peux pas encadrer ses parents. Il va bien falloir que ça te passe, maman. Tu as vu ce qu'ils font pour Samantha ? La mère de Ruthie lui a offert un *violon*, merde ! Le vieux lui donne des leçons à l'œil. Tu sais qui il est au moins ? Il a été un des plus grands violonistes de son temps. Il a joué pour des types comme, je ne sais pas, moi, Kennedy. Il a même joué pour la putain de reine d'*Angleterre* ! Tu sais combien il demande pour une heure de cours, s'il en donne encore ? Cent dollars, un truc comme ça ! »

Jane posa brutalement les mains sur la table, faisant sauter le moule à tarte et les fourchettes. « Tu veux bien parler correctement ! Ça fait quarante ans que je connais M. Kimmelbrod. Ce n'est pas toi qui vas m'apprendre qui il est. Samantha n'a rien à voir dans cette histoire. Ce qui se passe entre M. Kimmelbrod et elle, c'est un tout autre problème. Moi, je te parle de cette fille et de toi.

— Tu peux me dire en quoi ce qui se passe avec Samantha est un problème ? Elle a un sacré bol. Sans Iris et M. Kimmelbrod, personne n'aurait jamais su qu'elle a du talent.

— Je le savais, moi.

— Ouais, ouais, c'est sûr. Avant que les Copaken ne se pointent, elle jouait sur un petit piano de Barbie. Maintenant, elle bosse le violon avec un célèbre virtuose de classe internationale. »

Jane n'avait pas besoin que Matt lui rappelle que M. Kimmelbrod faisait à Samantha un cadeau extraordinaire, que, sans lui, les dispositions de la petite n'auraient été qu'un talent de société. En réalité, Jane avait douloureusement conscience de ce qu'elle devait au vieux monsieur et à sa fille, de l'ampleur de la dette affective et financière qui la liait aux Copaken. Les leçons de violon, et avant ça, la concession funéraire, et encore avant, le mariage. Elle ne pourrait jamais les rembourser, même s'ils lui accordaient la dignité d'essayer.

« Ce n'est pas de ça que je te parle, dit Jane. Ce qui nous occupe, ici et maintenant, c'est ce qui se passe entre cette fille et toi. Je veux que tu y mettes fin immédiatement. »

Matt éleva la voix. « Pourquoi ?

— Parce que je te le dis.

— Ce n'est pas une raison suffisante. » Un postillon jaillit de sa bouche et, d'un mouvement brusque, il s'essuya les lèvres du revers de la main.

« C'est une raison plus que suffisante tant que tu vivras sous mon toit. »

Matt repoussa bruyamment sa chaise contre la table. « Je vais me coucher. »

Jane se leva, posa les mains sur le bord de la table et se pencha en avant jusqu'à ce que son visage soit tout près de celui de Matt. « On en reparlera », dit-elle. Sa hargne eut sur lui le même effet que d'habitude. Elle le pétrifia.

Pendant une longue minute, ils s'affrontèrent, immobiles, de part et d'autre de la vieille table couverte de cicatrices. La pièce était plongée dans un silence que ne troublaient que le vrombissement des cigales, le mugissement occasionnel d'un crapaud et le bourdonnement de la pendule électrique au-dessus de la cuisinière.

Finalement, Matt dit tout bas : « Je n'ai plus seize ans. Tu n'as plus à me dire avec qui je peux sortir ou non. Je suis un homme. »

Il avait les yeux humides et Jane eut peur qu'il ne se mette à pleurer. Mais il se détourna et sortit de la pièce. Sur le seuil, il s'arrêta. Sans la regarder, il dit : « Excuse-moi, Maman.

— Ne t'excuse pas. Fais ce que tu dois faire.

— Excuse-moi », répéta-t-il, et il l'abandonna dans la cuisine obscure.

En entendant son pas lourd dans l'escalier, Jane se rassit, se prit la tête entre les mains et se massa les yeux du bout des doigts. John lui manquait. S'il avait été là, elle aurait pu lever les bras au ciel et lui dire « Je n'arrive pas à faire entendre raison à ce gosse. Parle-lui, toi », comme elle le faisait à chaque bouderie d'adolescent de Matt. John lui aurait souri, lui aurait serré l'épaule affectueusement et lui aurait reproché, taquin, de s'inquiéter pour rien. « Relax, maman, aurait-il dit. Tu vas finir par nous faire une attaque. » Puis il serait monté dans la chambre de Matt, aurait fermé la porte et, quelques instants plus tard, elle aurait entendu les deux frères écouter de la musique ensemble en riant comme des fous.

Dans une vie qui n'avait pas été avare, ces derniers temps, de longues plages de solitude, Jane ne s'était jamais sentie aussi seule. Elle tira le plat à tarte vers elle, attrapa sa fourchette et prit une grosse bouchée. Elle dévora tout ce qui restait, et s'il y avait eu une seconde tarte, elle l'aurait avalée aussi.

VI

Si elle ne s'était pas réveillée aussi tôt, Iris n'aurait peut-être jamais découvert le pot aux roses. Elle aurait sans doute supposé qu'il était allé en ville attendre l'arrivée du *New York Times* au café du magasin bio. Après tout, c'est ce qu'il faisait presque tous les matins d'été depuis plus de vingt ans. Mais elle avait dormi par à-coups et il l'avait réveillée en se levant. Après avoir vainement essayé de se rendormir, elle l'avait rejoint à la cuisine. Elle l'avait trouvé devant l'évier, en train d'avaler une tasse de café. Vêtu d'un pantalon de jogging et d'un T-shirt déchiré, il portait son sac de gym à l'épaule. Elle regarda le sac et croisa les bras sur sa poitrine.

« C'est un antistress, Iris, dit Daniel. Ça me détend. J'en ai besoin.

— Tu as besoin d'un antistress ? Tu n'as qu'à courir. Faire des haltères. Je ne sais pas, moi. Mais aller te faire casser la figure ? Ça n'a pas de sens. Comment un homme de ton âge peut-il imaginer se remettre à la boxe ? C'est ridicule. C'est même *inconvenant*.

— Ce n'était qu'un entraînement, marmonna-t-il comme un enfant rétif. Et si tu ne m'avais pas distrait en m'appelant, il ne m'aurait jamais envoyé au tapis.

— Laisse-moi souffler, Daniel. Ça remonte déjà à plusieurs jours et tu as encore la figure comme un quartier de bœuf écorché. Je ne veux plus que tu boxes, un point c'est tout.

— Tu n'es pas ma mère, Iris. Tu es ma femme. Tu n'as pas à me dire ce que tu veux ou ne veux pas que je fasse. Je ferai ce que j'ai envie de faire. Pour une fois. »

Bien décidée à garder son calme, Iris traversa la cuisine, prit une tasse sur l'égouttoir et alla la remplir. En s'approchant de la cafetière, elle passa à côté de Daniel et effleura son bras. Il eut un mouvement de recul qu'elle remarqua. Elle éprouva le besoin fulgurant de se serrer contre lui, de l'obliger à sentir la chaleur de son corps, de sa peau, de sa chair. Elle avait envie de le gifler, de lui faire mal parce qu'il lui faisait prendre conscience que son contact le dégoûtait. Il ne lui caressait plus jamais les cheveux, il ne l'embrassait plus sur la joue, il ne lui prenait plus la main. Et ils n'avaient pas couché ensemble depuis la semaine qui avait suivi la mort de Becca et de John.

Avant l'accident, ils faisaient l'amour régulièrement, sinon fréquemment. Sans être passionnées, leurs étreintes étaient réconfortantes et se produisaient au moins deux fois par mois.

Juste après l'accident, pour des raisons qu'ils n'analysaient vraiment ni l'un ni l'autre, ils avaient fait l'amour avec rage presque toutes les nuits. Cela avait commencé le soir qui avait suivi l'enterrement.

Iris s'était couchée la première et s'était pelotonnée de son côté, entre les draps glacés, tremblante. Quand Daniel s'était glissé à sa place, il s'était rapproché d'elle, épousant les lignes de son corps, et ils étaient restés allongés ainsi un moment, à se réchauffer mutuellement. Soudain, Iris avait pris conscience que son sexe durcissait contre elle, se redressait. Elle s'était collée à Daniel, qui avait gémi.

« Oh, merde ! Excuse-moi. Oh, pardon ! Je n'y suis pour rien.

— Ça ne fait rien », avait dit Iris en se retournant pour lui faire face. Elle avait noué ses bras autour de son cou, passant ses doigts dans ses cheveux et les tirant, plus fort qu'elle n'en avait l'intention. Leurs langues s'étaient rejointes, ils s'étaient mordus, sucés comme s'ils cherchaient à s'entredévorer. La bouche encore pressée contre celle d'Iris, il s'était enfoncé en elle. Il avait appuyé ses hanches contre les siennes, et elle s'était cambrée pour le rejoindre. C'était comme s'ils essayaient, à cinquante ans, d'engendrer à grands coups de reins un nouvel enfant pour remplacer celui qu'ils venaient de perdre. Ou comme s'ils cherchaient à arracher de leurs corps une colère sans objet. Ils avaient été rapidement baignés de sueur, leurs corps glissant sur les draps. Pour accentuer sa traction, Daniel avait attrapé la tête de lit d'une main. L'autre, il l'avait posée sur la bouche d'Iris pour étouffer ses cris.

Ils n'en avaient jamais parlé, ils ne l'avaient jamais programmé, mais pendant presque une semaine, ils avaient fait l'amour toutes les nuits, et toujours avec la même intensité. Quand il jouissait, Daniel pleurait, ses larmes mêlées de gouttes de sueur ruisselant sur le visage d'Iris. Et puis soudain, aussi inexplicablement que cela avait commencé, ils avaient arrêté. Près de deux ans s'étaient écoulés depuis, et ils n'avaient pas couché ensemble une seule fois.

En se rappelant ces nuits, Iris ne pouvait nier que la violence de leurs étreintes n'avait rien eu de fortuit. Leur brutalité avait été délibérée. La tendresse ne pouvait s'exprimer qu'à travers l'agression, la douleur même, qui l'avait précédée. Elle l'avait accepté sur le moment. Et même, si elle voulait être honnête avec elle-même, elle y avait trouvé une sorte de plaisir morbide. Mais deux ans plus tard, alors qu'il ne la touchait plus, elle ne supportait pas l'idée qu'il trouve un assouvissement sur le ring.

« Je t'en prie, Daniel. S'il te plaît, promets-moi de ne plus y aller. Tu vas te blesser et, franchement, je ne pourrai pas gérer ça. Pas en ce moment. »

Avant qu'il n'ait eu le temps de répondre, ils entendirent les chocs sourds du déambulateur de M. Kimmelbrod qui parcourait le long couloir depuis la chambre d'amis où il s'était installé cet été, ayant fini par admettre qu'il ne pouvait plus rester seul dans son cottage de Peter's Point. En attendant qu'il arrive, ils échangèrent un long regard, lourd de tension. Daniel fit glisser son sac de gym de son épaule et le jeta dans un angle de la pièce.

Iris entreprit de préparer la tartine et l'œuf à la coque qui constituaient le petit déjeuner habituel de M. Kimmelbrod. Après avoir servi son père, elle appela Ruthie. À l'instant précis où la jeune fille s'installait à table, frottant ses yeux encore embués de sommeil, Iris fit glisser sur son assiette une omelette aux tomates et au fromage parfaitement pliée en deux, comme une lettre d'amour. Elle posa sur la table une théière d'Earl grey et deux tasses et s'assit à côté de sa fille. Elle se versa une tasse de thé et en proposa une à Ruthie, qui secoua la tête. Daniel lui tendit une tasse de café. Elle y ajouta un peu de lait et but.

« Je m'étonne que tu ne te sois pas convertie au thé à Oxford, remarqua Iris. C'est ce qui m'était arrivé. J'en buvais plusieurs dizaines de tasses par jour, juste pour me réchauffer.

— Il y a des Starbucks partout à Oxford, maintenant. Et une bonne vingtaine d'autres cafés.

— Quel dommage !

— Pourquoi ? demanda Ruthie en triturant son omelette avec sa fourchette. Oxford n'a rien de différent des autres villes.

— Je ne sais pas. À l'époque, j'ai trouvé que c'était un endroit tout à fait particulier. Mais tu dois avoir raison, une uniformité insidieuse s'est emparée du monde depuis le temps où j'étais étudiante. Ton omelette n'est pas bonne ? »

Ruthie soupira et repoussa son assiette. « Maman, Papa. Et Papi aussi. Il faut que je vous parle. »

Iris enveloppa sa tasse de ses deux mains, se raidissant dans l'attente de ce qui ne pouvait être, après pareille introduction, qu'une mauvaise nouvelle.

« Je crois que j'ai envie de faire une pause dans mes études.

— Une pause ? demanda Iris.

— Je voudrais arrêter un an. Il ne s'agit pas d'abandonner complètement, bien sûr.

— J'espère bien, dit Daniel.

— Une simple parenthèse. Ça se fait couramment.

— Ah bon ? s'étonna Iris.

— Oui. À Oxford en tout cas. On appelle ça une année d'interruption volontaire des études. Les gens font ça pour faire le point. Pour être sûrs d'avoir choisi le bon cursus.

— Il me semblait, dit Iris, que ça se faisait plutôt entre le lycée et la fac, pas après avoir passé son mastère et commencé un doctorat. Tu ne me feras pas croire que c'est une chose courante chez les boursiers Fulbright.

— D'accord, ce n'est pas tout à fait pareil. On n'a qu'à parler de pause. Un an pour souffler. Ce n'est pas le bout du monde, merde. Pardon, Papi. »

M. Kimmelbrod secoua la tête. « Tu n'as pas à t'excuser. En fait, il faut que je me retire un instant.

— Papa, tu ne finis pas ton petit déjeuner ? demanda Iris.

— Tout à l'heure », dit-il. Ils le regardèrent se diriger péniblement vers le couloir. Quand la porte de sa chambre se referma, Ruthie reprit : « Ça fait dix-neuf ans que je vais en classe. J'aimerais respirer un moment. Ça ne me paraît quand même pas déraisonnable.

— Je ne vois pas pourquoi elle ne pourrait pas s'arrêter un an si elle en a envie, intervint Daniel.

— Ah oui, tu ne vois pas ? demanda Iris. Alors, je vais t'expliquer. Elle ne peut pas parce que ça va la démotiver. Ruthie, à l'heure qu'il est, tu es en bonne position pour faire un troisième cycle d'excellent niveau. Tu pourrais même rester à Oxford ensuite. Tu n'as pas le droit de compromettre tes chances. Tu te vois enseigner les règles de la dissertation dans je ne sais quel établissement de troisième catégorie dans le Dakota du Nord ? »

Iris se mordit les lèvres dès qu'elle eut prononcé ces paroles. La faculté de droit où enseignait Daniel se rangeait indéniablement dans la catégorie d'établissements qu'elle venait de dénigrer si brutalement.

« Tout le monde n'est pas obligé d'être prof à Columbia, dit Ruthie.

— Tous les profs du Dakota du Nord préféreraient certainement enseigner à Columbia, rétorqua Iris. Mais admettons. Une pause. Super. Formidable. Et tu as l'intention d'en faire quoi, de cette pause ?

— Je ne sais pas, murmura Ruthie, d'une voix qui ne contenait plus trace de défi.

— Comment ça, tu ne sais pas ? Tu n'as quand même pas l'intention d'arrêter, comme ça, pour rien. Tu as forcément des projets.

— Je ne sais pas. Je vais trouver du boulot, un truc comme ça.

— Quel genre de boulot ?

— Je ne sais pas, maman. Du boulot. N'importe quoi. Je peux être serveuse, vendeuse. Ça n'a pas grande importance.

— Ah oui ? Ce que tu fais n'a pas d'importance ?

— Allons, Iris, intervint Daniel. Laisse-la souffler.

— Tout dépend, dit Ruthie, de ce que tu entends par "importance". De toute évidence, en l'occurrence, tu veux dire "importance pour toi". »

Subitement, dans un éclair de panique, Iris vit la vie qu'elle avait imaginée pour Ruthie lui échapper. Elle n'avait jamais approuvé la discipline qu'avait choisie sa fille ; les facultés de littérature anglaise d'Amérique regorgeaient de spécialistes des poétesses victoriennes qu'elle affectionnait. Mais, malgré ses réserves sur son orientation, Iris savait que Ruthie était une vraie intellectuelle. Comme pour sa mère, la lecture était son plus grand plaisir. Depuis toujours. Que Ruthie s'engage dans une autre voie n'avait aucun sens. Elle ferait une chercheuse parfaite, concentrée sur son sujet, patiente et consciencieuse, n'ayant aucun mal à s'absorber dans son travail. Quand Iris avait conseillé à sa fille de s'intéresser à un champ d'études moins fréquenté, elle n'en était pas moins restée fidèle à sa passion et, en définitive, Iris avait admiré sa constance. Ruthie ne pouvait pas renoncer à ses ambitions maintenant, alors qu'elle était sur le point de les voir aboutir. Elle n'allait tout de même pas suivre l'exemple inepte de Becca.

« Tu pourrais trouver un boulot d'auxiliaire juridique », dit Daniel, évitant soigneusement le regard de sa femme comme s'il était décidé à ne plus tenir compte de ses objections. Comme si la décision de Ruthie était déjà prise. « Les cabinets engagent souvent des jeunes qui viennent travailler un an avant d'entrer en fac de droit.

— Elle n'a pas l'intention d'entrer en fac de droit, répliqua Iris. Je me trompe, Ruthie ? Tu as décidé de devenir avocate ?

— Mais non, je ne vais pas faire droit. Je ne sais pas ce que j'ai envie de faire. »

Irritée par le flou de Ruthie, qui s'ajoutait à l'approbation obtuse de Daniel dont Iris savait parfaitement qu'elle reposait autant sur l'hostilité à son égard qu'au souci du bonheur de Ruthie, elle répondit sèchement : « Tu ferais mieux de trouver ce que tu as envie de faire, Ruthie. Avant de gâcher complètement ta vie.

— Tu ne peux pas la lâcher un peu ? lança Daniel. Elle n'est pas en train de gâcher sa vie. Elle arrête la fac pendant un an, merde. À t'entendre, on dirait qu'elle a décidé de virer toxico.

— Et c'est moi qui exagère ? Tout ce que je veux, c'est lui éviter de commettre une erreur qu'elle regrettera plus tard. »

Cette conversation ne lui rappelait que trop la discussion qu'ils avaient eue quand Becca avait décidé d'arrêter le Conservatoire. Ce jour-là aussi, Daniel avait pris le parti de sa fille. Aujourd'hui, au moins, son père s'était abstenu d'ajouter sa voix au chœur.

« Tu ne peux pas lui donner des ordres tout le temps comme ça, dit Daniel. Ce n'est plus une gamine.

— Très bien. Mais de quoi parle-t-on exactement ? De Ruthie et de son avenir ? Ou bien il y a autre chose que tu cherches à me dire ?

— Bordel, s'écria Daniel. Qu'est-ce que tu peux être chiante ! » Il bondit sur ses pieds et traversa la pièce à grandes enjambées. Il attrapa son sac de gym et se précipita dehors, faisant claquer la porte moustiquaire derrière lui.

Pendant un moment, Iris resta immobile, tremblante, mourant d'envie de se lever et de le rejoindre en courant, de retirer tout ce qu'elle avait dit. Elle inspira profondément et posa ses deux mains autour de sa tasse chaude. Puis elle se leva en vacillant et sortit sur la véranda, où son fauteuil attendait qu'elle vienne se blottir dans son étreinte familière.

Elle laissa Ruthie seule, à la table de la cuisine, la tête entre les mains.

VII

« Samantha ! » appela Iris.

La fillette se retourna et lui fit un geste de la main. Puis elle traversa la pelouse en courant pour rejoindre Iris, ses jambes brunes montant et descendant comme un piston, ses cheveux se balançant énergiquement derrière elle. Samantha leva les bras et se précipita dans une roue maladroite, genoux pliés, pieds dans tous les sens. Cela faisait deux heures qu'elle travaillait son violon pendant que M. Kimmelbrod faisait un petit somme, et elle aurait poursuivi avec le même acharnement si Iris n'avait pas insisté pour qu'elle s'arrête un moment. Iris avait presque dû la pousser dehors pour qu'elle prenne l'air, mais à présent elle faisait la folle comme la petite fille qu'elle était.

« Et si tu cueillais quelques fleurs pour la table ? lui cria Iris. Il y a un massif de lupins de l'autre côté de Grange Hall. »

Quelques minutes plus tard, Samantha revint, chargée d'une immense brassée de fleurs mauves, roses et blanches. Levant les yeux de la salade d'œufs qu'elle préparait, Iris aperçut la petite, l'énorme bouquet dans ses bras. Iris faisait pousser des lupins parce que c'était la fleur préférée de Becca. Au mois de juin, tous les ans depuis l'accident, elle remplissait la maison de masses de lupins, renouvelant les bouquets dès que les pétales révélaient le moindre signe de flétrissure. Elle les cueillait jusqu'à ce qu'il n'y en ait plus un seul dans le jardin, ni sur les bas-côtés des routes les plus reculées. Elle aimait le souvenir de sa fille qu'ils évoquaient, et pourtant quelque chose dans l'image de la fillette chargée d'une brassée de fleurs mauves lui rappela le jour du mariage avec trop de force.

Le sourire de Samantha s'évanouit, ses sourcils se froncèrent d'inquiétude. « J'en ai pris trop ?

— Non, non. Tu as pris exactement la quantité qu'il fallait. Il y a une cruche émaillée sur la table. Tu peux les mettre dedans. »

Samantha enfouit son visage dans les fleurs, inspira profondément, et éternua. Iris éclata de rire. Samantha l'imita avant de se remettre à éternuer.

« Tiens ! » Iris lui tendit un mouchoir.

C'était tellement bon d'avoir de nouveau une petite fille dans la maison. Les rires étouffés, le grincement des freins de la bicyclette de Samantha quand elle s'arrêtait devant la maison, les petits pieds qui montaient en courant les marches de la véranda. Le son du violon. Samantha accordait son instrument d'une façon qui ressemblait à s'y méprendre à la longue plainte ascendante qu'émettait Becca, et qui allait crescendo au fur et à mesure que l'archet parcourait la corde. Et exactement comme quand Becca était petite, la note correspondait exactement au sifflement de la vieille bouilloire qui avait appartenu à la grand-mère d'Iris. Ce matin-là, comme tant de fois, si longtemps auparavant, Iris s'était précipitée à la cuisine pour retirer la bouilloire du feu, et l'avait trouvée rangée à sa place, ses flancs de cuivre froids se moquant d'elle.

Elles déjeunèrent sur la véranda et attendirent que M. Kimmelbrod se réveille. Il avait eu l'air fatigué ce matin et, au milieu de la leçon, il avait pris congé en s'excusant, avait demandé à Samantha de continuer à travailler, pendant qu'il prenait quelques instants de repos, le premier mouvement de la *Sonate n° 1 en sol mineur* de Bach qui les occupait depuis plusieurs semaines. Le morceau donnait du fil à retordre à Samantha, peut-être était-il trop difficile pour elle, et cette leçon l'avait épuisé. Il s'était retiré dans sa chambre, lui promettant d'être de retour dans moins d'une heure. Près de deux heures et demie s'étaient écoulées et Iris commençait à s'inquiéter.

Comme si elle lisait dans ses pensées, Samantha demanda : « Vous croyez que M. Kimmelbrod va bien ?

— J'en suis sûre », la rassura Iris. Elle attendrait quelques instants de plus avant d'aller voir ce qui se passait. Son père était si jaloux de son intimité qu'elle craignait toujours de l'importuner. La transition n'avait pas été facile, il était tellement habitué à vivre seul chez lui qu'il avait eu du mal à se faire à l'idée d'habiter chez elle. Elle avait essayé de lui faciliter les choses en n'entrant jamais dans sa chambre sans y être invitée.

« J'espère qu'il n'est pas malade, insista Samantha.

— Il y a des moments où il a besoin de recharger ses batteries, c'est tout. Il a quatre-vingt-dix ans, tu sais. »

Samantha, qui s'apprêtait à mordre à belles dents dans son sandwich à la salade d'œufs, interrompit son geste à mi-chemin entre son assiette et sa bouche. « Vous préférez que je rentre chez moi pour qu'il puisse se reposer ?

— Mais non, penses-tu ! Nous allons déjeuner tranquillement, et quand nous aurons fini, il sera certainement réveillé. À moins que tu sois attendue ailleurs ?

— Non, je n'ai rien d'autre à faire.

— Tes leçons se passent bien ? Est-ce que M. Kimmelbrod est très sévère avec toi ?

— Oh non ! Enfin, si, mais j'aime bien ça.

— Ma fille disait toujours que quand il l'écoutait jouer, il avait l'air d'être chez le dentiste, à attendre que la roulette touche le nerf. »

Samantha rit. « Des fois, oui. Mais à d'autres moments, quand il entend quelque chose qui lui plaît, il remue un peu la tête, comme ça. » Elle exécuta un hochement de tête lent et solennel. C'était une reproduction étonnamment fidèle du maintien grave, un peu raide, très Europe centrale, de M. Kimmelbrod, qui reprenait vie sur le visage d'une petite Asiatique.

« Et il hoche souvent la tête pendant tes leçons ?

— Ça dépend de la façon dont je joue.

— Je me demande s'il faisait pareil avec Becca.

— Ça a dû être tellement sympa pour... » Samantha hésita. « Pour votre fille de pouvoir jouer pour son grand-père. »

Iris sourit, touchée et attristée comme toujours que Samantha hésite ainsi à prononcer le nom de Becca. Tant de gens, jeunes ou vieux, semblaient craindre que la simple mention du nom de la défunte ne soit une transgression sociale, une preuve de mauvais goût. Personne ne comprenait qu'Iris éprouvait une envie maladive d'entendre le nom de Becca prononcé tout haut, qu'il était essentiel pour elle que l'existence passée de sa fille soit ainsi reconnue hors du cercle familial. Quand elle-même parlait publiquement de Becca, elle avait l'impression de jeter un pavé dans la mare. La surface plane de la conversation en était troublée, des ondulations traversaient toute la pièce.

« Quand elle ne lui faisait pas mal aux dents, dit Iris, Becca adorait jouer pour son grand-père. Ta famille doit être contente de t'entendre jouer.

— Pas vraiment. Ma maman aime bien le rock, ce genre de choses.

— Et la musique classique ?

— Pas trop, non. » Samantha retira le pain de la partie supérieure de son sandwich et enfonça son doigt dans la salade d'œufs comme si elle y cherchait un objet qu'elle aurait perdu. « Des fois, j'aime bien faire comme si... » Sa voix se perdit.

« Quoi ? Comme si quoi ?

— Non, c'est bête.

— Je suis sûre que non. Dis-moi. »

Timidement, Samantha reprit : « Il y a des instruments à cordes cambodgiens dont on joue avec un archet, comme un violon. J'ai lu des choses dessus sur Internet. Alors des fois, j'imagine... j'imagine que mes parents biologiques étaient musiciens. Qu'ils jouaient du tro khmer. Ça expliquerait pourquoi je..., vous savez, pourquoi je sais jouer.

— Ça ne me paraît pas du tout idiot.

— Ça expliquerait aussi pourquoi ils m'ont abandonnée. » Se laissant emporter par son sujet, toute gêne et toute timidité oubliées, Samantha poursuivit : « J'avais presque trois ans quand j'ai été adoptée, mais j'avais passé toute ma vie à l'orphelinat. L'année de ma naissance, il y a eu une grande sécheresse au Cambodge et beaucoup de bébés ont été abandonnés parce que leurs familles n'arrivaient pas à les nourrir. Quand les gens ont faim, la première chose à laquelle ils renoncent, ce sont les divertissements, vous ne croyez pas ? S'ils étaient musiciens, mes parents auront eu du mal à gagner leur vie. Ils auront été les premiers à souffrir de la famine. Alors ils ont été bien obligés de m'abandonner, pour essayer de me sauver.

— On dirait que tu as beaucoup réfléchi à tout ça. »

Samantha rougit et reposa les yeux sur son sandwich démembré.

Iris s'empressa d'ajouter : « C'est une théorie parfaitement plausible. Il est vrai que des dons musicaux aussi remarquables que les tiens se retrouvent souvent chez différents membres d'une même famille.

— Comme Becca et M. Kimmelbrod. »

Iris prit la main de Samantha et la serra, pleine de reconnaissance. « Exactement. Et tu sais, M. Kimmelbrod n'était pas le premier musicien de sa famille. On faisait beaucoup de musique du côté de sa mère. Elle était pianiste, mais à l'époque, une femme juive n'aurait jamais pu envisager de faire une carrière de concertiste. Je me demande souvent ce qu'aurait été la vie de ma grand-mère si elle était née ailleurs, et à une autre époque.

— C'est comme moi. Qui sait ce qu'aurait été ma vie ?

— C'est vrai. Tu n'aurais peut-être même jamais vu de violon.

— Ou au contraire, j'aurais pu faire de la musique toute ma vie au lieu de commencer si tard. J'aurais peut-être joué du tro khmer avec ma mère. »

Ou alors, songea Iris, tu aurais pu être adoptée par un couple de psychiatres juifs qui t'auraient inscrite à l'école Suzuki à trois ans.

Elle était émue par le besoin manifeste d'établir un lien, de trouver une explication cohérente au miracle de sa propre existence qu'elle décelait dans la voix de Samantha. Elle pensa à la vie de Becca, à la place que la musique y avait occupée. Iris et Daniel n'étaient pas particulièrement musiciens – elle n'avait rien hérité des dons de son père –, mais la musique avait toujours été présente chez eux. La chaîne ou la radio étaient allumées en permanence. Ils n'écoutaient pas seulement du classique, mais du rock, du jazz, du blues. Daniel adorait le jazz brésilien et la bossa-nova, et vouait un véritable culte à Miles Davis. L'enfance de ses filles avait été baignée de musique.

Le goût, la fascination même de Becca pour la musique n'avaient étonné personne. Impatient de cultiver son talent, M. Kimmelbrod lui avait offert son premier violon à trois ans. À quoi aurait ressemblé la vie de Samantha si elle avait été encouragée aussi précocement ? Si elle avait entendu Mozart au berceau, si elle avait chanté avant de savoir parler, si elle avait travaillé dès son plus jeune âge avec les meilleurs professeurs ? Samantha faisait évidemment des progrès vertigineux, et peu d'enfants, même les plus prodigieusement doués et les plus fortunés, avaient la chance de travailler avec un violoniste de l'envergure de M. Kimmelbrod. Mais Iris ne pouvait s'empêcher de se demander comment la vie et la carrière de cette petite auraient pu s'épanouir si elle avait été adoptée par quelqu'un d'autre. Quelqu'un comme elle, par exemple.

La transformation de Samantha avait été franchement spectaculaire. On aurait dit une fleur du désert qui n'attendait qu'une légère ondée pour éclore. L'été dernier encore, elle ignorait tout de la musique, mais elle avait appris à déchiffrer en quelques leçons, en se jouant des difficultés. M. Kimmelbrod s'était contenté de lui expliquer les règles, qu'elle avait comprises instinctivement.

De toute évidence, Samantha aspirait à vivre pour la musique, une existence que seuls Iris et M. Kimmelbrod pouvaient lui offrir. La petite avait emprunté à M. Kimmelbrod des centaines d'enregistrements : Mozart, Beethoven, Bach, Mendelssohn, Grieg, et jusqu'à Webern et Schoenberg. Au début de l'été, elle avait même emprunté un CD du Kronos Quartet, qui interprétait l'œuvre surréaliste de George Crumb, *Black Angels*, revenant le lendemain pour supplier M. Kimmelbrod de bien vouloir sortir pour elle un exemplaire de la partition à la bibliothèque du Centre Usherman.

Son talent était tellement manifeste que M. Kimmelbrod était allé discuter avec le seul violoniste local à qui il faisait confiance pour ne pas lui donner de mauvaises habitudes, qui risqueraient de gâcher son talent. Arturo Weinstein, premier violon solo de l'Orchestre symphonique de Bangor, avait accepté de la faire travailler tout l'hiver. Iris avait payé les leçons, sans jamais avouer à son père qu'elle avait fait croire à Jane qu'elles étaient gratuites.

Iris avait même offert à Samantha le Gliga trois-quarts de Becca pour qu'elle joue sur un instrument correct.

La petite avait accompli des progrès considérables à Bangor pendant l'hiver, mais elle aurait pu faire encore mieux. En effet, Weinstein quittait chaque année la région pour le soleil de Floride pendant presque toute la durée des mois de février et de mars. De plus, Jane avait décliné l'offre d'Iris, qui avait proposé de payer les frais de transport de Samantha entre Bangor et Red Hook, et Iris était sûre que, certaines semaines, les difficultés de déplacement avaient empêché la petite d'assister à ses leçons. Autrement dit, Samantha n'avait pris aucun cours durant de longues périodes. Cet été, Iris s'était mise en quête, sans succès, d'un professeur sur lequel elle puisse vraiment compter pour l'hiver à venir.

« Ça ne doit pas être facile pour toi, dit alors Iris. Ne pas savoir d'où vient ton talent, tout ignorer du lieu où tu es née. Tu connais d'autres Cambodgiens ?

— Il y a des petites filles chinoises, mais c'est encore des bébés. Il n'y a personne de mon âge. À l'église où on allait avant, il y avait une autre Cambodgienne. Elle avait été adoptée, elle aussi. Et deux garçons qui venaient de Corée. Le pasteur était très actif dans une association d'adoption internationale. Tous ces enfants étaient à lui.

— Vous n'allez plus à cette église ?

— Non. C'était à Belfast et quand ma maman… est tombée malade, on est venues s'installer ici, pour être plus près de sa famille.

— L'église te manque ? Les autres enfants ?

— Hmm. Oui. Un peu. La Cambodgienne était plus grande que moi, et les garçons, vous savez… C'étaient des garçons, quoi. Mais la chorale était vraiment bien. J'aimais ça. Et puis c'était sympa de ne pas se sentir tout le temps aussi différente des autres.

— C'est sûr qu'ici tu dois te sentir plutôt différente. »

Avec une véhémence qui ne lui ressemblait pas, Samantha poursuivit : « Tout le monde dit que c'est tellement super d'être différent. Que la diversité, c'est précieux, tout ça. Mais ils ne savent pas ce que c'est, de ne jamais être comme les autres. Personne ne parle de *ça*. » Elle hésita un instant, avant d'ajouter précipitamment, comme si cela faisait des années qu'elle attendait de pouvoir se confier à quelqu'un : « Quand j'étais petite, des fois, j'oubliais ; je me promenais, comme ça, je me sentais tout à fait normale, et puis je me regardais dans la glace et je me disais : Ah oui. C'est à *ça* que je ressemble.

— Vois-tu, Sam, dit Iris en posant gentiment la main sur la joue de Samantha, je sais que ce n'est pas pareil, mais il m'arrive d'éprouver un peu la même chose à propos de Becca. Une fois de temps en temps, très rarement, il m'arrive presque d'oublier qu'elle n'est plus là. Si je suis très absorbée dans quelque chose, dans mon travail par exemple, tout d'un coup, je ne suis plus la mère de Becca, cette femme qui continue à la pleurer. Je me sens… comme avant, en fait. Comme je me sentais toujours, avant. Et puis, au bout d'une minute ou deux, en général, quelque chose me rappelle à la réalité. Je vois un objet, pas forcément aussi parlant que sa photo, ça peut être une simple tasse de café posée sur mon bureau, par exemple, ou un stylo sans capuchon, et je me rappelle que quand elle était petite, elle aimait boire du café, ce n'était presque que du lait en fait, avec quatre cuillerées de sucre, ou qu'elle oubliait toujours de refermer les feutres et qu'ils séchaient. Et un peu comme toi, sans doute, je me dis, "Ah oui. Voilà qui je suis. Je suis la maman dont la fille est morte…" »

Samantha écoutait attentivement, et hocha la tête, manifestant énergiquement son approbation.

« Tu sais quoi ? proposa alors Iris. J'ai l'enregistrement de l'audition que Becca a passée pour son entrée au Conservatoire de musique de Nouvelle-Angleterre. Ça te ferait plaisir de l'entendre ?

— Oui ! s'écria Samantha. Oh oui ! »

Cela faisait longtemps qu'Iris avait envie d'écouter cette cassette, mais elle n'en avait encore jamais eu le courage. Elle aurait été incapable d'expliquer pourquoi elle était soudain prête à la faire écouter à Samantha qui, après tout, avait à peine connu Becca, ni pourquoi elle ne l'avait pas proposé à ceux qui auraient pu, très légitimement, souhaiter l'entendre : Daniel, Ruthie et M. Kimmelbrod.

Iris conduisit Samantha au salon, s'accroupit devant la chaîne stéréo et enfonça la cassette dans le lecteur. Après un grésillement de parasites suivi d'un cliquetis, la voix rauque de Becca résonna. Iris s'assit. Elle ferma les yeux et remonta les genoux contre sa poitrine.

« Rebecca Felice Copaken. » C'était tout ; trois secondes de son, pas plus. C'était la première fois qu'Iris entendait la voix de sa fille depuis qu'elle lui avait dit au revoir, sur les marches de l'église.

La bande commençait par le *Caprice n° 7 en la mineur* de Paganini. Iris se rappelait que Becca avait d'abord envisagé de jouer le *Concerto en la mineur* de Mendelssohn, mais M. Kimmelbrod l'en avait dissuadée : il avait entendu le premier mouvement de ce concerto sur plusieurs centaines de cassettes d'audition adressées à la Juilliard School et au Centre Usherman avec des demandes d'inscription. Il lui avait conseillé avec insistance le *Caprice n° 24*, mais elle avait rechigné – il était trop difficile, prétendait-elle. Elle avait choisi le *n° 7* et l'avait joué presque à la perfection.

Becca avait interprété par la suite plusieurs de ces caprices pour son récital de dernière année, et c'était ce concert-là qui revint alors à la mémoire d'Iris. Elle reconnaissait la légèreté du toucher de sa fille, dont les doigts bondissaient prestement de note en note. Elle se rappelait la façon qu'avait Becca de remuer la tête en jouant. Quand le timbre s'assombrissait, elle fermait les yeux et plissait le front. Becca fronçait les sourcils, pointait le menton, relevait les sourcils et oscillait quand elle tenait une note d'un long coup d'archet. Elle se balançait d'avant en arrière, on aurait presque dit qu'elle dansait. Son attitude contrastait spectaculairement avec le masque qu'arborait son grand-père en concert. Quand il jouait, M. Kimmelbrod était un modèle de sobriété. La plupart des violonistes jouent avec tout leur corps. Ils s'inclinent, plongent en avant, la musique ne s'exprimant pas seulement à travers leurs doigts et leurs mains, mais à travers leurs bras, leur torse, leurs jambes et leurs pieds, et jusqu'à leur tignasse qui voltige autour de leur tête. M. Kimmelbrod était comme le tronc d'un chêne, avait dit un critique un jour, avec des racines qui l'ancraient profondément dans le sol.

Tout le temps qu'avait duré le récital de Becca, Iris avait senti M. Kimmelbrod, assis à côté d'elle, tressaillir imperceptiblement. Par la suite, il n'avait pas ménagé ses critiques, reprochant à Becca une fluidité insuffisante, un manque de qualité du son.

Refoulant ce souvenir déplaisant, Iris laissa la musique l'emporter, imaginant les longs doigts bronzés de Becca voltiger sur les cordes, sa queue de cheval dansant dans son dos tandis que son buste plongeait et se redressait. Elle jeta un coup d'œil à Samantha, immobile, attentive à la moindre note.

Becca joua les dernières notes, terminant par une envolée spectaculaire, et Iris et Samantha, tendues par la concentration, se relâchèrent d'un coup, épuisées.

Quand elles entendirent les premières notes du morceau suivant, la Chaconne, le dernier mouvement de la *Partita pour violon n° 2 en ré mineur* de Bach, Samantha chuchota : « Oh, j'*adore* ce morceau ! J'aimerais tellement pouvoir le jouer.

— Tu le joueras. Un jour, tu le joueras. »

M. Kimmelbrod avait également désapprouvé la richesse du timbre et l'émotion que Becca avait tant cherché à mettre dans la Chaconne. « Trop Heifetz, avait-il lancé. Pas assez Bach. » Il avait porté ce jugement sévère alors qu'elle avait déjà fini d'enregistrer sa cassette d'audition et qu'elle la leur faisait écouter, juste avant de l'envoyer. Iris n'avait jamais oublié l'expression du visage de Becca à l'annonce de ce verdict. Elle avait pâli, puis avait éclaté de rire. Iris avait cherché à la réconforter : son morceau était très bien, mieux que très bien, elle jouait magnifiquement. Mais Becca n'avait pas besoin que sa mère la rassure. « J'ai fait de mon mieux, avait-elle dit. Si ça leur plaît, ils me prendront. Sinon, je m'inscrirai en anthropologie à l'Université de New York. Ou bien je ferai une fac de clown. » Becca avait le chic pour prendre les choses du bon côté, pour surmonter les difficultés, ne pas ressasser ses échecs. Contrairement à sa mère. En cet instant précis, par exemple, en se remémorant la sécheresse brutale avec laquelle M. Kimmelbrod avait critiqué cette cassette d'audition, Iris éprouva un élan de colère. Becca avait joué cette Chaconne pour *lui*, en hommage. Elle l'avait jouée parce que c'était la pièce qu'il avait donnée pour son premier récital de soliste en Amérique, à Town Hall, le 11 juin 1936.

« C'est tellement beau, dit Samantha. Merci. »

En lui souriant, Iris vit que les yeux de Samantha débordaient de larmes. Écrasée d'émotion, emportée par une reconnaissance infinie à l'égard de cette petite fille qui avait su apprécier la beauté de ce qu'elles venaient d'entendre, Iris proposa : « Est-ce que tu aimerais venir nous voir à New York cette année ? Tu pourrais prendre des leçons avec M. Kimmelbrod. Assister à quelques concerts. Nous pourrions peut-être même trouver un concert de musique cambodgienne.

— Je ne suis jamais allée à New York. Et je n'ai jamais entendu jouer de musique cambodgienne ailleurs que sur Internet.

— Dans ce cas, il faut absolument que nous arrangions ça. Et tu sais quoi ? Il y a beaucoup de Cambodgiens adoptés à New York. Je suis sûre qu'il est possible de dénicher une association, un groupe de soutien. Tu pourrais peut-être aller à une réunion. En tout cas, rien ne nous empêche d'aller manger dans un restaurant cambodgien.

— Je n'ai jamais mangé de nourriture cambodgienne. Ça serait super génial. »

Ça serait super génial, en effet, songea Iris. Elle se voyait déjà aller au concert avec la petite, s'asseoir dans une salle pour l'entendre se produire en public pour la première fois, l'accompagner au Lincoln Center. Elle s'imaginait dans son salon en train de lire un roman pendant qu'à l'autre bout de la pièce une adolescente travaillait ses gammes.

Iris était convaincue que Samantha avait l'étoffe d'une violoniste de classe internationale. Mais la plupart des musiciens de son envergure commençaient à travailler sérieusement à peine sortis du berceau. À son âge, cela faisait déjà cinq, six ou même sept ans qu'ils apprenaient le répertoire et perfectionnaient leur technique. Malgré tout son talent, Samantha avait un immense retard à combler. Elle ne pouvait pas se permettre de passer un nouvel hiver à manquer des leçons et à se laisser distraire par des problèmes familiaux. Il fallait qu'elle étudie la musique et la théorie, il fallait qu'elle soit à l'abri des tensions dues à la maladie de sa mère et de la vie instable qu'elle lui imposait, ballottée entre Jane et elle, ne sachant jamais avec certitude où elle passerait la semaine ou le mois suivants.

« Je me demande si ça ne serait pas une bonne idée que tu viennes passer un moment chez nous, à New York. Je vais en parler à ta tante Jane. »

Le visage de Samantha s'assombrit. « Elle ne voudra jamais.

— Je suis sûre qu'elle acceptera dès qu'elle comprendra la chance que cela représente pour toi. »

Évidemment, Iris était loin d'en être sûre. Jane s'opposerait très certainement à l'idée d'un séjour prolongé de Samantha à New York. Et elle serait particulièrement hostile au projet qui commençait à se former dans l'esprit d'Iris : et si Samantha venait s'installer à New York pour *tout* un hiver ? La petite pourrait bénéficier d'une éducation musicale que Red Hook ne lui offrirait jamais. Elle s'épanouirait si rapidement ! Iris était certaine que son père accepterait d'assumer l'entière responsabilité de la formation de Samantha. Il en serait même ravi. Peut-être pourrait-il obtenir qu'elle suive le programme pré-universitaire de la Juilliard School. Samantha était très jeune et manquait d'instruction, certes, mais elle était incroyablement douée. Même si elle n'était pas encore prête pour la Juilliard, elle le serait certainement au terme d'une année d'enseignement approfondi. Il faudrait qu'à New York Samantha soit immergée dans la musique toute la journée. Qu'elle mène le genre de vie qu'Iris avait accordée à sa propre fille. Une vie de musicienne.

Iris se connaissait assez bien pour savoir, dès cet instant, que l'envie d'aider Samantha ne lui était pas dictée par un pur altruisme, qu'elle cherchait en même temps à combler le vide laissé par la mort de Becca. C'était un sentiment tellement étrange. Cela faisait près de dix ans qu'elles ne vivaient plus sous le même toit, Becca et elle, sauf l'été, et pourtant sa présence quotidienne manquait terriblement à Iris. Ce serait tellement agréable d'avoir de nouveau une fille dans sa vie, une fille dont elle pourrait, cette fois, guider correctement l'éducation musicale. L'expérience qu'elle avait acquise avec Becca lui avait appris quels encouragements, quels appuis étaient nécessaires. Aussi douée qu'ait été Becca, Iris se demandait si Samantha n'avait pas quelque chose de plus, un peu plus d'ambition ou un peu plus de talent. Suffisamment pour surmonter le handicap de cette instruction tardive. Non, ses motifs n'étaient pas entièrement, ni même principalement, charitables. Iris reconnaissait son égoïsme. Elle pensait aussi, pour tout avouer, à Ruthie, qui paraissait aussi pressée que sa sœur de faire une croix sur son avenir. Et après ? Quelle importance ? L'essentiel n'était-il pas d'aider cette petite, de lui offrir la meilleure éducation possible ? Jane elle-même, malgré tous les bâtons qu'elle ne manquerait pas de mettre dans ses roues, finirait sans doute par se ranger à ce qui était la meilleure solution pour Samantha. Mais mieux valait ne rien brusquer. Commencer par évoquer la possibilité d'un bref séjour à New York.

« À nous deux, nous devrions bien arriver à convaincre ta tante de te laisser venir.

— Je ne sais pas, murmura Samantha d'un air dubitatif.

— Qu'est-ce que tu ne sais pas ? » M. Kimmelbrod se tenait sur le seuil, appuyé sur son déambulateur. Il portait une chemise blanche fraîchement repassée, un pantalon noir au pli parfaitement marqué et des richelieus noirs cirés. Le seul indice trahissant qu'il avait passé les deux dernières heures à dormir était le long sillon rouge qui traversait sa joue, à l'endroit où son visage avait reposé sur l'oreiller.

« Rien, Papa, dit Iris. Nous bavardions pour passer le temps, c'est tout.

— Alors comme ça, tu n'as pas travaillé ton Bach ? demanda-t-il, taquin, à Samantha.

— Mais si, Papa. Elle a travaillé pendant près de deux heures ! J'ai fait à déjeuner. Un sandwich à la salade d'œufs, ça te dit ?

— Non, merci. » M. Kimmelbrod se tourna vers Samantha : « Viens. Allons voir les progrès que tu as faits.

— Est-ce que je peux l'écouter ? » demanda Iris. Jusqu'à ce jour, elle avait toujours pris grand soin de s'éclipser pendant la leçon de Samantha, allant jusqu'à s'absenter de la maison pour leur assurer l'intimité sur laquelle son père comptait, elle le savait.

« C'est à Samantha de décider », répondit-il.

Samantha sourit timidement. « Ça m'est égal. »

Iris passa donc l'heure suivante blottie sur le canapé du salon à écouter Samantha et M. Kimmelbrod travailler le premier mouvement de la sonate de Bach, l'Adagio. Iris l'avait entendue des dizaines de fois. Quand Becca était petite, lors des nombreuses auditions auxquelles elle avait participé, il y avait généralement au moins un jeune violoniste qui faisait de son mieux pour exprimer autre chose qu'une solennité indigeste dans le premier mouvement ou exécuter le second avec la plus grande vélocité possible. Quelquefois, rarement, un enfant particulièrement doué s'en sortait mieux que passablement. Et plus rarement encore, un élève donnait à ce morceau une vraie profondeur de sentiment, une authentique intensité d'adulte.

Tout en s'efforçant encore de maîtriser les subtilités du phrasé, Samantha faisait indéniablement partie de ces élèves-là. Elle avait encore des difficultés, mais dans les passages où elle était à l'aise, son jeu était précis, sans émousser les aspérités pour autant. Elle apportait de l'émotion à une musique qu'Iris avait souvent entendue privée de flamme et d'art.

Pendant presque toute l'heure, Iris resta assise, les yeux fermés, attentive. Elle ne les ouvrait que quand M. Kimmelbrod arrêtait Samantha pour décaler doucement ses doigts, les mettre en place, ou lui fredonner ce qu'il voulait qu'elle joue.

Quand Becca était petite, il arrivait à Iris de prendre un livre ou une pile de copies à corriger et de s'allonger sur le canapé pendant que sa fille faisait ses exercices. Iris travaillait, Becca faisait ses gammes, reprenant une fois, deux fois, trois fois même, jusqu'à ce qu'elles soient irréprochables. De temps en temps, la musique s'interrompait et Iris levait la tête, un froncement de sourcils suffisant généralement à remettre Becca au travail. Mais lui était-il arrivé une seule fois de rester assise à l'*écouter* ? Même quand Becca était toute petite, Iris n'avait jamais assisté à ses cours, et si, au fil des ans, Becca lui avait souvent offert des concerts improvisés, depuis « Twinkle Twinkle Little Star » quand elle était haute comme trois pommes, jusqu'à son interprétation de dernière année de la *Partita n°* 2 *pour violon* de Bach, Iris ne se rappelait pas s'être installée comme cela, les pieds relevés, les yeux fermés, à écouter sa fille travailler.

Si elle avait su combien, en définitive, la vie lui offrirait peu d'occasions de l'entendre jouer, Iris serait peut-être devenue une de ces mères omniprésentes, de celles qui collent l'oreille à la porte des salles de répétition, qui s'assoient au fond des salles de concert vides, les mains jointes sur les genoux, le regard rivé sur leurs enfants. Si seulement elle avait su que Becca resterait si peu de temps parmi eux, si elle avait pris la mesure de la fugacité de l'enfance, de la rapidité avec laquelle elle s'évanouit, elle aurait fait plus attention. Peut-être alors Becca n'aurait-elle jamais renoncé au violon. Et si elle n'y avait pas renoncé, sa vie aurait été différente. En admettant qu'elle ait tout de même épousé John, ils se seraient probablement mariés ailleurs, un autre jour, à un autre endroit. Un battement d'ailes de papillon aurait suffi, et Becca ne serait pas morte.

« C'est très bien, mon petit, dit M. Kimmelbrod à Samantha au bout d'une bonne heure. Je crois que nous avons assez travaillé pour aujourd'hui.

— Je peux continuer si vous voulez, répondit Samantha avec empressement. Je ne suis pas fatiguée. »

M. Kimmelbrod quitta son siège et posa la main sur la tête de la fillette. « Je vois bien. Mais c'est *moi* qui suis fatigué, tu sais. »

Dissimulant mal sa déception, Samantha rangea soigneusement son violon dans son étui.

« Je vais te raccompagner chez toi, Sam, proposa Iris.

— J'ai mon vélo.

— Ah oui, c'est vrai. »

Tandis qu'ils la regardaient s'éloigner, les roues de sa bicyclette vacillant sur l'allée de gravier, son violon harnaché comme un sac à dos, Iris demanda : « Elle est vraiment bonne, n'est-ce pas ?

— Oui. Elle est exceptionnellement douée.

— Oui, répéta Iris en hochant la tête.

— Mais tu sais, les salles d'études de la Juilliard et d'Usherman Hall grouillent d'enfants prodiges.

— Ces enfants-là ont des parents qui sont tout prêts à se ruiner pour assurer leur avenir. Samantha n'a que nous.

— Elle a une mère et une grand-tante.

— Je t'en prie. Une mère qui passe plus de temps à astiquer les boucles de sa camisole qu'à s'occuper de sa fille, et une grand-tante qui ne comprend rien à la musique. Sans nous, le talent de Samantha sera gâché.

— Iris, cette petite est très douée, c'est vrai, mais elle a onze ans.

— Tu avais le même âge quand tu as fait tes débuts.

— À son âge, cela faisait six ans que je travaillais le violon. Samantha a commencé il y a à peine un an. Elle a énormément de choses à apprendre. Il y a des pans entiers du répertoire qu'elle n'a jamais *entendus*, je dis bien *entendus*, pas *joués*. Elle a beaucoup de talent, un talent extraordinaire peut-être, mais elle est encore très jeune. Musicalement, elle est très jeune.

— C'est exactement ce que je veux dire. Elle ne pourra jamais s'épanouir musicalement à Red Hook. Comment veux-tu qu'elle le fasse si elle doit se contenter de professeurs qui ne peuvent pas lui accorder l'attention nécessaire ?

— Nous faisons ce que nous pouvons. Je lui donne des cours en été. Arturo fait de son mieux en hiver. Nous ne pouvons pas faire plus.

— Nous pourrions la faire venir à New York. »

M. Kimmelbrod fronça les sourcils et la regarda, intrigué. « Tu parles sérieusement ?

— Pourquoi pas ? Elle pourrait habiter chez nous, Daniel et moi. Travailler avec toi. Ce serait formidable pour elle.

— Iris, tu mets la charrue avant les bœufs.

— Je sais. Et même bien, bien avant les bœufs. Je n'en ai même pas parlé à sa tante. Et je ne peux pas dire que je lui aie vraiment posé la question, à elle. Mais elle est malheureuse ici, Papa. Elle ne connaît pas d'autres Cambodgiens. Elle se sent isolée, différente des autres. Ce n'est pas bon pour elle. Il faut qu'elle quitte le Maine. Il faut qu'elle vienne avec nous à New York.

— Es-tu vraiment en train de me dire que tu veux te charger d'une jeune enfant ? Que tu es prête à bouleverser toute ta vie à ce point ? »

Iris hésita, se forçant à envisager sérieusement la question. Comment pourrait-elle faire, concrètement ? Samantha pourrait loger chez eux, ils avaient largement la place. Elle passerait ses journées en classe, prendrait ses leçons de violon en fin d'après-midi. Iris devrait sans doute aménager son emploi du temps pour pouvoir aller chercher Samantha au collège et la conduire à ses cours, le temps du moins que la petite puisse faire le trajet seule sans difficulté. À son âge, Becca et Ruthie prenaient le bus et le métro sans problème, mais les temps avaient changé et, surtout, Samantha n'était pas une citadine. Elle aurait du mal à s'habituer à New York. Évidemment, cela donnerait un surcroît de travail à Iris, mais si elle avait du mal à s'en sortir, elle pourrait toujours engager une étudiante de la Columbia pour s'occuper de Samantha après l'école. Il faudrait mettre tout ça en place. Mais ce n'était pas vraiment un problème. L'organisation n'était-elle pas son point fort ?

« Ça devrait aller, dit Iris.

— Il faut que tu réfléchisses aux raisons pour lesquelles tu envisages ça, Iris. Que tu t'interroges sur tes propres motivations. »

Je fais ça, pensa-t-elle, parce que ma vie n'a plus de sens depuis la mort de ma fille, parce que j'ai l'impression que cette petite pourrait lui en redonner. Parce que mon couple bat de l'aile et que je cherche un dérivatif à cette douleur-là aussi. Parce que la fille qui me reste m'a rejetée. Parce que je suis égoïste et autoritaire. Parce que j'ai *besoin* d'elle.

Iris répondit : « Il me semble que nous devons bien ça à Samantha.

— Et pourquoi ? Ce n'est pas ta fille. Elle n'est pas de ta famille. Rien ne t'oblige à t'occuper d'elle.

— Elle *fait* partie de notre famille. C'est la nièce de ma *machetaynista.* C'est toi qui m'as appris ce mot. »

Le sourcil relevé, la lèvre légèrement retroussée. Iris connaissait bien cette expression. Quand elle était trop exubérante, trop bruyante, qu'elle plaidait sa cause avec trop d'énergie, il lui jetait ce regard. Enfant, il lui donnait envie de rentrer sous terre. Depuis qu'elle était adulte, il la braquait.

Elle n'ignorait pas plus que son père tous les obstacles à son projet. Elle savait que Jane s'y opposerait, c'était certain. Daniel aussi, peut-être. Elle savait qu'elle aurait du mal à s'occuper à nouveau d'une enfant, qui ne connaissait pas New York qui plus est, ni les villes en général. Elle savait que Samantha aurait besoin de sa présence bien plus que cela n'avait été le cas de ses filles, depuis très longtemps. Mais en fait, c'était exactement ce qu'elle voulait. Protéger une enfant, s'en occuper, faire éclore son talent singulier, l'encourager, participer à sa vie. Redevenir – ce qu'elle envisageait tout de même avec un certain malaise – une mère, ou quelque chose d'approchant.

M. Kimmelbrod posa l'arrière de son crâne contre l'appuie-tête du fauteuil. Sa rigidité musculaire avait été particulièrement prononcée depuis le matin, ses mouvements encore plus lents qu'en temps normal.

« Papa. Ça va ?

— Oui, oui. » Il ferma les yeux.

« Papa, si j'arrive à persuader Jane de laisser Samantha venir à New York avec nous, est-ce que tu accepteras de continuer à lui donner des leçons ? »

M. Kimmelbrod soupira, mais leva les mains dans un geste de défaite. « Je suppose que si, effectivement, elle venait nous voir, je pourrais continuer, oui. C'est une élève absolument délicieuse.

— Tu vois bien que c'est une excellente idée.

— Excellente ou non, rien n'est décidé. Tu as peut-être une volonté irrésistible, mais je crois Jane dotée d'une force de résistance inébranlable.

— Nous verrons bien. Merci, Papa. »

Laissant son père au salon, Iris se précipita dans son bureau. Elle avait des coups de fil à passer, des dispositions à prendre si elle voulait tout mettre en place avant la fin de l'été. Pour commencer, il fallait dresser la liste de tout ce qu'il y avait à faire.

VIII

Dans la cuisine de Jane, les deux femmes laissaient leurs tasses de thé refroidir devant elles tandis qu'elles bataillaient furieusement, bien que courtoisement, à propos de l'avenir de Samantha.

« Ça va bien en été, parce que mon père lui donne des leçons, dit Iris. Mais Arturo voyage trop. Elle a besoin de plus de stabilité, et il n'y a pas d'autre professeur de ce niveau dans la région. »

Jane n'en revenait pas. Si elle n'avait pas déjà fait amplement l'expérience de la capacité apparemment infinie d'Iris de se mêler de ce qui ne la regardait pas – en fourrant dans la tête de John cette idée de cours d'architecture navale, en insistant pour que les gosses soient enterrés côte à côte, en organisant les cours de violon de Samantha à Bangor en ne consultant Jane que pour la forme et une fois l'affaire réglée –, elle se serait dit qu'elle avait mal compris ses propos. Quel genre de femme fallait-il être pour envisager d'emmener l'enfant d'une autre, ou même, en l'occurrence, sa petite-nièce ?

« L'année dernière, vous prétendiez que son professeur de Bangor était le meilleur, rétorqua Jane.

— Il est certainement le meilleur du Maine, et elle a beaucoup appris avec lui. Mais elle a fait de tels progrès qu'il est absolument essentiel d'éviter toute interruption dans sa formation. Et ce n'est pas tout. Il faut qu'elle entende jouer de la musique de plus haute qualité, qu'elle découvre une plus grande diversité de musiciens.

— Les musiciens ne sont pas ce qui manque dans le Maine. Nous sommes allées ensemble à Bangor une bonne dizaine de fois cet hiver pour entendre l'orchestre. »

Jane remarqua, à sa grande satisfaction, que l'information avait désarçonné Iris. Aller à Bangor n'était pas une mince affaire. Une heure et demie de trajet dans le meilleur des cas, sur une route perpétuellement encombrée par les camions des scieries qui se rendaient à la papeterie de Bucksport et en revenaient. En hiver, les ponts étaient verglacés et il fallait faire un détour parce que les chasse-neige ne dégageaient pas les routes secondaires. De toute évidence, Iris avait si peu d'estime pour Jane qu'elle n'imaginait même pas qu'elle ait pu accepter de tels désagréments simplement pour permettre à Samantha d'aller entendre l'orchestre symphonique, alors qu'elle la conduisait déjà à Bangor deux fois par semaine pour ses leçons. Ces concerts n'avaient pas été pour Jane l'épreuve qu'elle prévoyait. La plupart des morceaux étaient rasoir, sans doute, mais elle en avait reconnu quelques-uns, des airs qu'elle avait entendus quand elle était petite. Et c'était un tel plaisir de regarder Samantha, qui semblait retenir son souffle dès que l'orchestre commençait à s'accorder pour ne reprendre sa respiration qu'à l'entracte.

Le ton d'Iris s'adoucit. « Ça alors ! Je ne savais pas. C'est vraiment très gentil de votre part d'avoir fait ça pour elle. »

Jane repoussa le compliment d'Iris d'un haussement d'épaules. Ce n'était ni gentil ni pas gentil. C'était le genre de choses qu'on fait pour sa famille. Samantha était de sa famille. Il ne serait peut-être pas mauvais de le rappeler à cette femme.

Iris continua : « Mais malgré toute la qualité de l'orchestre symphonique de Bangor, ce n'est pas suffisant. À New York, en une seule soirée, elle pourrait entendre une bonne dizaine d'orchestres et d'ensembles de chambre différents. Elle pourrait aller à l'opéra. Rencontrer d'autres élèves. *Vivre* sa musique. Jane, je vous en prie, réfléchissez. Vous voulez bien ? Il faut que Samantha aille à New York, qu'elle y passe un certain temps. »

Jane croisa les bras sur sa poitrine : « Elle a onze ans. Ce dont on a besoin à cet âge-là, c'est d'être avec sa famille.

— Cela va de soi. Et vous vous êtes merveilleusement occupée d'elle, dans des circonstances qui n'ont certainement pas été faciles. Mais nous faisons partie de la même famille, en un sens, vous et moi, non ? Nous sommes parentes par alliance. J'ai beaucoup d'affection pour Samantha. Vous pouvez être sûre que je m'occuperai très bien d'elle. »

Parentes par alliance ? Jane était presque choquée par cette idée. On ne pouvait tout de même pas dire une chose pareille. Bien sûr, elles avaient partagé une tragédie, un deuil effroyables, mais enfin, Iris et elle n'avaient été *parentes par alliance* que pendant une heure. De toute façon, c'était complètement ridicule

– elle savait parfaitement qu'Iris n'avait aucune estime pour elle, mais de là à la prendre pour une imbécile ! Depuis quand est-ce qu'on confiait son gosse à un *parent par alliance* pour qu'il l'élève ?

« Je ne sais pas ce que vous vous imaginez être pour moi, Iris, mais ce que je sais, c'est que Samantha n'est pas votre fille. Elle n'est pas la mienne non plus. Elle a déjà une mère.

— Oui, oui. Bien sûr. Mais vous êtes sa tutrice légale, n'est-ce pas ?

— Non.

— Comment ça, non ? »

Jane se maudit d'avoir révélé à Iris ce qui ne la regardait pas. « Je m'occupe d'elle, c'est tout.

— Parce que sa mère n'est pas en état de le faire, c'est ça ? Le fardeau retombe sur vous.

— Ce n'est pas un fardeau. Samantha fait partie de la famille. De toute façon, sa mère va bientôt sortir de l'hôpital.

— Jane, je comprends parfaitement que ce soit difficile à envisager pour vous. Mais si vous vous obstinez à l'empêcher de partir, vous risquez de ne pas seulement la priver d'une carrière de violoniste, et d'une carrière fantastique qui plus est – mon père dit qu'il n'a jamais vu d'enfant aussi douée. C'est de son bonheur qu'il s'agit. La musique, c'est toute la vie de Samantha, Jane. Vous le savez aussi bien que moi. Mais la plupart des musiciens de cette trempe ont commencé à jouer d'un instrument tout petits. À son âge, cela fait déjà des années qu'ils travaillent le répertoire. Malgré tout son talent, Samantha a un immense retard à combler.

— L'année dernière, vous disiez que le seul moyen de l'aider à rattraper ce retard, c'était de la conduire à Bangor toutes les semaines. Maintenant, il faut qu'elle aille à New York. Et l'année prochaine, ça sera quoi ? La Chine ? »

Iris se pencha en avant, cherchant à la convaincre :

« Je sais que c'est dur pour vous, Jane. J'éprouverais la même chose à votre place. Et il va de soi que vous aurez toujours le dernier mot pour tout ce qui la concerne – vous et sa mère. Nous respecterons toutes les règles que vous voudrez. L'heure du coucher, par exemple. » Iris attrapa son sac et en sortit une liasse de feuillets. « J'ai imprimé le calendrier scolaire de l'année prochaine. Vous voyez, il y a de longues périodes de vacances qu'elle pourrait évidemment passer ici, chez vous. Nous pourrions même nous débrouiller pour qu'elle rentre un week-end par mois. Ou un week-end sur deux, si vous préférez. »

Jane ne voulait à aucun prix donner l'impression qu'elle pourrait accepter de négocier. « Pas question, répondit-elle.

— Je vous en prie, Jane, réfléchissez. Samantha a tout ce qu'il faut pour devenir une musicienne de classe internationale. Une musicienne qui pourrait un jour, effectivement, jouer en Chine. En Chine, au Japon, en Europe. D'un bout à l'autre des États-Unis. Elle pourrait gagner sa vie plus que confortablement. Comment pouvez-vous lui refuser cet avenir ? »

Jane recula sa chaise et se leva. Elle avait assumé à contrecœur ses multiples dettes envers les Copaken et était bien décidée à ne plus en contracter d'autres. Qu'il s'agisse de la concession funéraire ou des leçons de M. Kimmelbrod, jamais elle ne pourrait les payer de retour. Iris n'avait pas non plus été très habile en cherchant à lui cacher que c'était elle qui payait les cours de M. Weinstein. Jane avait fait semblant de ne pas le savoir parce que Samantha y tenait tellement, qu'elle était si heureuse de faire des progrès et que le prix de ces leçons dépassait de loin ses moyens. Mais il y avait des limites au nombre de couleuvres qu'elle était prête à avaler.

« J'apprécie beaucoup l'intérêt que vous témoignez à Samantha, votre père et vous, dit Jane aussi poliment que sa colère le lui permettait. Mais la réponse est non, et elle est irrévocable. Si vous préférez faire appel à une autre femme de ménage, je comprendrai. »

IX

Tard dans la soirée, quelques jours après l'entretien infructueux d'Iris avec Jane, Daniel trouva sa femme à la cuisine, attablée devant une théière et un flacon de Tipp-Ex, en train d'éplucher une énorme pile de formulaires.

Il l'avait évitée autant qu'il le pouvait. Il passait ses matinées au gymnase et ses après-midi en ville, à lire les journaux à la bibliothèque ou à se promener sans but. Il lui était même arrivé de faire un saut au *Neptune* pour prendre une bière ou deux. Tout, plutôt que de rentrer chez lui.

« Qu'est-ce que c'est ? demanda-t-il alors.

— Des documents que j'ai téléchargés sur le site des Services scolaires de New York. Je voulais me renseigner sur les possibilités de scolarité si Samantha vient habiter chez nous. Il y a un collège pour enfants surdoués dans la 84e Rue Ouest.

— L'école Anderson.

— C'est ça. J'ai bien envie de remplir une demande d'inscription tout de suite, au cas où. Le délai est déjà passé, mais j'espère qu'ils feront une exception, surtout si mon père demande une lettre de recommandation au directeur du programme des jeunes de la Juilliard. »

Daniel se tenait derrière une chaise, de l'autre côté de la table, les mains crispées sur le dossier. « Elle ne viendra pas à New York avec nous. Jane a dit non, et tu n'y peux rien. »

Le refus obstiné d'Iris de tenir compte de l'opposition de Jane, tout comme de ses propres objections, rendait Daniel complètement fou. Elle continuait à tout préparer, à tout organiser. Il ne comprenait pas l'enthousiasme avec lequel sa femme envisageait de se charger de l'éducation de cette enfant. On aurait cru qu'elle avait oublié les exigences du rôle de parent, qu'elle s'obstinait à ne pas tenir compte de la masse de travail et de dépenses que cela entraînait. Mais ce n'était pas ce qui le dérangeait le plus, il en avait parfaitement conscience. Ce qui l'ennuyait, c'était la perspective d'introduire sous leur toit un témoin supplémentaire de leurs querelles et de leur éloignement.

« Si seulement cette école avait existé quand les filles étaient petites ! dit Iris. C'est un établissement vraiment remarquable.

— Iris ! »

Elle finit par poser son stylo. « Elle ne nous gênera pas, je t'assure. Elle sera à l'école toute la journée, et elle travaillera son violon avec mon père. Tu la verras à peine. Et puis ça sera sympa d'avoir de nouveau une fille à la maison. Tu ne trouves pas ?

— Nous aurons une fille à la maison de toute façon. Tu as oublié que Ruthie ne retourne pas en Angleterre ?

— Non, je n'ai pas oublié. Mais il y a de bonnes chances pour que Ruthie change d'avis dix fois avant la fin de l'été. De toute façon, il ne s'agit pas de Ruthie. Même si elle rentre à New York, nous avons largement la place de loger Samantha.

— Ce n'est pas une question de place.

— Je t'en prie, Daniel. Samantha a absolument besoin de ce que nous pouvons lui offrir. Pourquoi est-ce qu'on ne pourrait pas faire ça pour elle ?

— Parce que sa tante ne veut pas. Bon sang, Iris, elle t'a dit qu'il n'était pas question qu'elle parte, tu n'as pas entendu ou quoi ?

— Elle ne comprend pas l'enjeu, c'est tout. Elle ne se rend pas compte de l'importance que cela peut avoir pour Samantha.

— Jane est sa tutrice légale. Peu importe ce qu'elle comprend ou ne comprend pas. Elle t'a fait connaître clairement sa décision.

— En fait, Daniel, Jane n'est *pas* la tutrice légale de Samantha. Si j'ai bien compris, c'est un arrangement tout à fait informel. Quand Connie est hospitalisée, Jane prend Samantha chez elle. Quand Connie sort, elle retourne chez sa mère. Et ainsi de suite, comme si la petite était un yo-yo. La tutrice légale de Samantha est sa mère adoptive, Connie Phelps. Jane n'a pas la moindre autorité légale sur elle. »

Quel pourcentage de sa vie conjugale avait-il passé à céder à la volonté de sa femme, à la laisser contrôler tous les aspects de leur existence ? Elle dirigeait jusqu'à leurs rares querelles. Elle affirmait son point de vue, puis exposait le sien, à lui. Elle présentait les arguments qu'elle lui attribuait, avant de les réfuter un par un, presque sans intervention de Daniel, parce que plus sa colère grandissait, plus il se réfugiait dans un silence impénétrable. Mais c'était fini ; aujourd'hui, il lui dirait le fond de sa pensée. Aujourd'hui, ils feraient ce qu'il voulait, *lui*.

« C'est une idée à la noix, lança-t-il.

— Absolument pas.

— Tu le sais parfaitement. Nous ne pouvons pas assumer la charge de l'éducation d'un enfant.

— Ce ne sera pas une charge.

— Ça l'est déjà. Écoute, j'aime bien Samantha, moi aussi, c'est une petite fille adorable, et je n'ai rien dit quand tu as décidé de payer ses leçons, ni quand tu lui as donné le vieux violon de Becca. Je te fais tout de même remarquer que tu n'as pas pensé un instant à me demander mon avis. Mais maintenant, tu vas m'écouter : ça suffit.

— C'est une question d'argent, c'est ça ?

— Mais non. Est-ce que ça a jamais été un souci pour moi ?

— Jamais. D'où mon étonnement. Je dois admettre que l'argent n'a jamais été une de tes priorités. »

Daniel serra les dents. Il aurait dû s'y attendre. Elle avait beau prétendre le contraire, il savait bien que, dans le fond, elle lui reprochait de ne pas gagner plus. Malgré toutes les fadaises féministes qu'elle défendait, ils en revenaient toujours à cela. Il eut envie de balancer un coup de poing contre le mur. Ou contre elle.

« Ce n'est pas une question d'argent, Iris. »

Elle essaya de lui prendre la main, mais il la repoussa. « Je t'en prie, Daniel, dit-elle. Ça nous fera du bien.

— Nous ?

— Toi et moi. »

Il la regarda fixement, et il lui vint à l'esprit que leur couple était mort depuis des années, plusieurs dizaines d'années avant la disparition de leur fille, et que pendant tout ce temps, jusqu'à cette minute présente, il n'avait résisté que par la force incroyable de la faculté d'aveuglement d'Iris Copaken.

« Nous, répéta-t-il.

— Toi et moi. Je me dis que si nous avions quelqu'un, une enfant... »

D'un geste brutal, Daniel souleva la chaise qu'il tenait à quelques centimètres du sol et la laissa retomber bruyamment. Les pieds tremblèrent et on entendit un craquement menaçant.

« Je te demande de m'écouter, Iris, dit-il avec une douceur et une maîtrise qu'il trouva remarquables vu les circonstances. Je veux que tu la boucles, que tu m'écoutes et que pour une fois, juste une fois, tu admettes l'éventualité que je puisse avoir *raison* à propos de quelque chose. »

Iris ouvrit la bouche et le regarda, éberluée. « J'en ai plus que marre de ce psychodrame invraisemblable que tu joues avec Samantha. Tu n'imagines quand même pas qu'en t'immisçant dans la vie de cette gamine tu arriveras à remplacer ce que nous avons perdu, toi et moi. Primo, tu es trop intelligente pour ça. Secundo, nous avons perdu bien plus que notre fille, Iris. Tu peux continuer à te raconter des histoires à ce sujet si tu veux. Moi, c'est fini. »

Le menton d'Iris trembla. Daniel constata avec satisfaction qu'il avait réussi à lézarder la carapace de sa supériorité, de sa suffisance, de sa conviction de tout savoir mieux que tout le monde.

« Je ne m'immisce pas dans sa vie, réussit-elle enfin à articuler.

— Samantha a déjà une mère.

— Je sais, Daniel. Merci pour l'information. Et puisque nous en sommes à porter des diagnostics l'un sur l'autre, j'ai quelques théories à te soumettre sur les motifs qui peuvent pousser un homme de cinquante-cinq ans à se fourrer dans le crâne que ce qu'il y a de plus désirable au monde est de se faire réduire en bouillie sur un ring de boxe. »

Daniel se figea, ses sourcils bruns froncés au-dessus du nez, les lèvres serrées en une ligne étroite. Son visage se vida soudain de toute couleur, le rouge de la colère disparaissant d'abord de son front, puis de ses joues avant de refluer le long de son cou.

« Écoute, Daniel, je ne suis pas complètement idiote. Je sais que je n'agis pas seulement par altruisme. Je sais que j'ai besoin de Samantha autant qu'elle a besoin de moi. Ça sera une bonne chose qu'elle vienne vivre avec nous, je le sais. Il faut que tu me fasses confiance. C'est ce qu'il faut faire, j'en suis sûre. »

Sous le regard implorant de sa femme, le visage de Daniel changea d'expression, passant de la colère à un calme froid. Il était pâle comme un linge. Ses sourcils se détendirent. Ses doigts, serrés autour du dossier de la chaise au point d'en faire blanchir les articulations, se relâchèrent. Finalement, il posa sur elle des yeux vides, dénués de toute émotion. « Tu sais quoi ? dit-il. C'est bon. Fais ce que tu veux. »

En deux enjambées, il traversa la cuisine. Il ramassa son sac de gym et attrapa ses clés. Quarante-cinq minutes plus tard, il était au *Maine Event*, rouant de coups le sac de frappe à s'en meurtrir les poings malgré l'épais rembourrage de ses gants.

X

Le centre psychiatrique Riverview était un établissement ultramoderne qui avait ouvert ses portes depuis moins d'un mois sur le terrain du sévère édifice gothique qui portait officiellement le nom d'institut de santé mentale d'Augusta, mais que les gens connaissaient mieux sous son appellation d'origine, plus sinistre, d'asile de fous du Maine. Contrairement à la précédente institution, Riverview n'était pas entouré de grilles de fer munies de pointes, ni de hauts murs de granit. Il ressemblait davantage au siège d'une société d'informatique qu'à un hôpital psychiatrique, à un parc d'activités en faillite reconverti dans les soins aux malades mentaux. Une rangée d'arbres grêles frissonnaient le long du large sentier de ciment qui menait du parking à la porte d'entrée.

La salle commune du service où était hospitalisée la mère de Samantha était plus agréable qu'Iris ne l'aurait imaginé, grâce peut-être au mobilier flambant neuf, aux murs peints de frais, à la moquette immaculée.

« C'est plus joli qu'avant », lui chuchota Samantha alors qu'elles hésitaient sur le seuil. La pièce était pleine de monde, animée même. Un groupe de patients était assis devant la télévision, un autre jouait aux cartes. Un jeune homme vêtu d'un T-shirt rouge représentant une pelleteuse accompagnée de la légende « Boston, ça vous en bouche un coin ! » était assis sur un canapé à côté d'une femme plus âgée en survêtement de velours rose, avec pantoufles assorties. Il tenait un élastique entre ses lèvres et lissait les cheveux blonds oxygénés de la femme avec ses doigts. Clouée sur place, Iris le regarda réaliser une tresse à la française irréprochable.

« Regarde comme tu es jolie, maman », murmura-t-il après avoir passé l'élastique autour de l'extrémité de la natte. Samantha tira Iris par la manche et tendit le doigt vers le fond de la salle. « C'est ma mère », dit-elle. Connie Phelps portait ses cheveux retenus en arrière par une queue de cheval si serrée qu'elle ne faisait qu'accentuer la large bande de cheveux gris de part et d'autre de la raie. Sa dernière teinture remontait à un certain temps. Elle avait de petits yeux pâles nichés au milieu de rides profondes et ses joues creuses étaient livides. Ses lèvres étaient pourtant généreuses et pleines, rouge foncé comme tachées par le jus de baies sauvages.

Au cours de l'année écoulée, depuis qu'elle s'intéressait à l'éducation musicale de Samantha, Iris s'était souvent interrogée à propos de Connie : comment était-elle, comment s'entendait-elle avec sa fille, quelles étaient leurs relations ? La démarche qu'elle était venue faire la rendait un peu nerveuse, mais elle n'en traversa pas moins la pièce d'un pas assuré pour rejoindre Connie dans l'angle où elle avait réservé trois chaises. Samantha courut vers sa mère et se jeta dans ses bras. Connie rit et la serra contre elle.

Iris lui tendit la main : « Bonjour, Connie. Je suis Iris Copaken.

— Copaken ? demanda Connie, en guidant gentiment Samantha vers la chaise la plus proche d'elle. Vous êtes la mère de la copine de John ?

— Oui, dit Iris, je suis la mère de Becca. »

Connie hocha la tête : « Toutes mes condoléances.

— Merci.

— Le monsieur des leçons de violon est votre père, c'est ça ?

— Oui.

— Eh bien, il faut que je vous remercie. » Sa voix était basse, à peine un murmure, et de temps en temps elle avançait inconsciemment les lèvres dans une moue exagérée. « Vous et votre père.

— C'est moi qui devrais vous remercier, dit Iris. C'est une telle joie de pouvoir aider une musicienne aussi douée que Samantha. Elle est vraiment extraordinaire. » Iris était assise tout au bord de sa chaise, penchée en avant, à la fois pour mieux entendre Connie qui parlait très doucement et pour plaider sa cause avec plus de vigueur.

Connie glissa une mèche de cheveux de Samantha derrière son oreille. « C'est vrai. »

Samantha posa la joue contre la main de sa mère.

« Alors, comment tu trouves cet endroit, ma chérie ? lui demanda Connie. C'est joli, hein ? » Elle se tourna vers Iris. « Avant, nous étions dans un autre bâtiment, en haut de la rue.

— Ça m'a l'air très bien, ici, dit Iris.

— Tout est neuf, précisa Connie.

— Ah oui ?

— Flambant neuf », répéta Connie en hochant la tête. Puis elle se tourna vers Samantha : « Où est ta tante ? Elle est mal fichue ou quoi ? »

Samantha secoua la tête. « Non, non. Tante Jane va bien. Elle travaille, c'est tout. »

Depuis qu'elle passait l'essentiel de son temps en compagnie d'Iris et de M. Kimmelbrod, Samantha avait largement perdu son accent du Maine. Mais en présence de sa mère, elle se remit à avaler les « r » et à ouvrir les « a ».

Connie fronça les sourcils. « Son vieux tacot lui fait encore des misères ?

— Je ne sais pas. » La petite posa les pieds sur sa chaise et serra ses bras autour de ses chevilles. Elle enfonça son menton et sa bouche dans les petits mamelons osseux de ses genoux, dissimulant son visage jusqu'au nez. Elle avait l'air inquiète, ce qui était bien naturel. Son voyage de quelques jours à New York s'était transformé du tout au tout : il était désormais question de s'installer chez Iris, d'aller à l'école à New York, d'étudier à plein temps avec M. Kimmelbrod. Elle avait dit clairement à Iris qu'elle avait envie de tenter l'expérience, elle savait que c'était la meilleure solution si elle voulait faire sérieusement de la musique, mais Iris voyait bien qu'elle était angoissée : elle redoutait la colère de sa tante Jane, mais elle se demandait aussi ce que sa mère ferait sans elle quand elle sortirait de nouveau de l'hôpital.

« Connie, intervint Iris, Jane n'est pas là parce que nous voulions vous parler de quelque chose, Samantha et moi.

— À moi ?

— À vous, oui. Je me demande si vous savez à quel point votre fille est douée. Exceptionnellement douée. »

Connie sourit et caressa les cheveux de Samantha. « Je sais. Je sais. Elle a toujours été une petite fille pas comme les autres.

— Elle a fait des progrès absolument remarquables au violon. D'autant plus que ça ne fait pas très longtemps qu'elle en joue.

— Elle a toujours été bonne en musique. Si j'avais eu les moyens, je lui aurais fait donner des leçons plus tôt.

— Mon père et elle s'entendent tellement bien, c'est vraiment extraordinaire.

— Elle parle de lui tout le temps. »

Tout en prononçant ces mots, Connie gratta une petite plaie qu'elle avait à l'articulation du doigt et qui se mit à saigner. La vue du sang troubla Iris un instant et elle fouilla dans son sac pour chercher un mouchoir. Elle le tendit à Connie, qui sembla ne savoir qu'en faire.

« Maman, tu saignes, remarqua Samantha. Ton doigt. » Elle prit le mouchoir des mains de sa mère et en enveloppa soigneusement le doigt meurtri. Puis elle referma la main autour du bandage et le serra doucement.

« Oh mon Dieu, dit Connie.

— Ça va ? demanda Iris.

— Ce n'est rien, ce n'est rien. »

Iris s'interrompit avant de poursuivre. « Nous pensons, mon père et moi, qu'il serait vraiment dommage que Samantha soit obligée d'interrompre ses cours à l'automne.

— Interrompre ses cours ? demanda Connie. Mais pourquoi ?

— Mon père rentre à New York fin août. Il enseigne toujours à la Juilliard et il faut qu'il y soit pour le début du semestre.

— La Juilliard ?

— C'est une école de musique. Une des meilleures du pays. Cela fait presque quarante ans qu'il y enseigne. Il a eu pour élèves certains des plus grands violonistes du monde. Et maintenant, il aimerait beaucoup continuer à s'occuper de Samantha. » Iris hésita un instant avant de se lancer. « Nous voudrions, mon père et moi, inviter Samantha à venir à New York avec nous. »

Ce n'était pas tout à fait un mensonge, se dit Iris. Malgré ses réserves, M. Kimmelbrod s'était engagé à continuer à donner des cours à Samantha si elle venait à New York.

Connie dégagea doucement son doigt que Samantha tenait toujours. « Je ne comprends pas. Pourquoi faudrait-il qu'elle aille à New York ? Elle est restée ici l'hiver dernier. Elle avait ce professeur, à Bangor. Jane l'a conduite là-bas tout l'hiver.

— Arturo Weinstein, acquiesça Iris. C'est un excellent violoniste. Et un très bon professeur. Malheureusement, il passe une grande partie de l'hiver dans le sud, et malgré tous les progrès que Samantha a réalisés l'année dernière, nous estimons que si elle veut continuer à avancer, il faut absolument qu'elle travaille plus régulièrement. »

Iris jeta un coup d'œil à Samantha. Elle avait baissé la tête et laissé ses cheveux tomber devant ses yeux. Petite, Ruthie faisait la même chose quand elle était gênée ou intimidée.

« Il n'y a pas que les cours, ajouta Iris. Il est essentiel pour son développement artistique qu'elle vive dans un environnement musical. Il n'y a que New York qui puisse lui offrir cette imprégnation. » Iris se pencha en avant, le regard intense, élevant la voix. « Sa carrière en dépend. »

Connie éclata de rire. « Sa *carrière* ? Mais c'est une petite fille. Il n'est pas question de parler de *carrière*. »

Iris s'interrompit, consciente de l'image qu'elle donnait, de l'effet de ses mots sur quelqu'un qui ignorait tout de l'univers dont elle parlait. D'une voix plus douce, plus apaisante, elle reprit : « Les carrières musicales ne sont pas comme les autres. La plupart des grands musiciens commencent à donner des concerts très jeunes. Quelques-uns même à l'âge de Samantha. La violoniste Anne-Sophie Mutter a débuté avec de grands orchestres alors qu'elle était à peine plus âgée que Samantha. »

Elle regretta ses paroles à l'instant même où elles franchissaient ses lèvres. Quelle maladresse de lancer des noms qui ne feraient que rappeler à cette femme son ignorance !

« Je l'ai vue une fois, dit Connie.

— Ah oui ? » s'étonna Iris au moment même où Samantha s'écriait : « Mais non !

— Si, si, je vous assure, insista Connie. Il y avait une émission à la télé sur les violonistes et je l'ai regardée. Je me souviens très bien de cette femme, parce qu'il y avait tellement d'hommes. » Connie dénoua le mouchoir de son doigt et recommença à gratter sa croûte. « Vous croyez que Samantha est comme elle ? Aussi bonne qu'elle ?

— J'en suis convaincue », dit Iris résolument. Sous le voile des cheveux de Samantha, elle distingua un petit sourire d'orgueil. « Elle pourrait l'être en tout cas. Si nous l'aidons à travailler correctement.

— Votre fille faisait du violon elle aussi, n'est-ce pas ? »

Iris était tout entière concentrée sur son but, et la question la désarçonna. « Oui, répondit-elle simplement.

— Samantha me parle souvent d'elle.

— Vraiment ? » Iris se tourna vers Samantha : « C'est vrai ? »

En rougissant, Samantha expliqua : « J'ai dit à Maman que vous m'avez donné le violon que Becca avait à mon âge.

— Est-ce que Samantha a autant de talent que votre fille ? demanda Connie.

— Bien plus. Ma fille était douée. Mais Samantha... Samantha pourra monter jusqu'aux étoiles. »

Connie hocha la tête. Elle releva le menton de Samantha de la main et écarta ses cheveux de son visage. « Tu as *envie* d'aller à New York ? »

Samantha cligna des yeux, la bouche tremblante. Elle avait l'air sur le point de fondre en larmes. « Pas si tu ne veux pas que j'y aille. Si tu préfères que je reste ici, je resterai. Ça ne fait rien.

— Mais tu as envie d'y aller ? »

Samantha hocha la tête, comme si elle avait peur de parler tout haut.

Connie lâcha le menton de la petite et se laissa aller lourdement sur son siège. Regardant Samantha avec une expression singulière, elle murmura, comme si elle s'excusait : « C'est dur d'être privée de son enfant.

— Elle viendra vous voir chaque fois que ce sera possible. Nous y veillerons. Et nous vous la ramènerons en mai pour tout l'été.

— C'est à vous que je pensais, dit Connie.

— À moi ?

— Ça doit être si dur pour vous d'être privée de votre fille. Je sais ce que c'est, j'en souffre parfois, quand je suis ici. Samantha me manque tellement. J'imagine ce que cela doit être pour vous. Perdre sa fille. Vous avez le cœur brisé, je le sens bien. »

Iris s'affaissa contre le dossier de sa chaise. Elle sentit son menton trembler et serra les dents. Elle ne voulait pas pleurer. Ces sautes d'humeur la laissaient toujours désemparée. Tantôt la simple mention du nom de Becca la transportait de joie, tantôt la moindre manifestation de compassion lui faisait l'effet d'une gifle.

Connie tendit le bras à travers l'espace qui les séparait et prit la main d'Iris dans sa paume rêche. Elle la serra gentiment. « Vous savez pourquoi je suis si bien ici ? »

Iris ne put que secouer la tête.

« C'est un asile, dit Connie.

— Mais *non*, maman, rectifia Samantha. C'est un établissement de santé mentale. On ne dit plus asile.

— Tu as raison, on ne dit plus ça. C'est pourtant exactement ce que c'est. Un asile. Un refuge. Un sanctuaire. C'était un bon mot, "asile". Dommage qu'on ne veuille plus l'utiliser. La plupart d'entre nous seraient heureux de trouver un asile, parfois. Un refuge à l'écart du monde.

— C'est vrai », dit Iris, étonnée que la seule personne entre toutes à sentir la douleur et la détresse que dissimulait sa force fût cette étrange femme, au visage déformé par les neuroleptiques et qui prenait sans doute suffisamment de médicaments pour en remplir une valise.

« Il existe toutes sortes d'asiles, reprit Connie. La musique. La musique est un asile. Et les enfants. Ils peuvent être un asile, eux aussi. Samantha est peut-être le vôtre, Iris. »

Iris hoqueta et retira sa main. « Non. » Elle s'était préparée à beaucoup de choses, mais pas à l'intuition de cette femme. « Je vous en demande trop. » Elle tâtonna sous sa chaise à la recherche de son sac. « Il vous faut sans doute plus de temps.

— Samantha, ma puce, dit Connie. Va regarder la télé un moment. Il faut que je parle à Iris. »

Le regard de Samantha glissa de sa mère à Iris avant de se reposer sur Connie. Elle haussa les épaules et se dirigea vers le téléviseur ; elle se percha au bord d'une chaise en plastique, se retournant régulièrement vers les deux femmes.

« Jane a refusé ? » demanda Connie.

Iris se contenta de hocher la tête.

« Ça m'aurait étonnée qu'elle accepte. »

Iris ouvrit la bouche, prête à présenter l'argument qu'elle avait si bien préparé : que Connie était la seule à avoir le droit de décider ce qui était le mieux pour Samantha, mais Connie leva la main pour la faire taire. « Je n'ai pas fait ce qu'il fallait pour cette petite.

— Mais si, voyons, protesta Iris sans conviction.

— Je sais ce que je dis. J'ai manqué à tous mes devoirs. Je l'ai adoptée, j'en ai fait mon enfant, et j'ai commencé presque tout de suite à lui nuire.

— Vous ne lui avez pas nui le moins du monde. Elle n'a subi aucun tort.

— Elle en subira si je la garde avec moi. Elle a un don et mérite d'être entourée de gens qui la comprennent. Il faut que je vous la donne, pour son bien. »

Pour la première fois, Iris sentit le poids terrifiant du fardeau qu'elle avait elle-même réclamé, toutes les ramifications de la responsabilité qu'elle avait été si allègrement décidée à assumer. « Vous ne me la donnez pas. Elle sera toujours à vous.

— Non, dit Connie fermement. Elle ne m'appartient pas. Pour qu'elle puisse devenir ce qu'elle doit être, elle ne peut pas m'appartenir. Il faut que vous la preniez. »

Cette fois, c'était à Iris d'accepter ou de refuser la proposition. Elle se tourna vers Samantha qui se balançait lentement au son d'une musique qu'elle était seule à entendre. « Je vous promets qu'elle viendra vous voir.

— Quand elle pourra, dit Connie. Elle viendra quand elle pourra. Et ne vous en faites pas. Je réglerai ça avec Jane. »

XI

Daniel parcourut au pas de course les sept kilomètres qui séparaient leur maison du vivier à homards, en traînant derrière lui un chariot d'enfant rouge. Les roulettes, qui n'avaient pas vu une burette d'huile depuis au moins quinze ans, couinaient atrocement à chaque pas. Le grincement régulier de l'essieu métallique contre les roulements à billes l'accompagnait comme un métronome strident le long de la petite route inondée de soleil. La neige de l'hiver précédent avait déformé et défoncé le trottoir, et les voitures qui passaient à vive allure étaient juste assez nombreuses pour dissuader Daniel de courir sur le revêtement plus lisse de la chaussée. À un moment, il voulut faire franchir au chariot un nid-de-poule particulièrement profond, et l'engin se renversa. En le redressant, il aperçut un morceau de papier rose collé dans la boue gluante, à l'angle du chariot. Quand les filles étaient petites, se rappela Daniel, il les faisait monter dans ce chariot et les traînait sur quelques centaines de mètres, jusqu'à l'épicerie. Pour les récompenser de lui tenir compagnie pendant qu'il faisait les courses, il leur permettait de choisir une confiserie chacune. Ruthie adorait le chocolat depuis qu'elle était bébé. Becca aimait ce qu'elle pouvait mastiquer. Les chewing-gums, les caramels et, surtout, les bonbons Starburst. Du bout de l'ongle, il détacha l'emballage rose de Starburst, le fourra dans la poche de son pantalon et se remit à courir.

La route entre East Red Hook et la baie où se trouvait le vivier de Scotty Teasdale était autrefois bordée de grands ormes qui formaient une gracieuse voûte ombragée. Mais ils avaient tous été victimes de la graphiose et rien ne protégeait Daniel de l'ardeur du soleil en ce début d'après-midi. Le tour de sa casquette de base-ball était trempé, comme s'il l'avait plongée dans un seau d'eau, et son T-shirt lui collait au dos. Il avait l'impression de sentir aussi mauvais que l'intérieur d'une vieille tennis. Chaque fois qu'il avait trop mal à un bras, il prenait la poignée dans l'autre main et, en arrivant au vivier, il avait l'impression d'avoir été torturé, les bras tordus derrière le dos et hissés à un crochet.

La plaie qu'il avait au-dessus de l'œil l'élançait. Elle s'était rouverte quelques heures plus tôt, quand il avait accepté une reprise avec Jason, le crétin qui dirigeait le gymnase. Le type était une vraie nullité sur le ring, ce qui ne l'avait pas empêché de placer un direct que Daniel n'aurait pas dû avoir de mal à esquiver. L'entaille s'était remise à saigner à travers les hachures grossières des points de suture, mais Daniel n'avait même pas pris la peine d'y coller un sparadrap. Le sang suintait toujours quand il était rentré à la maison et les lèvres pincées d'Iris étaient un des motifs qui l'avaient convaincu de se lancer dans cette ridicule expédition. Il s'était planté devant elle, d'un air presque provocateur, comme s'il la défiait de s'indigner, voire simplement de remarquer cette nouvelle blessure. Elle avait dû se mordre la langue pour ne rien dire – il l'avait bien vu –, mais elle avait fini par se détourner et à se remettre à couper du chou pour la salade. Une impulsion perverse l'avait poussé à quitter la maison en traînant le chariot rouge, au lieu de prendre sa voiture.

Scotty Teasdale, un petit bonhomme rabougri coiffé d'une casquette de marin, la bouche remplie d'un râtelier gris surdimensionné comme une rangée de pierres tombales qui étirait ses lèvres en une large grimace, observa avec incrédulité le moyen de transport de Daniel.

« J'ai trente bestioles pour vous. Ça va pas être léger à traîner dans un chariot de gosse », fit-il remarquer en sortant les homards rouge vif du bac d'eau qu'il maintenait toujours à ébullition et en les emballant dans du journal.

« Ça descend », dit Daniel.

Dans un hululement de rire accompagné d'un bruit de baiser mouillé, Scotty détacha de ses gencives la rangée supérieure de son dentier puis le remit en place dans un claquement sonore. Ce ne fut qu'après avoir repris la route d'East Red Hook que Daniel comprit ce qu'il y avait de drôle. Monter la côte n'était pas une mince affaire, mais la descendre était encore pire. Le chariot prenait de la vitesse et venait lui heurter violemment les jambes. À mi-chemin, il avait les chevilles et les mollets couverts de bleus et se maudissait d'avoir eu cette idée stupide. Comment avait-il pu ignorer que traîner derrière lui près de cinquante kilos lui mettrait le dos et les épaules en capilotade et qu'au lieu de le soulager de son fardeau le chariot d'enfant ne ferait qu'ajouter au supplice ?

Il était à un peu plus d'un kilomètre de chez lui quand il éprouva l'envie irrésistible de se débarrasser de ce chargement. Un instant plus tard, il s'arrêta. La poignée du chariot retomba bruyamment contre le bitume, et il resta immobile, la douleur irradiant dans les os de sa main. Il écouta la stridulation monocorde des cigales et regarda les prairies qui moutonnaient de l'autre côté de la route. Le soleil était radieux et le foin doré étincelait. Un sentier sinueux avait été fauché, contournant une grange qui tombait en ruine et aboutissant à un petit ponton. Une barque blanche dansait sur l'eau. Il baissa les yeux vers le chariot et vers les sacs de papier brun trempé contenant pour deux cent trente-sept dollars de homards. Tournant le dos au chariot, il fit demi-tour et rebroussa chemin, repartant vers le Neck, s'éloignant de chez lui, libéré de son fardeau, la démarche légère et alerte. Il avait l'impression de franchir trois mètres à chaque enjambée.

Il n'avait fait qu'une dizaine de mètres dans sa tentative d'évasion quand un pick-up vert foncé s'arrêta à côté de lui.

« Papa ? » lança Ruthie par la vitre ouverte du côté du passager.

Il poursuivit son chemin, la camionnette roulant au pas à sa hauteur.

« Papa ? Où est-ce que tu vas comme ça ?

— Au Québec.

— Comment ?

— Non, rien. Nulle part. Je... Je marche, c'est tout. »

La tête de Ruthie lui barrant la vue, Daniel ne distingua pas tout de suite qui était au volant. Quand le pick-up freina, la tête de Ruthie retomba contre l'appui-tête et il reconnut Matt Tetherly.

« Bonjour, monsieur Copaken. » Les yeux de Matt disparaissaient presque sous la visière d'une casquette des Red Sox.

« Salut, Matt », dit Daniel. Son regard revint se poser sur Ruthie, qui rougit. Alors comme ça, se dit-il – avec une absence d'étonnement assez étonnante en soi – , elle couche avec Matt Tetherly.

Les cheveux et les vêtements de Daniel ruisselaient de sueur au point qu'on aurait pu croire qu'il sortait de la mer. Son T-shirt blanc trempé était devenu presque transparent et, là où il collait à son torse, on distinguait des volutes de poils noirs et jusqu'au contour de ses tétons. Il avait le visage rougi par l'effort et par un coup de soleil, et une rangée de vilains points de suture noirs rampait à travers une estafilade suppurante, au-dessus de son œil. Il avait tout du type à vous balancer un gobelet en plastique écrabouillé au visage et à vous réclamer un dollar.

« Ce n'est pas notre chariot, là-bas ? demanda Ruthie en pointant la route du doigt. »

Daniel fit un geste désarmé des deux mains.

« Si.

— On dirait qu'il y a des sacs de homards dedans.

— Trente bestioles.

— Euh, monsieur Copaken, dit Matt. Euh... vous voulez... vous voulez qu'on aille les chercher ?

— D'accord. » Il refit demi-tour, reprenant la direction d'East Red Hook et du chariot. Matt le dépassa et gara la voiture sur le bas-côté. Il sauta légèrement de la cabine et, les tenant soigneusement par le fond pour éviter qu'ils ne se déchirent, il transporta les lourds sacs en papier sur la plate-forme du pick-up. Il souleva ensuite le chariot et le posa à côté des sacs, à l'envers, pour qu'il ne roule pas.

« Monte, Papa, dit Ruthie. C'est bon. »

Elle se glissa sur l'étroite banquette arrière et Daniel prit sa place. En regagnant la maison, ni Ruthie ni Matt ne lui demandèrent pourquoi il avait abandonné un chariot plein de homards au bord de la route, ni, surtout, ce qui lui avait pris de s'encombrer du chariot. Personne ne dit rien. Ils bifurquèrent dans la rue conduisant à East Red Hook, puis s'engagèrent dans l'allée de gravier, s'arrêtant sur la pelouse pour laisser de la place aux autres voitures. Matt coupa le moteur.

Daniel demanda : « Iris est au courant ? »

Iris était assise à la table de la cuisine, occupée à plier des serviettes. Ses mains se figèrent quand Daniel franchit la porte, traversa le vestiaire et entra dans la cuisine.

« Où est-ce que je les mets ? » Il laissa tomber les sacs ramollis, pleins de homards, à l'autre bout de la table.

« Couvre-les simplement d'un torchon », répondit Iris.

Sa tenue débraillée la décontenança, mais avant qu'elle ait eu le temps de décider si un commentaire s'imposait, la porte grillagée se referma à nouveau. Ruthie entra dans la cuisine, flanquée de Matt.

« Tu as besoin d'un coup de main ? »

D'un coup d'œil, Iris comprit tout. Après la scène qu'elle avait surprise l'été précédent, elle ne fut pas particulièrement étonnée de les voir ensemble. Mais comme Ruthie n'avait pas prononcé une seule fois le nom de Matt au cours de leurs disputes, elle s'était convaincue que ce qu'il avait pu y avoir entre eux avait commencé et fini en cette unique soirée du 4 juillet. « Bien sûr, dit-elle enfin. Vous pouvez sortir les salades. »

Ruthie se dirigea vers le réfrigérateur, ouvrit la porte et commença à charger les bras de Matt de saladiers.

« Matt, je n'ai pas eu de nouvelles de ta mère, dit Iris. J'imagine qu'elle ne vient pas. »

Le visage de Matt se figea, et ses joues s'empourprèrent. L'air vaguement gêné, il bredouilla : « Je, euh, non, je ne crois pas, Madame Copaken. C'est-à-dire que je ne l'ai pas vue aujourd'hui, mais il me semble qu'elle n'avait pas l'intention de venir.

— Je m'en doutais », dit Iris, soulagée. Elle n'avait aucune envie d'affronter Jane, qui était certainement furieuse qu'elle se soit adressée directement à Connie à propos de ses projets new-yorkais pour Samantha.

« Daniel. Les gens ne vont pas tarder à arriver. Tu as l'intention de prendre une douche ?

— Oui. Mais avant, si tu n'y vois pas d'objection, je crois que je vais prendre une bière. »

Iris haussa les épaules et sortit avec un panier de petits pains. Ruthie prit une Wicked Ale dans le réfrigérateur et la tendit à son père. Il la décapsula et avala une longue gorgée. Le grincement des roues du chariot lui écorchait encore les oreilles. Il ferma les yeux et fit rouler la bouteille fraîche sur toute la largeur de son front. Quand il rouvrit les paupières, son regard se posa sur Matt, debout, l'air embarrassé, au milieu de la cuisine pendant que Ruthie s'affairait.

Ça pourrait être pire, se dit Daniel. C'est un bon gosse. Comme son frère. Il n'avait pas le charme de John, ni sa bonne humeur exubérante, mais il était intelligent et doux, un gentil type. Ruthie posa un plat en équilibre sur les saladiers que portait Matt, et lui coinça une pile de serviettes en papier sous le bras. Le chargement menaça de glisser et Ruthie pouffa, rattrapant le plat du haut avant qu'il ne tombe. C'était un bruit qui s'était fait si rare, songea Daniel, depuis deux ans. Il n'arrivait pas à se rappeler quand Ruthie avait ri pour la dernière fois. Quelle que fût la raison de sa gaieté, le bonheur, ou le simple soulagement de constater que ses parents ne prenaient pas mal sa relation avec Matt, il était content de la voir rire. « Matt, dit-il, tu veux une bière ?

— Tout à l'heure, peut-être, monsieur Copaken, quand Ruthie n'aura plus besoin de moi. »

Une demi-heure plus tard, après s'être douché et avoir enfilé un pantalon de treillis propre, bien que très usé, avec son polo délavé préféré, Daniel endossa son rôle d'hôte et prit position dans le jardin, près de la glacière, prêt à servir à boire aux invités dès qu'ils arriveraient. Ruthie et Matt étaient assis l'un à côté de l'autre sur le banc, au milieu du jardin, adossés à la table, se donnant la main comme pour proclamer au visage du monde qu'ils sortaient ensemble.

La première à arriver fut Mary Lou Curran.

« Merci, mon cher », dit-elle en acceptant le gin tonic que Daniel lui versa du grand pichet qu'Iris avait préparé. Mary Lou but une gorgée, laissant un délicat décalque de rouge à lèvres rose pâle au bord du gobelet en plastique. « Saperlipopette ! » lança-t-elle soudain.

Daniel suivit son regard en direction de Ruthie et de Matt. Ruthie fit un petit signe de la main. Mary Lou leva la sienne en réponse.

« Ça dure depuis combien de temps ? demanda Mary Lou.

— Franchement, je n'en sais rien. Je viens de l'apprendre. »

Mary Lou leva ses minces sourcils redessinés au crayon. « La moitié des couples que je connais sont des cellules d'aide psychologique déguisées. »

Quand leur plus proche voisin du côté sud, un chirurgien pédiatrique de Bethesda, arriva, il jeta un coup d'œil à Daniel et demanda : « Bon sang, mais qu'est-ce qui t'est arrivé ?

— Je me suis coupé », répondit vaguement Daniel pour éluder la question, comme si une plaie de cinq centimètres partiellement suturée de nœuds noirs irréguliers pouvait s'expliquer par un accident de rasage bénin.

« Il faut te faire recoudre ça.

— Sans doute, oui.

— Je ne plaisante pas. C'est vraiment... » Il fit la grimace. « C'est un affront à ma fierté professionnelle. Viens. »

Daniel suivit le Dr Ethan Haber de l'autre côté de la rue, dans la petite maison où il ne passait que trois semaines chaque été. La cuisine avait été rénovée au mauvais moment. Le plan de travail était recouvert de Formica moucheté, le carrelage mural représentait des paniers d'osier débordant de marguerites d'un jaune criard. La maison paraissait inhabitée. Pas de piles de journaux ni de courrier à ouvrir, comme chez eux. Pas de patères ployant sous les vestes et les imperméables, pas de bottes ni de chaussures en tas dans les angles du vestiaire. Une unique veste en polaire ornée du blason du yacht-club était accrochée au dossier de la chaise de cuisine en faux rustique, que le médecin désigna à Daniel. Il alla chercher une lampe de bureau en laiton dans la pièce voisine et dirigea la lumière vers le menton de Daniel. À l'aide d'une pince fine, il entreprit de défaire les points de suture.

« Mais qui est-ce qui t'a fait ça ? Un interne aveugle ou quoi ?

— Non. Un soigneur infirme. »

Le docteur éclata de rire. Daniel tressaillit lorsqu'un des fils tira sur sa plaie ouverte.

« Ça serait mieux avec de la lidocaïne, reconnut Ethan. Pas de bol pour toi.

— Sans blague. » Daniel ferma les yeux et écouta les faibles bruits de la réception qui lui parvenaient depuis son jardin, de l'autre côté de la rue. Il entendait des voix, un cri occasionnel. Quelqu'un avait mis de la musique. Pendant un moment, il imagina sa vie dans cette maison anonyme, d'où il pouvait espionner sa famille, sans la voir ni en être vu. Mais était-ce vraiment satisfaisant ? Quitte à fantasmer, pourquoi ne pas s'autoriser une véritable évasion ?

« Je vais te recoudre. Ça ira ? demanda Ethan.

— Ouais, ouais.

— Alors, sérieusement, comment tu t'es fait ça ? » demanda Ethan en ouvrant un petit sachet de sutures et en attrapant l'aiguille avec sa pince.

« À la boxe. » Daniel grimaça quand le médecin enfonça l'aiguille recourbée dans la peau.

« Il va en falloir encore quelques-uns. Tu es prêt ?

— Putain, ça fait mal, protesta Daniel.

— Quelle chochotte ! Ça ne fait sûrement pas aussi mal que de se faire amocher comme ça.

— Détrompe-toi.

— Plus qu'un. Mais ne me raconte pas que tu fais de la boxe, toi ? Un *alter cocker*[1] comme toi ? »

Daniel haussa les épaules, heurtant la main du médecin. « Merde !

— Comme tu dis. Tu ferais mieux de ne pas bouger. Tu sais que je me suis mis à l'avion il y a quelques années ?

— À l'avion ?

— Ouais. J'ai été à deux doigts de m'acheter un Cessna. Voilà, ça y est. » Il se rassit, retira ses gants en latex et les envoya dans la poubelle.

« À deux doigts ?

— J'ai repris mes esprits et, au lieu de l'acheter, j'ai divorcé. Allons-y. Ils vont se demander où tu es passé. »

---

1. En yiddish : un vieux schnoque.

Pendant que les invités dégustaient leur homard, M. Kimmelbrod alla chercher le violon dans sa chambre. Malgré sa présence, la chambre d'amis avait gardé son aspect anonyme. Ses vêtements remplissaient à peine deux des quatre tiroirs. Ses chemises n'occupaient que quelques centimètres sur la tringle du chiffonnier en érable qui se trouvait entre les deux fenêtres du mur est de la chambre depuis le printemps de 1902, année où il avait été commandé sur le catalogue de mobilier de *Sears, Roebuck and Co* par l'arrière-grand-mère d'Iris qui l'avait acheté huit dollars et quarante-cinq cents, laborieusement économisés sur l'argent du ménage. Sa trousse de toilette en cuir noir était rangée, glissière fermée, derrière le siège des toilettes. Le seul indice qui aurait pu révéler à un étranger que c'était la chambre de M. Kimmelbrod était l'étui à violon posé sur le couvre-lit blanc en chenille.

Depuis que son infirmité l'empêchait de jouer, M. Kimmelbrod avait négligé de faire jouer le Dembovski aussi souvent qu'il en avait besoin. Pour qu'un instrument conserve sa souplesse et son timbre, il doit être utilisé. Il se rappela qu'Alice disait qu'un violon c'était comme la vie de couple. Si on ne l'entretient pas, il devient raide et cassant, il perd sa sonorité. Il se demanda depuis combien de temps Iris et Daniel n'entretenaient plus leur couple.

M. Kimmelbrod ouvrit les attaches de l'étui à violon. Il était très imprudent de sa part, il le savait parfaitement, de confier à une enfant un Guarneri de cette valeur – il ne pouvait qu'imaginer la réaction de ses assureurs, ces névrosés en costume dont il ignorait les conseils avec une belle constance et qui prétendaient lui faire conserver son violon dans un coffre-fort –, mais Samantha le maniait avec tout le respect qui lui était dû et jouait avec assurance et aplomb, malgré son inexpérience et sa petite taille. Il avait été surpris d'abord qu'elle s'en sorte aussi bien, alors que son instrument habituel était un trois-quarts. Les espaces entre les notes sur les cordes étaient plus larges sur un violon entier et, en général, un élève ne passait pas d'un instrument à l'autre sans quelques difficultés d'intonation. Mais Samantha avait de longs doigts pour une fille de son âge et l'expérience avait été concluante.

Il suivit d'un doigt tremblant le filet de poirier. Il n'éprouvait jamais une conscience aussi aiguë de sa déchéance physique que quand il tenait entre ses mains son violon éternel. Il regarda ses mains noueuses, tremblantes, les poils noirs qui hérissaient ses articulations, les ongles jaunes, secs, fissurés. Son bras flasque et parcheminé, les écailles de peau qui se détachaient de ses coudes comme des pellicules. Il n'était qu'un navire naufragé, une carcasse ambulante, mais le Guarneri était intact et immuable ; il se moquait de son déclin et en donnait la mesure. Son intemporalité n'était pas de la nature de l'inorganique, comme celle d'une pierre précieuse ou d'une statue. Le Dembovski n'était pas un objet inanimé. Il respirait, il avait une personnalité bien à lui. Il inspirait à M. Kimmelbrod la dévotion qu'on a pour une maîtresse – une maîtresse capricieuse et compliquée que l'on ne peut pas toucher n'importe comment. Il était tombé amoureux de ce violon dans la vitrine des vénérés luthiers W. E. Hill & Sons de

Bond Street, par un après-midi humide et glacial de novembre 1958, et s'était immédiatement mis en relation avec le généreux consortium de mélomanes qui avait proposé de lui offrir un instrument digne de son talent.

Son Dembovski était l'égal, estimait M. Kimmelbrod, du Lord Wilton de Menuhin et du David de Heifetz. Meilleur que n'importe quel Stradivarius. Pour M. Kimmelbrod, malgré tout l'éclat et toute la pureté du timbre des Stradivarius, aucun ne pouvait rivaliser avec la mélancolie sombre, rauque, du meilleur Guarneri del Gesù. Il arrivait parfois à M. Kimmelbrod de se dire avec remords qu'il ne méritait pas son Dembovski. Il était, certes, un virtuose renommé qui avait fait une carrière de concert enviable. Il avait joué en soliste avec les meilleures formations du monde, notamment les orchestres philharmoniques de Londres, New York et Israël, et avec l'orchestre symphonique de Chicago. L'enregistrement qu'il avait réalisé en 1947 du *Concerto pour violon* de Brahms avec le Boston Symphony Orchestra sous la baguette de Sergueï Koussevitzky était toujours considéré comme l'interprétation de référence de cette œuvre redoutable. Avant sa brouille finale et irrévocable avec André Previn en 1971, il avait fait avec le London Symphony Orchestra des tournées qui l'avaient conduit à travers l'Europe et l'Asie, et les critiques avaient toujours été élogieuses. Mais il n'avait jamais atteint le niveau de notoriété internationale de certains de ses contemporains : Menuhin, Heifetz, Zimbalist, Stern ou même David Oïstrakh.

Ceux qui lui refusaient des louanges sans réserve lui reprochaient souvent de résister à son propre talent, de trahir sa nature musicale la plus profonde. S'il avait laissé s'exprimer pleinement son don pour l'interprétation des maîtres romantiques, nul ne pouvait savoir – disaient certains – à quels sommets il aurait accédé. La carrière de concertiste de M. Kimmelbrod avait duré plusieurs dizaines d'années, mais s'il était célèbre aujourd'hui, c'était comme professeur de génie, à la Juilliard et, ici, à Usherman Hall.

« Monsieur Kimmelbrod ? » murmura Samantha. Elle se tenait sur le seuil, dans une jolie tenue de soirée, visiblement nerveuse. « Iris dit que c'est maintenant qu'il faut que je joue. »

Levant les yeux vers la fillette, M. Kimmelbrod lui sourit. Elle était tellement différente de l'aînée de ses petites-filles. D'une concentration si absolue, prête à tout exclure de son esprit et de son cœur, hormis la musique. Malgré son manque d'expérience, elle possédait un courage technique et musical qu'il avait rarement observé au cours de sa carrière de professeur. Ce courage avait fait défaut à Becca. Quand elle donnait le meilleur d'elle-même, elle jouait proprement, solidement. Mais devant les morceaux les plus difficiles, il lui était arrivé de vaciller, intimidée par la complexité de la musique, tout en sachant qu'elle possédait la dextérité technique nécessaire. Samantha, se disait-il, ne se laisserait jamais intimider, fût-ce par la pièce la plus périlleuse et la plus exigeante. Il espérait vivre assez longtemps pour l'entendre s'attaquer à une œuvre comme le *Concerto pour violon* de Britten, ou comme la Chaconne.

Quand Iris avait demandé à M. Kimmelbrod de présenter Samantha aux invités, il avait refusé. Sans s'opposer à ce que sa jeune élève fasse la démonstration de son talent devant un public restreint et familier – profane de surcroît –, il ne souhaitait pas prêter trop d'importance à l'événement. Aussi prometteuse que fût cette petite, elle ne jouait que depuis un peu plus d'un an, il ne fallait pas l'oublier. Elle ferait des fautes aujourd'hui, il fallait qu'elle en fasse, c'était pour lui le seul moyen de s'assurer qu'elle visait suffisamment haut. Il ne voulait pas qu'elle considère cette présentation comme un concert, mais plutôt comme un exercice.

« Mes amis ! cria Iris, frappant dans ses mains pour attirer leur attention. Nous vous avons préparé une charmante surprise. Je suis sûre que la plupart d'entre vous n'ont pas oublié Samantha Phelps, dont ils ont fait la connaissance au mariage de Becca et John. » La foule se tut. « Eh bien, poursuivit Iris. Les talents de Samantha ne se limitent pas à ceux d'une petite fille d'honneur. » Quelques personnes rirent, mais s'interrompirent aussitôt sous le regard sévère d'Iris. « C'est aussi une violoniste accomplie. Ce soir, elle va nous jouer un peu de Bach. Les deux premiers mouvements de la *Sonate n° 1 en sol mineur*. »

Samantha s'avança. Elle portait une robe d'été blanche imprimée de cerises rouges et ses cheveux étaient retenus dans un serre-tête de plastique rouge brillant. À l'instant même où Iris donnait aux invités le signal des applaudissements, Jane passa l'angle de la maison, portant son flan à la vanille et aux bananes devant elle comme un bouclier. En apercevant sa tante, Samantha lui adressa un grand sourire. Mais Jane demeura impassible, et la petite eut l'air consternée. Elle baissa son violon et attendit, comme si elle craignait que Jane ne soit venue interrompre le récital, la traîner jusque chez elle pour la remettre devant son clavier électronique, dans sa chambre solitaire, la laissant rêver d'une famille où tout le monde aimait la musique, vivait au son de la musique et se donnait la sérénade le soir sur un tro khmer.

Jane posa le flan sur la table de pique-nique au milieu des autres desserts.

Ce fut alors qu'Iris la remarqua. « Jane ! s'écria-t-elle, interrompant son discours. Quelle bonne surprise ! »

Jane esquissa un sourire maussade. Elle ne voulait pas venir à cette fête. Comme Iris l'avait prévu – et il ne fallait pas être grand clerc pour s'en douter –, Jane était furieuse qu'elle soit allée voir Connie dans son dos, qu'elle se soit immiscée une fois de plus dans cette affaire, d'une façon et en un lieu aussi déplacés ; furieuse au point de n'être pas sûre d'arriver à se contrôler en sa présence. Mais Samantha l'avait suppliée d'assister à ses « débuts ». Le vieux monsieur allait lui prêter son violon qui coûtait des millions de dollars, et Samantha avait insisté pour que Jane vienne l'entendre jouer Bach sur cet instrument vénérable. Elle avait entendu parler des Stradivarius, mais l'instrument de M. Kimmelbrod portait un autre nom. Un peu de curiosité se mêlait donc à son désir de venir soutenir sa nièce : elle voulait voir de ses propres yeux ce noble et majestueux instrument.

Jane retira le film plastique qui recouvrait son dessert. En fait, elle s'était réjouie de ne pas avoir à préparer ce satané flan cette année, mais quand elle avait décidé de venir tout de même, elle n'avait pu s'en empêcher. Et, une fois de plus, elle s'était retrouvée dans sa cuisine à couper des dizaines de bananes en rondelles, avec sous les yeux une broderie au point de croix que sa belle-mère lui avait offerte pour leur premier anniversaire de mariage. Jane avait toujours vu dans sa maxime édifiante un commentaire ironique, voire franchement désobligeant, sur ses talents culinaires. « Le principal ingrédient de toute bonne cuisine est l'amour », proclamait le texte en lettres rouge vif, fané désormais en un rose terne. L'amour n'était pas pour grand-chose dans les progrès culinaires que Jane avait fini par réaliser. C'était comme le reste ; il y avait une bonne et une mauvaise façon de faire, et les erreurs ne pardonnaient pas. Pendant qu'elle attendait devant le four que la meringue dore, elle s'était demandé si l'aigreur, la colère et le mépris qui avaient été les ingrédients de ce flan-là réussiraient à en affecter le goût.

En se dirigeant vers le dernier rang, Jane passa devant Matt et Ruthie. Celle-ci lui sourit et tendit la main, comme pour effleurer son épaule. Jane tressaillit, et Ruthie eut un mouvement de recul. À cet instant, Jane vit Bill Paige contourner la maison d'un pas alerte, portant deux cartons de bière. Il les posa à côté de la glacière, déchira un des cartons, et sortit deux bouteilles avant de rejoindre Jane. Celle-ci accepta la bière qu'il lui tendait et remarqua, non sans plaisir, l'expression surprise d'Iris. Ça lui fera les pieds, pensa-t-elle. Ça lui prouvera qu'elle ne sait pas la moitié de ce qu'elle croit savoir. Elle fit un petit signe de tête à Samantha, qui releva son violon.

Samantha se lança dans le premier mouvement de la pièce de Bach comme on se jette à l'eau. Elle jouait de tout son corps, son archet dansant sur les cordes. Son maintien était à l'inverse de celui qui avait caractérisé M. Kimmelbrod. Il avait toujours été immobile comme un roc, alors qu'elle bougeait, se contorsionnait, frémissait, balançait son corps d'arrière en avant.

Iris eut d'abord le plus grand mal à se concentrer sur la musique. Elle ne s'attendait pas à voir Jane Tetherly et le shérif ensemble. Elle les observa attentivement, s'interrogeant sur l'intimité éventuelle de cette relation et sur leur réaction – celle de Jane en particulier – au petit concert de Samantha. Iris espérait sans trop y croire que Jane serait tellement émue par l'interprétation de sa petite-nièce qu'elle comprendrait qu'elle méritait vraiment la chance que seuls les Copaken pouvaient lui offrir. Alors, peut-être, serait-elle enfin débarrassée du sentiment taraudant de culpabilité qu'elle éprouvait à l'idée d'avoir court-circuité Jane. Mais l'expression de Jane restait indéchiffrable, alors que le shérif Paige avait l'air à la fois étonné et admiratif.

Samantha se laissa si bien gagner par le plaisir de jouer qu'en abordant le deuxième mouvement, la fugue *allegro*, elle pressa le tempo involontairement, les doigts voltigeant sur les cordes, le bras qui tenait l'archet palpitant. En arrivant à la fin, elle était littéralement grisée de vitesse et au milieu de toutes ces notes rapides, les doubles-croches lui donnèrent un peu de fil à retordre. Mais les rares invités à relever ses erreurs n'en furent pas moins abasourdis par son talent.

En écoutant le deuxième mouvement haletant de Samantha, Iris chercha désespérément à se rappeler si elle avait entendu Becca jouer le même morceau. Elle avait bien dû l'interpréter à l'une des plusieurs centaines d'auditions auxquelles elle avait participé dans son enfance. D'autres élèves l'avaient joué, elle s'en souvenait parfaitement ; il y avait ce minuscule Sino-Américain, six ans tout au plus, qui avait galopé d'un bout à l'autre du deuxième mouvement à une allure si vertigineuse qu'on était épuisé rien qu'à le regarder. Au moment où il avait reposé son archet, Iris était essoufflée, trop fatiguée pour se concentrer vraiment sur le Schumann majestueux de Becca. Elle se souvenait d'autres élèves, aussi. D'une adolescente qui n'avait cessé de se mordiller la lèvre inférieure. D'une autre qui avait commis tant d'erreurs qu'on l'avait interrompue dès la fin du premier mouvement. Mais Iris ne se rappelait pas avoir jamais entendu sa propre fille interpréter ce morceau.

Les deux mouvements étaient courts. À la vitesse où Samantha les joua, ils ne durèrent pas plus de huit minutes, et quand elle prolongea la dernière note, l'apogée, elle avait le visage humide de transpiration. Iris bondit sur ses pieds et cria : « Bravo ! Bravo ! » Le public l'imita, accordant à Samantha la première *standing ovation* de sa vie. La fillette se tenait là, fière et rougissante, devant les auditeurs, dont beaucoup ne l'avaient pas revue depuis le mariage. Si elle n'avait pas été dans son élément ce jour-là, elle l'était incontestablement à présent. Elle s'inclina avec un grand geste du bras et esquissa une révérence pour remercier le public.

Iris continua à applaudir jusqu'à ce que Samantha soit rentrée dans la maison pour ranger le violon. Puis elle se retourna, cherchant Daniel du regard. Elle espérait que l'interprétation de Samantha l'aurait convaincu du talent prometteur de la petite, et lui aurait fait comprendre qu'ils devaient absolument l'aider à s'épanouir. Elle l'aperçut à côté de la glacière, enfonçant une par une dans la glace fondue les bières que Bill Paige avait apportées.

« Alors ? Tu ne l'as pas trouvée stupéfiante ? demanda Iris.

— Elle est super », dit Daniel. Il prit une bière, l'ouvrit et jeta la capsule dans la glacière.

« Tu comprends maintenant pourquoi je tiens tellement à l'aider ? Elle est exceptionnelle.

— Son talent n'a jamais été en cause.

— Son talent est la *seule* chose en cause.

— Tu sais aussi bien que moi que ce n'est pas vrai. »

Avant que le débat n'ait pu s'envenimer, Ruthie et Matt les interrompirent. Ruthie tenait la main de Matt comme elle avait toujours tenu celle de son père, le poing refermé sur son index et son médius.

« Dites donc, elle déménage, Samantha, dit Ruthie.

— N'est-ce pas ? » dit Iris avec un coup d'œil à Daniel.

Celui-ci but une longue gorgée de bière.

Le regard de Ruthie passa de sa mère à son père, avant de revenir se poser sur Iris. « Ça va ? demanda-t-elle.

— Très bien, dit Iris. Alors comme ça, vous êtes ensemble, tous les deux ? »

Ruthie hocha la tête.

« Pourquoi est-ce que vous ne nous l'avez pas dit plus tôt ?

— Je ne sais pas, dit Ruthie. On avait peur que vous trouviez ça bizarre, sans doute.

— Je ne trouve pas ça bizarre », dit Iris.

Ruthie se blottit contre Matt, qui se raidit imperceptiblement, avant de glisser son bras autour de sa taille. « On a quelque chose à vous demander, Matt et moi. »

Iris croisa le regard de Daniel et ils se retrouvèrent immédiatement soudés par une même inquiétude parentale.

« Je voudrais rester ici, à Red Hook, avec lui.

— Oh, Ruthie ! dit Iris.

— Eh bien quoi ? Tu disais qu'il fallait que j'aie un projet pour cette année. »

Ruthie avait donc l'intention de reproduire la pire décision de Becca, songea Iris. Elle se tourna vers Daniel, cherchant un appui, mais la connivence qui les avait liés quelques secondes plus tôt s'était évanouie. Il ne la soutiendrait pas. « Rester à Red Hook, ce n'est pas un projet, objecta Iris.

— Bien sûr que si. Ce n'est peut-être pas le projet que tu aurais souhaité, mais c'en est un. Matt et moi – on espérait que vous nous permettriez d'habiter ici cet hiver. On pourrait s'occuper de la maison.

— Je commence à me débrouiller assez bien en menuiserie et tout ça, intervint Matt. Je pourrais vous fabriquer d'autres étagères pour le salon et réparer le ressort de la porte de derrière. Je pourrais rentrer un stère de bois pour le feu. Tout ce qui peut vous rendre service.

— Mais toi, Ruthie, qu'est-ce que tu comptes faire ? demanda Iris. Où est-ce que tu as l'intention de travailler ?

— À la bibliothèque.

— À la bibliothèque ?

— Oui. Mary Lou Curran a convaincu le directeur de m'embaucher.

— Combien est-ce qu'ils te proposent ?

— Euh, en fait, je ne serai pas vraiment payée.

— Tu ne seras pas payée, poursuivit Iris, impassible. Dans ce cas, crois-tu qu'on puisse "vraiment" parler de travail ?

— Ils me paieront dès la prochaine année budgétaire. Ils ne peuvent pas me payer tout de suite, c'est tout. Alors pendant un petit moment, je travaillerai comme bénévole.

— Et comment as-tu l'intention de vivre ?

— Je trouverai un boulot à temps partiel.

— Ça n'existe pas, Ruthie. Pas à Red Hook.

— Becca a toujours travaillé.

— Becca donnait des cours de voile en été. Je ne crois pas que ce soit une solution pour toi. Surtout en février. »

Mon Dieu, que ses sorties en voile avec Becca lui manquaient. Même quand le climat entre elles était à l'orage, elles faisaient de la voile ensemble. Becca disait pour la taquiner que la mer était le seul endroit où on pouvait compter sur elle pour s'occuper de ses oignons. Elles parlaient rarement en mer, n'échangeant que des avertissements laconiques à propos du gui ou des instructions de changement de direction ou de gréement. Un silence détendu, complice, s'installait entre elles, le genre de silence qu'Iris appréciait tant avec Ruthie quand elles étaient assises dans la même pièce, chacune plongée dans son roman.

Depuis l'accident, Iris faisait de la voile seule. Quelques semaines plus tôt, Ruthie l'avait rattrapée en courant alors qu'elle descendait vers l'embarcadère.

« Maman ! Attends ! »

Iris portait un pantalon kaki coupé aux genoux et pendant qu'elle attendait Ruthie, l'étoffe mince voletait autour de ses genoux osseux.

« Je peux venir ? » avait demandé Ruthie.

Iris avait secoué la tête. « Ce n'est pas la peine, ma chérie. Je sais que tu n'aimes pas ça.

— Je voudrais bien, avait insisté Ruthie. Ça serait sympa. »

Iris avait levé le bras et écarté une mèche de cheveux de Ruthie, la glissant derrière son oreille. « Si ça ne te fait rien, je préfère être seule. » Elle regrettait maintenant de ne pas avoir emmené Ruthie. Elle aurait peut-être réussi à la convaincre de ne pas s'engager sur cette voie.

« Je trouverai un boulot à temps partiel jusqu'à ce que la bibliothèque puisse me payer, reprit Ruthie. Je peux travailler dans un des bistrots. Ou au marché. Je trouverai bien quelque chose. Et on n'a pas besoin de tellement d'argent. À condition que vous nous laissiez habiter la maison quand vous serez partis.

— Et c'est vous qui allez payer les factures, Ruthie ? C'est vous qui allez payer le chauffage ? Tu sais combien ça coûte ?

— Matt et elle feront fonction de gardiens, intervint Daniel. Nous leur donnerons ce que nous avons toujours donné à Jane.

— Nous ne pouvons pas priver Jane de ce revenu. Ce ne serait pas correct, observa Iris.

— Maman s'occupe de beaucoup de maisons en hiver, madame Copaken, intervint Matt. Une de plus, une de moins, ça ne fera pas une grande différence. » Sa voix était étonnamment ferme et Iris vit Ruthie lui serrer la main pour le remercier.

« Ne m'appelle pas madame Copaken, voyons, appelle-moi donc Iris, tu veux ? » dit-elle sans réfléchir. Elle tressaillit. Elle avait dit cela à John si souvent que c'était devenu une vraie rengaine.

« Je travaille, dit Matt. Au chantier naval. Je peux payer les factures, et même un loyer. »

Iris observa sa fille longuement, en silence. Puis elle demanda d'une voix douce, presque suppliante : « Ruthie, pourquoi est-ce que tu fais ça ?

— Papa ? dit Ruthie. Tu ne trouves pas que c'est une mauvaise idée, toi, si ? »

Daniel secoua la tête. « Je suis sûr que ça se passera très bien. »

Sa réaction n'étonna pas Iris. Il avait toujours assumé cette fonction. Approuver les filles, les soutenir, leur céder. C'était à elle de jouer les tyrans, de tout organiser, de fixer les règles et d'infliger les sanctions en cas d'infraction. Il lui était arrivé de le regretter, de souhaiter avoir le beau rôle pour une fois, mais elle savait que c'était elle qui s'était chargée de la distribution au départ. Néanmoins, sans être surprise, elle constatait avec désarroi que ses motifs lui échappaient complètement. Autrefois, elle avait toujours su ce qu'il pensait. Cette fois, elle aurait été bien en peine de dire s'il approuvait vraiment l'idée que Ruthie rejoue un pâle simulacre de la vie de Becca, s'il y était hostile mais ne pouvait se résoudre à le dire, ou si, tout simplement, ça lui était indifférent.

Comment en étaient-ils arrivés là ? Au point qu'elle ne puisse plus lire dans les pensées de l'homme qu'elle avait toujours cru connaître mieux qu'elle-même ? Et Ruthie ? Que s'était-il passé pour qu'elle tienne aussi peu compte de l'avis de sa mère ? Comment les avait-elle perdus ? Qu'avait-elle bien pu *faire* ? Où avait-elle eu l'esprit, alors qu'il aurait dû être concentré sur sa famille ?

Iris sentit refluer toute l'énergie nécessaire à une querelle. « Très bien, dit-elle à Ruthie. Tu n'as qu'à rester ici à Red Hook et travailler comme bénévole à la bibliothèque. Tu peux aussi tricoter des pulls ou confectionner des couronnes de Noël. Fais ce que tu veux. »

L'animation de leur échange n'était pas passée inaperçue, et ce ne fut qu'après s'être éloignée de Daniel et de Ruthie qu'Iris prit conscience qu'un certain nombre de leurs invités s'étaient discrètement éclipsés. Elle envisagea d'annoncer qu'il y avait encore des feux d'artifice, mais franchement, c'était le cadet de ses soucis.

Moins d'une heure plus tard, le jardin était désert. Il ne restait que les vestiges de la réception. La table de pique-nique était encombrée de bouteilles de bière vides et de gobelets en plastique. Un grand sac-poubelle vert appuyé contre le pied de la table laissait échapper des carapaces de homards et des assiettes en carton. Des chaises pliantes étaient disposées en arcs de cercle, en face de l'endroit où Samantha avait joué. Il y en avait quelques autres dispersées sur la pelouse, dont l'une renversée. Le plastique blanc semblait luire dans le jour déclinant.

Daniel, qui venait d'aider M. Kimmelbrod tout tremblant à regagner sa chambre, descendit les marches de la véranda. Il contempla le jardin abandonné. Rien, songea-t-il, n'était aussi désolé qu'une fête quand les invités sont partis. Il souleva le sac-poubelle vert, en tassa le contenu du pied et entreprit de ramasser le reste des détritus. Il les fourra dans le sac, le ferma et le porta jusqu'à la poubelle. Il rassembla les bouteilles vides, remplissant deux bacs de recyclage. Il s'attaqua ensuite aux chaises. Il les replia et les empila dans la grange. Il traversa la pelouse, grimpa sur le muret donnant sur la mer et se dirigea vers l'embarcadère à travers les rochers. Il faisait presque noir à présent.

En se retournant vers la maison, il distingua à peine la silhouette d'Iris à travers les fenêtres grillagées de la véranda. Elle était assise, tête baissée, dans son fauteuil habituel. Il y avait de la lumière dans la chambre de M. Kimmelbrod ; les rideaux blancs paraissaient jaunes sur le fond sombre de la maison. Daniel se demanda où étaient Ruthie et Matt.

Il tourna le dos à la maison et parcourut toute la longueur du ponton. Il entendait l'eau clapoter doucement contre le bois. Sur la mer, un plongeon poussa un cri lugubre. Il ne faisait pas chaud, et ses bras nus étaient couverts de chair de poule. Il avait laissé les feux d'artifice à peu près au milieu de l'embarcadère et quand il les retrouva, il s'agenouilla et choisit un des plus petits. L'emballage noir était illustré de fusées qui explosaient. Celle-ci s'appelait, pour quelque raison obscure, « Rencontrez vos voisins ».

Daniel posa le paquet tout au bout de l'embarcadère. Il sortit son briquet de sa poche et fit glisser son pouce plusieurs fois sur la mollette avant que la flamme ne prenne. Il alluma la fusée et recula. Pendant un moment, la mèche siffla et pétilla, puis la fusée éclata, s'élevant dans un ciel devenu noir d'encre.

Daniel regarda partir les pièces l'une après l'autre, bleues, rouges, blanches. De brèves explosions *staccato* et de plus amples, comme des parapluies géants se déployant sous les étoiles. Quand la dernière lumière crépita avant de retomber dans la baie, Daniel s'assit, entoura ses jambes de ses bras, posa le front contre ses genoux et se demanda où il serait l'été suivant. Car il savait, à présent – il savait depuis longtemps –, qu'il ne serait plus là, en ce lieu fracassé, à abîmer l'obscurité du ciel estival du Maine par des effets bon marché, du bruit et de la fumée.

LE QUATRIÈME ÉTÉ

I

Malgré la présence de Ruthie, de Matt et de son père, malgré presque cent trente années d'histoire et de fantômes, la maison paraissait vide sans Daniel. Cela faisait plus de neuf mois qu'il avait fait ses bagages et quitté leur appartement de New York – le temps d'une gestation et d'une naissance – et pourtant, Iris avait toujours l'impression de vivre le premier trimestre de leur séparation, d'être aussi seule, aussi perdue, aussi incapable d'appréhender toutes les conséquences de sa nouvelle situation.

Elle se fit du thé mais, au lieu de le boire, elle prit sa tasse et erra de pièce en pièce. À la cuisine, elle ouvrit les placards et contempla les boîtes et les paquets intacts contenant les céréales favorites de Daniel, le café italien qu'il préférait, les petits gâteaux qu'il grignotait le soir, avant d'aller se coucher. Lorsqu'elle était allée faire les courses juste après son arrivée dans le Maine, elle avait, sans réfléchir, rempli son chariot des mêmes produits que d'habitude, ne se rendant compte de l'absurdité de ses achats qu'en faisant la queue à la caisse. Elle n'était pas allée ranger les articles sur les rayonnages. Elle les avait rapportés chez elle, comme si elle pouvait attirer son mari et le faire revenir en faisant provision de petits gâteaux et de bière. Les aliments préférés de Daniel prenaient à présent la poussière sur les rayonnages.

Dans le vestiaire, le sac de plage de Becca n'était plus seul à revendiquer l'attention d'Iris : il avait pour rivaux les bottes de Daniel, ses manteaux et, ses vestes suspendus à leurs crochets, sa canne à pêche. Le salon ne présentait pas d'intérêt pour elle – c'était le domaine réservé de M. Kimmelbrod et de Samantha, avec le piano jonché de partitions, le lutrin cabossé au milieu de la pièce. Dans la salle à manger, elle passa en revue les piles de journaux et de périodiques que Daniel avait laissées. Chaque été, il entassait ses revues et ses quotidiens à un bout de la table. Le matin de leur retour à New York, il en faisait des paquets qu'il ficelait et déposait à la déchetterie en sortant de la ville. L'été dernier, quand il était parti, il n'avait pas pris la peine de se débarrasser de son stock estival de lecture, qui était resté là – de vieux exemplaires d'*Atlantic Monthly* et de *Harper's*, des semaines entières du *Daily Packet* de Red Hook encore bourrés de prospectus et d'horaires des marées remontant à l'année précédente. Chaque jour, Iris décidait de porter tout ça à la déchetterie et, chaque jour, elle laissait les piles prendre la poussière.

Quand Daniel était parti, Iris avait d'abord réussi à se persuader qu'il avait besoin d'une pause, d'un peu de solitude, qu'après un ou deux mois en ville sans les tensions et les contrariétés de la vie familiale, il aurait changé d'avis. Au cours des journées qui avaient suivi la fête du 4 juillet, ils ne s'étaient presque pas vus. Daniel se levait de bonne heure et partait avant qu'Iris ne descende. Il revenait tard après le dîner. Elle savait qu'il passait son temps au gymnase – leur panier à linge débordait de T-shirts, de pantalons de jogging et de chaussettes malodorants. Une ou deux fois, elle avait cherché à lui faire comprendre que, décidément, elle ne supportait pas qu'il continue à faire de la boxe, mais il l'écoutait en silence, haussait les épaules et sortait. Il y avait dans ses gestes une irrévocabilité qui lui interdisait d'essayer de le rattraper.

Aucune querelle n'avait précipité son départ. Il s'était simplement approché d'elle un matin, une dizaine de jours après le 4 juillet, alors qu'elle était assise sur la véranda, dans son fauteuil habituel, en train de boire son thé et de détacher l'horaire des marées du *Daily Packet*, et il lui avait dit : « Écoute, Iris, ça ne peut pas continuer.

— Qu'est-ce qui ne peut pas continuer ?

— Ça. Toi, moi. Tout. »

Un instant, Iris était restée étrangement silencieuse. Elle avait cillé, bouche ouverte, le souffle coupé comme un poisson rouge tombé de l'aquarium. Enfin, elle était arrivée à murmurer : « Tu veux t'en aller ?

— Oui. »

Elle avait tendu le bras et lui avait attrapé la main. Il avait eu un mouvement de recul. « Tu veux me quitter ?

— Oui. »

Elle avait retiré sa main. « Tu veux tirer un trait sur trente-trois ans de mariage parce que Samantha vient à New York ? »

Daniel s'était assis à une extrémité du banc et avait dit : « Ce n'est pas pour ça. Tu le sais très bien. »

D'une voix rauque de larmes ravalées, Iris avait insisté : « Mais alors, pourquoi ? Pourquoi est-ce que tu veux me quitter ?

— Je suis désolé, Iris.

— Ne me laisse pas. »

Il avait haussé les épaules, comme s'il n'y pouvait rien.

Il l'avait laissée en larmes sur la véranda, était monté à l'étage et avait fait ses bagages. À midi, il s'asseyait dans la vieille Chevy Suburban déglinguée de Walt Mather, qui servait de taxi à Red Hook. Iris n'avait pas bougé de la véranda, d'où elle avait suivi les bruits de ses préparatifs et de la voiture qui démarrait. Ce ne fut qu'après son départ qu'elle s'était dit que Walt le conduisait probablement à l'aéroport. Cela voulait dire qu'il avait réservé sa place la veille, au plus tard. Il savait donc qu'il allait partir hier soir, quand ils s'étaient déshabillés pour se coucher. Il le savait alors qu'ils lisaient sous la lueur jaune de leurs lampes de chevet assorties. Il le savait alors que leurs souffles se rejoignaient dans la nuit. Il le savait quand il était entré dans la salle de bains ce matin pendant qu'elle se douchait. Il le savait quand il avait uriné bruyamment dans les toilettes. Tout ce temps, il avait su qu'il allait partir, et elle ne s'était doutée de rien.

L'été passant, Iris avait appelé Daniel presque tous les jours sur son portable, mais les rares fois où il avait répondu, leurs conversations avaient manqué de naturel. Elle n'arrivait pas à bannir de sa voix un ton de supplication qui l'humiliait. Quant à lui, c'est à peine s'il parlait.

Quand elle était rentrée à New York avec Samantha et M. Kimmelbrod, à la fin du mois d'août, il n'était plus là. Il était allé s'installer dans un petit studio chichement meublé sur la 44e Rue Ouest. Il était repassé une fois dans le courant du mois de septembre chercher ses vêtements et quelques bricoles. Elle ne l'avait pas revu depuis. Pendant des mois, elle l'avait appelé régulièrement, mais il refusait toutes ses invitations à dîner ou à assister aux auditions de Samantha. Il voyait son père de temps en temps, elle le savait. M. Kimmelbrod était bien trop prudent et trop respectueux de l'intimité de son gendre pour trahir sa confiance, mais l'aide-soignante à domicile qu'Iris avait engagée à leur retour du Maine ne s'embarrassait pas de tels scrupules. Iris était gentille avec Edwina, et celle-ci, abandonnée par son mari avec trois enfants et sans un sou, la plaignait. Par solidarité féminine, elle ne manquait jamais de la prévenir quand Daniel emmenait son beau-père déjeuner dehors.

Samantha avait été le seul réconfort d'Iris dans sa solitude. Tous les soirs, Iris venait la chercher chez M. Kimmelbrod, où la petite allait prendre sa leçon dès qu'elle sortait de classe. Après avoir travaillé son violon, Samantha s'asseyait par terre au salon en attendant Iris et faisait ses devoirs sur la table basse pendant que M. Kimmelbrod, assis dans son fauteuil, lisait le journal ou somnolait. Iris arrivait dès que ses cours le lui permettaient, avec de quoi dîner. Elle ne rentrait chez elle avec Samantha que lorsque M. Kimmelbrod était couché. Le plus souvent, elles parcouraient à pied le trajet de quinze pâtés de maisons qui séparait les deux appartements, serrées l'une contre l'autre pour se protéger du vent qui soufflait dans Riverside Drive. Daniel lui manquait toujours, mais sa solitude et son désarroi avaient été légèrement atténués par son travail très prenant et, surtout, par la compagnie de Samantha.

Mais ici, dans le Maine, privée de cours et de réunions d'enseignants, alors que Samantha était chez Jane avec Connie récemment sortie de Riverview, les présences de son père et de sa fille elle-même ne suffisaient pas à la soulager de son abattement, de son sentiment d'être perdue sans Daniel, de naviguer sans gouvernail au milieu d'un océan inconnu. Ruthie et Matt logeaient chez Iris cet été-là. Ils dormaient dans la toute petite chambre de Ruthie, au fond du couloir, mais ils étaient discrets comme des souris. Seuls un froissement occasionnel de draps ou le grincement d'un tiroir qui se refermait révélaient qu'ils étaient là. En fait, Matt n'était presque jamais à la maison. Il avait réservé le 1er juillet pour le lancement de son bateau et travaillait avec acharnement pour avoir fini à temps. En plus de son travail à la bibliothèque, Ruthie avait pris un emploi de réceptionniste à mi-temps, à l'*Hôtel de Red Hook*. Elle travaillait en soirée et rentrait rarement avant dix heures.

M. Kimmelbrod n'offrait guère de compagnie à sa fille, lui non plus. Il n'était pas en très bonne forme. Sa force vitale n'avait cessé de décliner et bien qu'il réussît encore à mobiliser suffisamment d'énergie pour faire travailler Samantha et les élèves auxquels il donnait des cours cet été à Usherman Hall, quand il n'enseignait pas, il passait l'essentiel de son temps derrière la porte close de sa chambre, à essayer de récupérer. Iris se donnait beaucoup de mal pour préparer des ragoûts et des potées qui stimuleraient son appétit déficient, des plats qu'il n'avait pas besoin de couper et qui n'exigeaient pas beaucoup de mastication, mais qui ne risquaient pas de se répandre quand sa main tremblait. Pourtant, même lorsqu'il se sentait suffisamment bien pour la rejoindre à table, il réussissait rarement à avaler plus de quelques bouchées.

Ce jour-là, il n'avait presque pas quitté sa chambre, ménageant ses forces pour la master class qu'il devait donner dans la soirée. Iris lui avait conseillé de repousser, voire d'annuler ce cours, mais il avait fait fi de ses inquiétudes. Ce ne serait pas correct vis-à-vis de ses élèves, lui avait-il dit. Il ne donnait qu'une master class par été et les élèves s'étaient mis au travail depuis qu'elle avait été programmée. Le trio de Samantha devait se produire et ce serait la première fois qu'elle jouerait sur la scène d'Usherman Hall. Il ne pouvait pas la décevoir. De plus, la première master class donnerait le ton de toutes les suivantes, et il voulait s'assurer que, cette année, les autres professeurs – et plus particulièrement Spiegelman – comprendraient mieux ce qu'on attendait d'eux. Pauvre Spiegelman, quelle patience admirable il avait, songea Iris.

Quand elle eut fini sa tasse de thé solitaire, elle rassembla ses affaires et attendit à la cuisine, les yeux rivés sur sa montre. S'ils ne partaient pas bientôt, ils seraient en retard.

« Papa ? appela-t-elle. Tu es prêt ? »

Au bout d'un moment, elle entendit le son de sa voix, assourdi par la porte fermée, mais elle ne comprit pas ce qu'il disait. « Papa ? répéta-t-elle, s'engageant dans le long couloir qui menait à sa chambre. Ça va ? »

Elle trouva son père assis au bord de son lit, tenant à la main une de ses petites chaussures impeccablement cirées, qu'il contemplait d'un air affligé. Il avait perdu du poids au cours de l'année. Ses joues étaient creuses, ce qui donnait l'impression que ses dents étaient trop grandes pour sa bouche. Il s'était cassé une incisive quelques mois plus tôt, et le dentiste, craignant qu'il n'ait pas la force de supporter une intervention définitive, s'était contenté d'un bridge provisoire, amovible, que M. Kimmelbrod trouvait trop inconfortable. Cette denture incomplète le gênait terriblement, et il avait pris l'habitude de tirer sa lèvre supérieure sur ses dents de devant. Sous ses yeux, des cernes brun foncé trahissaient l'épuisement chronique dont il souffrait. Ses insomnies s'étaient aggravées, son sommeil étant perturbé à la fois par la raideur de son corps et par les crispations occasionnelles de ses membres, des symptômes dont la contradiction l'irritait. Il avait l'air affaibli, presque anéanti et l'image de son père ainsi diminué brisait tout ce qui subsistait d'intact dans le cœur de sa fille.

« J'ai un peu de mal à enfiler mon soulier », dit M. Kimmelbrod avec une amorce hésitante de sourire, bouche fermée.

Iris se précipita. « Je vais le faire », dit-elle. Elle s'agenouilla et souleva tendrement le pied osseux dans sa chaussette de soie noire.

« Je suis vraiment navré.

— Il n'y a pas de quoi », dit-elle avec un enjouement forcé. Elle ne voulait surtout pas qu'il remarque à quel point sa déchéance physique la touchait.

Elle introduisit son pied dans la chaussure. « Tu te rappelles l'autre été, quand Daniel avait emporté deux chaussures gauches ? lui demanda-t-elle. Il avait été obligé de mettre ses tennis pour le mariage.

— C'est *pour ça* qu'il portait des tennis ?

— Tu ne le savais pas ? Il avait deux paires d'Oxford absolument identiques et il s'était trompé en faisant ses bagages. Pourquoi as-tu pensé qu'il portait des tennis ? »

M. Kimmelbrod posa une main tremblante sur la tête d'Iris. « Tu es très bonne. Très bonne et très gentille.

— Ne crois pas ça », dit Iris. Elle prit la main de son père et l'approcha de ses lèvres. « J'aimerais bien, mais je ne le suis pas. » Doucement, elle remonta les chaussettes sur ses tibias glabres et décharnés. Elle cala ses pieds, un par un, sur sa cuisse pliée et laça ses chaussures, bien serré, comme elle savait qu'il l'aimait. En l'aidant à se lever, elle lui demanda : « Tu ne te laisseras vraiment pas convaincre de remettre ta classe de ce soir ? Jusqu'à ce que tu te sentes mieux ?

— Je vais aussi bien que possible, ma fille », dit M. Kimmelbrod en lui prenant le bras.

La petite salle de concert de l'Usherman Hall était un bâtiment recouvert de bardeaux, dégradé par les intempéries. Les concerts avaient lieu sur une scène improvisée, une simple estrade de bois dressée devant la grande cheminée de pierre, sous le regard bienveillant d'une imposante tête d'élan suspendue à des clous fichés dans le ciment, entre les pierres de la cheminée. Cet élan était un héritage des anciens propriétaires de la salle, un groupe de banquiers et de chasseurs de Boston qui utilisaient la salle comme pavillon de chasse jusqu'à ce que Felix Usherman et les autres membres de son quatuor éponyme achètent le bâtiment pour en faire leur studio de répétition estival en 1928.

Le public de la soirée était clairsemé. Les élèves d'Usherman Hall occupaient les quatre rangées du fond, mais seule une poignée d'amateurs locaux, ceux qui soutenaient la salle contre vents et marées, était venue. Iris connaissait la plupart d'entre eux. John et Emma Love, d'anciens estivants qui avaient pris leur retraite depuis quelques années et s'étaient installés dans leur chalet de vacances d'Echo Pound. L'écrivain Roscoe Lord, auteur d'une série d'ouvrages alimentaires légèrement olé olé situés dans un Red Hook à peine romancé, des livres dont la publication suscitait toujours un déferlement d'indignation ravie parmi les autochtones. La vieille Mary Jane Hunton, dont le fauteuil roulant occupait la même place au premier rang depuis les premiers concerts publics donnés dans cette salle, soixante-trois ans plus tôt. Miss Hunton était traitée comme une princesse à Usherman Hall, à la fois en raison de son âge vénérable et parce qu'on racontait, une rumeur vraisemblablement lancée par la vieille dame elle-même, qu'elle avait couché l'établissement sur son testament, lui léguant la coquette somme de plus de dix millions de dollars, le plus gros de sa fortune. Mais Iris était beaucoup trop préoccupée par la fatigue de son père et par la master class de Samantha pour bavarder comme elle l'aurait dû avec la vieille demoiselle, et ne put s'arracher qu'un vague sourire en réponse aux questions de Miss Hunton à propos de la santé de M. Kimmelbrod.

À douze ans, Samantha était beaucoup trop jeune pour être admise parmi les élèves d'Usherman Hall, mais elle était le petit prodige du membre le plus vénéré du corps enseignant et sa famille était d'ici. Les relations entre la population locale et les élèves ayant toujours besoin d'être consolidées, on lui avait accordé une dérogation. Elle n'était pas officiellement inscrite aux cours, et ne logeait donc pas à Usherman Hall. Au lieu de la faire jouer dans deux ensembles de musique de chambre différents, comme les autres élèves, M. Kimmelbrod ne l'avait intégrée qu'à un trio, avec une pianiste dont c'était le quatrième été à Usherman Hall et un violoncelliste que M. Kimmelbrod connaissait de la Juilliard School. Samantha prenait ainsi trois leçons par semaine avec son mentor – deux cours particuliers et le troisième dans le cadre du trio. En plus de son programme de travail personnel qui, depuis la fin de l'année scolaire, était passé à cinq heures par jour, elle répétait tous les matins avec le trio. Le soir, elle empruntait fréquemment des partitions à la bibliothèque d'Usherman Hall et les « lisait », déchiffrant les morceaux qu'elle entendait travailler aux autres élèves. L'adolescente était immergée dans la musique, avec bonheur et jusqu'au bout de ses doigts calleux.

Quelques retardataires arrivèrent, et Iris se décala pour leur faire de la place. Elle ne reconnut Connie Phelps qu'au moment où celle-ci s'asseyait. Jane était debout dans l'allée, hésitant manifestement à suivre sa nièce dans cette rangée.

« Bonjour, Iris, dit Connie.

— Connie ! Comment allez-vous ? Et Jane. Quel plaisir de vous voir ici ! »

Le visage de Connie était moins émacié et elle avait les joues presque roses. Ses cheveux étaient teints d'une nuance acajou tirant sur le prune et elle sortait visiblement de chez le coiffeur. « Ça va, répondit-elle. Je m'en sors.

— C'est formidable que vous ayez pu venir ce soir, dit Iris.

— Oh, nous n'aurions manqué ça pour rien au monde. »

Avec un soupir parfaitement audible, Jane s'assit tout au bout du rang, à côté de Connie.

Jane regardait droit devant elle, ses mains posées sur le sac à main de cuir brun qu'elle tenait sur ses genoux. Iris et elle ne s'étaient vues qu'une fois cet été, le jour où Iris était arrivée à Red Hook et avait déposé Samantha chez sa grand-tante. Elles s'étaient téléphoné le moins possible au cours de l'hiver, uniquement pour échanger des informations essentielles à propos de Samantha : les dates de ses vacances, l'heure d'arrivée de son car à Port Autority ou à la gare routière de Bangor.

Cependant, malgré l'hostilité qui opposait deux des femmes les plus importantes de sa vie, Samantha s'était épanouie à New York. Elle travaillait bien et s'était fait des amis à l'école Anderson. Ses leçons de violon étaient une profonde source de joie et d'intérêt tant pour le professeur que pour l'élève. En fait, M. Kimmelbrod avait réduit de moitié le nombre de ses élèves à la Juilliard pour pouvoir lui consacrer davantage de ses réserves limitées d'énergie et d'attention.

« Je suis sûre que cette soirée va vous intéresser, dit Iris. Les master classes offrent un éclairage unique sur la relation entre maître et élève.

— C'est ce que Samantha nous a dit, acquiesça Connie.

— Il arrive à mon père d'être un peu… comment dire… il a ses petites manies.

— Comment ça ?

— Oh, vous verrez. »

Chaque enseignant ne donnait qu'une master class, et on avait pu entendre quelques murmures quand M. Kimmelbrod avait choisi le trio de Samantha. Mais sa partialité en faveur de cette jeune fille, encore si novice, n'avait surpris que ceux qui ne l'avaient pas encore entendue jouer. Le favoritisme n'avait rien d'exceptionnel dans l'univers musical ; le père d'Iris en avait été le bénéficiaire et le dispensateur tout au long de sa carrière. Les professeurs triaient leurs élèves sur le volet, comme ils l'avaient été eux-mêmes, perpétuant les longues lignées pédagogiques dont ils étaient si fiers. À Prague, M. Kimmelbrod avait travaillé avec un professeur qui avait été l'un des derniers élèves de violon d'Antonín Dvorák, avant que ce dernier ne se consacre entièrement à la composition. Quand il s'était installé à New York, M. Kimmelbrod avait travaillé avec Louis Persinger, lui-même disciple du grand Eugène Ysaÿe, qui avait eu pour maître Henri Vieuxtemps, élève de Charles de Bériot, lequel avait travaillé avec Giovanni Battista Viotti, et ainsi de suite en remontant dans le temps. Comment ne pas s'émerveiller, songea Iris, en imaginant tous les maillons qui reliaient cette jeune Cambodgienne adoptée à un virtuose italien du dix-huitième siècle ?

Connie se pencha vers Iris : « C'est tellement gentil de la part de M. Kimmelbrod de lui prêter son violon. Je ne l'ai encore jamais entendue jouer sur cet instrument. »

En mai, Iris s'était mise en quête d'un nouveau violon pour Samantha. La jeune fille avait fait de tels progrès au cours de l'année que la disparité entre ses capacités grandissantes et celles du Gliga trois-quarts dont elle devait se contenter était devenue flagrante et douloureuse, pour Iris et pour son père. Elle était un peu jeune cependant pour un violon entier, mais elle avait joué de temps en temps sur le Guarneri de M. Kimmelbrod quand il le lui demandait, pour le « réchauffer », disait-il ; et grâce à ses longs bras et à ses doigts effilés, elle n'avait jamais paru mal à l'aise avec cet instrument d'adulte.

C'est ainsi que, bien que cela l'obligeât à prendre un crédit hypothécaire, Iris avait décidé de lui acheter un violon. Elle espérait trouver un instrument du genre du Gemunder de 1885 qu'ils avaient offert, Daniel et elle, à Becca pour sa bat mitzvah. Chaque fois qu'Iris pensait à cet instrument, la douleur et la colère qu'elle avait éprouvées en apprenant que Becca l'avait vendu, des émotions que la mort de sa fille aurait dû anéantir ou rendre superflues, l'envahissaient comme au premier jour : si Becca n'avait pas vendu le Gemunder pour financer le voilier de John, il aurait été parfait pour Samantha. Il est vrai que si Becca n'avait pas vendu ce violon, si elle n'avait pas renoncé à sa carrière, Iris ne se serait jamais trouvée dans la situation de devoir s'endetter pour acheter un instrument à Samantha Phelps.

Iris avait demandé à Ernst Denkenbaum, le luthier à qui M. Kimmelbrod adressait habituellement ses élèves, d'apporter quelques instruments chez son père un soir, après le dîner. Il leur présenta trois violons, un Charles Voirey de 1951, un Honore Derazey de 1851 et un Michel Eggimann tout neuf. Il les disposa sur la table basse, dans le désordre. M. Kimmelbrod était assis dans un fauteuil, son déambulateur à portée de main. Il tendit à Samantha son archet personnel, qui valait bien plus cher que chacun des trois violons. « Vas-y, dit-il. Essaie-les. »

Samantha prit le Derazey et s'échauffa en jouant quelques arpèges. Elle se détourna légèrement de Denkenbaum et d'Iris, assis sur le canapé, pour se placer juste en face de M. Kimmelbrod. Elle se mit à jouer l'*allegro* du *Concerto pour violon en la mineur* de Vivaldi. M. Kimmelbrod leva la main et lui fit signe d'arrêter.

« Le son est trop ample et trop puissant pour toi », dit-il.

Le marchand s'interposa : « Puissant, oui, mais tellement vibrant, vous ne trouvez pas ? Quelle vie ! »

M. Kimmelbrod l'écarta d'un bref signe de tête. « Il n'est pas pour elle.

— Le Voirey, peut-être ? » suggéra Denkenbaum, en présentant le deuxième violon. Presque aussi âgé que le violoniste, il connaissait M. Kimmelbrod depuis plusieurs dizaines d'années et bien que leur animosité (due à un différend à propos du prix d'un Carl Becker de 1946 sur lequel M. Kimmelbrod avait jeté son dévolu pour un de ses élèves) n'eût jamais diminué, leur respect mutuel était resté entier.

« Il est très beau, remarqua M. Kimmelbrod. J'ai toujours eu un faible pour le vernis rouge. C'est pour cela que vous l'avez apporté, n'est-ce pas ? »

Le marchand inclina la tête.

Reposant le Derazey, Samantha prit le Voirey et joua le même morceau de Vivaldi, puis la variation en triolets du quintette de *La Truite*. M. Kimmelbrod sourit. « Il réagit bien, dit-il.

— Oui, très bien, dit Samantha.

— Trop sombre tout de même, je crois, dit M. Kimmelbrod.

— Essayons l'Eggimann », proposa Iris.

Cette fois, Samantha joua quelques mesures de la pièce de Vivaldi, puis du Bach, l'*adagio* de la sonate qu'elle avait interprétée l'année précédente, au pique-nique du 4 juillet.

« Le timbre est très chaud, approuva M. Kimmelbrod en hochant la tête. Une grande maturité.

— Votre choix ne me surprend pas, intervint le marchand. Vous reconnaissez le Dembovski dans l'Eggimann, bien sûr. » Il expliqua à Iris : « Eggimann fabrique ses instruments sur le modèle de Guarneri del Gesù.

— Il te rappelle ton violon, Papa ? » demanda Iris.

M. Kimmelbrod leva un sourcil. « Pas vraiment.

— Je n'ai encore jamais vu un travail aussi superbe et un timbre aussi remarquable sur un instrument neuf », fit remarquer le marchand.

Samantha leva son archet. « Ça ne va pas, dit-elle. Je crois que ce n'est pas ça.

— Non ? demanda M. Kimmelbrod. J'ai trouvé qu'il sonnait bien. »

Elle secoua la tête. « Non, ça ne va pas.

— Bien, bien », dit M. Kimmelbrod. Il se tourna vers Denkenbaum. « Qu'avez-vous d'autre à nous proposer ? »

Sans dissimuler son agacement, Denkenbaum répondit : « D'aussi bon que l'Eggimann ? Un seul. Un atelier Vuillaume, fabriqué sur le modèle du Cannon del Gesù de Paganini. Mais il dépasse largement votre gamme de prix. Votre fille m'a demandé de vous présenter des instruments entre dix et vingt mille dollars.

— Tu es sûre pour l'Eggimann ? » demanda Iris à Samantha.

La jeune fille se mordit la lèvre. « Je suis désolée. » Elle ne prétendit pas être satisfaite de l'instrument sur lequel elle jouait actuellement – ils savaient tous qu'il lui fallait un nouveau violon, et n'importe lequel de ceux-ci était largement supérieur à celui qu'elle avait. Mais, de toute évidence, aucun des trois ne lui paraissait convaincant. Choisir un violon, c'est en tomber amoureux. Malgré le risque de se tromper en cédant à un coup de cœur, ce premier élan de passion est indispensable.

« Vous pensez que je devrais en essayer d'autres ? Je pourrais aller chez vous et, si j'en trouve un, l'apporter à M. Kimmelbrod pour le lui montrer.

— Non, coupa ce dernier sèchement. C'est inutile. »

Samantha parut momentanément effondrée, puis, tout aussi rapidement, elle prit l'air résigné.

Il poursuivit : « Pourquoi acheter un nouvel instrument alors que nous en avons un qui a grand besoin d'être joué ? Tu prendras le Dembovski. »

Iris en était restée bouche bée. Il ne lui était jamais venu à l'esprit que son père pourrait laisser Samantha utiliser son violon pour autre chose qu'un concert isolé, ou un après-midi de travail. Elle n'aurait jamais imaginé qu'il puisse prêter un instrument aussi précieux à une adolescente qui ne travaillait que depuis deux ans, même si elle était son élève particulière. Il ne l'avait jamais proposé à Becca. Iris éprouva un pincement de jalousie en pensant à sa fille.

C'est ainsi que depuis le jour où aucun des violons de Denkenbaum n'avait su émouvoir Samantha, M. Kimmelbrod avait passé outre à toutes les exigences de ses assureurs et l'avait laissée jouer sur le Dembovski. C'était cet instrument qu'elle utiliserait ce soir, pour la master class.

Les élèves d'Usherman étaient turbulents, ils chahutaient, se mettaient à chanter avant de s'exhorter mutuellement à se taire en faisant des mimiques exagérées, comme des enfants s'efforçant en vain d'être sages dans une pièce remplie d'adultes. Ils applaudirent à tout rompre quand la porte du fond de scène s'ouvrit et que les membres du trio entrèrent à la file indienne. Les trois musiciens étaient vêtus de noir, selon la tradition ; un jeune violoncelliste asiatique en dockers noires, avec une élégante chemise noire, qu'il portait le col ouvert ; une pianiste rousse en longue jupe noire avec un haut sans manches microscopique, chaussée d'une paire de sandales blanches incongrues qu'elle retira d'un coup de pied en s'asseyant au piano ; et Samantha. Avant leur retour dans le Maine, Iris était allée avec elle acheter une tenue de concert, le premier vrai costume de scène de sa vie. Elles avaient passé un après-midi délicieux à écumer les étalages et les rayonnages du Century 21 avant de se diriger vers Bloomingsdale's. Samantha était grande pour son âge ; elle était svelte et presque tout ce qu'elle essayait lui allait à ravir. L'élégante robe noire qu'elle avait fini par choisir la faisait paraître de cinq ans plus âgée que ses douze ans. Elle était ajustée à la taille, mais les manches courtes flottantes lui dégageaient les bras.

« Elle est belle, n'est-ce pas ? chuchota Connie, un peu trop fort.

— Superbe, approuva Iris.

— Merci pour la robe. Elle est tellement jolie.

— Chtt ! » fit Jane en montrant la scène où les musiciens avaient commencé à s'accorder.

Ce soir-là, le trio travaillait le premier mouvement du *Trio avec piano en si bémol* de Mozart. M. Kimmelbrod les laissa d'abord jouer le morceau de bout en bout. La pianiste rousse était penchée en avant, les lèvres pincées comme un moineau picorant des graines. Le violoncelliste avait les sourcils froncés et faisait la grimace à chaque note aiguë. Le visage de

Samantha, en revanche, était serein. Seuls son front et ses épaules luisants de transpiration trahissaient ses efforts.

À la fin du mouvement, les élèves du fond de la salle hurlèrent leur approbation. M. Kimmelbrod leur intima le silence d'un petit geste du poignet.

Il s'adressa au trio : « J'aimerais un peu plus de musique que ce que nous venons d'entendre. »

Samantha baissa son violon, le posa sur ses genoux et se pencha en avant, le regardant avec intensité.

« Tu comprends ? lui demanda-t-il. C'est une œuvre tardive, qui contient de nombreuses modulations. Peux-tu me dire dans quelle mesure elle est écrite ?

— Quatre quatre, répondit Samantha.

— Ce n'est pas ce que j'ai entendu. Allez-y. »

Ils recommencèrent, mais il les interrompit presque tout de suite. « Vous voyez. Là, déjà. Ta da di da, chanta-t-il. Encore, et rappelez-vous que Mozart veut un *decrescendo* sur les dernières notes du passage. Or vous les avez accentuées. »

Ils reprirent et, cette fois, il les laissa poursuivre un peu plus longtemps avant de demander à Samantha : « Quelle est la durée de la dernière note ?

— Une noire, dit-elle.

— Tu l'as prolongée d'une double-croche. Recommencez. »

Il les arrêta rapidement. « Non ! Ce n'est pas ta di da ! Ta di dada da da da ! chanta-t-il. Les intentions de Mozart dans ce morceau sont parfaitement claires. Les notes sont *séparées*. Vous le trahissez. Encore. »

Iris jeta un coup d'œil à Connie pour s'assurer qu'elle ne prenait pas en mauvaise part les critiques adressées à sa fille. Elle avait l'air impressionnée, un peu déroutée peut-être. Jane en revanche contemplait la scène, impassible.

Au bout d'un moment, M. Kimmelbrod sourit à la pianiste. « C'est très beau. » La fille rougit de bonheur. Il poursuivit : « Vraiment très beau. Malheureusement, ce n'est pas ce que Mozart a écrit. Jouez-moi ce qu'il y a sur la partition, s'il vous plaît. » Son visage s'empourpra et elle se pencha sur le clavier.

« Et toi, dit-il à Samantha. Tu as de nouveau commencé *forte*. Inutile de jouer aussi fort. »

Iris avait assisté à d'innombrables master classes de son père et sa véhémence l'avait toujours amusée. Sans jamais se départir de son calme, M. Kimmelbrod était impitoyable avec ses élèves. Il ne criait jamais comme certains de ses collègues, mais ne cherchait pas non plus à dissimuler son mécontentement. L'aggravation de sa maladie de Parkinson n'avait fait que le rendre plus sévère encore, comme s'il compensait le déclin de ses propres facultés en ne laissant strictement rien passer à ses élèves. Iris s'attendait évidemment à ce qu'il critique Samantha, mais elle n'en avait pas moins envie de prendre sa défense. N'entendait-il pas comme elle jouait bien ? Avec quelle beauté, quelle précision ! Iris trouvait M. Kimmelbrod inhabituellement irascible. On aurait dit qu'inexplicablement ses élèves ne parvenaient pas à lui donner ce qu'il attendait d'eux.

À côté d'Iris, Connie sortit un mouchoir de son sac et commença à le triturer entre ses doigts et à le réduire en lambeaux.

« Stop ! lança M. Kimmelbrod. Écoutez-moi. Ce que nous voulons ici, c'est une conversation, vous m'entendez ? » Il se tourna vers le violoncelliste. « Elle joue "ta di da", comme si elle disait : "Je t'ai-me." » Le public rit, et il continua : « Toi, tu réponds : "Moi, je t'ai-me beau-coup." Elle reprend : "Je t'ai-me plus." Tu surenchéris : "Et moi en-core plus." Vous comprenez ? Une conversation. Encore. »

Cette fois, pendant qu'ils jouaient, il dirigea de l'une de ses mains tremblotantes. Au-dessus de la musique, il dit à Samantha : « Plus d'archet ! Voilà, comme ça. C'est bien mieux. » Puis il leur fit signe d'arrêter.

« Les doubles-croches sont trop rapides. Reprenez. » Ils jouèrent presque jusqu'au bout sans qu'il les interrompe. « N'ayez pas peur du crescendo. C'est comme si vous disiez : *Voilà* l'histoire. *Voilà* ce que je voulais vous raconter. Reprenez. »

Il les coupa au bout de quelques instants, se pencha et tapota la partition de Samantha. « Tu es morte trop tôt. Tu vois ? Reprends ici. »

Lorsque M. Kimmelbrod s'écarta de Samantha, son pied gauche sembla se figer. Il resta immobile un instant, les bras le long du corps, le visage impénétrable comme un masque. Puis, dans un craquement presque audible de ses vieux os, il bascula sur le côté, son corps rigide s'écrasant au sol comme une planche de bois qu'on aurait laissé tomber de très haut.

Iris se leva d'un bond et écarta la foule pour s'approcher de son père. Elle essaya de s'agenouiller à côté de lui, mais la bousculade l'en empêchait.

« Laissez-lui de l'air ! cria une voix autoritaire. Reculez ! »

Les gens se dispersèrent un peu et, en s'inclinant vers son père, Iris aperçut Jane, un bras tendu, qui repoussait tout le monde. De l'autre main, elle tenait son portable contre son oreille et parlait calmement dans l'appareil.

« Une ambulance, l'entendit-elle dire. Et une équipe de réanimation. C'est urgent. »

II

Ruthie et Matt fonçaient sur la route de Red Hook en direction de l'hôpital. Iris les avait renvoyés de bonne heure la veille au soir, tout en refusant elle-même de bouger. Elle n'avait pas quitté le chevet de M. Kimmelbrod depuis sa chute, trois jours plus tôt.

Ruthie était au volant, Matt sur le siège du passager. Il feuilletait une liasse de documents. « Merde, dit-il. Même si je finis le cours suivant d'ici à la fin de l'été, je n'aurai pas assez d'heures de navigation pour le brevet supérieur.

— Pourquoi est-ce qu'il te faut le brevet supérieur ? Quand tu t'es inscrit au premier cours, tu as dit que le brevet pour six passagers suffirait. »

Le cours de préparation au brevet de capitaine de Matt leur avait coûté six cent soixante-cinq dollars, sans compter les voyages à Boston et les frais de séjour de deux longs week-ends, une somme qui dépassait leur budget. Ils étaient à sec. Ils avaient eu le plus grand mal à joindre les deux bouts, même lorsque la bibliothèque avait commencé à payer Ruthie. Elle avait fait des remplacements à l'Haverford pendant les fêtes et même, comme le lui avait prédit sa mère, gagné quelques centaines de dollars après les premières gelées en cueillant des branches de feuillages persistants pour fabriquer des couronnes de Noël. En plus de son travail au chantier naval et sur le *Rebecca,* Matt l'avait aidée à faire des couronnes, lui aussi, et avait réussi à se faire embaucher chez UPS pendant la période de Noël. Mais le *Rebecca* engloutissait leur argent plus vite qu'ils n'arrivaient à en gagner, et ils étaient perpétuellement à court. Ruthie avait fini par laisser Matt payer ses cours avec sa carte de crédit. Un mois plus tard, à la caisse du supermarché bio, elle avait été rouge de honte lorsque le caissier – le végétalien hostile au teint cireux – avait coupé sa carte de crédit en deux. Avec moins de quatre dollars en poche, Ruthie avait passé dix minutes humiliantes à reverser des sacs de riz, de haricots noirs, de farine et de quinoa dans les conteneurs de vrac.

« Ouais, je sais, mais le problème, c'est que l'assurance refuse de me couvrir si je n'ai pas au moins le brevet de cinquante tonnes.

— Mais le bateau est loin de peser ça !

— Ce n'est pas une question de poids, le brevet est obligatoire, c'est tout. De toute façon, ce n'est pas le plus grave. Avec quoi est-ce qu'on va payer l'assurance ?

— Le devis se montait à combien ?

— Je préfère ne pas te le dire.

— Allez, Matt. Combien ?

— Treize mille dollars.

— Quoi ? C'est de la *folie* !

— Pas vraiment, si tu réfléchis. Il faut qu'on soit assurés à hauteur d'un million de dollars. Les Caraïbes sont une zone à risque à cause des ouragans. Tu sais combien de bateaux ont coulé à cause d'Ivan ?

— Non.

— Beaucoup. Tout un tas. Et puis bon, voilà, c'est le prix de l'assurance. Quand on veut être capitaine de croisière, il faut la payer, un point c'est tout. »

Ils arrivaient au niveau de Jacob's Cove, et Ruthie appuya sur l'accélérateur. Une fois qu'ils furent passés sains et saufs, elle dit : « Matt, je peux te poser une question ? »

Il s'était replongé dans sa lecture, feuilletant les pages comme si une réponse plus satisfaisante se dissimulait entre les lignes déjà lues.

— Matt ?

— Hmmm ?

— Tu as vraiment envie d'être capitaine de croisière ?

— Comment ça ? Bien sûr que oui.

— Je ne sais pas. C'est juste... c'est juste que, par moments, quand tu faisais cette formation, tu avais l'air tellement malheureux. »

Ruthie avait accompagné Matt à Boston pour un week-end, profitant de ce qu'il était en cours pour aller rendre visite à ceux de ses amis qui préparaient un doctorat à Harvard. Les cours de Matt se terminaient à dix-huit heures et, le premier soir, ils étaient allés avec toute une bande d'étudiants prendre une bière à la *Cantab Lounge* en écoutant la reprise de « Peanuts », le grand succès de Little Joe Cook de 1957. Mais le lendemain, Matt avait prétendu qu'il était épuisé après sa journée de cours et qu'il n'avait pas envie de se coucher tard. Il avait laissé Ruthie sortir seule. Il s'était passé la même chose le troisième soir. Ruthie était sûre qu'il n'aimait pas ses amis, c'est tout, et préférait traîner dans sa chambre à regarder la chaîne sportive au lieu de passer une nouvelle soirée avec eux.

La fois suivante, il était allé seul à Boston et en était rentré morose et déprimé. Quand elle l'avait interrogé, il avait répondu que les cours étaient assommants et qu'il n'avait plus l'habitude de rester assis dans une salle de classe. Mais elle était sûre qu'il y avait autre chose.

« Mais oui, c'est ce que j'ai envie de faire, répéta alors Matt. Enfin, voyons. Comment peux-tu poser une question pareille ? »

Quand John s'était lancé dans la restauration du *Rebecca*, le projet, malgré son coût exorbitant, paraissait raisonnable. Avec chaque mètre de bois d'acajou, chaque feuille de papier de verre, chaque centimètre de toile à voile et chaque poignée de clous, John bâtissait un avenir, le sien et celui de Becca. Même avec les revenus de la vente du violon de Becca, John n'aurait jamais pu se payer un bateau neuf de la taille et de la qualité de l'Alden. Il lui aurait coûté des centaines de milliers de dollars. Retaper l'Alden était le seul moyen pour Becca et lui de réaliser leur rêve, né aux premiers jours de leur amour et tendrement cultivé depuis – aller naviguer dans les Caraïbes.

Matt avait repris ce projet trois ans auparavant, sans imaginer vraiment qu'il mènerait les plans de John à leur conclusion logique, ultime. Il n'était mu que par le vague sentiment de devoir achever ce que John avait commencé, et avait refusé de reconnaître sa défaite malgré une succession d'erreurs et de déconvenues : pour lui, renoncer aurait été trahir la mémoire de son frère. Au début de l'hiver, constatant qu'il aurait bientôt fini, il avait été obligé de se demander sérieusement ce qu'il allait faire du *Rebecca*.

Le *Rebecca* était un bon bateau, à l'ossature solide et de bonne origine : John Alden l'avait construit pour un spécialiste new-yorkais de chirurgie esthétique qui avait refait le nez de Bette Davis, et l'actrice aux yeux bleus n'avait pas signé le journal de bord une fois, mais deux. Malgré tout, il ne valait guère plus que ce que Matt et John avaient dépensé pour le reconstruire. Il n'existait pas vraiment de marché pour les bateaux restaurés, quel que fût leur passé, surtout s'ils avaient été retapés dans l'arrière-cour d'un particulier. Les gens qui pouvaient s'offrir un bateau en bois préféraient un design de pointe et un aérodynamisme dernier cri, avec une quille soumise à des essais en bassin et un gréement en fibre de carbone. Ils voulaient un bateau construit pour eux de A à Z, dans un chantier prestigieux comme le Kings, et étaient prêts pour l'avoir à débourser un million de dollars, sinon plus.

Même s'il avait pu se résoudre à se défaire du *Rebecca* après tout le travail et tout l'amour que son frère et lui y avaient mis, Matt n'aurait donc pas réussi à le vendre. Mais il ne pouvait pas non plus se permettre de le garder comme bateau de plaisance. La seule solution raisonnable était celle que John avait toujours envisagée.

« Et toi, Ruthie ? demanda Matt. Tu as d'autres projets, quelque chose, je ne sais pas, moi ?

— Non.

— Dans ce cas, on est d'accord. Tu as envie de descendre dans les Caraïbes avec moi et d'organiser des croisières. »

Quand Matt avait, pour la première fois, évoqué la possibilité de poursuivre l'objectif de John et de Becca, avec lui-même dans le rôle de capitaine et Ruthie dans celui de cuisinière et d'hôtesse, elle était sous le charme de la tendresse et de la chaleur de son tout premier Noël dans le Maine, avec sapin, guirlandes, petits gâteaux et chanteurs de cantiques sur les marches de la mairie de Red Hook. Sur le moment, Ruthie avait trouvé l'idée de Matt séduisante, un rêve ensoleillé. Elle avait réussi à surmonter provisoirement son aversion pour la navigation en se concentrant sur le sortilège des Caraïbes. Faire le tour des îles ne lui déplaisait pas. Elle se voyait déjà allongée sur le pont d'un bateau (solidement et douillettement amarré dans un port), à lire des romans en dégustant des mangues cueillies à l'arbre quelques instants plus tôt.

Et si Ruthie n'avait pas le pied marin de Becca, elle savait faire la cuisine ; elle avait au moins appris ça de sa sœur. Au cours de l'hiver, elle avait passé des heures à surfer sur le net pour rassembler des recettes de poisson volant et de poisson-chat afin d'offrir à leur clientèle imaginaire une authentique expérience culinaire antillaise. Ces recherches lui avaient agréablement changé les idées durant ces longues journées obscures où il faisait si froid que ses cheveux mouillés gelaient entre la porte de la maison et sa voiture. Elle avait raconté à Matt, tout heureuse, que dans les Caraïbes la température de la mer était deux fois plus élevée que celle des eaux littorales du Maine. Mais au bout d'un moment, alors que Matt prenait sans désemparer des mesures de plus en plus concrètes pour passer son brevet de capitaine et finir de préparer le *Rebecca* à l'avenir qui les attendait, Ruthie n'avait pu se défendre d'une certaine appréhension. Comme prévu, son emploi de bénévole à la bibliothèque avait débouché sur un vrai contrat de travail, son poste avait été inscrit au budget municipal avec un salaire modique et une assurance maladie. Elle n'avait pas besoin de la Jamaïque ni de St John's ; la salle de lecture confortable, flanquée de deux cheminées de pierre massives où brûlaient de belles flambées, lui permettait d'oublier les rigueurs du climat. Elle aimait jusqu'aux aspects les plus banals de son travail : aider les lecteurs âgés à se connecter sur Internet, envoyer des lettres de rappel, ranger les livres sur les étagères. Ce qu'elle préférait, c'était être au guichet des renseignements. Cette fonction parait celui qui s'y trouvait d'une véritable autorité et Ruthie était toujours surprise par les questions incroyablement complexes et souvent saugrenues auxquelles les lecteurs s'attendaient à ce qu'elle réponde. Mais il existait des ouvrages de référence sur n'importe quel sujet et, au pire, elle pouvait toujours consulter Internet. Cela lui permettait, avec l'aide du *Dictionnaire des noms collectifs*, d'informer un lecteur que tel ou tel groupe de dragons était décrit comme effrayant ou, après avoir consulté l'*Encyclopédie du mauvais goût*, d'indiquer à un autre le nom de l'inventeur de la lampe à lave (Edward Craven Walker, né à Singapour en 1918). Ruthie avait réussi à se rendre tellement indispensable en si peu de temps que la bibliothécaire chef avait préféré lui confier la bibliothèque quand le reste du personnel était allé assister au colloque national des bibliothécaires à Augusta, plutôt que de devoir fermer.

Ces quelques jours de mars où elle avait été seule maîtresse à bord de la bibliothèque de Red Hook avaient été les plus heureux de toute son existence. Matt avait pris prétexte de son absence pour travailler sur le *Rebecca* et elle ne s'était donc pas sentie coupable de l'abandonner. Clés en main, elle arrivait de si bonne heure qu'il faisait encore nuit. Elle branchait les ordinateurs et les photocopieuses, enregistrait les livres qui avaient été déposés dans la boîte des retours la veille au soir et faisait le tour des salles pour tout allumer. Dans chaque section, elle rangeait soigneusement les livres exposés et passait un bon moment à en choisir de nouveaux. Pour les enfants, elle avait ainsi disposé *Lyle, Lyle, Crocodile,* un de ses livres préférés quand elle était petite, et quelques volumes des histoires de Françoise, parmi lesquelles *Bonne affaire pour Françoise,* qu'elle considérait comme un des plus ravissants livres d'enfants à avoir jamais été écrits. Pour les adolescents, elle avait choisi pour thème le fantastique et, évitant Harry Potter, leur avait proposé *Half Magic* d'Edward Eager, *À la croisée des mondes* de Philip Pullman et *Le Vent dans les saules.* Ils n'avaient qu'à aller chercher tout seuls les *Club des baby-sitters*. Dans la salle des périodiques, elle avait exposé la *National Review* avec *The Nation* et *Commentary* avec un numéro égaré de *Heeb* qui s'était retrouvé, on ne sait comment, dans la collection. Elle ne pouvait pas prendre beaucoup d'initiative avec les nouveautés, sinon placer Lorrie Moore en bonne place au milieu du présentoir, et mettre tous les romans policiers de chats dos en avant. Les habitués de la bibliothèque de Red Hook manifestaient un appétit insatiable de romans policiers mettant en scène des chats détectives et Ruthie savait que ces livres trouveraient des lecteurs. C'étaient les autres ouvrages, moins populaires, qui la préoccupaient. Chacun était un enfant perdu cherchant sa mère, un amant en quête de l'âme sœur, et Ruthie était l'entremetteuse, chargée de la mission gratifiante de faire les présentations. C'était là, pensait-elle, qu'elle donnait le meilleur d'elle-même. Vers le milieu de la matinée, elle remarqua une jeune fille – elle ne devait pas encore avoir tout à fait vingt ans – qui faisait pivoter lentement le présentoir des romans sentimentaux en format de poche. Ruthie ne la connaissait pas, mais elle venait presque toutes les semaines et repartait avec une pile de ces romans bon marché, choisissant systématiquement ceux dont les couvertures étaient ornées de poitrines palpitantes et de robes 1800.

« Vous aimez bien ce genre-là, n'est-ce pas ? demanda Ruthie. Les histoires sentimentales qui se passent au dix-neuvième siècle ?

— J'adore ça », dit la fille, en repoussant une mèche de cheveux raides et ternes derrière une oreille encore rose de froid.

Ruthie choisit un volume sur le présentoir. L'illustration de couverture représentait, comme sur les autres, une jeune femme en robe élégante, mais un peu moins décolletée. « Vous avez lu celui-ci ? »

La jeune fille secoua la tête. « Non, je ne crois pas.

— Vous devriez essayer. C'est un de ceux que je préfère. »

La semaine suivante, quand la jeune fille revint à la bibliothèque, elle trouva Ruthie en train de ranger la section informatique (Classification décimale de Dewey n° 004 à 006) et lui dit : « Le livre que vous m'avez donné était super ! Il n'est pas comme les autres. Mais il m'a bien plu quand même. Il m'a fait pleurer et j'ai adoré la fin. En même temps, il est vraiment marrant, vous ne trouvez pas ? Au début, je ne l'ai pas trop remarqué – peut-être que ça m'a échappé –, mais une fois qu'on est dedans, c'est rigolo comme tout. Et cette Mrs Bennett, elle est franchement idiote, non ?

— Oui, c'est vrai. Elle est complètement idiote. Vous aimeriez en lire un autre du même auteur ? »

Et c'est ainsi que Ruthie avait créé une lectrice à son image, une des nombreuses jeunes filles qu'elle allait faire passer, sans la moindre nuance de condescendance, de Barbara Cartland à Jane Austen.

Sans qu'elle en ait jamais parlé à Matt, plus le projet de croisière se concrétisait, plus son angoisse grandissait et plus la bibliothèque devenait un refuge, un lieu d'asile, loin des tensions qu'elle sentait s'accumuler. Elle parlait de plus en plus de la bibliothèque, parce que son travail la comblait, mais aussi parce qu'elle voulait que Matt sache à quel point elle y était heureuse. Comme si elle espérait que dès qu'il aurait compris, il dirait : « Écoute, oublions toute cette histoire de bateau et restons à terre, c'est là qu'on est bien, tous les deux. »

Ruthie avait eu terriblement envie de confier ses inquiétudes à sa mère, de lui demander conseil, mais malgré l'indifférence étudiée avec laquelle Iris avait accueilli les projets de Matt, Ruthie savait qu'elle les désapprouvait. La moindre expression de réticence de sa part serait accueillie avec soulagement. Il n'y aurait pas moyen d'examiner objectivement les différentes solutions envisageables. Or c'était de cela qu'elle avait besoin. C'est ainsi qu'au lieu de s'adresser à sa mère, Ruthie s'était épanchée, une fois de plus, auprès de Mary Lou Curren.

Celle-ci s'était mis en tête de réorganiser la section enfantine, et le directeur de la bibliothèque, parfaitement conscient qu'il était inutile de s'opposer de front à Mary Lou, avait demandé à Ruthie d'essayer de limiter les dégâts en lui proposant son aide. Assise sur une chaise miniature, Mary Lou dirigeait les opérations.

« Il me semble qu'il faudrait répartir les poufs dans toute la salle. Au lieu de les rassembler en cercle.

— C'est une bonne idée, approuva Ruthie. Sauf que les petits aiment bien s'y asseoir pour l'heure du conte.

— Ils n'auront qu'à se mettre sur le tapis. Au lieu de s'avachir sur les poufs. »

Ruthie éclata de rire. « Vous avez déjà assisté à l'heure du conte ?

— Bien sûr. Je t'assure que ça ne serait pas une telle pagaille si les enfants étaient assis en rond, bien sagement. Ne mets pas le pouf bleu sous l'aquarium. Ils vont grimper dessus et ils finiront par faire dégringoler l'aquarium. Une fois de plus.

— Mary Lou, dit Ruthie après avoir disposé les poufs comme le souhaitait la vieille dame, j'aurais voulu vous demander conseil, je peux ?

— Conseil ? À moi ? Tu peux toujours *demander*. Reste à savoir si j'en aurai à te donner.

— Vous êtes un puits de sagesse, voyons.

— Tu te fiches de moi.

— Un peu. Mais c'est vrai. Vous m'avez toujours donné de bons conseils. C'est vous qui m'avez suggéré de venir travailler ici, par exemple.

Mary Lou hocha la tête. « Ce n'était pas une si mauvaise idée, après tout.

— C'est le moins qu'on puisse dire, dit Ruthie avec fougue. J'adore travailler à la bibliothèque.

— Dans ce cas, écoute-moi bien. Je vais te donner un conseil, effectivement. Et comme tous mes bons conseils, il n'a strictement rien à voir avec ce que tu as pu me demander ou me dire. Je te l'offre en complète ignorance. À tout hasard.

— C'est parfait.

— Reprends tes études, passe un mastère en bibliothéconomie et sciences de l'information. Je crois que le Simmons College à Boston propose une excellente formation. Il me semble même que tu peux faire ça par Internet, si tu préfères. J'ai rencontré une charmante jeune femme au colloque. Elle a passé son diplôme à la Rutgers, mais a suivi toute la formation par ordinateur. »

De la bibliothéconomie ! Elle savait, bien sûr, qu'il existait des diplômes de bibliothécaire. Elle avait travaillé avec des archivistes et des bibliothécaires qualifiés, d'abord à Harvard, puis ici, à Red Hook. Mais l'idée que le travail qu'elle adorait puisse ne pas être provisoire, un emploi temporaire qu'elle avait pris en attendant de trouver sa voie, ne lui avait jamais traversé l'esprit. Qu'elle puisse *être* bibliothécaire, au lieu de travailler simplement dans une bibliothèque. Elle en voulait un peu à sa mère de n'avoir jamais envisagé cette orientation. Elle savait très bien ce qu'Iris en penserait : les vrais intellectuels, les vrais amoureux de la littérature et des livres ne devenaient pas bibliothécaires, ils devenaient chercheurs. Mais pouvait-elle vraiment le reprocher à Iris ? Si elle manquait d'imagination, ne devait-elle pas s'en prendre à elle-même ?

À présent, parcourant la route de Red Hook pour aller voir son grand-père à l'hôpital, elle mourait d'envie d'avouer à Matt qu'elle n'avait aucune envie d'aller faire de la voile dans les Caraïbes.

« Il faut qu'on règle cette question d'assurance, dit Matt. On met le bateau à l'eau dans deux jours.

— Je ne sais pas, Matt. Peut-être que le problème est insoluble. »

Il leva le nez de ses papiers. « Qu'est-ce que ça veut dire ?

— C'est trop d'argent, voilà tout. »

Matt poussa un profond soupir. Il plia les papiers en deux et les laissa tomber par terre, à ses pieds. « Je vais trouver une solution. Il doit bien être possible d'obtenir un crédit, un truc comme ça.

— Il faut arrêter d'emprunter, Matt. »

Ils avaient déjà accepté l'aide de Daniel, alors qu'elle y était opposée.

« Je sais, dit-il. Mais l'argent, c'est mon problème. Je vais trouver une solution. » Il la regarda, interrogateur. « Ou bien il y a autre chose ? Tu ne veux plus partir ? C'est ça que tu veux me dire ? »

C'était le moment où jamais. Elle n'avait qu'à acquiescer, reconnaître qu'elle avait peur, qu'elle détestait la voile et ne voulait pas se trouver piégée sur un bateau, même avec lui. Qu'elle avait enfin, elle en était sûre, trouvé ce qu'elle voulait faire, *elle*, pas ce que sa mère voulait qu'elle fasse, pas ce qu'il voulait qu'elle fasse. Pas ce que Becca aurait dû faire, mais ce qu'*elle* devait faire. Quittant la route des yeux un instant, elle le regarda. Il avait les yeux écarquillés. L'air effrayé. « Mais non, pas du tout, dit-elle. C'est juste que… peut-être qu'on n'est pas encore prêts.

— Tu crois que je n'en suis pas capable.

— Mais si. Bien sûr que si. C'est simplement… je ne sais même pas si tu as vraiment envie de faire ça.

— On n'est pas en train de parler de ce que j'ai envie de faire. On parle de ce dont, toi, tu as envie.

— Ce n'est pas que je n'aie pas envie…

— Alors quoi ? Tu n'as pas confiance en moi. Tu es sûre que je vais merder. »

Elle avait laissé passer sa chance et ne savait plus comment s'en sortir. « J'ai toute confiance en toi, dit-elle. Je t'aime. » Elle chercha sa main à l'aveuglette et la serra. « Je t'aime, Matt. »

Il approcha ses doigts de ses lèvres et les embrassa. « Moi aussi, je t'aime. » Il soupira encore, un de ces gros soupirs accablés qu'elle l'avait entendu pousser tant de fois. « Ruthie, j'ai passé trois ans de ma vie sur le *Rebecca*. Je ne peux pas laisser tomber comme ça.

— Évidemment. Ne fais pas attention. Je me tracasse à cause de mon grand-père. C'est tout. »

Au bout de longues minutes de silence, Matt se pencha, alluma la radio et régla le volume assez fort pour couper court à toute possibilité et à toute nécessité de conversation jusqu'à leur arrivée à l'hôpital de Newmarket.

III

Le risque, expliqua Iris à Ruthie et Matt devant la chambre de M. Kimmelbrod, ne tenait pas tellement à la fracture du col du fémur, ni même à l'opération qu'il avait subie, avec un certain succès, pour la réduire. Ce qui inquiétait le plus les médecins, c'était que M. Kimmelbrod contracte une infection pulmonaire à la suite du traumatisme de la chute et de l'opération ou ne soit victime d'une insuffisance cardiaque congestive.

Iris avait une mine effroyable. Des cernes violet foncé ombraient ses yeux injectés de sang et ses boucles étaient tout aplaties. Elle s'était attaché les cheveux avec un élastique sans se regarder dans la glace ; sa queue de cheval était décentrée et se dressait sur l'arrière du crâne comme un manche brisé. Ses lèvres qu'elle ne cessait de mordiller étaient gercées.

« Je t'ai apporté des vêtements de rechange, dit Ruthie en brandissant un fourre-tout. Et une crème hydratante. L'air est tellement sec ici.

— Merci, ma chérie. » Iris prit la main de Ruthie. « Tu m'as été d'un grand secours. Nous te remercions beaucoup, Grand-père et moi. Merci à toi aussi, Matt. »

Ruthie serra la main de sa mère. « Tu ne veux pas rentrer à la maison ? Juste pour quelques heures ? Tu pourrais prendre une douche et dormir un peu. Je peux très bien rester ici avec Papi.

— Je ne veux pas le laisser.

— C'est bon, Maman. Tu es crevée. Si tu veux être capable de l'aider, il faut que tu gardes des forces. »

Iris secoua la tête, mais elle était de toute évidence épuisée. Elle mourait d'envie de prendre une douche, de dormir un peu.

Ils entrèrent dans la chambre sur la pointe des pieds. C'était un petit box bourré d'appareils et d'écrans, où une seule chaise tenait à peine. Deux des cloisons étaient vitrées. Des rideaux vert pâle masquaient partiellement la vue sur le parking et sur un ruban d'arbres grêles à feuilles persistantes d'un côté, et sur le bureau des infirmières de l'autre. Iris s'approcha du lit et remonta la couverture sur la poitrine de M. Kimmelbrod. Il avait les yeux mi-clos, seul le blanc apparaissant au-dessus du bord rose des paupières inférieures.

« Il est réveillé ? » chuchota Ruthie.

Les lèvres de son grand-père se retroussèrent dans une brève et faible approximation de sourire.

« Oui », dit-il en ouvrant les yeux. Sa voix était à la fois grinçante et basse, comme s'il arrivait à peine à expulser suffisamment d'air pour parler.

« Comment te sens-tu, Papi ? » demanda Ruthie.

Un de ses longs sourcils neigeux se releva.

« Encore plus mal que je n'en ai l'air, crois-moi.

— On attend que la perfusion de morphine se remette en route, expliqua Iris.

— Elle ne marche pas ? demanda Ruthie. Tu veux que j'aille prévenir l'infirmière ? »

Iris secoua la tête. « Il est censé pouvoir gérer ça lui-même, ce qui est plus ou moins vrai. Mais il n'y a qu'une quantité limitée par heure. » Elle se pencha au-dessus du lit, attrapa le bouton et appuya dessus plusieurs fois. « Tu vois ? » Elle pointa l'index vers la perfusion. « Rien.

— Tu as mal, Papi ? » demanda Ruthie. Elle était au pied du lit, les mains légèrement posées sur les orteils écartés de M. Kimmelbrod.

« Apparemment, ils craignent que je ne devienne toxicomane, dit M. Kimmelbrod. Les vieux violonistes junkies sont une plaie pour la société, tu sais. »

Iris fit la moue et expira bruyamment, exaspérée.

« J'ai passé une bonne partie de la matinée à essayer de convaincre quelqu'un d'augmenter la dose, mais ça n'a servi à rien. »

M. Kimmelbrod referma les yeux.

« Il est comme ça depuis ce matin, dit Iris. Conscient, inconscient, ça alterne tout le temps.

— Tu devrais rentrer, Maman, dit Ruthie. Je t'assure. Je vais rester avec Papi. Tout ira bien.

— Mais oui, approuva M. Kimmelbrod sans ouvrir les yeux. Il faut que tu te reposes, Iris. Tu m'inquiètes. »

Iris soupira.

« Matt va être chez sa mère toute la matinée. Il faut qu'il charge le *Rebecca* et le descende au chantier, dit Ruthie. Je peux très bien rester ici pendant ton absence. Il passera me prendre quand il aura fini. »

Matt avait essayé d'obtenir du chantier le report du lancement, mais le calendrier était très chargé. Il fallait respecter la date prévue ou attendre la fin de l'été. L'idée n'était pas pour lui déplaire, mais il ne servait à rien de différer plus longtemps.

« J'en ai au moins pour quelques heures, confirma Matt. Vous avez largement le temps de faire l'aller-retour jusqu'à East Red Hook. De dormir un peu. De prendre une douche.

— Vraiment, vous voulez bien ? demanda Iris. Tu n'as pas des choses à faire, Ruthie ? Et ton travail ?

— Ils savent que je suis ici. Et Matt a prévenu le chantier qu'il n'y serait pas avant le début de l'après-midi. »

Iris se laissa convaincre.

Les draps de M. Kimmelbrod s'étaient défaits et Ruthie chercha à le reborder de son mieux pendant qu'il dormait, réussissant à tirer les angles au carré, bien serré, comme si c'était une règle à respecter, un exercice sur lequel elle serait notée.

« C'est très bien, ma chérie, observa M. Kimmelbrod d'une voix somnolente. Ensuite, ils te feront faire les salles de bains.

— Pour les toilettes, je déclare forfait. Il faudra que tu te lèves et que tu les nettoies tout seul. » Elle vida son gobelet d'eau, le rinça dans le petit lavabo avant de faire subir le même sort à la cruche en plastique. Quand elle se retourna vers M. Kimmelbrod, elle vit qu'il avait les yeux ouverts et tripotait la perfusion de morphine.

« Laisse-moi faire, Papi. » Elle appuya plusieurs fois sur la pompe. « Je crois que ça remarche. »

Ses mains se contractèrent sur les draps et Ruthie posa les siennes dessus. La peau de son grand-père était chaude et sèche, parcourue de rides et de plis.

« C'est trop bête, dit-il.

— Qu'est-ce qui est trop bête ? »

Il ferma les yeux. Elle se demanda s'il s'était rendormi, mais il reprit : « Un simple faux pas.

— Oui. C'est vrai. Je suis bien d'accord avec toi.

— Tourne à gauche, tout va bien. Tourne à droite, c'est la fin. »

Combien de fois s'était-elle dit cela au cours de ces dernières années ? Si le photographe s'était contenté d'une photo de moins, ou s'il avait décidé d'en prendre une de plus. Si le chauffeur de la limousine s'était arrêté un instant pour régler son siège. Si Becca avait trébuché en se dirigeant vers la voiture et avait remis la lanière de sa chaussure en place. Tourne à gauche, tout va bien. Tourne à droite, c'est la fin. Quelle direction était-elle en train de prendre, à présent ? Ou avait-elle si peur de tourner du mauvais côté qu'elle s'était arrêtée net ?

Ruthie se pencha sur le lit, pressant sa joue contre celle de son grand-père. « Rien n'est fini, Papi. Ton col du fémur va se recoller, et tu seras bientôt à la maison. Ce n'est qu'un contre-temps. »

Cette fois, il s'était endormi.

Quand Iris revint, elle avait bien meilleure allure, malgré ses cheveux mouillés et le long pli rouge que l'oreiller avait laissé sur sa joue. Ses cernes s'étaient estompés, ou alors c'était l'effet du maquillage. Elle n'avait plus l'air complètement ravagée, mais simplement fatiguée.

« Merci, ma chérie, dit-elle. Tu avais raison. Ça m'a fait du bien. » Elle s'assit sur la chaise de l'autre côté du lit. « Écoute Ruthie. J'ai appelé ton père.

— Ah bon ? » Elle ne l'avait pas revu depuis le mois d'avril, quand il était venu faire un tour dans le Maine. Il avait logé dans la maison avec Matt et elle dormi dans son propre lit, porté les vêtements qui encombraient encore les tiroirs de sa commode, bu dans sa tasse à café préférée. Sa présence lui avait paru tout à la fois parfaitement normale et franchement bizarre.

« Je lui ai demandé de venir voir Grand-père. »

La séparation de ses parents avait été une dure épreuve pour Ruthie. Elle avait essayé de se convaincre qu'après tout elle n'était plus une enfant. Elle ne vivait plus avec ses parents, en hiver en tout cas. Elle n'avait aucune raison de se sentir abandonnée. Aucune raison d'éprouver un tel chagrin. Pourtant, quand son père était venu la voir au début du printemps, Ruthie s'était sentie à la fois triste et coupable, comme si elle trahissait sa mère en acceptant qu'il revienne sous son propre toit. Elle n'avait pas parlé de cette visite à Iris.

Daniel étant venu pour voir Ruthie, et par extension Matt, ils s'étaient tous crus obligés de passer le plus de temps ensemble, comme ils ne l'avaient jamais fait par le passé. C'était comme s'ils étaient partis ensemble en voyage, tous les trois, et ne pouvaient pas vaquer indépendamment à leurs occupations personnelles. Il avait plu tout le week-end, une catastrophe car il n'y avait pas grand-chose à faire à Red Hook quand le temps était maussade. Ruthie avait présenté Daniel à ses collègues de travail, qu'il connaissait tous depuis des années. Elle lui avait fait visiter la bibliothèque, qu'il fréquentait déjà avant sa naissance. Ils étaient allés voir un navet au cinéma de Newmarket et avaient parcouru les galeries de Red Hook qui présentaient de médiocres expositions d'art estival, feignant de s'intéresser à des paysages boueux et à des études de phares. Ils avaient fait des courses au supermarché et étaient même allés jusqu'à Okamok Isle dans l'intention de manger la glace préférée de Daniel, pour découvrir que le propriétaire de la boutique s'était fait arrêter, parce qu'il vendait de la drogue en plus des Rocky Roads et des Moose Tracks. « Pas étonnant que les milk-shakes aient été aussi bon marché », avait dit Daniel devant la baraque aux volets clos. Quand le dimanche après-midi était arrivé, ils avaient épuisé toutes les activités possibles à l'exception des DVD et d'interminables parties de Yam's, et Daniel sauta sur la proposition de Matt quand il lui suggéra d'aller voir ce que devenait l'Alden.

Ravie à la perspective d'une heure de solitude, Ruthie les avait laissés partir. Quand ils étaient rentrés, elle était dans le jardin, à côté de la maison, à essayer de se rappeler où elle avait planté ses bulbes de tulipes et de jonquilles. Ils étaient sortis de la voiture, en grande conversation, et ne l'avaient pas vue.

Matt disait : « L'été dernier, il a fallu que je remplace la moitié du bois de la cabine de luxe. Ça m'a beaucoup retardé. »

Daniel demandait : « Combien est-ce qu'il va te falloir pour finir, selon toi ? »

Matt disait : « Je dois encore près de mille dollars au fondeur qui a coulé le lest de quille. J'ai une piste pour les voiles, mais elles vont quand même me coûter au moins cinq mille dollars.

— C'est un beau bateau. Ce serait dommage de ne pas le terminer.

— Je me débrouillerai. Ça risque simplement de durer un moment.

— Ça me ferait plaisir de t'aider, dit Daniel. Je pourrais investir.

— Ce n'est pas un investissement très intéressant, vous savez. Vous avez bien peu de chances de revoir votre argent.

— C'est mon problème, insista Daniel. J'ai une petite somme de côté. C'est l'occasion ou jamais. Six mille, tu disais ? »

Ruthie étouffa une protestation. Comment pourraient-ils le rembourser un jour ?

« C'est beaucoup trop, répliqua Matt.

— Entendu. Alors, je t'en donne trois mille. Et tu te débrouilles pour trouver le reste toi-même. »

Il y eut un long silence. Puis Matt dit : « Si ça ne vous pose vraiment pas de problème. Je ne vous remercierai jamais assez.

— Très bien. Trois mille. Affaire conclue. »

Ruthie était furieuse. Elle était fâchée à la fois contre Matt qui avait demandé de l'argent à son père et contre son père qui le lui avait donné. Faisant le tour de la maison, elle s'était trouvée nez à nez avec Matt, qui avait sursauté. « Je peux te parler ? Tout seul ? »

Daniel avait posé la main sur l'épaule de Matt dans un geste compatissant. « Je rentre.

— Ce n'est pas très sympa, franchement, avait fait remarquer Matt après que Daniel eut refermé la porte derrière lui.

— Tu sais bien que je ne veux pas du fric de mes parents.

— Tu nous espionnais ? »

Elle avait le visage brûlant. « Ce n'est pas la question. La question, c'est que tu as accepté de l'argent de papa sans me consulter.

— C'est lui qui me l'a proposé.

— Tu aurais dû refuser !

— Désolé, dit Matt. Franchement, je ne sais pas quoi faire. Je suis coincé. Cette saloperie de défonceuse a bousillé pour je ne sais pas combien de milliers de dollars de menuiserie et de bordages. Qu'est-ce que tu voulais que je fasse ? Clouer du contreplaqué ? Et les voiles ? Tu sais combien ça coûte, des voiles ?

— Oui. Cinq mille dollars.

— Exactement. Ces cinq mille dollars, je ne les ai pas. Et je vois mal comment je peux terminer le bateau sans voiles. »

Quand Ruthie avait voulu remercier son père, Daniel avait secoué la tête : « C'est entre Matt et moi, ma grande. Ne t'en fais pas pour ça. »

Cette histoire d'argent l'avait mise tellement mal à l'aise qu'encore maintenant elle avait du mal à parler à son père au téléphone sans que cette dette jette une ombre sur tout ce qu'elle disait. Mais cet embarras n'était rien par rapport à l'idée de voir son père ici, dans le Maine, dans la même pièce que sa mère. Il ne pouvait pas loger chez eux, c'était impossible. Où dormirait-il ? Dans la chambre de Becca ? Dans celle de M. Kimmelbrod ?

« Si Papa vient, où est-ce qu'il va loger ? demanda Ruthie à Iris.

— J'y ai réfléchi. Il n'y a pas de locataires cette semaine dans le cottage de ton grand-père, alors il peut très bien s'y installer. Je voulais justement te demander d'y passer pour vérifier que les filles de Jane ont bien refait le lit. Et tu pourrais peut-être faire quelques courses pour lui. Du lait, du pain. J'ai préparé un carton avec des choses qu'il aime bien – son café, ses sablés. J'ai ajouté quelques vêtements à lui, deux trois livres, et son oreiller de duvet – il déteste les oreillers en mousse que Grand-maman achetait. Tout est sur la table de la cuisine. Tu crois que tu pourrais apporter ça là-bas avant son arrivée ? »

Ruthie était confuse pour sa mère. Malgré les soucis que lui donnait M. Kimmelbrod, sa mère s'était visiblement beaucoup préoccupée de Daniel, se demandant comment lui faciliter les choses, ce qui lui ferait plaisir, ce dont il aurait besoin.

« Quand arrive-t-il ?

— Demain. Ah, et puis, arrête-toi donc au magasin bio pour prendre des œufs extra-frais. Dieu sait quand il a mangé un œuf frais pour la dernière fois.

— Tu ne veux pas que je lui prenne un rendez-vous pour un massage ? » demanda Ruthie avec une feinte innocence.

Mais la plaisanterie passa au-dessus de la tête d'Iris. « Un massage ? demanda-t-elle, l'air ébahi. Je… je ne sais pas…

— Laisse tomber, dit Ruthie.

— Il a dit que, de toute façon, il avait l'intention de venir pour le lancement de Matt. »

Ah oui ? Ruthie n'en avait rien su. « Tu vas le voir ? demanda-t-elle.

— Évidemment. Quand il rendra visite à ton grand-père. » Iris cherchait à jouer les femmes civilisées et raisonnables, mais l'impatience puérile qui perçait dans sa voix n'échappa pas à Ruthie.

« Je veux dire, en dehors de l'hôpital. Vous allez dîner ensemble, par exemple ?

— Tu me demandes si j'ai l'intention de sortir avec ton père quand il sera là ? Non, ça m'étonnerait.

— Si on avait organisé une fête pour le 4 juillet cette année, on aurait pu l'inviter.

— Non, Ruthie.

— Pourquoi pas ?

— Tu es sérieuse ? Parce que ton grand-père est à l'hôpital et que je n'ai pas le temps de préparer du homard pour cinquante personnes.

— Bien sûr que si, lança M. Kimmelbrod. Il faut organiser cette célébration. »

Le son de sa voix les fit sursauter toutes les deux. Iris posa la main sur sa poitrine comme pour maintenir son cœur en place. Leur frayeur les fit éclater de rire toutes les deux.

« Comment ça va, Papa ? demanda Iris. La morphine fait de l'effet ?

— Je n'ai pas trop mal. Mais j'ai d'atroces démangeaisons dans les bras.

— L'infirmière t'avait prévenu que ça pouvait arriver. C'est vraiment pénible ? Ils peuvent te donner un antihistaminique. Tu veux ?

— Ça ne serait pas une mauvaise idée, en effet. »

Iris sortit chercher une infirmière et M. Kimmelbrod en profita pour parler à Ruthie : « J'aimerais bien que la fête ait lieu, Ruthie.

— On ne peut pas faire ça, Papi. Ce ne serait pas la même chose sans toi. »

Avant même la chute de M. Kimmelbrod, ni Iris ni Ruthie n'avaient paru très impatientes d'organiser leur pique-nique traditionnel. Iris avait dressé ses listes habituelles, cochant les tâches une par une au fur et à mesure qu'elles étaient faites, mais elle n'y avait pas mis beaucoup de cœur. Les réticences d'Iris répondaient à celles de Ruthie. Mais si elle redoutait cette fête, Ruthie craignait plus encore ce que cette appréhension lui disait sur elle, sur sa mère et son père, sur le passage du temps, leurs souvenirs de Becca, et surtout sur l'abîme qui s'était ouvert au cœur de sa famille brisée et qui semblait, rétrospectivement, avoir entaché toutes leurs célébrations depuis l'accident, avoir infligé un démenti à tous leurs plans, tous leurs préparatifs. Elle avait pensé, elle n'avait cessé d'espérer que des cérémonies commémoratives, des célébrations, et jusqu'à sa relation même avec Matt pourraient transformer la douleur et le chagrin de la mort de Becca et de John, y remédier même dans une certaine mesure. Leur disparition était affreuse et absurde, mais au moins, elle pourrait avec le temps accomplir l'exploit de les rassembler tous, les Tetherly et les Copaken, de les maintenir soudés, de renforcer leur proximité. Il semblait à présent qu'il n'y avait jamais eu de lien à entretenir, et si personne n'avait envie d'organiser de fête cette année, c'est parce que ce vide atroce serait inéluctablement révélé.

« Il faut faire cette célébration, répéta M. Kimmelbrod.

— Mais pourquoi, Papi ? Tu as toujours détesté ça.

— C'est vrai. Mais de toute façon, je serai ici, ou en rééducation. Je n'aurai donc pas à la subir, et il n'y a aucune raison pour que vous, vous y coupiez. »

Ruthie éclata de rire.

« Qu'est-ce qu'il y a de si drôle ? demanda Iris en entrant dans la chambre. L'infirmière sera là dans un instant avec un antihistaminique. »

Peut-être, songea Ruthie, avaient-ils, plus que jamais, besoin d'une affirmation, d'un refus de céder au deuil, de le laisser opérer sur eux son travail de destruction. Et peut-être était-ce ce genre d'obstination face au chagrin – une attitude que M. Kimmelbrod connaissait mieux que quiconque, l'art que, plus encore que la musique, il maîtrisait en virtuose – qui représenterait leur planche de salut.

« La fête du 4 juillet aura bien lieu », lança Ruthie avec assurance. Puis elle ajouta pour se couvrir : « Papi y tient.

— Ce n'est pas possible, protesta Iris. Comment voulez-vous que j'organise une fête alors que je passe dix heures par jour à l'hôpital ? C'est exclu.

— S'il s'agissait de n'importe qui, dit M. Kimmelbrod, je te donnerais raison. Mais rien n'est au-dessus de tes forces.

— Maman, tu n'auras pas à faire quoi que ce soit, dit Ruthie. Sérieusement, je peux m'occuper de tout. En plus, on a déjà presque tout fait.

— Bien, bien. Je ne veux pas être accusée de jouer les rabat-joie, mais franchement – *ça rime à quoi ?* » Elle émit un petit rire à la fois plein d'amertume et d'autodérision. « Enfin, regardez-nous. Papa, tu es à l'hôpital. Mon mari m'a quittée. Vous pouvez me dire ce qu'il y a à fêter ? »

M. Kimmelbrod ouvrit les paupières et regarda Ruthie droit dans les yeux, comme s'il n'avait pas la force de répondre, comme s'il faisait confiance à sa petite-fille pour le faire à sa place. Ruthie essaya de trouver comment résumer, comment expliquer à sa mère la forme de résistance qu'incarnait son grand-père, la persistance de l'amour, du travail et de la tendresse face au chagrin qui dépassait, en un sens, la simple habitude d'être en vie. Elle haussa les épaules.

« C'est une tradition », dit-elle.

III

En se dirigeant vers le chantier naval pour assister au lancement du *Rebecca*, Daniel songea que ce serait la première fois qu'il reverrait Iris depuis le mois de septembre précédent, lorsqu'il était venu chercher ses affaires à l'appartement de Riverside Drive. Il était arrivé à Red Hook la veille au soir, trop tard pour passer à l'hôpital, et avait décidé de retrouver Iris au chantier. Quand le bateau aurait été mis à l'eau, ils se rendraient ensemble à Newmarket. Il n'en revenait pas d'avoir attendu aussi longtemps pour revoir celle dont la présence l'avait défini, pendant plusieurs dizaines d'années, pour le meilleur et pour le pire. Au cours de sa vie, il avait passé plus de temps avec Iris qu'avec qui que ce soit, il avait dormi à ses côtés bien plus souvent que seul, il avait connu son corps et son visage mieux que les siens. Il n'avait pas eu l'intention que leur séparation soit aussi radicale. Ou peut-être serait-il plus exact de dire qu'il n'avait pas imaginé qu'elle le serait, ni, au demeurant, qu'elle ne le serait pas. Dans un premier temps, il n'avait pas eu envie de la voir, ni même de lui parler au téléphone. Il se sentait à l'abri loin d'elle, il avait eu l'impression que maintenant qu'elle n'était plus là pour lui rappeler ses travers, il pourrait enfin devenir celui qu'il devait être.

Il avait trouvé un studio bon marché, qui lui convenait parfaitement, et avait entrepris de faire exactement ce qu'il voulait. Il mangeait ce qu'il aimait, ignorait les piles de journaux et de revues qui n'avaient pas tardé à s'entasser un peu partout. Il allait à l'entraînement quatre, cinq fois par semaine, et les jours où il n'était pas au gymnase, il faisait trois ou quatre fois le tour du réservoir de Central Park au pas de course. Il était bien obligé d'aller travailler, mais tout en dirigeant les recherches de ses étudiants et en discutant avec ses collègues, il essayait d'imaginer quel métier il choisirait s'il était libre de faire autre chose.

Pendant un moment, cela lui avait suffi. Le sentiment de délivrance qu'il avait éprouvé en quittant Red Hook l'avait soutenu pendant tout l'automne et jusqu'à l'hiver. Son seul motif de frustration au cours de ces quelques mois avait été de ne pas trouver de solution de rechange satisfaisante à la carrière que son épouse lui avait choisie. Il ne s'était jamais considéré comme un professeur particulièrement inspiré et n'avait jamais trouvé le milieu universitaire palpitant. Contrairement à un certain nombre de ses collègues spécialisés, comme lui, dans la pratique du droit, qui publiaient à tour de bras dans des revues juridiques, espérant que ces articles leur permettraient d'accéder au domaine plus prestigieux de l'enseignement de la théorie des lois, il ne nourrissait pas de telles ambitions.

Il avait si longtemps reproché à Iris son insatisfaction et ses frustrations professionnelles, et pourtant, alors que rien ne l'empêchait plus de changer de trajectoire, il n'arrivait pas à se décider. Aucun autre emploi juridique ne le tentait et, à y bien réfléchir, rien ne l'attirait vraiment. Au contraire, plus il essayait de se projeter dans un autre métier, plus son travail actuel, avec ses exigences simples et réalisables, son calendrier universitaire et ses longues vacances, lui paraissait séduisant.

Et puis, un soir, à la fin de février, en entrant dans le vestiaire du gymnase, il avait marché sur son lacet. Il avait trébuché et s'était ouvert les lèvres sur le coin d'une table, s'enfonçant les incisives. Cela faisait des mois qu'il s'entraînait ici, parfois contre des boxeurs plus jeunes et souvent en bien meilleure forme que lui, et il s'était blessé parce qu'il avait oublié de faire un double nœud à sa chaussure. Au cours des deux mois suivants, il avait beaucoup trop fréquenté le dentiste à son goût. Deux dévitalisations, un implant et quelques interventions au niveau de la gencive, pour faire bonne mesure. Au moment où le dentiste lui avait délivré sa dernière ordonnance d'antalgiques, ils étaient convenus qu'il ne serait pas raisonnable de continuer à mettre délibérément sa dentition en péril. S'il ne pouvait pas éviter les tables, il n'était pas obligé de se faire volontairement démolir le portrait. Mais, privé de l'excitation des combats, l'entraînement perdait beaucoup de son attrait. Peut-être n'avait-il simplement plus assez envie de faire mal à quelqu'un. Ses poings ne lui apportaient plus la paix.

Sans la boxe, les journées commencèrent à lui paraître longues. Il s'ennuyait et, pour la première fois depuis qu'il était parti de chez lui, la solitude commença à lui peser. C'est dans cet état d'esprit qu'il s'était rendu à Red Hook en avril. Il avait envie de passer un peu de temps avec Ruthie et Matt, et ce séjour avait effectivement été agréable. Ruthie avait eu l'air contente de le voir, et s'il ne comprenait pas très bien sa relation avec Matt, au moins, son travail lui plaisait. Daniel aimait bien Matt. Il lui rappelait un peu ce qu'il était à son âge. Comme lui, Matt s'était engagé dans une voie qu'il n'avait pas vraiment choisie. Daniel avait eu très envie de l'aider, mais il se demandait à présent s'il n'avait pas fait l'inverse de ce qu'il aurait fallu. S'il ne l'avait pas tiré d'affaire financièrement, Matt aurait peut-être envisagé de renoncer à un projet qui, de toute évidence, lui apportait bien peu de satisfaction. Mais, au moins, il l'avait aidé à finir le bateau. C'était une affaire réglée.

Ce que Daniel n'avait pas prévu lors de cette visite à Red Hook, c'est le sentiment qui l'avait envahi en entrant dans la chambre qu'il avait partagée avec sa femme pendant plus de vingt ans. Elle avait l'odeur d'Iris. Ou plus exactement, elle sentait comme d'habitude, des effluves qu'il associait à sa femme. La lavande dont elle vaporisait les draps, le parfum piquant et citronné de sa crème pour les mains, les copeaux de cèdre qu'elle glissait entre leurs lainages, et une fragrance plus difficile à identifier, une imperceptible nuance de musc tiède, l'odeur d'Iris elle-même. Il avait regardé les photos accrochées au mur. Celle de ses propres parents, lors de leur croisière légendaire. Les vieux clichés sépia des ancêtres d'Iris. Et les photos de leurs filles, bébés, fillettes, jeunes filles. Une photo surtout l'avait frappé. Elle avait été prise au pied de la colline de Red Hook. Les filles devaient avoir sept et douze ans et étaient assises sur la traverse de la barrière qui empêchait les voitures de circuler sur le sentier. Debout entre elles, Iris les tenait par la taille. Il y avait du vent ce jour-là, et les cheveux des filles leur fouettaient le visage, dissimulant partiellement leurs traits. Iris avait attaché les siens en arrière, dégageant son grand front et son large sourire décontracté. Il se rapprocha de la photo. Autour du cou, elle portait un pendentif suspendu à une lanière de cuir. C'était une goutte de verre violet moucheté, qui était censée, se rappelait-il, avoir la forme d'un iris. Becca avait fabriqué ce collier pour elle à un camp de vacances, un été. Iris le portait assez souvent, bien après que Becca elle-même eut commencé à être gênée par son imperfection. C'était Iris craché, se dit Daniel, d'une loyauté sans réserve. Elle était ainsi avec tous ceux qu'elle aimait, les défendant obstinément, leur manifestant une allégeance sans faille. C'était l'autre versant de son caractère tyrannique, de son arrogance. Elle était convaincue de savoir ce qui était le mieux pour vous, elle cherchait toujours à vous faire céder, mais c'était parce qu'elle ne voulait que votre bien. Son amour était impétueux et entier.

Peu à peu, au cours des mois suivants, les sentiments de Daniel à l'égard de sa femme avaient commencé à se teinter de nostalgie. Son visage en face de lui à la table du petit déjeuner lui manquait. Son habitude de lui lire des phrases à haute voix, sa déception quand il ne comprenait pas ce qu'il y avait d'intéressant ou de drôle, ou ce qui l'avait émue. Il lui arrivait de se dire qu'il n'avait cessé de reprocher à Iris son insatisfaction, son impression d'être perdu, coupé du jeune homme qu'il avait été, alors qu'en vérité tout ce qu'il y avait de bon dans sa vie n'existait pas malgré elle, mais *grâce* à elle.

Au cours des derniers mois, il lui était arrivé plusieurs fois d'être à deux doigts de prendre son téléphone pour appeler Iris, mais un tel abîme s'était creusé entre eux, et il ne savait comment le combler.

Elle aurait sûrement changé au cours des neuf mois et demi qui s'étaient écoulés depuis son départ. Il avait peine à se faire à l'idée de n'avoir pas assisté à ces changements. C'était tellement étrange, alors que pendant des dizaines d'années il avait été le cartographe des innombrables transformations de son visage et de son corps. Il aurait pu tracer ses contours, dessiner chaque tache de rousseur, chaque grain de beauté, la minuscule étoile d'un vaisseau sanguin éclaté derrière son genou droit. Il se rappelait la forme de ses seins, de ses tétons à chaque période de leur vie commune. Crémeux et fermes dans sa jeunesse, sillonnés de veines bleues quand elle était enceinte et qu'elle allaitait, les bouts rouges et gonflés. Puis perdant lentement de leur plénitude avec l'âge, les tétons pâlissant vers le rose. Et son corps à lui ? Avait-il changé ? Il avait continué à courir même après avoir arrêté l'entraînement, mais il était moins musclé que la dernière fois qu'ils s'étaient vus. Ses cheveux, et même les poils de sa poitrine, étaient plus gris que noirs désormais. Iris avait-elle laissé les grains de beauté et les taches de rousseur qui lui constellaient le dos s'évanouir de sa mémoire, les éteignant un par un comme des étoiles qui s'effacent du ciel nocturne dans un dernier clignotement ?

S'était-elle forcée à oublier ? Était-elle aussi anxieuse que lui à l'idée de le revoir ? Aussi impatiente ?

De retour dans le Maine, cette fois-ci, Daniel mourait d'envie de retrouver Iris. Ici, à Red Hook, Becca occupait constamment ses pensées, bien plus qu'à New York, et il aurait aimé partager ses souvenirs avec Iris. Elle était la seule à pouvoir se rappeler la moue que faisait Becca après la tétée, le regard perdu dans le vague, comme si elle était ivre de lait. Elle était la seule avec qui il pouvait évoquer le jour où – Becca avait alors deux ans – elle s'était échappée de ses bras et avait couru sur toute la longueur de l'embarcadère, s'était jetée à l'eau et était remontée à la surface en riant aux éclats alors que Daniel, paniqué, plongeait pour la rejoindre. Il avait envie de parler à sa femme. Elle lui manquait. C'était aussi simple que cela. Il était parti les poings serrés et il revenait mains ouvertes et bras tendus.

Daniel fut le premier invité à arriver au chantier naval. Il trouva Ruthie en train de disposer des bouteilles de champagne bon marché et des gobelets en plastique sur un baril de pétrole. Elle avait rempli un bocal de lupins et de marguerites et Daniel se rappela les immenses brassées de lupins que Becca et elle cueillaient en juin, chaque année, pour décorer toute la maison de bouquets. Ce souvenir était moins déchirant qu'il ne l'aurait cru. Le pincement de cœur s'accompagnait d'une sorte de chaleur soudaine, presque agréable. Un peu comme ce qu'il éprouvait, avant l'accident, quand il évoquait un épisode de l'enfance de ses filles. Un élan de regret, mêlé à de la fierté et de la douceur. Le plaisir d'une nostalgie presque exempte de chagrin.

Les cheveux de Ruthie étaient longs et frisés, rassemblés sur l'épaule en une grosse tresse, comme celle que Becca portait. Daniel se rappela que Becca se plaignait de l'impossibilité de trouver un coiffeur correct aux environs de Red Hook. Les deux premières années qu'elle avait passées dans le Maine, elle allait jusqu'à prendre rendez-vous chez le coiffeur quand elle revenait les voir à New York. Ruthie, elle, n'avait pas pris la peine de leur rendre visite une seule fois, et encore moins de se faire couper les cheveux. Elle avait l'air fatiguée, se dit Daniel. La maladie de M. Kimmelbrod était une épreuve pour toute la famille, mais il ne put s'empêcher de se demander s'il n'y avait pas autre chose. Il ne l'avait pas trouvée très heureuse quand il était venu en avril, mais il avait mis cela sur le dos du temps, franchement déprimant.

Quand il l'embrassa, Daniel la serra très fort contre lui. Elle mit un petit moment à lui rendre son étreinte.

En s'écartant de lui, elle lui dit : « Tu devrais aller jeter un coup d'œil au bateau. Il est chargé sur le Travelift, prêt à partir. »

La grue portique, peinte d'un bleu vif et gai, mesurait près de huit mètres de haut. C'était une structure d'acier montée sur quatre pieds, qui reposaient sur des roues de tracteur d'un mètre de diamètre. Deux glissières étroites, séparées par le vide, conduisaient jusqu'au-dessus de l'eau. Chaque roue suivait sa glissière, le bateau suspendu à la poutrelle au-dessus de l'eau, entre elles. Une petite cabine était fixée sur un des pieds du Travelift, un siège et un volant pour le conducteur, rien de plus, avec des leviers pour actionner les treuils chargés de monter et d'abaisser les sangles. À une extrémité, la grue portique était ouverte en haut et en bas, soutenue seulement par les deux montants verticaux, pour laisser passer le bateau. Sur les côtés, les montants étaient renforcés par des poutrelles horizontales, l'une juste au-dessus des roues, l'autre en haut. L'Alden était suspendu à ces poutres supérieures, entre deux sangles de toile jaune attachées à des câbles d'acier de part et d'autre du Travelift.

La coque blanche scintillait au soleil, presque aussi brillante qu'un miroir, réfléchissant l'image des jeunes gens qui l'entouraient. Les garde-fous métalliques étincelaient, eux aussi, et le bois vernis du pont répandait une lueur d'un orangé profond et chaud. Rien n'a l'air aussi neuf, aussi immaculé qu'un voilier de bois suspendu dans le berceau d'une grue, prêt à être lancé. Peut-être ne flotterait-il pas, mais pour le moment, il semblait capable de voler, oiseau marin éclatant sur le point de prendre son essor et de filer dans le ciel.

Daniel rejoignit Matt et le groupe d'hommes qui s'affairaient autour du bateau. Le public habituel des lancements de bateaux. Les employés du chantier, des types aux barbes hirsutes, aux chemises élimées et aux chaussures de chantier éculées, un ou deux néoruraux qui, quand ils ne faisaient pas cuire des miches de pain aux douze céréales à vendre au marché des producteurs, gagnaient quelques sous comme manœuvres au chantier naval, les rats de mer grisonnants qui surgissaient tous les matins pour pêcher au bout des embarcadères et n'auraient pour rien au monde manqué le verre gratuit offert à chaque lancement, et quelques membres du yacht-club, des riches qui aimaient traîner au chantier où ils parlaient aux ouvriers avec un respect affecté, presque obséquieux, attentifs à ne jamais montrer par leurs propos ou par leurs faits et gestes ce que tous savaient – qu'ils pouvaient acheter dix fois le chantier et tous ceux qui y travaillaient sans être à sec.

« Il est superbe », dit Daniel.

Matt tendit la main et caressa la proue blanche étincelante.

« Vous trouvez ? » Il avait l'air surpris, comme s'il avait du mal à prendre conscience de ce qu'il avait réalisé.

Quand Daniel avait vu le *Rebecca* au printemps, il y avait encore tant à faire qu'il avait peine à croire que c'était le même bateau. Il était désormais parfaitement équipé, les tables, les bancs et les étagères intégrés impeccablement menuisés. Tout était ajusté, tout fonctionnait, les tiroirs s'ouvraient sans heurt sur leurs glissières, les coussins cousus avec soin tenaient parfaitement sur les banquettes. La cuisine était équipée d'une jolie petite cuisinière à quatre feux, et tous les luminaires de cuivre étincelaient. Matt avait même acheté des serviettes de toilette bleu pâle assorties aux passepoils des tissus d'ameublement, et y avait fait broder le nom du bateau. Elles étaient suspendues à un porte-serviette chauffant dans la salle de bains de la proue. Le jeune homme avait accompli, en définitive, un travail remarquable. Un travail dont son frère aurait été fier. Heureusement d'ailleurs, si l'on songeait à la fatigue, à l'argent et au temps qu'il y avait mis, au nombre d'années et de dollars qu'il lui avait coûté.

Daniel se demanda si, tout compte fait, un beau bateau valait cela. Tout dépendait sans doute de l'idée qu'on s'en faisait.

Daniel posa le bras sur l'épaule de Matt. « Tu peux être fier de toi », dit-il.

Matt rougit et baissa la tête comme pour éluder le compliment.

Ruthie les appela : « Vous êtes bientôt prêts ? Tout le monde est là. »

Daniel se retourna et vit Iris qui se dirigeait droit vers lui ; apparemment, elle ne l'avait pas encore repéré. Il se figea, observant sa démarche souple, le balancement de ses bras quand elle marchait, les longues foulées efficaces qui s'adaptaient si bien aux siennes. Il était là, le corps auquel il avait tant pensé ces derniers temps, identique à ce qu'il avait toujours été. Plein de charme, d'élégance, de beauté. Elle le vit et s'arrêta net.

Elle portait un chapeau de plage blanc à bord mou qui dissimulait une grande partie de son visage. Une paire d'immenses lunettes de soleil en écaille cachait presque tout le reste aux regards. Il ne reconnaissait ni le chapeau ni les lunettes. Mais il se rappelait cette jupe en seersucker bleu. C'était une de ses préférées une dizaine d'années plus tôt et elle l'avait portée constamment presque tout un été. Elle avait dû perdre un peu de poids, parce que cela faisait un moment qu'elle ne rentrait plus dedans. Il reconnut aussi la chemise en coton blanc, manches roulées, nouée à la taille. Elle était à lui. Ou l'avait été avant qu'Iris ne se l'approprie.

Et autour du cou, accroché à sa lanière de cuir rudimentaire, elle portait le pendentif de verre irrégulier qui avait donné tant de fil à retordre à Becca, il y avait si longtemps maintenant.

Après une infime seconde d'hésitation, Iris continua à descendre la rampe et s'arrêta à quelques pas de lui. Son expression était indéchiffrable derrière les verres de ses lunettes.

Le regard de Ruthie se posa alternativement sur chacun de ses parents. Elle avait l'air égarée, cherchant désespérément quelque chose à dire, une amorce diplomatique de dialogue pour dissiper le malaise. Daniel espéra qu'elle éviterait le ridicule suprême de le présenter à sa propre femme. Mais Ruthie se retourna et s'approcha de Matt qui, les mains profondément enfoncées dans les poches de son short kaki, recevait les félicitations de la dizaine d'invités.

« Bonjour, Iris, dit Daniel.

— Bonjour », dit Iris d'une voix légèrement fêlée. Elle s'éclaircit la gorge et reprit. « Comment vas-tu ?

— Bien. Et toi ?

— Très bien.

— Et ton père ? Comment va-t-il aujourd'hui ?

— Il a passé une mauvaise nuit. Il avait les bronches prises, mais quand je l'ai laissé, il avait l'air mieux. Il dormait.

— Ça inquiète les médecins, cette histoire de bronches ? »

Iris hocha la tête. « Si ça s'aggrave, on risque de devoir le mettre sous assistance respiratoire.

— Il va détester ça », dit Daniel.

Elle acquiesça, mâchonnant sa lèvre inférieure. « Ça m'étonnerait qu'il accepte.

— Il t'a dit qu'il refuserait ?

— Non. Je n'ai pas eu le courage de lui poser la question. Peut-être parce que je connais la réponse. »

Matt se racla la gorge et la petite foule se tut. Daniel remarqua que Jane était venue avec Bill Paige. Cette histoire était donc toujours d'actualité. Samantha était là, ainsi que la sœur de Matt, Maureen, et ses filles. En tout, Daniel dénombra une douzaine de types du chantier, dont la plupart avaient, à un moment ou à un autre de la longue période de restauration, prodigué leurs conseils à Matt.

Presque tous les constructeurs de bateaux présents avaient été des amis de John et, en regardant son petit frère essayer maladroitement de trouver quelques paroles pertinentes, ils devinrent étrangement graves, se rappelant les nombreux lancements auxquels John avait participé, dont ceux d'un certain nombre de bateaux qu'il avait contribué à dessiner. Le dernier qu'ils l'avaient vu mettre à l'eau était un des premiers dont il avait assuré seul la conception, un bateau à moteur jet drive de vingt-six pieds que le chantier avait construit pour un couple de Long Island. John n'avait jamais été avare de mots et aurait certainement eu bien des choses à dire en cette occasion, plus qu'en toute autre.

« Hmm, bredouilla Matt. Je pense que vous savez tous comment mon frère a trouvé ce bateau.

— Raconte ! » cria un des amis de John.

Matt hésita.

« Vas-y, Matt », lança un autre.

Matt enfonça ses poings serrés encore plus profondément dans ses poches et se balança d'avant en arrière sur ses talons. Il se racla la gorge une fois, deux fois, avant de poursuivre.

« Bon, alors, il était allé à ce chantier naval, à Machias, et le bateau était là, quoi, à pourrir dans un coin. Il lui a jeté un coup d'œil, et il a su qu'il le voulait, pas seulement à cause de son nom. John a su tout de suite, enfin c'est ce qu'il disait, que le *Rebecca* pouvait être aussi joli et aussi bon marin que son homonyme. S'il avait pu finir le boulot, peut-être qu'il aurait eu raison. Mais là, je pense qu'il s'est trompé. Il est beau, c'est sûr, mais il n'arrive pas à la cheville de Becca. Ni de sa sœur, ajouta-t-il promptement.

— Il est super, Matt, dit un des ouvriers.

— Mettons-le à l'eau, on verra bien s'il flotte », plaisanta un autre, provoquant quelques rires. Matt hésita encore.

« Vas-y, fiston », dit un vieux qui brandissait une canne à pêche.

Matt rougit, mais continua. « Je voudrais juste remercier tous ceux qui m'ont aidé à le finir, et surtout maman, qui a donné sa grange à John pour qu'il le construise.

— Bravo, bravo ! » cria un des ouvriers.

Jane balaya les acclamations d'un geste de la main, mais ne put s'empêcher de sourire. Le matin où le camion était venu chercher le bateau pour le conduire au chantier, Matt avait enfin fait faire une visite guidée à Jane. Elle avait eu peine à croire que finalement, malgré son inexpérience et le manque de moyens, Matt avait réussi à construire quelque chose dont son frère aurait été fier. Elle avait été tellement contente, et tellement impressionnée, qu'elle s'était abstenue de lui demander où il avait trouvé l'argent pour financer tout ça.

Mais Matt lui offrit alors, en même temps qu'à tous les spectateurs du lancement, la clé de l'énigme. « Merci à Ruthie, pour son soutien, dit-il. Et à son père, Daniel. Sans lui, l'Alden serait encore dans sa grange. »

Iris se tourna vers Daniel, sourcils levés. Il haussa les épaules d'un air penaud.

Ruthie circulait au milieu de la foule, tendant des gobelets de champagne. Quand tout le monde fut servi, elle sortit une bouteille fermée d'un sac en papier brun et l'apporta à Matt.

Matt brandit la bouteille de Veuve Clicquot pour que tout le monde la voie. « On n'a pas vraiment besoin de le baptiser parce qu'il navigue sous ce nom depuis 1938, mais on s'est dit qu'il méritait bien de boire un coup quand même. »

Il tendit la bouteille à Ruthie, qui la refusa.

« C'est à ta mère de le faire, dit-elle.

— Non, dit Jane. Vas-y.

— Allez, Ruthie », insista Matt en lui fourrant la bouteille entre les mains.

Ruthie tint la bouteille à bout de bras un moment. Une fois que le bateau serait à l'eau, il n'y aurait plus moyen de reculer. Elle savait bien que Matt réussirait à trouver de quoi payer l'assurance et que dès qu'il aurait son brevet de capitaine, ils prendraient la route des Caraïbes. Elle aurait tellement voulu que Becca soit là pour baptiser le bateau et naviguer à sa place. Elle prit une profonde inspiration et s'avança vers la proue du bateau, portant la bouteille avec précaution. Matt l'avait entaillée pour qu'elle se brise sans abîmer la peinture de la coque, et elle avait peur qu'elle lui explose dans les mains.

Matt avait préparé ce qu'elle devait dire et l'avait même noté sur une feuille de papier. « Que Dieu et Neptune le bénissent et le préservent, lut Ruthie à haute voix. Et puisse le *Rebecca* apporter des vents favorables et le bonheur à tous ceux qui navigueront avec lui. »

D'un mouvement de balancier, elle projeta la bouteille contre la proue. Le verre se brisa, l'éclaboussant de champagne.

Tout le monde applaudit et vida son gobelet. Puis les ouvriers passèrent à l'action. L'un d'eux monta sur le siège du Travelift et mit le moteur en marche. Les autres s'avancèrent sur les rails, le long du bateau, tandis que la grue portique roulait au-dessus de l'eau. Ce ne fut qu'au moment où l'Alden fut arrivé à l'extrémité des glissières qu'ils laissèrent les spectateurs s'approcher. Quatre hommes s'emparèrent des extrémités des courroies de toile, et sur l'ordre de Matt, le conducteur actionna le levier pour faire descendre le bateau. Avec une secousse, les câbles d'acier se déroulèrent lentement, pour abaisser le bateau jusqu'au niveau de l'eau. Quand il fut à peu près à mi-hauteur, l'homme qui actionnait le treuil s'arrêta. Matt attrapa le garde-corps et sauta à bord. Il tendit la main à Ruthie. Elle hésita un instant puis enjamba le bastingage avec son aide. Une autre secousse, et le bateau reprit sa descente. Il y eut à peine une éclaboussure quand il arriva en bas. Matt détacha la courroie arrière et les ouvriers qui se trouvaient de part et d'autre du Travelift libérèrent le bateau qui flottait dans le chenal entre les glissières. Une fois l'arrière dégagé, ils défirent la sangle de la proue et le bateau s'éloigna dans la baie, gagnant le large. Matt disparut pour mettre en marche une pompe chargée de vider l'eau qui s'infiltrait dans la coque. Il faudrait un moment pour que le bois gonfle et assure l'étanchéité parfaite des bordages.

Matt remonta sur le pont et commença à déployer les voiles. Elles s'ouvrirent l'une après l'autre, claquant sous la brise. Le bateau sembla s'élever sur l'eau tandis que les voiles montaient aux deux mâts. Qu'y a-t-il de plus beau qu'un voilier de bois qui s'éloigne dans une baie ensoleillée, flèche blanche et brillante perçant l'azur de la mer ?

Il était enfin à l'eau. Le *Rebecca*.

V

Ruthie se tenait devant l'évier de la cuisine, en train de décortiquer quinze kilos de homards. Elle avait les cheveux constellés de débris de carapaces, la chemise trempée par l'eau salée qui isolait les carapaces tendres des homards en période de mue de leur chair molle. Elle s'était ouvert la base du pouce avec un fragment acéré de pince et devait régulièrement rincer le sang qui ruisselait de la plaie. Cela faisait deux heures qu'elle était là et elle avait le dos et les épaules douloureux. Une masse de nuages bas et menaçants obscurcissait le ciel au-dessus du petit port d'East Red Hook, et malgré l'absence de pluie, le temps était bouché et lourd, l'air chargé d'une humidité inhabituelle dans le Maine. Du poignet, elle essuya une goutte de transpiration sur son nez.

Il était presque cinq heures, la célébration devait commencer dans une heure et elle avait encore une demi-douzaine de homards à préparer et une foule d'autres choses à faire avant l'arrivée des invités. Tout de même, se dit-elle, quelqu'un aurait pu proposer de l'aider. Mais elle était injuste. C'était elle qui avait insisté pour se débrouiller seule. Et les autres avaient de bonnes raisons de ne pas être là. Toujours hospitalisé plus d'une semaine après sa chute, M. Kimmelbrod avait recommencé à avoir du mal à respirer la nuit dernière et Iris ne pouvait pas le quitter. Elle avait demandé à Samantha de venir la relayer à son chevet et avait promis de rentrer dès que la petite serait arrivée.

Ayant observé le ciel et vu baisser le baromètre, Matt avait décidé d'aller chercher le *Rebecca* dans le port ouvert du chantier naval pour le mettre à l'abri dans la crique d'East Red Hook. Il ne devait pas en avoir pour très longtemps. En tout cas, il serait là avant les invités.

Quand elle eut fini de décortiquer les homards, elle mélangea le céleri et la mayonnaise à la chair et versa le tout dans une jatte de faïence bleue. Dans deux jattes assorties, elle disposa la salade de pommes de terre et celle qu'elle avait préparée avec les choux qu'elle cultivait dans son petit potager à côté de la maison. Elle sortit les jattes sur la table de pique-nique puis hésita, se demandant s'il n'était pas un peu tôt, si la mayonnaise ne risquait pas de se gâter. Mais les jattes bleues étaient si jolies sur la nappe de vichy rouge. Le vent puissant qui venait de la mer obligea Ruthie à ramasser quelques pierres dans le jardin pour maintenir en place tout ce qui risquait de s'envoler. Elle espérait que les bocaux de fleurs ne se renverseraient pas. Elle avait cueilli le matin même les derniers lupins et les premiers lis tigrés dans la prairie envahie de végétation au-delà de Grange Hall, et l'humidité inhabituelle leur faisait déjà incliner la tête.

Ruthie s'installa sur la véranda grillagée avec une pile de fourchettes et entreprit de les enrouler dans les serviettes en papier à imprimé vichy assorties à la nappe qu'elle avait commandées sur Internet. Elle ne savait absolument pas quelle quantité de couverts préparer. La première année, la célébration avait rassemblé une bonne quarantaine de personnes. L'année dernière, ils étaient venus moins nombreux, mais ils avaient été au moins vingt-cinq. Combien seraient-ils cette année ? Vingt ? Dix ? Cinq ?

Ces préparatifs avaient mis Ruthie de mauvaise humeur. Elle se sentait irascible, pleine de rancœur même, et ce n'était pas seulement parce qu'elle était obligée de tout faire seule. Imposer sa volonté contre l'opposition générale l'avait vidée de toute énergie et, à certains moments, elle avait été à deux doigts de jeter l'éponge, de leur rappeler que ce n'était pas elle qui avait tenu à organiser cette fête mais M. Kimmelbrod et que, pour lui, ils pourraient tout de même cesser de râler et faire preuve, sinon d'enthousiasme, du moins d'un minimum de bonne volonté.

Cette démobilisation ne s'était pas limitée à leur proche famille. Les quelques amis et voisins à qui Ruthie avait adressé des invitations n'avaient pas paru terriblement emballés non plus. Certains s'étaient excusés, prétextant d'autres engagements, d'autres avaient marmonné quelques paroles évasives avant de s'éclipser. Ceux à qui elle avait rappelé que cette cérémonie était organisée à la mémoire de John et Becca avaient pris l'air confus, comme s'ils l'avaient oublié et en étaient honteux. Ou peut-être se disaient-ils tout bonnement que cela faisait longtemps maintenant que John et Becca étaient morts et qu'il était temps de tourner la page. Ruthie ne pouvait pas vraiment leur donner tort, il était grand temps de tourner la page, et cette idée-là était la plus atroce de toutes.

Comme pour chasser cette réalité brutale de son esprit, elle se plongea dans une frénésie d'activité. Elle retira des bouquets les fleurs les plus flétries, frotta les assiettes pour nettoyer toute trace d'une poussière inexistante, rangea les serviettes enroulées en une courbe savante. Elle récura la salle de bains du bas et posa une bougie parfumée derrière les toilettes. Elle vida le lave-vaisselle, récura toutes les casseroles et frotta les plans de travail. Si quelqu'un entrait dans la cuisine, il la trouverait étincelante de propreté. Elle débarrassa la table de la salle à manger des piles de vieux journaux et de revues et les dissimula dans le placard à manteaux. Elle disposa les chaises pliantes dans le jardin en petits cercles charmants, propices à de longues conversations.

Il n'y avait toujours personne.

À chaque bruit de moteur, Ruthie se précipitait à la fenêtre, mais les véhicules passaient sans même ralentir. Le Dr Haber, le voisin d'en face, était venu pour le week-end – sa voiture était dans l'allée, et elle voyait la lueur de son téléviseur vaciller dans la vitre. Elle eut envie d'appeler Jasmine, la vieille amie de Becca, ou Mary Lou Curran, pour leur demander pourquoi elles n'étaient pas encore là, mais ce serait vraiment trop… trop pitoyable. C'était le mot juste. Elle se demanda s'il ne décrivait pas avec justesse toute sa vie – son manque d'enthousiasme à l'idée de Matt de partir dans les Caraïbes, sa tentative lamentable pour se couler en quelque sorte dans la vie de sa sœur, dans son rôle, allant jusqu'à choisir, il fallait bien l'avouer, un simulacre de son mari. La seule chose qui lui plaisait vraiment était son travail.

Mais elle se faisait peut-être du cinéma. Si les gens ne venaient pas, c'était sans doute à cause du temps.

Enfin, elle vit Matt franchir le muret de pierre entre le jardin et la plage. Elle sortit dans le jardin et courut à sa rencontre.

« Qu'est-ce qui s'est passé ? Pourquoi est-ce que tu n'as pas appelé ?

— Pas de réseau.

— Je ne suis pas arrivée à joindre mon père non plus. Il m'avait dit qu'il viendrait, mais je l'attends toujours. »

Matt se tourna vers la table de pique-nique. « C'est joli. » Le compliment fit plaisir à Ruthie, d'autant plus qu'elle savait qu'il n'avait pas la tête à ça. Depuis le lancement du *Rebecca* trois jours auparavant, il avait l'air encore plus abattu que d'habitude. Mais chaque fois qu'elle lui avait demandé pourquoi il déprimait, il avait prétendu que tout allait bien.

« Merci, dit Ruthie. Mais je me demande s'il ne va pas pleuvoir. Tu crois qu'on devrait tout rentrer ? »

Matt regarda le ciel, sourcils froncés. « Je ne comprends pas. C'est parfaitement dégagé au-dessus de Red Hook. »

Il tendit le bras vers la ville. Au-delà de la masse de nuages menaçants qui surplombait East Red Hook, le ciel était bleu.

« Et il fait aussi lourd ?

— Il fait chaud, mais pas comme ici.

— Alors pourquoi est-ce que tu as remonté le *Rebecca* ici, s'il fait beau en bas ?

— D'après les mecs du chantier, le vent va certainement pousser la tempête vers Red Hook.

— Ils ont déplacé leurs bateaux ?

— Presque tout le monde est descendu plus bas sur la côte, vers Castine. Mais je me suis dit que le *Rebecca* serait en sécurité ici. »

Ruthie se tourna vers la petite baie. Les nuages s'étaient épaissis en un tourbillon noir et dense, alors qu'au loin le soleil brillait dans le ciel estival.

Matt dit : « J'ai bien l'impression que ça va tomber. On ferait sans doute mieux de rentrer tout ça. »

Ruthie regarda sa montre. Il était presque sept heures. Les années précédentes, la fête battait déjà son plein depuis une heure. « Je ne comprends pas. Où est-ce qu'ils sont tous passés ? Où est ta mère ? Tu l'as appelée ?

— Je vais me changer.

— Tu ne l'as pas appelée, c'est ça ?

— Tu connais ma mère, Ruthie.

— Mais tu l'as *appelée* ?

— Oui, je l'ai appelée, ça te va ? Tu m'as demandé de le faire et je l'ai fait. Elle ne viendra pas. »

Il commença à rassembler les seaux de couverts en plastique, les piles d'assiettes et les jattes de salades. Ruthie l'aida à contrecœur, et au moment où les premières gouttes tombèrent, ils avaient tout remisé sur la véranda. Mais poussée par le vent, la pluie les poursuivit à l'intérieur. On aurait dit que quelqu'un se tenait dans le jardin et dirigeait un tuyau d'arrosage à travers le grillage. Celui-ci ployait, tirant brutalement sur les petits clous rouillés qui le maintenaient depuis plus de quinze ans.

« La vache ! » chuchota Matt, les yeux rivés sur la baie. Les bateaux tanguaient au bout de leurs amarres, poussés vers la rive.

Ils ramassèrent les plats et les affaires de pique-nique et rentrèrent tout dans la maison, la porte entre la véranda et la cuisine claquant bruyamment chaque fois qu'ils l'ouvraient. La pluie était glaciale, apportant un contraste soudain et étrange après la moiteur de la journée. Quand ils eurent fini de débarrasser la table, ils étaient trempés.

Le vent se mit soudain à mugir violemment. Le bruit était tellement assourdissant qu'ils se seraient crus sous un moteur à réaction.

« Qu'est-ce que c'est ? demanda Ruthie.

— Oh, non, chuchota Matt, la voix rauque d'inquiétude. On dirait un microburst.

— Un quoi ?

— Il y en a eu un sur Castine l'automne dernier, tu te souviens ? Des vents de plus de deux cents kilomètres à l'heure. Il a emporté je ne sais combien d'arbres et de maisons. Il faut que je sorte le *Rebecca* de là. Oh, *putain*. Mais quel *con* ! » Matt descendit les marches de la véranda quatre à quatre et traversa le jardin en courant. Alors que Ruthie hésitait sur le seuil, les lumières à l'intérieur de la maison vacillèrent puis s'éteignirent.

« Matt ! » cria-t-elle, mais il ne l'entendit pas. Elle le suivit des yeux, puis regarda s'envoler les restes du pique-nique. Les chaises pliantes se couchaient sur la pelouse, l'une d'elles alla se fracasser contre le mur de la grange. Ruthie éprouva une envie soudaine et irrésistible de monter en voiture et de partir aussi vite et aussi loin que possible. Mais même si elle avait été assez égoïste pour s'enfuir, elle n'aurait pas pu le faire. Iris avait pris la Volvo pour aller à Newmarket et Matt avait laissé son pick-up au chantier.

Ruthie rentra dans la maison en courant. Dans le vestiaire, elle écarta les manteaux suspendus aux crochets jusqu'à ce qu'elle ait trouvé son vieux ciré jaune. Elle l'enfila, attrapa celui de son père et courut derrière Matt. Alors qu'elle traversait la pelouse, ses pieds glissèrent et dérapèrent sur l'herbe trempée. La pluie tombait, glacée, sur sa tête, elle dégoulinait sous le col de son manteau, trempait sa chemise. Le vent soufflait si fort contre son visage qu'elle sentait ses lèvres s'écarter de ses dents. Elle avait de la pluie plein les yeux. Elle avança tant bien que mal jusqu'au muret, n'ayant que vaguement conscience de sangloter. Elle s'accroupit derrière le mur pour s'abriter, le temps de reprendre son souffle.

Elle se releva et appela de nouveau Matt, mais le vent emporta sa voix, à peine sortie de sa gorge. Elle enjamba le mur et longea la plage en trébuchant sur les pierres jusqu'à l'embarcadère. Elle aperçut alors Matt à l'extrémité de l'appontement, cramponné des deux bras à une des piles. Craignant à tout instant d'être renversée par le vent, elle passa de pile en pile, les mains collantes de créosote. Quand elle le rejoignit, elle voulut lui passer le ciré de son père, mais avant qu'il n'ait pu l'attraper, le vent le lui arracha des mains et l'emporta jusqu'à l'autre bout du ponton puis sur la plage, où il retomba sur un rocher, manches écartées.

Il essayait de lui dire quelque chose, mais elle n'entendait rien. Il se pencha et approcha la bouche de son oreille. « Le *Rebecca,* cria-t-il. Les autres bateaux vont le fracasser.

— Non ! » hurla Ruthie.

Il tendit le bras et elle vit que six ou sept bateaux s'étaient détachés de leurs amarres. Sous ses yeux, la mer parut les soulever comme une main géante et les envoyer ricocher de l'autre côté de la baie. Le vieux baleinier d'Iris s'écrasa contre le flanc du catamaran amoureusement entretenu d'un de leurs voisins. Des dinghies s'étaient libérés de leurs voiliers et, debout dans les vagues, fonçaient vers les autres embarcations comme des balles de flipper rebondissant d'obstacle en obstacle.

« Le canot ! » cria Matt. Ruthie ne comprit pas tout de suite. Matt attrapa le cordage qui maintenait le petit bateau à moteur de leur voisin à l'appontement.

Ruthie se cramponna d'une main au T-shirt trempé de Matt, enroulant l'étoffe autour de ses doigts. Son autre bras entourait solidement la pile. « Non, Matt ! Non !

— Ça va aller ! » Il détacha ses doigts et sauta à bord du canot. Des aiguilles de pluie criblaient furieusement le visage de Ruthie qui hurlait d'impuissance. Jamais il n'arriverait à piloter seul le bateau par un vent pareil, jamais il ne pourrait le contrôler sans aide. Le canot se retournerait ou bien une vague le submergerait, et Matt serait emporté par-dessus bord. Ruthie n'avait pas le choix. Elle lâcha la pile de bois et sauta de l'appontement, se jetant dans le canot.

« Qu'est-ce que tu fais ? cria-t-il. Sors de là !

— Non ! hurla-t-elle. Je t'accompagne. »

Il se précipita de l'autre côté du canot et chercha à l'obliger à remonter sur l'embarcadère. Elle écarta sa main brutalement. Il ne pouvait pas s'en sortir seul ; elle était obligée de l'aider, et il était obligé d'accepter son aide. « Vas-y ! » cria-t-elle en le poussant vers le moteur.

Matt lui jeta un dernier regard désespéré et lança le moteur. Ils partirent dans le vent, pour sauver le *Rebecca*.

VI

Le vent soufflait déjà sur le village d'East Red Hook, mais à Newcastle le ciel était dégagé. Samantha écarta le rideau qui fermait la chambre d'hôpital de M. Kimmelbrod. Au-dessus de la tête du lit, la lampe était allumée, mais le reste de la chambre était plongé dans l'obscurité. Il dormait, les yeux enfoncés dans les orbites. La lumière crue du tube au néon éclairait le sommet de sa tête. Ses cheveux fins avaient l'air gras et collaient à son crâne comme il ne l'aurait jamais toléré s'il avait pu se charger de sa toilette. Son nez aquilin, qui semblait encore plus long dans son visage décharné, projetait une ombre démesurée sur ses lèvres serrées. Sa respiration était bruyante et rauque, et Samantha voyait son pouls palpiter sous la peau flétrie de son cou.

Iris dormait, elle aussi, les pieds relevés et posés sur la barrière métallique du lit, la tête renversée contre le dossier de la chaise, la bouche ouverte.

Samantha se glissa dans la chambre sur la pointe des pieds. Elle posa doucement son sac et son étui à violon par terre. Elle n'était pas censée emporter le Guarneri ailleurs que dans les salles de répétition du Centre Usherman ou chez les Copaken, mais quand Iris lui avait demandé, quelques jours auparavant, de passer la soirée avec M. Kimmelbrod afin qu'elle-même puisse faire un saut à la célébration du 4 juillet, Samantha avait décidé de préparer un programme spécial pour son professeur. Elle était allée à la bibliothèque musicale du Centre Usherman et avait emprunté la partition de la *Partita n° 2 en ré mineur* de Bach. Il souffrait tant, il luttait avec tant de courage contre la douleur et la faiblesse, sans jamais se départir de sa dignité. Il méritait bien le soulagement que seul Bach, et cette pièce par-dessus toutes, pouvait lui apporter. C'est ainsi qu'en plus des morceaux qu'elle préparait avec son trio, elle avait travaillé la Chaconne.

Le bruit de l'étui sur le sol carrelé réveilla Iris. Elle essuya un filet de salive de sa lèvre inférieure et dit en s'excusant : « J'ai dû m'assoupir.

— Vous êtes fatiguée, dit Samantha. Je vous ai apporté du café glacé. » Elle tendit à Iris un gobelet de plastique embué avec une paille.

« Tu es vraiment un amour. Merci infiniment, ma chérie. Comment es-tu venue ?

— Les autres membres de mon trio m'ont déposée en allant au cinéma. Ils m'ont proposé de venir me reprendre en rentrant. Ça me permettra de rester au moins deux heures. Ou plus, si vous voulez.

— C'est largement suffisant, dit Iris. Je n'en ai sûrement pas pour plus d'une heure. Tu as envie de venir à la célébration ? Tu veux que je te réserve un taxi à mon retour ?

— Non merci. Je préfère passer la soirée à travailler. » Elle se mordit la lèvre. « Enfin, si ça vous convient, bien sûr. Si vous souhaitez que j'y aille, je le ferai volontiers.

— Mais non, penses-tu. Je préférerais m'en passer, moi aussi, tu sais, mais Ruthie a passé sa journée à tout préparer. » Iris se leva, prit son sac et sa veste. « Il va probablement dormir. Je l'ai trouvé très fatigué aujourd'hui. »

Iris partie, Samantha sortit la partition de son sac et commença à la lire. La Chaconne était un morceau compliqué, et son thème lui-même n'était pas évident au premier abord. Samantha fut obligée d'analyser attentivement le morceau pour repérer le thème, déterminer sa longueur, la façon dont il était traité dans les variations – autant de questions qu'elle aurait habituellement posées à M. Kimmelbrod. Pendant qu'il dormait, elle lut et relut les deux cent cinquante-sept mesures, résolue à ne pas le décevoir par une interprétation insuffisamment étudiée.

VII

À l'instant même où elle amorçait le virage de Jacob's Cove, Iris se trouva devant un mur de tempête. Le ciel, dégagé et sans l'ombre d'un nuage au-dessus de Red Hook, était mystérieusement et subitement devenu d'un noir menaçant. La pluie s'abattait sur son pare-brise comme un rideau d'acier. Iris n'avait jamais rien vu de tel. Une bourrasque secoua la voiture, qui se mit à déraper. Iris contre-braqua, comme on lui avait appris à le faire. La voiture continua à patiner pendant un moment qui lui parut interminable, et elle vit Jacob's Cove se rapprocher – plage noire, demi-cercle de pins noirs, eau noire. Elle se cramponna au volant, avec le sentiment horrifiant de rejoindre sa fille disparue. Elle sentit enfin les pneus adhérer au revêtement routier, et la voiture se redressa.

Elle poursuivit lentement, le nez à quelques centimètres du pare-brise, cherchant à distinguer la route au-delà du battement inutile de ses essuie-glaces. Lorsqu'elle arriva chez elle, elle était épuisée, la nuque et les épaules contractées à force de se cramponner au volant, la mâchoire douloureuse tant elle avait serré les dents.

Iris se précipita dans la maison, laissant la porte grillagée se refermer en claquant. Les quelques secondes qu'elle avait passées dehors avaient suffi à la tremper jusqu'aux os. Debout dans une flaque au milieu du vestiaire, elle retira ses chaussures d'un coup de pied et attrapa une serviette de plage sur l'étagère. Elle s'enveloppa dedans et cria : « Ruthie ? »

Elle trouva tous les préparatifs du pique-nique du 4 juillet empilés au petit bonheur sur la table de la cuisine.

« Ruthie ? »

Elle grimpa l'escalier quatre à quatre, hésitant devant la porte fermée de la chambre de Ruthie, se rappelant comment Daniel et elle passaient le temps pendant les coupures de courant, quand ils étaient jeunes et que l'alimentation électrique sur la côte du Maine était encore moins fiable qu'à présent.

« Ruthie ? » appela Iris tout bas. Finalement, devant l'absence de réponse, elle ouvrit la porte. La chambre était vide.

« Ruthie ! Où es-tu ? »

Elle longea le couloir jusqu'à sa propre chambre et jeta un coup d'œil par la fenêtre. Elle vit les bateaux qui se trouvaient dans la baie se cabrer et s'entrechoquer comme des jouets dans une baignoire. En bas, près de leur embarcadère, un petit canot blanc luttait contre les eaux tumultueuses, cherchant à s'approcher d'un voilier qui se soulevait et tanguait au bout de son amarre. Deux silhouettes sombres étaient à bord, recroquevillées pour s'abriter du vent.

Iris dévala l'escalier, enfila une paire de bottes en caoutchouc et se précipita dans le jardin, dans la pluie et les ténèbres.

Si Jane était arrivée au pont qui franchissait le courant de marée à l'entrée d'East Red Hook une minute ou deux plus tôt, sa voiture aurait été emportée. La marée haute conjuguée à la violente tempête avait fait déborder le ruisseau et projeté des torrents d'eau au-dessus de la rambarde. Jane fut obligée de s'arrêter du côté le plus éloigné du village.

Elle ne se rappelait pas avoir jamais vu une tempête aussi soudaine. Quand elle était partie de chez elle pour aller chez les Copaken, il ne pleuvait même pas. Le temps était calme, avec une légère brise d'est. Rien qui aurait pu la dissuader de se rendre à East Red Hook. Il aurait pourtant suffi de pas grand-chose.

Jane avait décidé que cette année elle n'assisterait pas à la célébration. Elle en faisait même un point d'honneur et n'avait pas mis les pieds chez Iris depuis le début de l'été, laissant les filles s'occuper du ménage. Samantha s'était épanouie à New York, elle ne pouvait pas le nier, elle avait manifestement trouvé sa voie, ce qui lui aurait été impossible à Red Hook. Peut-être était-ce en partie ce que Jane avait tant de mal à pardonner à Iris. Ou peut-être estimait-elle qu'après tout, c'était un prêté pour un rendu. Iris avait obtenu Samantha. En contrepartie, Jane aurait la satisfaction de ne plus avoir affaire à elle jusqu'à la fin de ses jours. Elles n'avaient échangé qu'un bref salut quand Iris était venue déposer Samantha au début des vacances. Mais depuis la chute de M. Kimmelbrod, la colère de Jane s'était apaisée, et le jour de la fête, elle n'avait pu s'empêcher d'enfiler un chemisier correct et un jean propre et de monter dans sa voiture. Si Jane avait été femme à analyser ses motivations, peut-être se serait-elle dit que renoncer à cette célébration annuelle reviendrait, en un sens, à renoncer au souvenir de son fils, à affirmer qu'elle ne jugeait plus nécessaire de marquer le jour de sa mort. Mais Jane n'était pas portée sur l'introspection superflue, et surtout, elle avait toujours refusé de reconnaître l'utilité de cette prétendue commémoration. En fait, elle considérait que c'était une marque de politesse à l'égard d'une famille en crise, rien de plus. Et puis, elle n'avait pas envie de laisser Matt représenter leur famille tout seul. Surtout maintenant, après le lancement, alors qu'il était étrangement abattu. Comme désappointé.

La pluie l'avait surprise alors qu'elle avait déjà quitté Red Hook, à l'approche de Jacob's Cove. En soi, cela n'avait rien d'inhabituel : les orages pouvaient survenir avec une rapidité saisissante. Mais cette averse-là n'était pas comme les autres. Elle s'abattait devant elle tel un mur compact et, lorsque sa voiture s'y engagea, elle eut l'impression de pénétrer dans un autre lieu, dans un monde de pluie. Elle n'avait pas vu de vent aussi puissant depuis la nuit où un ouragan avait causé la mort de son père. En ce temps-là, plusieurs dizaines d'années plus tôt, elle avait vu une rafale détacher la véranda de leur maison, l'emporter de l'autre côté de la route avant de l'envoyer rouler encore plus loin. Sa mère l'avait écartée de la fenêtre et, blotties au fond de la cave, elles avaient écouté ce vacarme, assourdissant comme un train de marchandises, qui s'abattait sur elles. Ce soir-là, en arrivant au niveau du pont, Jane aperçut toute une rangée de pins arrachés par le vent, la blancheur de leurs racines dénudées exposée aux regards. Son pick-up de deux tonnes bringuebalait comme s'il était fait de papier d'aluminium retenu par des élastiques.

Jane freina de toutes ses forces à l'instant précis où l'eau submergeait le pont. Sans être particulièrement pieuse, elle remercia le Seigneur que ses freins aient tenu bon. Elle resta assise dans sa voiture, les yeux rivés sur le flot furieux. La maison des Copaken était à une centaine de mètres, de l'autre côté du pont inondé. Elle allait devoir faire demi-tour et rentrer chez elle. Elle passa la marche arrière et commença prudemment sa manœuvre. Le vent s'apaisa juste assez pour qu'elle sente que la voiture n'allait pas se renverser. Elle regardait derrière elle, un bras passé au-dessus de son siège, l'autre braquant doucement, quand elle distingua une forme claire qui s'agitait sur l'eau de la baie. Elle repassa au point mort et regarda plus attentivement.

Au-delà de la barre de nuages qui surplombait directement East Red Hook, le ciel était clair, et la lumière assez vive pour que Jane distingue, à travers la pluie qui embuait sa vitre arrière, une petite silhouette qui tirait énergiquement sur les avirons d'une barque. Les vagues agitaient l'embarcation, qui ruait et se cabrait, mais le rameur avançait obstinément. Il contourna le courant de marée et chercha à s'approcher du rivage. Jane repassa une vitesse et manœuvra prudemment pour ranger son pick-up face à la baie. Ses phares envoyaient sur l'eau deux faisceaux un peu flous. Maintenant le col de sa veste fermé d'une main, Jane sortit d'un bond de sa camionnette. Elle fut trempée instantanément. Il faisait toujours lourd, mais la pluie était si froide qu'elle en eut le souffle coupé. Elle dévala tant bien que mal le petit talus et ses bottes glissèrent dans la boue. Elle s'agrippa à une racine d'arbre et se rattrapa juste à temps pour ne pas déraper jusqu'en bas. Elle atterrit sur un genou et sentit un élancement douloureux dans sa rotule. En jurant, elle poursuivit sa descente et s'approcha de l'eau en boitillant. Au même instant, la barque pénétra dans le faisceau lumineux des phares du pick-up. La silhouette se tourna vers la lumière. C'était Iris Copaken.

Une énorme vague s'abattit alors sur la barque, mais Iris ne s'interrompit que le temps d'essuyer l'eau qui l'aveuglait avant de se pencher à nouveau sur les avirons. Jane leva les bras au-dessus de sa tête, les agitant frénétiquement. Cette femme était-elle cinglée au point de sortir par un temps pareil faire un petit tour sympa en barque ? Ne se rendait-elle pas compte de la violence de cette tempête ? N'avait-elle jamais vu de maisons rasées par un ouragan, de voitures renversées, de branches arrachées ? Ne savait-elle pas qu'un bateau pouvait chavirer et couler jusqu'au fond de la mer, les corps des membres d'équipage déchirés par les marées, dévorés par les poissons, disparus à jamais ? Iris Copaken était-elle imbue de sa supériorité intellectuelle au point de ne pas comprendre qu'une tempête pouvait effacer un être humain de la surface de la terre, comme s'il n'avait jamais existé ?

« Attention ! » hurla Jane alors qu'une autre vague s'élevait juste devant la barque. Plus forte que la précédente, elle projeta une immense gerbe d'eau dans l'embarcation qui s'enfonça. Iris sauta à la mer. Elle remonta à la surface presque immédiatement à une dizaine de mètres de l'endroit où se trouvait Jane.

« Iris ! cria Jane. Par ici ! »

Iris essaya de crawler, mais elle n'avait pas franchi un mètre qu'une autre vague l'enveloppa et l'emporta vers le fond. Dans l'eau glacée jusqu'aux chevilles, Jane criait pour attirer Iris vers la rive. Mais Iris se fatiguait. La traversée de la baie à la rame l'avait épuisée ; les vagues étaient trop puissantes pour elle. Jane fit encore un pas en avant, mais sa chaussure s'enfonça dans la boue comme si la terre même cherchait à la retenir, à la garder en sécurité. Elle prit une profonde inspiration, cherchant à réprimer la panique qui s'emparait d'elle dès qu'elle était trop près de la mer. La tête d'Iris disparut sous les flots. Jane retira ses lourdes chaussures et avança dans l'eau. Quand elle en eut jusqu'aux aisselles, elle se mit à nager.

Malgré son aversion pour la mer – ou peut-être à cause d'elle –, Jane était bonne nageuse. Son père lui avait donné des leçons, et chaque fois qu'elle allait à la piscine – jamais dans l'océan –, elle avait continué à s'entraîner comme si elle se préparait pour ce genre d'occasion. Jane ne nageait pas par sport ni par plaisir. Elle nageait seulement parce que c'était la seule solution intelligente pour éviter de se noyer. Elle se dirigeait à présent vers Iris d'une brasse sûre et puissante. Elle nageait contre le courant, et à chaque brasse les vagues la faisaient reculer. Elle avançait de cinquante centimètres pour être repoussée d'un mètre, elle avançait encore, reculait encore. Ses mains se tendaient au bout de ses bras, régulières comme des battoirs. Lentement, laborieusement, elle s'approchait d'Iris.

Quand elles furent tout près l'une de l'autre, Jane prit une nouvelle inspiration, plongea sous l'eau et d'un coup de pied puissant rejoignit Iris. Elle passa le bras autour de son cou et Iris se laissa aller contre elle. Au moins, elle avait l'intelligence de ne pas se débattre.

Bien que le courant leur fût favorable, le retour fut pénible. Une grosse vague les souleva presque immédiatement avant de retomber sur elles. Aveuglée, crachotante, Jane réussit à tenir bon, entortillant sa main dans le pan de la chemise d'Iris pour éviter de la lâcher.

Jane se sentit entraînée vers le fond. La main qui tenait la chemise d'Iris se desserra, et le temps d'un soupir elle envisagea de renoncer. C'était impossible, elle n'arriverait jamais à se sauver toutes les deux. Puis elle se maudit, maudit la mer, maudit son pauvre pêcheur de père. D'un grand battement de ses jambes musclées, elle remonta à la surface, serrant Iris avec plus de force encore. Iris commença à battre des jambes, elle aussi, et ensemble elles réussirent à regagner la rive en luttant contre les vagues. Quand les pieds de Jane touchèrent le fond rocheux, elle y enfonça fermement les orteils.

« Vous pouvez vous mettre debout ? » cria-t-elle, en hissant Iris. Elle sentit la crampe se relâcher dans son bras au moment où Iris prenait pied. Elles sortirent de l'eau ensemble au milieu des éclaboussures et s'effondrèrent sur la plage rocheuse. Elles restèrent assises côte à côte un moment, jambes écartées. Poussée par le vent, la pluie leur fouettait le visage, et leurs cheveux volaient autour de leurs têtes. Elles ne pouvaient pas rester là. Jane prit Iris par le bras. « Camion ! » cria-t-elle et elle la força à se relever.

Dès qu'elles furent dans la cabine, portières fermées, un silence soudain les environna. Elles n'entendaient plus que le mugissement assourdi de la mer et leurs propres halètements. Iris avait les yeux fermés, la tête appuyée contre le repose-tête. Sa poitrine se soulevait avec effort, ses lèvres étaient bleues et elle claquait des dents. Ses cheveux pendaient autour de son cou en longues ondulations sombres. Elle toussa, puis eut un haut-le-cœur, et Jane crut qu'elle allait vomir.

« Ça va ? » demanda-t-elle.

Iris essuya son visage ruisselant d'eau. « Je crois, oui. » Elle essaya de reprendre son souffle. « Merci. »

Jane sortit de son sac un mouchoir chiffonné et s'épongea le visage.

« Le courant était dans le bon sens. Vous y seriez arrivée.

— Ça m'étonnerait, dit Iris. C'est un 4 × 4 ? Il faut faire le tour. De l'autre côté de la baie. La piste d'incendie doit être impraticable maintenant.

— Que voulez-vous dire ?

— Matt et Ruthie. Ils ont conduit le *Rebecca* de l'autre côté de la baie. »

Atterrée, Jane demanda : « Mais pourquoi ? Pourquoi est-ce qu'il aurait fait ça ? C'est complètement idiot.

— Il a dû penser qu'il y serait à l'abri. Mais la côte est trop rocheuse. Si le vent se renforce, il va les projeter directement contre la jetée. Ou contre les falaises. Il faut le prévenir.

— Mais pourquoi est-ce qu'il n'a pas laissé le bateau à la marina ?

— Je ne sais pas. »

Jane tourna la clé dans le démarreur. Le moteur toussa, et les deux femmes retinrent leur souffle jusqu'à ce qu'il démarre. Jane passa la marche arrière et rejoignit la route.

« Il n'a pas dû comprendre ce qui se passait, reprit Iris. Je n'ai jamais vu une chose pareille. On aurait dit une minuscule tornade, juste ici. Regardez ! » Elle désigna la baie en direction de Red Hook. « Il ne pleut même pas en ville.

— Un *microburst*, dit Jane.

— Un quoi ?

— C'est une sorte de mini-tempête. Des vents terribles. Ça ne dure qu'une dizaine de minutes, moins parfois. Mais ça peut très bien recommencer.

— Tournez par ici », dit Iris, en désignant une étroite brèche dans le feuillage.

Jane quitta la route principale. La petite baie d'East Red Hook était flanquée d'un côté par les maisons du village, de l'autre, en direction de Red Hook, par une longue piste d'incendie qui traversait des bois protégés. Cette piste reliait la route qui longeait la rive à l'extrémité de la baie, là où Matt avait voulu chercher refuge. Elle était réduite à deux ornières remplies d'eau boueuse. Jane remercia le ciel d'avoir pris son vieux pick-up au lieu de sa camionnette et de n'avoir pas encore retiré ses pneus neige cette année, parce que ses pneus ordinaires étaient lisses et qu'elle n'avait pas de quoi en acheter des neufs.

Elles avançaient en cahotant, au milieu de gerbes de boue.

Jane roulait sur la piste défoncée aussi vite que la sécurité le permettait, et même un peu plus vite encore. Elle jeta un coup d'œil à Iris, cramponnée à la poignée au-dessus de la portière. Jane leva le pied, mais Iris secoua la tête.

« C'est bon, dit-elle d'une voix crispée. Foncez. »

Jane appuya sur la pédale et le pick-up fit un bond en avant, les branches griffant la carrosserie. Elle passa sur une grosse pierre, et le véhicule tressauta, les projetant en avant. Iris se pencha au-dessus de Jane, attrapa sa ceinture de sécurité, la tira vers elle et la boucla. Puis elle en fit autant avec la sienne. Elles allaient si vite sur la piste pleine d'ornières que, dans un virage, le pick-up s'inclina dangereusement.

Au bout de quelques kilomètres, Iris désigna à Jane un sentier encore plus étroit, qui l'obligea à ralentir. Elles se retrouvèrent dans une petite clairière, entourée par des taillis de pins rabougris. Un hangar métallique se dressait au milieu de la trouée. Une autre piste s'ouvrait à l'autre bout, beaucoup trop étroite pour laisser passer un véhicule.

« Il va falloir continuer à pied », dit Iris. Ce ne fut qu'en sautant du camion qu'elles se rendirent compte qu'elles étaient sans chaussures, les bottes en caoutchouc d'Iris perdues en mer, les souliers de Jane restés sur la plage. La pluie s'était un peu calmée, et elles s'engagèrent sur le sentier en clopinant, Jane dans ses chaussettes pleines de boue, évitant les obstacles les plus dangereux. Un tronc leur barrait le chemin. Jane voulut l'enjamber et sa jambe de pantalon se prit dans une branche. Elle retomba lourdement sur l'autre pied.

« Merde ! » Elle s'assit et prit son pied dans sa main. Une écharde acérée avait traversé la chaussette et s'était enfoncée dans la voûte plantaire.

« Faites-moi voir », dit Iris en s'accroupissant devant elle. Elle prit le pied de Jane dans sa main, retira la chaussette délicatement pour qu'elle ne se prenne pas dans l'éclat de bois et examina la blessure. Ses doigts hésitèrent au-dessus de l'écharde.

« Allez-y », dit Jane en fermant les yeux et en se détournant. Elle sentit un élancement douloureux et poussa un cri, mais quand elle regarda son pied, l'écharde n'y était plus. Du sang coulait de la plaie. Iris appuya le pied de Jane contre son genou plié et retira son T-shirt trempé en le faisant passer par-dessus sa tête. De ses dents, elle déchira un morceau d'étoffe au niveau de l'ourlet et banda étroitement le pied de Jane. Elle enfila ce qui restait du T-shirt et reposa doucement le pied de Jane par terre.

« Vous pouvez marcher ? demanda-t-elle.

— Oui », répondit Jane, s'accrochant au bras que lui offrait Iris pour se relever.

Elles se remirent en marche, Jane appuyée sur le bras d'Iris, tanguant comme un monstre à trois pattes. Le sentier s'élargissait à l'approche d'un escarpement surplombant une plage jonchée de blocs de granit qui luisaient, noirs et lisses, sous la pluie.

« Regardez ! » dit Iris en montrant la plage.

Jane distingua un voilier tout proche de la muraille massive de la falaise. Ses voiles blanches plongeaient et tournoyaient chaque fois que le bateau était soulevé par les vagues, dont chacune le rapprochait de la paroi de granit menaçante. Une des voiles se détacha et se mit à claquer autour d'une petite figure dressée sur le pont. Jane était sûre que c'était Matt. Il traversa tant bien que mal le pont balayé par les vagues pour aller rattacher la voile.

« Où est Ruthie ? » demanda Jane.

Iris fit demi-tour et repartit en courant sur le sentier.

« Où allez-vous ?

— Venez ! » cria Iris sans se retourner. Après un dernier coup d'œil à Matt, Jane suivit Iris, revenant sur leurs pas, franchissant d'un bond la souche sur laquelle elle s'était blessée. Elles ne faisaient même plus attention aux débris et quand elles arrivèrent dans la clairière, Iris avait les pieds en sang, elle aussi. Elle courut jusqu'au hangar et se jeta contre la porte de tout son poids. Elle rebondit sur le métal et recula en titubant.

« Mais qu'est-ce que vous faites ? hurla Jane.

— Aidez-moi ! » cria Iris.

Sans prendre le temps de poser de questions, Jane rejoignit Iris et, ensemble, elles se jetèrent contre la porte jusqu'à ce qu'elle se gauchisse et que ses gonds se détachent. Jane attrapa le montant de la porte et le retira. À l'intérieur du hangar, au milieu du matériel de pêche, des chaises de plage pliées, des bouées à homards malmenées par les intempéries, il y avait un canot pneumatique, de deux mètres cinquante de long à peine, avec au fond un moteur hors-bord détaché. À elles deux, elles sortirent le bateau de l'abri.

« Il va falloir le porter, dit Iris. Si nous le traînons par terre, il risque de se percer. »

Elles prirent position de part et d'autre du canot, se penchèrent et se contorsionnèrent pour attraper les poignées.

« Une, deux, trois ! » cria Iris. Elles soulevèrent le bateau, vacillèrent un instant, puis reprirent l'équilibre. Le canot était étonnamment léger, pas plus de trente-cinq kilos, mais Jane était à l'arrière, du côté du moteur, ce qui ajoutait substantiellement à sa charge.

« Allons-y, dit-elle. Je ne tiendrai pas longtemps. »

Elles repartirent, le bateau trop lourd pour qu'elles puissent courir. Elles remontèrent péniblement le sentier de la plage. Le poids du bateau tirait douloureusement sur le coude et le poignet de Jane. Elles durent enjamber un tronc au milieu du chemin et s'arrêtèrent un moment. Elles reposèrent l'embarcation, secouant leurs bras endoloris.

« On change de côté », proposa Iris. Elles firent le tour du bateau et attrapèrent les poignées de la main qui n'avait pas encore trop souffert.

Au moment où elles rejoignirent l'escarpement qui surplombait la plage, leurs bras tremblaient d'épuisement. Elles contemplèrent la plage un instant. Elle n'était pas à plus de six mètres au-dessous d'elles, mais le sentier était raide. Iris attrapa la petite boucle de caoutchouc à l'avant du bateau et fit signe à Jane de prendre position à l'arrière. Elles soulevèrent à nouveau le canot et commencèrent à descendre prudemment le versant. Iris tenait la boucle de caoutchouc à deux mains, derrière son dos, et chaque fois qu'elle glissait et trébuchait, le bateau pneumatique lui heurtait les mollets. Pour franchir les derniers mètres, elle se mit à courir, Jane s'efforçant de suivre l'allure tout en évitant que le bateau ne renverse Iris.

Sans un mot, elles entrèrent dans l'eau, luttant contre les vagues, cherchant à pousser le bateau assez loin pour avoir assez de fond, puis elles s'y hissèrent par les côtés. Iris fixa le moteur hors-bord qui, par bonheur, démarra dans un vrombissement. Elles partirent, bondissant sur les vagues dans le petit canot pneumatique, franchissant les flots en direction du voilier.

En approchant du *Rebecca*, elles virent qu'il commençait à gîter dangereusement à tribord. Matt se jeta à bâbord, comme si son poids négligeable pouvait le redresser. Les vagues ne faiblissaient pas, rapprochant régulièrement la svelte embarcation de la falaise de granit déchiquetée. Matt bondissait d'une extrémité du bateau à l'autre, se débattant pour ramener la voile déchirée, se penchant pour contrebalancer le relèvement de la proue, redoublant d'efforts tout aussi inefficaces que ceux d'une mouche sur le dos d'un taureau. Elles étaient tout près du voilier quand Iris vit une vague gigantesque fondre sur elles. Elle fit virer le canot, cherchant désespérément à l'empêcher d'être projeté sur les rochers comme le *Rebecca*. En se retournant, elle vit la vague soulever le voilier comme un fétu de paille. Elle le précipita contre la paroi de granit dans un craquement de bois brisé. La vague recula, emportant le bateau, mais une bourrasque balaya Matt, qui se retrouva à l'autre bout du pont. Jane hurla, le poing contre la bouche. Il réussit à s'agripper au mât.

Profitant d'une légère accalmie entre deux vagues, Iris mit ses mains en porte-voix et cria : « Saute ! »

Matt baissa la tête et, avançant main sur main, se dirigea vers la porte de la cabine. Il disparut un instant avant de réapparaître, un bras autour de la taille de Ruthie.

Iris laissa échapper un sanglot et Jane comprit qu'elle avait cru sa fille emportée par les vagues.

Ruthie portait un gilet de sauvetage orange vif. Matt la tira à tribord, près de l'endroit où Jane et Iris sautillaient sur l'eau dans leur petit bateau, luttant contre les vagues et le vent. Soudain, il glissa et faillit passer par-dessus bord. Ruthie réussit à le retenir, elle lui prit la main et, ensemble, ils sautèrent à la mer, aussi près du canot pneumatique qu'ils l'osèrent. Jane se pencha et attrapa des deux mains la boucle du gilet de sauvetage de Ruthie. Dans un grognement, elle hissa la jeune fille à l'intérieur du bateau. Pendant ce temps, Iris aidait Matt à grimper à bord.

« Allez-y ! » dit Jane, et Iris les éloigna le plus rapidement possible du voilier qui gîtait. Le canot trop chargé avançait, bas sur l'eau.

« Oh, non ! » cria Ruthie. Ils se retournèrent, suivant son regard. Les vagues venaient de projeter le *Rebecca* contre la falaise. Le mât se brisa et s'effondra sous leurs yeux. Un énorme rocher déchira la coque. Puis ils détournèrent le regard. Aucun d'eux ne pouvait en supporter davantage.

Arrivés dans les hauts-fonds, ils sautèrent du canot et le hissèrent sur la rive. Ce ne fut qu'après l'avoir remonté sur la plage que Ruthie se jeta dans les bras de sa mère. Plié en deux, Matt était agité de gros sanglots. Sa mère s'approcha de lui et l'étreignit de toutes ses forces. Il avait beau être plus grand qu'elle et lui gratter la joue avec sa barbe mal rasée, Jane avait l'impression de consoler son petit garçon, l'enfant vulnérable qui se blottissait sur ses genoux. Elle posa les lèvres sur son menton rugueux.

À quatre, le transport du petit canot pneumatique fut beaucoup plus facile et, quelques instants plus tard, il avait retrouvé son hangar. Matt fit ce qu'il put pour coincer la porte.

Ce ne fut qu'à ce moment-là que Jane demanda à Iris : « Comment saviez-vous qu'il y avait un canot pneumatique là-dedans ?

— Je n'en savais rien, répondit Iris. Je m'en suis doutée. Que pourrait-on ranger d'autre dans un hangar à deux pas de la plage ? »

Jane la dévisagea, bouche bée, avant d'émettre un petit rire rauque. « Partons d'ici », dit-elle.

VII

M. Kimmelbrod ouvrit les yeux quelques minutes après qu'Iris eut quitté l'hôpital en direction d'East Red Hook et de la tempête.

« Bonjour », dit Samantha.

Il cligna des paupières et passa sa langue grisâtre et craquelée sur ses lèvres.

« Vous avez soif ? »

Il hocha la tête.

Une tasse de plastique rose avec une paille était posée sur la table de chevet. Samantha l'approcha de la bouche du vieil homme qui avala une gorgée. Une goutte d'eau s'échappa de la commissure de ses lèvres et Samantha l'essuya du bout du doigt. Elle déglutit, retenant difficilement ses larmes. La première fois qu'elle avait rendu visite à M. Kimmelbrod, elle avait éclaté en sanglots, ce qui lui avait valu un froncement de sourcils réprobateur. Depuis, elle n'avait plus pleuré. Lorsqu'elle avait compris la gravité de sa chute, la panique l'avait submergée. Comment ferait-elle s'il n'était plus là ? Comment pourrait-elle devenir une vraie musicienne, s'il ne lui apprenait pas à l'être ? C'était la confiance qu'il avait en elle qui la maintenait sur la voie, qui la faisait avancer. Comment poursuivre, sans sa main pleine de sagesse pour la guider ? Elle était venue tous les jours, espérant que sa présence donnerait du courage à son maître, comme lui-même lui en donnait.

« Merci », dit M. Kimmelbrod. Sa voix, à peine un chuchotement, était pourtant parfaitement reconnaissable : son léger accent, la précision avec laquelle il prononçait chaque mot, les lèvres qui se rejoignaient pour le *m*, le *r* légèrement roulé.

« Iris reviendra bientôt, annonça Samantha. Elle est rentrée chez elle pour une heure ou deux. »

M. Kimmelbrod referma les paupières. Pendant qu'il dormait, Samantha continua à étudier la Chaconne. Lorsqu'elle releva les yeux, il était éveillé. Une de ses paupières restait à demi close, l'iris légèrement décalé vers l'intérieur, du côté du nez. Mais son autre œil était posé sur elle, perçant, concentré. Il leva légèrement le menton en direction de la partition reliée qu'elle tenait sur les genoux.

« Ça ? » demanda Samantha.

Son hochement de tête fut si ténu, à peine plus qu'une contraction du menton.

« C'est la Chaconne », dit Samantha. Je l'ai apportée pour vous.

M. Kimmelbrod murmura quelque chose, mais elle ne l'entendit pas. Elle se pencha vers lui, approchant la tête de ses lèvres. Un souffle lui effleura l'oreille. Elle voyait tout son corps tendu par la volonté de parler. Son cou se contracta, sa poitrine se souleva.

« Joue », dit-il d'une voix rauque.

Elle sortit le Dembovski de son étui et commença à l'accorder tout bas, pour ne pas attirer l'attention des infirmières. Lorsqu'elle fut satisfaite, elle tira vers elle la table articulée suspendue au-dessus du lit de M. Kimmelbrod et y posa sa partition.

« Ça ne fait que quelques jours que je la travaille. Je vous préviens, ça ne sera pas très bien. »

La bouche du vieux violoniste se releva dans un petit sourire.

Samantha se pencha sur la partition, relisant les quatre premières mesures. « Bien, nous allons commencer par cette ligne descendante de quatre degrés conjoints. Vous dites toujours qu'une ligne descendante est la réponse, dans un dialogue. Je commence donc par la réponse, ici, vous êtes d'accord ? »

Il releva légèrement le menton.

Elle joua les quatre premières notes. Puis elle s'arrêta. « Je vais le prendre très lentement. » Elle joua les quatre premières mesures de la pièce et s'interrompit. Cette phrase – le sujet du morceau – ferait l'objet de transformations toutes les quatre mesures, trente fois, puis encore trente fois. Il fallait qu'elle la joue parfaitement avant de pouvoir poursuivre en toute confiance. Elle regarda M. Kimmelbrod. Ses yeux étaient toujours ouverts. Elle eut l'impression qu'il souriait, mais c'était difficile à dire. Elle revint à la partition, l'étudia. Elle posa le violon contre son menton et rejoua les quatre premières mesures. Puis une troisième fois. Alors seulement elle continua. Lorsque le sujet réapparut, elle l'accueillit avec une assurance croissante. Elle jouait lentement, beaucoup trop lentement, elle le savait, mais elle voulait être sûre de comprendre le traitement du sujet dans chaque variation et faire aussi peu de fausses notes que possible.

M. Kimmelbrod ferma les yeux. Il écoutait. Samantha jouait avec une grande quiétude, surtout pour un morceau qu'elle connaissait à peine. Elle manifestait toujours beaucoup d'aisance, une maturité étonnante pour son âge. Elle prêtait à la Chaconne une nostalgie mélancolique qui lui était familière. Sans l'avoir jamais entendu exécuter cette œuvre en concert, elle la jouait comme il l'avait toujours fait. Non, se dit-il soudain, elle la jouait comme il aurait aimé le faire, sans rien de la sécheresse forcée qu'il percevait parfois dans sa propre interprétation. Malgré quelques hésitations, elle jouait cette partition telle qu'il l'avait toujours entendue en esprit, au tréfonds de son être, au-delà de ses oreilles. Du seul œil qui y voyait encore, M. Kimmelbrod regardait Samantha jouer. Elle avait les yeux fermés, la bouche entrouverte. Ses longs doigts glissaient sur les cordes. Elle semblait vibrer tout entière en harmonie avec les cordes de son violon. Toute cette passion, toute cette nostalgie, jaillissant d'une jeune fille si douce, si apaisante. Il avait l'impression d'écouter de tout son corps ce rythme ternaire lent et familier de sarabande.

Sous les doigts talentueux de Samantha, M. Kimmelbrod se transforma en musique. Il devint la basse mélodique imperturbable de la Chaconne, qui démêlait les fils de sa propre vie, son thème et ses variations. Elle reprenait, encore et encore, toutes les quatre mesures. Et la descente chromatique de la voix de soprano que Samantha jouait à présent ? Sa femme, Alice Marie, l'autre versant du dialogue de sa vie. Le contrepoint implicite de son solo de violon. Il sentait sa présence désormais, il la sentait dans son corps, il la sentait dans la musique. Le désir qu'elle lui inspirait était une variation qu'il pouvait enfin sentir, sans la jouer lui-même. Samantha la jouait pour lui, elle jouait Alice, elle jouait son chagrin d'Alice. Il ferma les yeux et, à travers la musique, il vit le visage d'Alice, non pas tel qu'il était au moment de sa mort, émacié et déchirant, mais tel qu'il était auparavant, les traits si doux estompés par l'âge, les yeux brillants et chauds à la fois. À travers la musique, il vit Alice sourire. À travers la musique, il vit ses lèvres se joindre dans un adorable baiser.

Chaque variation, chacune des transformations thématiques de Bach faisait ressurgir quelqu'un d'autre, des voix nouvelles à travers la musique. Il était allongé dans son lit, le corps immobile, mais rempli de tous les êtres de sa vie. Cette transposition-ci était sa mère lunatique, dont l'humeur changeait de tonalité en tonalité ; cette inversion-là était son père, un homme qui sous des dehors austères possédait au fond de lui-même, au tréfonds de son cœur, une légèreté et un optimisme surprenants. Cette diminution était sa sœur et sa toute petite fille, qui lui ressemblait comme un faon à une biche ; cette interpolation était son frère, spécialiste de grec ancien, qui passait ses dimanches au champ de courses de Velká Chuchle. Samantha jouait sa nostalgie d'eux, elle jouait la tristesse de leur disparition, de leur effacement du monde. Et enfin, alors qu'il se croyait au bout de ce qu'il pouvait entendre, de ce qu'il pouvait éprouver, elle joua Becca. Becca, fragmentée et déplacée, une variation interrompue.

Son corps était trop déshydraté pour produire davantage que quelques larmes, mais ce furent les premières et les dernières qu'il versa pour sa petite-fille adorée, qui avait joué pour lui ce même morceau, cette Chaconne, qu'il avait lui-même donnée lors de son tout premier récital américain, à Town Hall, en 1936, plusieurs décennies avant d'avoir imaginé qu'elle pût exister un jour, que Samantha pût exister un jour, alors que le Cambodge était un royaume gouverné par la France et que lui-même n'avait jamais entendu parler du Maine. Samantha jouait Becca, elle jouait son chagrin de Becca, et enfin il la sentit, avec lui, en lui. La musique de la vie de Becca, la musique de sa mort.

Il fallut à Samantha vingt-neuf minutes pour jouer l'intégralité de ce morceau, largement deux fois plus qu'il ne lui en faudrait quelques années plus tard, son diplôme de la Juilliard en poche, lorsque la *Partita n° 2 en ré mineur* de Bach serait devenue un élément incontournable de son propre répertoire, le cœur même de son premier enregistrement solo. Quand elle reposa enfin son violon, elle était en nage, épuisée, la tête douloureuse à force de lire la partition dans la lumière tamisée. Elle détendit sa nuque crispée et se frotta le côté endolori du menton.

« J'ai encore beaucoup de travail à faire dessus », dit-elle à M. Kimmelbrod.

Il n'était plus là pour réfuter ni approuver ce jugement.

VIII

Lorsqu'ils eurent regagné le pont d'East Red Hook après avoir parcouru toute la piste d'incendie en sens inverse, la pluie avait cessé, le vent s'était calmé et la marée avait changé. Le pont était praticable, mais une des balustrades d'acier avait été arrachée et pendait dans le vide, comme une corde de violon cassée. Les nuages noirs s'étaient dispersés et l'obscurité n'était que celle de la lumière du jour qui s'amenuisait. Une trace de menace de tempête demeurait encore dans l'air lourd et embaumé. Plusieurs centaines d'arbres déracinés jonchaient les prairies du village, et des bateaux fracassés, désemparés, dansaient sur l'eau de la petite baie.

Une voiture inconnue stationnait dans l'allée, un véhicule de location de toute évidence, blanc, en forme de pastille pour la gorge. Quand Iris, Ruthie, Jane et Matt entrèrent dans la maison, ils trouvèrent Daniel sur la véranda, accroupi devant une des baies. Ses lèvres étaient serrées dans un sourire clouté ; éclairé par une bougie, il donnait de grands coups de marteau sur le cadre d'un des écrans grillagés que le vent avait arraché. En les voyant arriver, il cracha les clous dans sa main et se releva.

« Bon sang ! dit-il. Qu'est-ce qui vous est arrivé ? »

Ils dégoulinaient tous les quatre. Iris et Jane n'avaient plus de chaussures, et les lambeaux d'un bandage boueux, maculé de sang, étaient encore noués au pied de Jane.

« C'est une longue histoire, dit Iris.

— Personne n'est blessé ? » demanda Daniel.

Les quatre rescapés échangèrent un regard, et ce fut Matt qui répondit : « Nous, ça va. Mais il ne restera sûrement que des allumettes du *Rebecca*. »

Il ne se trompait pas de beaucoup. Le lendemain, Bill Paige emprunterait une vedette de la Marine du Maine pour conduire Jane sur le site du naufrage. Ils sillonneraient la baie, passeraient et repasseraient au milieu des fragments dispersés de l'Alden, cherchant quelque chose à sauver. Au bout de deux heures, Bill repêcherait en guise de souvenir une des serviettes de toilette bleues brodées du nom du bateau. Matt l'ayant refusée, Jane la rangerait au fond de son armoire à linge. Au cours des années suivantes, chaque fois qu'elle tomberait sur cette serviette, elle la sortirait et la regarderait, éprouvant un curieux réconfort à évoquer le souvenir, non pas de la perte du bateau que Matt avait restauré avec tant de peine, mais de John et de Becca, ainsi que des espoirs et des rêves qu'ils avaient investis dans le *Rebecca*.

« Je suis désolé pour toi, dit Daniel, s'approchant de Matt et posant la main sur son épaule.

— Ce n'est qu'un bateau. »

Et le plus fou était qu'il était sincère. Lorsqu'il s'était retrouvé au fond du petit canot pneumatique et que le plus grand des mâts laborieusement restaurés s'était fracassé sur les rochers, il avait éprouvé un sentiment tellement étrange qu'il lui avait fallu un moment pour l'identifier. Depuis trois ans, il traînait ce bateau derrière lui comme un sac de pierres, le hissant derrière lui, trébuchant, transpirant, avançant bien plus lentement qu'on ne l'aurait cru possible. Au moment du lancement, quand le bateau avait touché l'eau et flotté, prouvé qu'il était solide et tenait la mer, il avait vainement attendu que ce fardeau s'éloigne en même temps que le voilier. Mais ce n'était que lorsque le vent l'avait mis en pièces qu'il avait enfin éprouvé le soulagement tant espéré. Il n'était plus amarré au bateau. Il était libre d'aller où il voulait.

« Ruthie et Matt, dit Iris, vous devriez monter prendre une douche. Vous avez l'air gelés. »

Ruthie serra la serviette plus étroitement autour d'elle et s'engagea dans l'escalier. Elle s'arrêta sur la troisième marche et se retourna. « Maman ? dit-elle.

— Oui, ma chérie ?

— Merci.

— Ruthie… » Il y avait tant de choses qu'Iris avait envie de dire. Moins d'une demi-heure plus tôt, elle avait cru que Ruthie s'était noyée, et cette terreur avait été mêlée d'un fil ténu de rage, de colère contre elle-même, à l'idée qu'elle allait, une nouvelle fois, perdre une fille sans lui avoir dit ce qu'elle voulait lui dire. Tandis qu'elles ballottaient à travers les vagues vers le voilier en perdition, elle s'était juré que si – non, *quand* Jane et elle auraient sauvé leurs enfants, elle dirait tout à Ruthie. Elle lui dirait combien elle l'aimait. Elle lui dirait qu'elle n'avait jamais aimé Becca plus qu'elle ne l'aimait, mais que son amour pour son aînée avait été plus insouciant.

Elle lui dirait qu'elle regrettait de n'avoir pas été plus à l'écoute de ceux qu'elle aimait, d'avoir été trop prisonnière de ce qu'elle en attendait pour les voir tels qu'ils étaient. Elle lui dirait qu'elle regrettait d'avoir cherché à lui imposer sa volonté et qu'elle était fière qu'elle ait refusé, en définitive, de lui céder. Elle dirait à Ruthie qu'elle ne devait écouter que son cœur, qu'elle devait être et faire ce qu'elle aimait, et ne pas se soucier un seul instant des espoirs que les autres pouvaient placer en elle.

Ruthie s'était arrêtée sur les marches, tremblante, épuisée, effondrée contre le mur. Plus tard, Iris aurait le temps de lui dire tout ce qu'elle voulait.

« Rien. Simplement… je t'aime. »

Ruthie monta l'escalier, Matt sur ses talons, et Iris conduisit Jane à la salle de bains de M. Kimmelbrod ; elle lui prêta un sweat-shirt et un bas de survêtement de Daniel. Quand Iris revint sur la véranda, Daniel tenait un des plaids crochetés de sa grand-mère. Il écarta les bras et elle s'avança vers ses ailes déployées. Il l'enveloppa dans la laine chaude et l'attira contre lui.

« Que s'est-il passé ? demanda-t-il, sa voix contre son oreille tiède, assourdie par ses cheveux.

— Les enfants ont voulu éloigner le *Rebecca* des autres bateaux en le conduisant de l'autre côté de la baie. Il s'est brisé contre les rochers.

— Et tu es allée les chercher, c'est ça ?

— Avec Jane, oui. »

Elle se laissa aller contre sa poitrine, comme elle le referait un peu plus tard, à l'hôpital, quand les liaisons téléphoniques auraient été rétablies et qu'on les aurait prévenus.

« Oh, dit-elle en s'essuyant les yeux, ne sachant pas vraiment pourquoi elle pleurait. Pauvre Matt. »

Cela ne suffisait pas à expliquer l'étrange mélange de chagrin et de reconnaissance qu'elle éprouvait, bien à l'abri entre les bras puissants de son mari. Mais il faudrait s'en contenter.

« Pauvre Matt, répéta Daniel. Mais comme il le dit, ce n'est qu'un bateau. »

C'était vrai, songerait parfois Iris, à propos de la vie conjugale : ce n'était qu'un bateau. Un bateau de bois, difficile à construire, encore plus difficile à entretenir, dont la beauté devait beaucoup à sa fragilité. Les justifications pragmatiques du mariage comme de la construction des bateaux de bois avaient disparu, avaient été évincées depuis longtemps. À quoi bon lutter pour faire durer l'amour et l'attachement pendant des décennies, alors qu'il y avait des façons de vivre tellement plus faciles, à l'abri de la corrosion et de la putréfaction, sans qu'il y ait à y consacrer d'effort ni d'attention ? Pourquoi investir des heures, des années, une fortune pour concevoir et sculpter, coller et assembler, calfater et caréner, alors qu'on peut acquérir un bateau en fibre de verre pour beaucoup moins cher ? Pourquoi continuer à mettre toute son âme dans ces arts démodés ? Parce que leur beauté, le lien qu'ils tissent entre vous, votre histoire et le monde vivant justifient vos efforts. Comme un bateau de bois traditionnel, une longue vie conjugale peut être un chef-d'œuvre de grâce, mais il faut pour cela avoir consacré de redoutables efforts à son entretien. Au départ, l'image qu'on se fait de l'existence qu'on va mener avec un autre n'a pas plus de réalité qu'un plan tracé sur du contreplaqué. Et puis, année après année, on construit le cadre autour de la forme, on commence à accumuler les souvenirs, les chagrins, les petits triomphes, comme des couches de planches vernies incurvées autour de l'enveloppe de la routine quotidienne. Il faut poncer les aspérités, colmater les malentendus, redresser les petites trahisons. Il arrive qu'on prenne l'eau. Qu'on se brise dans une tempête ou qu'on s'écrase contre des rochers voraces. Mais alors, comme à présent, en pleine tempête, alors que tout semble perdu, le bois gonfle, la fuite se colmate et on découvre qu'après tout l'embarcation tient la mer.

« Tu devrais aller te changer, dit Daniel. Je vais vous préparer de quoi manger. »

Quand tout le monde fut changé et séché, ils se retrouvèrent au salon autour de la lumière d'un feu et de deux lampes à huile aux socles de verre bleu ciel. Çà et là, des tronçons de bougies accumulés au fil des ans crachotaient dans des photophores et des pots de confiture, à côté d'une paire de cierges à la cire d'abeille fichés dans le chandelier de sabbat de la mère d'Iris et d'une grosse bougie trapue parfumée à la bergamote. Daniel posa les jattes de salade de chou et de pommes de terre sur la table basse et prépara des sandwiches au homard avec des petits pains qu'il avait fait griller dans l'âtre.

Tout le monde mangea en silence. Ils finirent le chou et les pommes de terre, se resservirent, une fois, deux fois, de homard dans leurs petits pains carbonisés. Enfin, assise par terre, adossée contre le canapé, la tête reposant sur la cuisse de Ruthie, Iris demanda : « J'imagine que tu n'as pas eu le temps de préparer un dessert ?

— En fait... » Ruthie repoussa la tête de sa mère et se dirigea vers la cuisine. Quelques instants plus tard, elle revenait, chargée d'un lourd plat en céramique et d'une poignée de fourchettes.

« Non ! » s'écria Jane depuis son fauteuil près de la cheminée. Elle avait retiré ses pantoufles d'emprunt et se réchauffait les orteils contre le pare-feu.

« Eh bien, si », dit Ruthie. Elle posa le flan à la banane et à la vanille sur le tapis et distribua les fourchettes.

« Pas d'assiettes ? demanda Jane.

— Pas besoin », dit Iris en enfonçant sa fourchette dans le plat. Elle avala une bouchée et fronça les sourcils, inclinant la tête d'un côté puis de l'autre. « C'est drôlement bon, Ruthie, tu sais.

— Il est exactement comme le tien, maman, dit Matt, admiratif.

— Meilleur », rétorqua Jane.

Quand le plat fut vide, Daniel se leva pour remettre une bûche dans le feu. La corbeille en osier qu'ils utilisaient comme panier à bois était derrière la porte du salon et, lorsqu'il attrapa une bûche, son regard balaya la haie de lignes tracées au crayon et au feutre, d'une vingtaine de couleurs différentes, au dos de la porte. Cela faisait longtemps qu'il ne les avait pas remarquées.

« Vous avez vu comme elle était petite ? » demanda-t-il.

Iris s'approcha et s'accroupit par terre, à côté de la porte, regardant la marque qu'elle avait faite pour noter la taille de son aînée le jour de ses deux ans. Elle passa le doigt sur son nom, puis remonta le long du panneau de bois, retraçant la croissance de Becca.

Elle finit sur la pointe des pieds pour déchiffrer le dernier repère.

« Jane, venez voir. » Elle désigna un trait tout en haut de la porte, à une dizaine de centimètres sous le linteau.

Jane approcha une bougie et ils levèrent tous les yeux vers l'endroit où John avait noté son propre nom, de son écriture impeccable d'architecte. Iris ne l'avait jamais vu. La marque portait la date de la veille du mariage ; Becca et lui avaient dû faire ça juste avant l'arrivée des invités.

« C'est drôle, remarqua Jane. Dans mon souvenir, il était bien plus grand. »

CODA

Enfin satisfait du portrait de groupe, le photographe congédia les invités. Ils mirent quelques minutes à se disperser, le temps que les demoiselles d'honneur embrassent la mariée, que les parents de celle-ci étreignent leur fille et le marié comme s'ils n'allaient pas se revoir quelques minutes plus tard, à quelques kilomètres seulement, pour la réception, qu'on aide le grand-père de la mariée à descendre les marches de l'église et que la petite fille d'honneur déshonorée soit installée sur le siège arrière de la voiture de la mère du marié.

Lorsque tout le monde fut parti, le photographe conduisit les jeunes mariés au fond du cimetière, vers une brèche de la haie de rosiers *rugosa* en pleines fleurs.

« Attention à votre robe », dit-il. Il se glissa dans la trouée et descendit la pente raide qui menait à la plage, un peu pressé, impatient de prendre le cliché du jour : la mariée franchissant la haie, entourée d'une explosion de fleurs roses.

Elle s'apprêtait à faire les quelques pas qui séparaient la brèche de la haie de la plage quand le photographe la héla :

« Et si vous le laissiez passer devant ? Il pourrait vous prendre dans ses bras pour descendre. »

Le photographe avait déjà fait quatre mariages dans cette église depuis le début de l'été, et il savait que ce n'était pas seulement le meilleur moyen d'éviter d'abîmer la robe, mais qu'il obtiendrait de surcroît deux jolies photos de plus, la première du marié soulevant de terre sa jeune épouse, l'autre au moment où il la reposerait doucement sur la plage.

Mais il avait sous-estimé cette jeune femme et fut pris par surprise quand, sans attendre que les mains du marié se referment autour de sa taille, elle sauta dans ses bras dans un éclat de rire. Ils trébuchèrent et le marié se retrouva assis sur les rochers, la mariée étalée sur ses genoux. Le photographe réussit à presser plusieurs fois sur le déclencheur tout en se précipitant vers eux pour les aider à se relever. Les jeunes gens riaient. Ils ne remarquèrent pas la tache mouillée sur le fond de pantalon du marié, ni le ruban d'algue qui garnissait l'ourlet de la robe de la mariée.

Quand ils furent debout, le photographe leur désigna un point, un peu plus haut sur la plage : « Si vous vous mettiez là, je pourrais avoir le clocher dans le champ. »

Les jeunes mariés se rendirent docilement à l'endroit indiqué. Mais ils refusèrent de se placer l'un à côté de l'autre, le bouquet au milieu, les yeux de la mariée amoureusement rivés sur le visage du marié, son voile flottant au-dessus de son épaule. Le marié préféra fourrer son nez dans le cou de sa femme, la faisant éclater de rire une nouvelle fois, et le photographe fit le portrait, tout en sachant fort bien qu'elle n'apprécierait pas beaucoup, quand il serait tiré, de se voir la bouche grande ouverte jusqu'aux molaires.

Pendant le quart d'heure qui suivit, il leur demanda de prendre telle ou telle pose jusqu'à ce qu'il soit sûr d'avoir tout ce qu'il lui fallait. « C'est bon, dit-il enfin. Tout est dans la boîte. On peut aller à la réception.

— Passez devant, fit le marié. On vous rejoint tout de suite. »

En arrivant au niveau du cimetière, le photographe ouvrit son objectif et, s'accroupissant pour viser à travers la trouée de la haie de *rugosa*, il prit une dernière photo du jeune couple. Ce cliché – le couple au loin sur la plage rocheuse, une bourrasque soudaine faisant tourbillonner la robe et le voile de la mariée, toute l'image encadrée par le nuage rose et flou des fleurs de *rugosa* – lui valut plus tard le premier prix et mille dollars au concours annuel de photos organisé par la revue *Les Mariés de Nouvelle-Angleterre*. Pour ne pas tenter le sort, il préféra ne pas mentionner sur son formulaire de candidature l'histoire tragique attachée à cette jolie photo, une histoire dont personne ne pouvait se douter en la voyant.

Les mariés firent le grand tour en passant derrière l'église pour ne pas avoir à gravir la pente escarpée du cimetière dans leurs tenues de mariage, mais aussi pour pouvoir passer quelques instants seuls avant de s'immerger dans la foule admirative de leurs amis et de leurs familles. D'une main, la mariée retroussa son ample jupe et, de l'autre, elle s'agrippa à la main de son nouvel époux. Elle lui tenait la main comme elle avait toujours tenu celle de son père, s'accrochant à l'annulaire et au médius et laissant le petit doigt, l'index et le pouce de son mari reposer sur la face externe de son poing fermé.

Le marié porta à ses lèvres leurs mains jointes et déposa un baiser sur la sienne. « Je t'aime », dit-il.

La mariée sourit : « Moi aussi.

— Je sais », dit le marié.

Ils arrivèrent à l'église où la limousine les attendait, occupant deux places de stationnement, ce qui n'empêchait pas le pare-chocs arrière de déborder sur la chaussée. Le marié aida la mariée à monter à l'arrière de la voiture, prenant soin de ne pas coincer sa robe volumineuse dans la portière, et ils partirent sur la route de Red Hook.

Quatre minutes plus tard, ils entendirent le bruit – le fracas de l'explosion, le hurlement métallique –, mais ils ne virent qu'un bouillon de dentelle et de tulle qui s'enroulait dans l'air autour d'eux. La robe de mariée, sa crinoline, son voile se posèrent sur leurs visages, les enveloppant d'un doux cocon blanc.

MERCI À

The Corporation of Yaddo, the MacDowell Colony, Mesa Refuge, et Hedgebrook

Mary Evans, Devin McIntyre, Kevin Sparks

Phyllis Grann, Alison Rich, Jackeline Montalvo, Adrienne Sparks

Dan Smetanka, Julie Orringer, Ryan Harty

Pam Johann, Nat Stookey, Ellen Werner, Alicia Anstead, Elizabeth Weisser, Cory Lee, Joshua Robison

Molly et Eric Blake, Brian et Karen Larkin, Maynard Bray, Lucy Benjamin et Clifton Page, Heidi Julavits et Ben Marcus, Michelle et Michael Keyo, Jonathan Lethem et Amy Barrett, Posie et Doug Cowan, David Ziff et Alan Bell, the Brooklin Boat Yard

Robb Forman Dew, Nancy Johnson, Meredith Maran, Peggy Orenstein, Sylvia Brownrigg

Nancy Kuhl, Rosie Levy Merlin, et les bibliothèques suivantes : la Berkeley Public Library et la Blue Hill Library

Sophal Ear, Jaed Coffin

Cheri Hickman, Teresa Tauchi

Composition : Soft Office (38)

Achevé d'imprimer par GGP Media GmbH, Pößneck
en décembre 2010
pour le compte de France Loisirs,
Paris

N° d'éditeur : 61968
Dépôt légal : août 2010

Imprimé en Allemagne